KB045756

사명대사

일본탐정기

| 일러두기

1. 이 책은 역사소설로서 주요 사건과 역사적 사실은 기록에 충실했으나 몇몇 인물과 에피소드는 작가의 상상에 의한 허구임을 밝혀둔다.

2. 이 책은 국립국어원 외래어 표기법을 따르되, 일본 인명과 지명의 경우 극중 상황에 따라 관용 한자음 표기와 일본어 표기법을 혼용하였다.

상영대사

일본탐정기

日本探情記

박덕규 역사소설

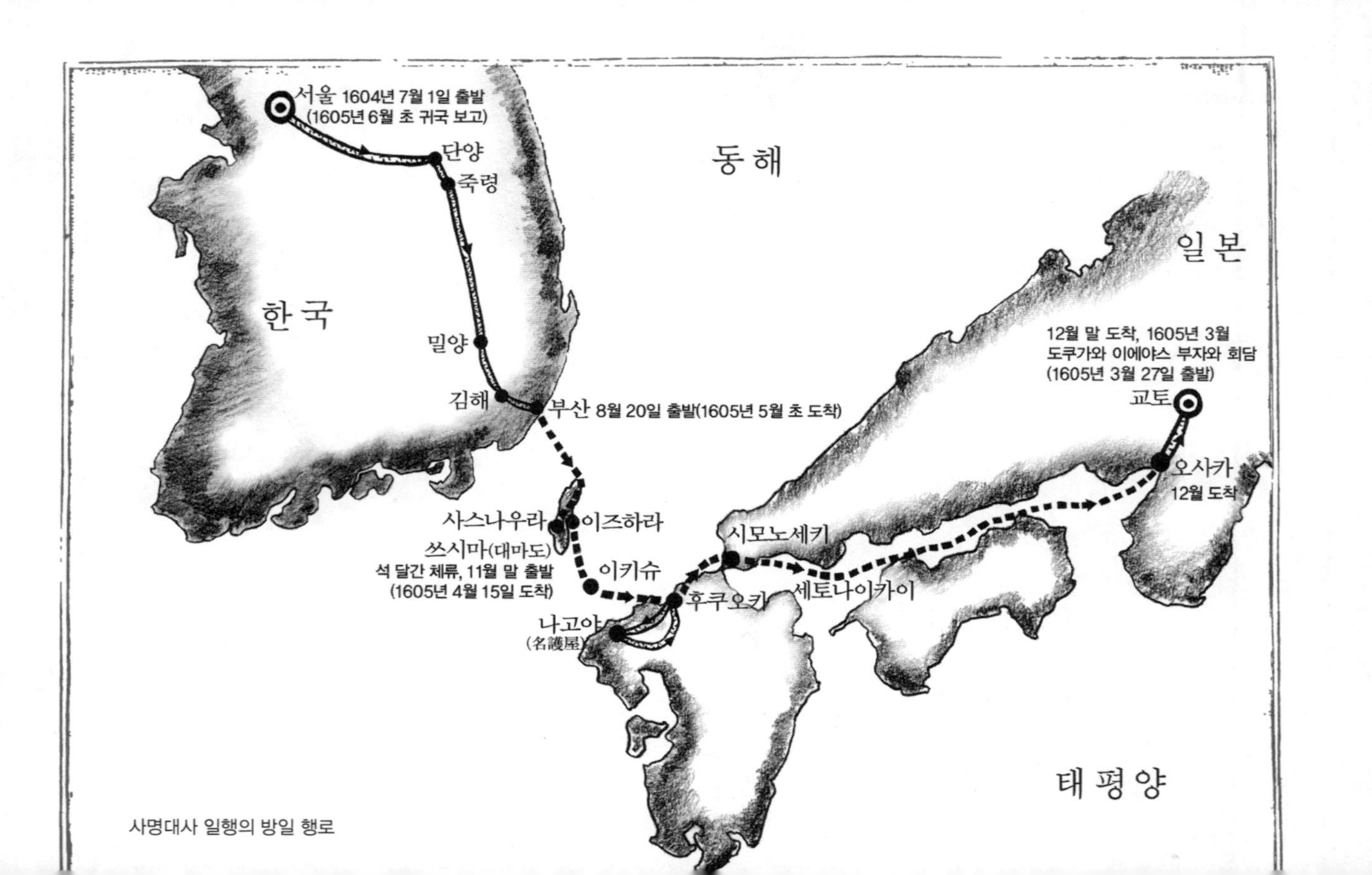

사명대사 일행의 방일 행로

차 례

사명대사

1부

2부

3부

1부

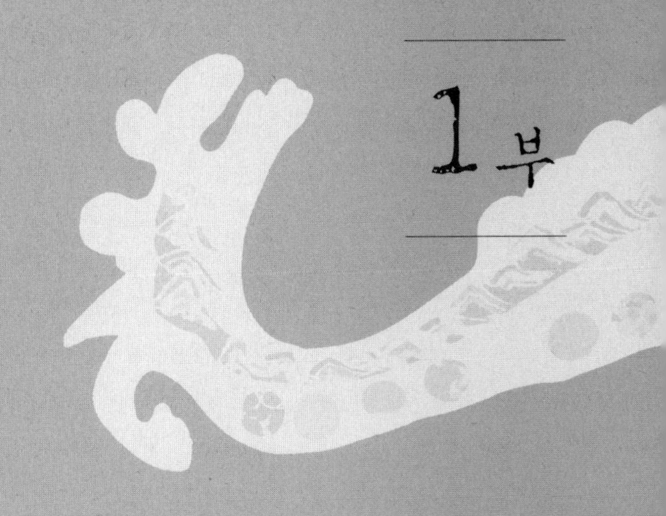

애일당(愛日堂)

멀리서 개 짖는 소리가 연이어 들리는 듯하더니 이어 동근(東根)이 사립문으로 나가는 소리가 들렸다. 실은 그런 소리들도 제대로 의식하지 못할 만큼 허균(許筠)은 지필묵 향에 빠져 있었다. 밤이 이슥해지면서, 방문 밖에서 동근이 여러 차례 발걸음 소리를 내며 그림자를 내비친 것도 알아채지 못한 그였다. 밤참이라도 들이려는 참이었는데 방안에서는 쌕쌕거리는 숨소리와 한지 들썩거리는 소리만 났다.

도성에서 금강산으로 발길을 옮겼다가 석 달 만에 이곳 애일당에 들어선 뒤로 서책과 잡기장을 뒤적거리며 일일이 새 종이에 옮겨 쓰는 일에만 벌써 한 달째 매달리고 있었다. 허균이 그렇게 허기진 듯이 글을 파고들 때면 마치 전쟁으로 폐허가 된 산천을 떠도는 굶주린 짐승 같은 몰골이 된다는 걸 동근은 잘 알았다.

"저기, 영감마님……."

이번에는 사립문 밖에 누가 온 기미를 느낀 터라 허균은 고개를 꼿꼿이 들었다.

"이 밤에 무슨 일인가?"

동근이 머뭇거리는 기색에서 심상찮음을 느낀 허균은 쑤시는 어깨를 들썩거리며 자리에서 일어났다.

"저기, 육례원에서 왔다는 사람들인데요."

"육례원? 한양에서 말인가?"

육례원은 광통교 근방의 한 기방에 붙은 이름이었다.

"예, 아낙 하나하고, 또 남정네가 둘입니다."

알 법한 여자라는 뜻이 동근의 음색에 섞였다.

"아낙?"

허균은 뒤로 돌아서 방 안으로 향했다. 방 안에는 과연 자신이 그랬나 싶게 서책과 문방사우들이 마구 어질러져 있었다. 동근이 잠시 멀어지는가 했더니 다시 기척을 냈다.

"건넌방에서 맞으시도록 할까요?"

방에서 아무것도 손대지 못하게 한 허균은 뒷간에 갔다 오는 길에 말끔히 세수를 했다. 살이 얼얼하게 물이 찼다. 육례원이라는 말을 듣고부터 돌연 코끝에 감도는 분내를 애써 외면해 보는 중이었다.

애일당은 원래 허균의 외할아버지 김광철(金光轍)의 강릉 사천 집에 딸린 별채로, 허균의 태 자리였다.

성인이 된 뒤로 허균은 그 집에서 자주 어머니를 모시고 머물렀다. 날마다 어머니를 모실 수 있는 기쁨을 주는 집이라 해서 이름을 '애일당(愛日堂)'이라 붙였다. 애일당 뒷산 이름이 교산(蛟山)이라 허균의 호가 바로 교산이었다.

허균이 애일당에 와 있는 동안에는 여러 벗들이 놀러 오곤 했다. 그 벗들이 시샘할 만큼 애일당의 풍치가 대단했다. 허균의 초대로 애일당에 들른 명나라 사신 오희맹(吳希孟)이 글씨를 써주어 현판을 걸게 되자, 애일당은 강릉 일대의 명소가 되었다. 역시 명에서 온 사신 공용경(龔用卿)이 애일당을 위해 지은 시도 알려졌다. 물론 이제는 모두 지난 일이 되었다.

허균은 임진년(1592) 왜란 때 어머니와 만삭의 아내와 함께 강릉을 거쳐 함경도로 피난을 갔다. 아내가 피난길에 아이를 낳고 병을 얻어 죽고, 아이마저 젖을 먹지 못해 죽고 말았다. 강릉으로 다시 돌아와보니 애일당은 폐허가 되어 있었다. 허균은 그걸 고쳐서 겨우 다섯 칸 집으로 살려냈지만, 이번에는 함께 모시던 어머니마저 돌아가셨다. 그 뒤로는 주로 도성에 가 살다가 어쩌다 한 번씩 강릉에 들를 때만 애일당을 찾았다.

그러나 이번에 와서는 외가 사촌들과 반곡서원(盤谷書院)을 찾아 한담하는 시간을 빼면 하루 종일 애일당에 틀어박혀 지내다시피 했다.

허균이 의관을 정제하고 마당으로 내려서자, 몰고 온 나귀 두 마리를 싸리울 안으로 들이느라 몸을 구부리고 있던 더벅머리 총각이 벌떡 일어나 허균을 향해 허리를 꺾었다. 육례원에서 청지기로 지내는 홍탁이라는 아이인데 허균은 그 이름까지는 기억하지 못했다. 그래도 동근이 들고 선 관솔불 아래 비친 얼굴이 낯이 익다는 사실에 허균은 왠지 마음이 놓였다. 게다가 댓돌 위에 놓인 자그마한 동구니신 두 켤레에서 번져 나온 흙물을 보고는 창자 깊은 데서 이는 설렘을 더는 누르기 어려워졌다.

"행수 어른이 워낙 서두르셔서 날을 다투어 이리 달려왔습니다."

역시 춘섬이었다. 매운 바람과 눈발을 헤치고 오느라 발갛게 달아오른 춘섬의 얼굴 위로 호롱불 불빛이 어른대는 게 영 가슴을 짠하게 했다. 그러면서도 춘섬 뒤에 서서 고개를 숙이고 있는 한 자그마한 남정네 때문에 허균은 아연 긴장했다.

"대체 무슨 일이기에?"

허균이 동근에게 더운 꿀물을 청하고 좌정하자 춘섬도 앉았으나 사내는 그대로 서 있었다.

"행수 어른이 서찰을 쓰려다 그 시간도 아깝다 하면서 저희를 함께 보냈습니다. 나리께서 크게 힘을 써주셔야 할 일이 생겼습니다."

"허허! 너희 행수가 뒷줄이 단단한 걸 안다만 삭탈관직으로 낙향해 있는 나를 움직일 생각을 하다니!"

허균의 짐짓 노기를 띠어 보이는 얼굴을 춘섬은 아랑곳하지 않았다.

"제 말씀을 잘 들어보시면 저희 행수가 어째서 그러는지 아실 것입니다. 제가 이리로 떠나기 전날 저희 집에 비변사에 계시는 나리들 몇이 오셨습니다. 그 사람들 말이, 나라님께서 곧 왜인들이 우리나라에 출입할 수 있게 명하실 거라고 했습니다."

"허허, 그래? 그걸 알리러 이 설한에 나한테 왔더란 말이냐?"

허균은 놀라기에 앞서 잠깐 실소가 터져나올 뻔했다. 잠자다가도 춘정이 동하면 꼭 떠올려지는 어린 기생 춘섬이 늦겨울 추위를 헤치고 몇 날 며칠을 달려와 한다는 말이 왜인들이 나라에 출입하게 되었다는 사연이었다.

난을 일으켜 쳐들어온 왜에 대한 징벌이 상륙 금지였다. 얼마 뒤부터 다시 바다가 시끄러웠다. 특히 대마도(쓰시마 섬)가 문제인 모양이었다. 왜의 본토로부터도 외면당하고 있는 대마도가 기댈 데라고는 조선밖에 없다는 거였다. 대마도주가 다시 예전처럼 문호를 개방해달라는 요청을 해온 것이 벌써 여러 차례라는 것도 허균은 잘 알았다. 왜인들에게 문호를 개방한다는 것은 대마도의 간청을 이제 와서 들어준다는 얘기인 모양인데, 그런 얘기를 뜬금없이 천릿길을 걸어온 춘섬이 하고 있으니 어이가 없을 수밖에 없었다.

춘섬이 대답 대신 여태 뒤에 서 있는 사내를 소개했다.

"나리, 언니를 기억하시지요?"

"아, 너는!"

뒤에 서 있던 사내는 남장을 하고 섰지만 사내가 아니라, 춘섬이 육례원에 들어오기 여러 해 전부터 그곳에 있던 기생 홍주였다. 허균도 익히 아는 홍주는 춘섬 곁으로 걸어와 남정네처럼 절을 하고 앉아서 입을 열었다.

"제가 그날 그 방에 들었다가 나리들이 하시는 말씀 중에 아는 어르신들 이름이 나와서 귀를 기울이게 되었습니다. 나라님께서 이 나라 조선 출입을 허락해달라는 왜인들의 청을 받아들인다고 합니다. 한데 그 전에 사람을 일본에 보내 왜인들이 과연 지난번처럼 우리 조선을 쳐들어올 것인지 아닌지 살피시기로 하셨는데, 일본에 가서 적정을 살필 탐색사로 발탁된 분이 바로 송운 큰스님이라고 하였습니다."

내내 비장한 기운이라 진짜 남정네가 아닌가 싶을 정도이더니만, '송운(松雲) 큰스님'이라고 말할 때는 결국 속에서 울음을 펴올리는 여자 음색이 완연해졌다.

"으음, 기어이 그리 되실 일이었던가!"

허균의 머릿속에 장삼자락을 휘날리며 말에 오르던 사명대사 유정(四溟大師 惟政)의 긴 수염이 떠올랐다. 그게 십수 년 전 서애 류성룡(西厓 柳成龍) 공의 집 앞에서였는데 유정 스님을 떠올릴 때는 어째서 그 장면이 먼저 떠오르는지 알 수 없었다. 이어 허균은 형 허봉(許篈)이 이승을 하직했을 때 빈소로 찾아와 마치 속가의 사람처럼 비통해 하며 통곡하던 유정의 모습도 떠올렸다. 허균은 속으로 죽은 형의 나이를 헤아렸고, 그러고 나니 자기 나이가 어느새 서른 후반이라는 사실이 새삼 뼈아프게 느껴졌다.

"유정 스님의 연세가 속가 연치로 작년에 갑년을 넘기셨는데……."

허균의 탄식을 홍주가 바로 맞받았다.

"그렇습니다. 송운 큰스님의 연세 올해 예순하나이십니다. 그런 분이 왜구(倭寇)의 소굴로 가야 한다는 말씀입니다. 사서삼경을 터득하고 대국의 정세를 눈 밝게 읽으시는 선비들이 그득한 조정에서 정승, 판서 다 제쳐두고 불가에 귀의해 큰 깨우침으로 세상을 구원하시고 계시는 큰어른을 불러……."

"어험, 듣기 거북하구나!"

허균의 입에서 마침내 "네 이년!" 하는 소리가 터져나올 것 같았다. 천한 기생의 입으로 어쩌다 정승 판서하고 이부자리

농지거리는 할 수 있어도 국정이 어쩌네 나라님의 명이 어쩌네 주워섬기는 시건방짐은 보고 있기 민망했다. 춘섬마저도 홍주를 보며 입을 막아보려는 몸짓이었다. 홍주는 그러나 별로 몸을 사리는 기색이 아니었다.

"송구하옵니다. 송운 큰스님은 이미 왜란 때 목숨을 수십 번이나 던져서 구국을 하신 분입니다. 이제 회갑을 넘긴 그런 어른한테 또다시 목숨을 내놓으라니, 겉으로 대의명분을 내세워 구국충정한다 큰소리만 치고는 왜란 때 힘 한 번 못 쓰고 이 나라 도성의 대궐까지 내놓고 달아나던 분들이 왜란을 뒷수습하는 일까지 노인에게 맡기고 다 어디 가 계시는지 알 길이 없습니다."

허균이 호통을 치는 대신 또 "허!" 하고 실소를 하고 만 것은 아무래도 국정에 전혀 간여할 수 없게 된 자신의 처지 때문이라고 봐야 옳았다. 비루한 행색으로 식솔을 이끌고 피난을 가면서도 먹을 때가 되면 다 제치고 혼자 나무수저를 들곤 하던 자신이 부끄러워 아내와 자식을 잃고 난 뒤 한때 먹기만 하면 토하는 증세를 보이기도 했던 그였다.

"허허, 춘섬아! 네 언니란 자가 아주 작정을 하고 날 찾았구나. 그 말이 나처럼 먹물만 많이 먹은 사람들 가슴을 아주 후벼파는구나!"

춘섬도 어찌할 바를 몰랐지만 한편으로는 내심 홍주가 대단해 보여 혀를 내둘렀다.

허균은 한참 만에야 육례원 행수 도원이 굳이 홍주와 춘섬을 급히 자신에게 보낸 연유를 알아차렸다.

도원은 언제부터인지는 모르지만 유정 스님을 따르는 소문난 보살 가운데 한 사람이 되어 있었다. 유정 스님이 도성에 들 때는 처소를 마련해주기도 했고, 도성 가까운 봉은사에 머물 때는 아예 기방 아이들 몇을 데리고 봉은사에 가서 지내다시피 했다. 이제 유정이 회갑을 넘긴 연세로 일본으로 가게 해서는 안 된다는 것이 도원의 생각이었다. 그 간절한 뜻을 전하자면 홍주가 제일이었고, 또 춘섬이라면 허균이 행동으로 나서게 할 수 있을 거라 계산했던 것이다. 홍주는 사내 종 하나와 함께, 아직 어린 춘섬을 에워싸고 여복도 하고 남복도 하면서 나귀를 타고 눈 쌓인 대관령을 넘어 허균을 찾아 강릉까지 온 거였다.

홍주는 매조지듯 다시 말을 이었다.

"미천한 것이 알아 뫼시기로, 나리께서는 오래전부터 송운 큰스님과 교분을 두텁게 쌓아오셨습니다. 큰스님 성품으로 늙은 불자라 하여 나라님의 뜻을 저버리기는커녕 도리어 횃불을 들고 불 속으로 들어가실 분이지 않습니까? 하나 이제는 평평한 땅 위를 걷는 것조차 조심해야 할 연세이십니다. 큰스님을 만류하실 분으로는 나리만 한 분이 없지 않겠습니까? 부디 큰스님을 만류해주십시오. 간청 드리옵니다."

"너와 행수의 뜻은 그만하면 알았다. 내가 듣기로 나라에서 왜로 탐색사를 보낸다는 얘기가 처음 나올 때부터 송운 큰스님 존함이 거명되었고, 그걸 송운 큰스님도 알고 계실 것이다. 너희 집에 온 관원이 누구인지는 모르겠으나 행수가 이리 화급하게 서둘 정도면 송운 큰스님을 탐색사로 보낸다는 어명이 곧 하달될 거로구나. 하나, 내가 송운 큰스님을 평소 존숭하고 또 때로 가까이 모시기도 했지만 그분의 깊은 뜻을 어찌다 헤아리겠으며, 만일 내가 만류한다고 해서 그런 분이 한 번 굳힌 뜻을 쉬이 굽히려 하시겠느냐? 내가 할 수 있는 일이란 그저 그 어른을 만나서 과연 적의 소굴로 가실 뜻이 있으신지, 가실 뜻이 있으시면 아무리 왕명이 있었다 하더라도 연로하신 몸으로 그렇게 꼭 가셔야 하는지 여쭙는 것밖에 더 무엇이 있겠느냐. 그것도 송운 큰스님이 벌써 도성에 드셔서 왕명을 받은 연후라면 늦은 일일 것이고……."

"그러기에 저희가 이렇게 촌각을 아껴 달려온 것이 아니옵니까. 송운 큰스님은 일전에 봉은사에 다녀가신 뒤에 금강산 유점사로 가셨고 그 후에 고성의 건봉사에도 들르신 것으로 알고 있는데 지난달 전해오기로는 이즈음은 오대산에 계신다고 하십니다. 큰스님께서 오대산하고는 인연이 깊어 동안거나 하안거를 드실 때면 자주 오대산을 찾으신 걸 나리께서도 잘 아시지 않습니까?”

“나리께서 오대산에 들러 송운 큰스님을 만나보시지요. 그러고 나서 도성으로 행차하시면 제가 버선발로 마중을 나가겠습니다요.”

춘섬의 말에 웃으며 한참 고개를 끄덕이던 허균은 갑자기 정색을 했다.

“너희들, 반드시 명심해야 할 일이 있다. 내가 비록 귀하든 천하든 유자든 불자든 가리지 않고 사귀고 존경하며 살아서 너희 행수와도 만만하게 지내온 터이고, 게다가 이즈음은 이렇게 누추한 곳에서 외가 힘을 빌려 지내고 있다만, 아무리 급한 일이고 또 도성에서 왔다 해도 여기는 너희 같은 기녀들이 함부로 드나들 곳이 아니고, 또한 너희들이 와서 훈계를 하고 있을 집도 아니야. 너희들이 송운 큰스님을 위한답시고 나라 다스리는 어른들의 마음을 상하게 하면서 돌아다니다가는 큰스님께 도리어 큰 해가 될 것임을 알아야지.”

뜨끔해진 춘섬이 슬쩍 홍주를 꼬집듯이 눈빛을 돌렸다가 이내 허균에게 야속하다는 눈빛을 보내 왔다.

“아이 참, 나리도! 저희가 그런 눈치도 없이 이리 먼 길을 찾아왔을까요. 행수 어른 말이 나리께서 큰스님이 일본으로 가시는 걸 막지 못하시면 방도는 한 가지밖에 없다 하셨으니, 이는 나리께서 책임을 지셔야 합니다요.”

"방도가 한 가지밖에 없고, 내가 또 책임을 져야 한다니, 그게 대체 무슨 말이냐?"

살짝 흘기는 춘섬의 눈에 물기가 비치는 듯했다.

"큰스님께서 일본으로 가시면, 저도 따라가야 한다고……."

"뭐라고!"

실소도 화도 아니었다. 허균은 정말 놀랐다. 허균의 마음을 쏙 빼놓는 춘섬이 그 험한 뱃길을 건너 일본으로 가게 된다는 걸 실제로 믿고 상상해서도 아니었다. 다른 사람도 아닌 기생들이, 참으로 온몸을 바쳐 나라를 구하는 일에 앞장서며 늙어간 한 중을, 이렇듯 진심을 다해 아끼고 섬기고 있는 것이 경이로울 따름이었다.

허균은 잠시 목이 탔다.

그때 뜻밖에도 홍주가 불쑥 말했다.

"저희가 갑자기 찾아와 나리 마음을 어지럽게 한 걸 사죄드리는 뜻에서 나리 몸 편치 않으신 데다 침을 놓아드려도 되겠는지요?"

그러자 허균은 아픈 몸 구석이 소리치는 듯한 느낌이 들었다.

"침을? 어디서 침술을 배웠더란 말이냐!"

"송운 큰스님을 따르다 큰스님의 한 제자분께 배워 그때그때 기방에서 써먹었는데, 꽤 효험을 보았습니다. 그걸 믿고 나리를 편히 해드리려는 뜻이지, 나리 옥체를 업수이 여겨 드리는 말씀은 결코 아닙니다. 오늘 뵈올 때부터 나리 어깨가 불편하신 듯해서 버릇없이 나섰습니다. 고깝게 생각되시면 아주 꾸짖어주십시오."

"언니, 우리 나리가 이런 걸로 고깝게 여기시겠어? 그렇지 않사옵니까, 나리. 어서 옷고름을 푸시고 언니한테 어깨를 맡겨보세요."

춘섬이 마치 허균의 첩이라도 된 양 허균에게 다가왔다. 허균이 못 이기는 체하고 옷고름을 풀고 어깨를 드러내 보이려는데, 홍주의 말이 들려왔다.

"옷을 내릴 것까지는 없사옵니다, 나리. 이 침은 수족에만 놓는 침입니다."

인연

유정이 서산대사 휴정(西山大師 休靜)의 부음을 접한 것은 갑진년(1604, 선조 37년) 2월이었다. 묘향산 원적암에서 실제 서산대사가 입적한 정월 24일로부터 보름도 더 지난 뒤였다. 오대산의 월정사에 딸린 영감난야(靈感蘭若)에서 해를 넘기며 동안거를 하고 나온 유정은 오대산 일대의 암자를 두루 둘러보고 월정사와 상원암을 거쳐, 부처님의 진신사리를 모신 적멸보궁(寂滅寶宮)에 가 있었다.

그 전날 밤에 이상한 꿈을 꾸기는 했다.

국왕을 배알하고 여러 대신들과 매화가 만발한 종묘 앞을 걸어갔는데 어느덧 서애 류성룡의 집이었다. 이덕형(李德馨)의 얼굴도 보였고, 죽은 허봉도 생전의 건강한 모습으로 함께 있었다. 불현듯 허봉이 류성룡의 집 사랑채 앞뜰에서 매화 한 가지를 꺾어와 유정에게 무슨 설명을 하는데, 다른 이들이 전혀 불쾌해 하는 빛이 없었고 유정이 그 꽃을 두고 시를 읊자 다들 감탄했다. 류성룡이 미소를 머금고는 짐짓 모른 체 뒷짐을 지고 먼 데 산을 바라보았다.

지금 그 시의 내용은 전혀 기억할 수 없었다. 그런 꿈을 꾼 사실도 점심 공양을 하고 마당에 내려섰을 때 먼 아래 상원암 쪽에서 동자승 취혜가 못 보던 행자 하나를 거느리고 숨을 헐떡이며 올라오는 것을 발견하고서야 떠올렸다.

류성룡은 왜란 직후 벼슬에서 물러나 있었다. 아예 고향 안동으로 내려가서는 임금이 여러 번 찾는데도 병을 핑계로 상경하지 않았다. 유정과도 뜸해져서 한 해에 겨우 한 차례 정도 서신만 주고받으며 지냈다. 무슨 기별이 올 거면 조정에서거나 아니면 이항복(李恒福)이나 이덕형 같은 중신들의 집에서겠거니 했다. 왜란이 평정된 후에도 유정은 당상관의 지위인 가선대부 동지중추부사라는 직책으로 도성에 있어야 했다. 유정이 이번에 금강산과 오대산으로 나올 수 있었던 것도 지난해 청을 드려 겨우 윤허를 얻은 덕분이었다.

취혜가 전하는 말은 전혀 뜻밖이었다.

"큰스님, 묘향산에서 온 행자가 한 식경 전에 당도했는데, 서산대사께서 시난날 입적하셨다 하옵니다."

함께 온 행자 온수가 가쁜 숨을 미처 다 고르지도 못한 채 입을 열었다.

"가부좌를 트신 채 조용히 입술을 움직이시면서 말씀을 받아적게 하시고, 그 말씀이 다하는 때 입적하셨습니다."

무수한 주검을 접하고, 그토록 오래 수행을 했으니 이제는 이런 느낌이 드는 때가 없으리라 싶었는데, 아직 아니었다. 서산대사 휴정 입적. 언제고 닥칠 일이라 속으로 셈하고는 있었으되, 가슴을 쿵 하고 치고 가는 울림이 이처럼 둔중할 줄 몰랐다.

유정이 서산대사 휴정을 마지막으로 본 것이 지난해 여름 금강산 유점사에서였다. 소식(小食)이기는 해도 공양 때 밥알 한 톨 남기지 않으셨고, 힘에 부친 듯하면서도 말씀을 하실 때 가끔씩 눈썹이 일어나는 듯한 기색은 여전해 보였다. 유정이 이제는 국왕의 부름에 그만 응하고 산으로 가려 한다는 뜻을 밝히자 휴정은 떠듬거리며 이렇게 말했다.

"절에 있건 저자의 진흙구덩이에 있건 중의 몸이 어찌 그 누구의 것이겠느뇨. 중생을 구하고자 창칼을 들고 저자에 나섰던 몸을 숲이 가릴 것이며 구름이 가릴 것인가. 이 나라 중생이 언제 또 전란과 화마에 휩쓸리지 모르니, 언제든 가서 구하는 것이 자연의 이치이고 또한 부처의 뜻일 터!"

딱히 다시 변란이 있을 조짐이 있는 것도 아닌데 왜 그런 말씀을 하셨는지 내내 알 수 없었다. 유정은 유점사를 떠나 다시 묘향산으로 돌아가는 서산대사의 손을 오래오래 붙잡았다.

"제가 내년 봄에는 묘향산에 가서 꼭 시봉하겠습니다. 그때까지 편히 지내십시오."

그게 마지막이었다. 이번에 오대산을 나서면 금강산에 다시 한 번 들렀다 도성으로 가서 국왕을 배알한 다음 묘향산으로 가리라 마음을 다잡아왔다. 그런데 스승 서산대사 휴정의 부음이 날아든 것이었다.

> 삶이란 한 조각 구름이 일어나는 것.
> 죽음이란 한 조각 구름이 스러지는 것.
> 구름은 본시 실체가 없으니
> 죽고 살고 오고 감이 모두 그와 같도다.

휴정의 부음을 접하고 조상을 하기 위해 말을 타고 묘향산으로 향하는 내내 유정의 귀에는 서산대사 휴정이 마지막 남겼다는 게송 한 대목이 웅웅거렸다. 유정은 그 게송을 따라 외어보았다. 구름이란 본시 실체가 없으니, 죽고 살고 오고 감이 모두 그와 같도다……. 시종들과 함께 한참 동안 말없이 뒤를 따르며 유정의 입에서 흐르는 게송을 얼음장 밑을 흐르는 물소리처럼 듣고 있던 해구가 말했다.

"큰스님, 저는 서산대사께서 쓰신 시문 중에 이런 게 기억에 남습니다."

유정은 무심하게 해구를 돌아보았다.

해구는 근엄한 표정을 지었다.

"용을 붙잡아 구름 밖으로 나갔다가 공중에서 봉을 때리며 온다……."

"허, 그걸 자네가 어떻게!"

유정은 허공에 허옇게 입김을 날렸다. 해구가 아랑곳하지 않고 오언율시(五言律詩)의 다섯 자 가락을 살리며 읊조리기 시작했다.

사문의 외눈,
팔방을 비추는 광명.
칼 쥔 왕의 위엄,
집을 지키는 거울.
용을 붙잡아 구름 밖으로 나갔다가
공중에서 봉을 때리며 온다.
살활(殺活)에 두루 능하니
천지도 또한 티끌이로다.

새삼 감회가 밀려왔다. 왜란 나기 한 해 전이었다. 순안 법흥사를 찾은 유정에게 휴정은 '증유정대사(贈惟政大師)'라는 제목이 붙은 이 시를 써서 주었다. 어쩌면 그때 이미 왜란과 같은 국난에 유정의 능력이 크게 발휘될 것을 예측하고 있었는지도 몰랐다. 해구가 그 시를 베껴서 품에 넣고 다니며 외고 있었던 것이다.

앞서 걸으며 눈밭을 헤치는 유정을 해구는 바짝 따라붙었다. 둘을 따르는 시종들 걸음도 다시 급해졌다. 눈 밟는 소리가 바드득바드득 났고, 간간이 부는 찬바람에 나뭇가지들이 우는 소리를 냈다.

"스님, 이 참에 제가 늘 궁금해 하던 걸 여쭙겠습니다."

해구는 용문산을 지나 양근(지금의 경기도 양평) 쪽으로 북상하는 길참에서 쉬게 되자 다시 유정의 표정을 살폈다.

"무슨 말을 하고 싶은 게냐?"

"스님이 휴정 큰스님께 가서 승방입실을 하신 것이 바로 서른둘, 지금 제 나이입니다. 제가 여태 생각이 짧아서 이런 걸 여쭙게 되는 듯합니다만, 제가 스님 같았으면 말입니다, 휴정 큰스님과 따로 교분을 쌓았을지는 모르지만 굳이 승방입실까지 해서 제자가 되기를 자처하지는 않았을 것 같습니다."

유정도 모처럼 입을 떼게 되어서인지 희미하게 웃어 보였다.

"왜 갑자기 그런 말을 하는 건가? 이제 내 곁에서 떠나고 싶어서?"

"그런 말씀이 아니오라……."

"그럼 갑자기 나이 얘기를 왜 들먹이는 건가? 지금이라도 나를 떠나 자네 도량을 찾아가시게나."

"스님 같으신 큰스님도 제 나이 때 다른 스승을 찾아 제자가 되셨는데 제가 어찌 감히 제 도량을 만들겠습니까?"

유정이 제자 되기를 자청하고 서산대사 휴정을 찾아갔을 때 두 사람이 서로의 법력을 시험해보기 위해 벌였다는 전설 같은 선문답들은 속가 사람들뿐 아니라 스님들 사이에서도 사실로 소문이 나 있을 정도였다. 해구는 그런 얘기를 꺼내려다가 이내 말을 아꼈다.

"서산대사의 법력이 대단타 해도 스님 또한 지위가 그에 못지않으셨는데 어째서 스스로 찾아가서 제자가 되셨을까, 그런 생각이 가끔 들어서입니다."

해구는 열세 살 때 유정에게 수계를 받고 줄곧 유정을 따르며 지내온 제자였다. 마땅히 홀로 수행하고 만행하는 시간도 필요했지만, 도중에 왜란을 만나는 바람에 유정을 그림자처럼 따라다니며 보좌하는 것으로써 수행을 대신해왔다. 그 덕분에 죽을 고비를 여러 번 넘겼다. 칼을 휘둘러 피를 본 것은 그보다 더 많았다. 한편으로는 남이 모르는 유정의 소심한 내면을 읽기도 했지만 왜란을 다 지나고 나니 정말 이만한 큰 인물은 다시 만나기 어렵다는 생각을 하게 됐다.

"그게 부처님이 맺어준 연이 아니겠나. 지금도 그러하지만 그때 나는 면벽 수행도 하고 묵언 수행에, 만행에, 수도하는 승려로서 해볼 것은 다 해보고 지냈지. 절 주지도 해보고 이 가람 저 가람을 돌며 설법도 해보지 않았겠나. 학문하고 문장 좋다는 뭇 선비들과 유학의 경전을 논하고 시문을 화답하기도 했지. 한데 도무지 내가 갈 길이 막막하기만 했어. 겉으로 내 법력이 대단해 보였는지는 모르지만, 그 무렵 나는 화두를 안고 참선에 들어도 도통 마음이 가라앉질 않는 애송이 땡중이었던 거지. 그런데 언젠가부터 서산대사의 법문이 떠올랐고, 그럴 때마다 단전으로 자꾸 힘이 모이는 것 같더란 말씀이야."

이 땅에 불교가 들어온 이후 그 법맥은 신라의 원효, 의상, 자장과 신라 말의 구산선문 조사(九山禪門 祖師)들과 고려 들어 보조 지눌에서부터 지공, 나옹 혜근, 무학 자초 등을 이으며 조선 초까지 그 중심을 잡아왔다. 조선 중기 이 법맥의 중심에 서산대사가 있었다는 것이 후대 사람들의 보편적인 견해다. 한편, 서산대사 이후 법맥을 이은 선사들은 이 나라의 법맥이 중국 임제종을 시발로 고려 말 태고 보우(太古 普遇)를 통하고 이후 환암 혼수, 등계 정심, 벽공 지엄, 부용 영관을 거쳐서 청허 휴정에 이른 것으로 보고 있다.

법맥은 그리 설명할 수 있지만, 조선 개국과 더불어 숭유배불에 따라 말할 수 없는 궁지에 몰린 불교를 다시금 세력화한

명종대의 보우대사(普雨大師)를 거명하지 않고 당시 불교의 실상을 말할 수 없다. 보우는 지금 국왕(선조)의 선대인 인종, 명종 대에 왕실과 내명부들의 특별한 보살핌 아래 불교를 중흥시킨 인물이었다. 과거제도에 선과를 다시 개설하고, 승려의 신분을 보장하는 도첩제를 부활시킨 사람이 그였다.

이미 선사의 반열에 들어서 있던 서산대사는 기꺼이 그 부활된 선과 시험 첫 해에 과장에 나가 급제함으로써 제도 개편으로 불교를 중흥하는 일에 적극적으로 부응했다. 숭유억불의 시대에 불교 중창을 주도한 주역 보우는 오래지 않아 전 유림의 배척을 받았고, 끝내는 제주도로 귀양 갔다가 제주목사에게 장살을 당하고 말았다. 그 빈 자리를 서산대사가 이었다.

서산대사는 숭유억불을 실천하는 조정 대신들 및 유학자들과 때로 일정한 거리를 두기도 하고 때로 학문적으로 교유하기도 하면서 보우가 비명횡사한 후 끊어지는 듯했던 이 나라 불교계의 법맥을 되살려냈다. 그 이름 앞으로 많은 불도들이 제자가 되기를 자청했다.

유정이 묘향산에 머물던 서산대사 휴정을 직접 만난 것은 열여덟 살의 나이에 봉은사에서 열린 선과에 응시했을 때였다. 처음에는 시험에 몰두하느라 의식하지 못했지만 시험이 끝나고 사방을 둘러볼 여유를 가졌을 때 비로소 보우를 비롯한 여러 큰스님들과 그 끝자리에 앉은 휴정이 눈에 들어왔다.

유정을 가르친 스승으로 치면 어릴 때 모신 황여헌(黃汝獻) 선생이 있었고, 부모를 차례로 여읜 뒤 열여섯에 직지사(直指寺)로 출가하면서부터 계를 내려주시며 큰 가르침을 주신 신묵화상(信默和尙)이 있었다. 신묵화상의 인도로 알게 된 보우대사는 유정을 이 나라 불교의 중심으로 이끈 분이었다. 보우대사가 머물던 봉은사에 드나들면서 알게 된 재상 노수신(盧守愼)은 불교에 경도해 있던 유정을 유학의 세계로 인도한 분이었다.

선과에 급제한 유정은 이후 십수 년 동안 직지사, 회암사, 봉은사 등을 오가며 수행을 하는 틈틈이 재상 노수신의 집에서 논어, 맹자, 대학, 중용, 시경, 서경, 주역 등 무수한 유교 경전을 얻어와 공부했고, 한편으로 당송의 문장도 틈틈이 익혀 지인들에게 자주 시문을 지어 보내곤 했다. 만약 유정이 불가에 몸을 담지 않았다면 일찌감치 문과에 등과를 하고 관의 부름을 받아 날로 벼슬이 높아졌을지도 모른다.

유정에게는 불교와 유교가 따로 한껏 깊어져 있으면서도 서로 경계 없이 소통하는 학문으로 이해되었다. 노수신을 찾아오는 많은 학자들이며 선비들과 자연스레 시문을 화답하며 친해지는 게 조금도 이상할 게 없었다. 퇴계 이황(退溪 李滉)의 문하이면서도 이황과 사단칠정의 이론으로 8년간이나 격론을 벌인 기대승(奇大升)이 유정을 두고 불가에 든 것을 안타깝게 여긴 일화가 일찍부터 알려져 있을 정도였다. 유정은 위로는 박순으로부터 류성룡, 이산해를 비롯, 이달, 최경창, 임제, 이항복, 허봉, 이덕형, 이익지 등과도 교분을 깊이 쌓았다. 허봉을 통해 알게 되어 또 각별한 인연을 쌓은 허균은 스물다섯 살이 아래였다.

이렇듯 유교와 불교를 넘나들며 깊고도 넓게 가르침을 주고 깨침을 얻게 한 훌륭한 스승들 덕분에 유정은 불교계의 중추적인 인물로 성장할 수 있었다. 그러면서 그 자신이 점차 남의 따름을 받는 스승의 지위에 올라갔다. 나이 서른에 자신이 출가한 직지사의 주지가 되면서 법회를 주도하게 되자 경상 일대 사람들이 그의 법문을 들으러 몰려왔다. 오대산, 금강산, 설악산 일대의 절은 유정이 다녀갈 때마다 반상 구분 없이 많은 신도들이 몰려들었다.

이런 유정도 서른두 살 되던 해에 묘향산으로 찾아가 서산대사 문하에 승방입실을 해 누구보다 돈독한 법사제자(法嗣弟子)가 되었다. 이 일은 두 사람의 운명은 물론이고 조선의 불교계, 더 나아가 조선의 역사에 일대 사건이라 할 수 있었다.

유정이 만난 스님들의 설법은 주로 선과 교를 구분해 어느 한쪽의 타당성만을 강조하는 식이었다. 유정으로서는 배불을 당해 불교가 날로 괄시받고 있는 터에 그런 것이 다 무슨 소용인가 하는 회의가 들던 차였다. 물론 서산대사도 선종(禪宗)을 중시했는데, 대신 교종(教宗)을 선종으로 받아들여 두 법맥을 일원화했다. 그러나 서산대사가 더 중시한 것은 부처의 원래 가르침인 진성(眞性)이었다. 서산대사는 말했다.

"조그만 배를 타고 창해를 건너 만왕을 설복시키고 그의 헐벗은 수천만 백성들을 고래 아가리에서 구한 것이 바로 대자비가 아니겠는가! 그 대자비가 보리반야의 종법이라, 감히 금석도 이를 뚫을 수 없고, 천둥 번개 또한 이를 범할 수 없고, 쇠 이마를 가진 소가 있어도 그 강함을 다툴 수 없도다! 이를 따르면 천당으로 오르고 이를 어기면 지옥으로 떨어지나니, 외를 심으면 외가 나고 종을 치면 종소리가 들리어, 한 생각의 인과(因果)가 부처도 되고 중생도 되나니, 그 법이 부처이고 곧 인륜이다."

남들이 종파를 말할 때 서산대사는 그 너머의 근원을 말하고 있었다. 남들이 그 너머의 근원에 부처가 있음을 말할 때 서산대사는 그 부처 있음 너머의 근원에 대해 말하고 있었다. 서산대사 앞에서는 불, 유의 가름조차 무의미할 때가 많았고, 그런 점에서 성장하는 동안 불과 유가 본질에서 다르지 않다고 여겨온 유정의 생각과도 일치했다. 유정은 서산대사의 법을 이었으되, 그 법을 산과 절에 머물게 놔두지 않고 천하에 펼쳐놓았다.

서산대사 휴정의 법문을 떠올리던 유정이 문득 말했다.

“부처를 만나면 부처를 죽여라!”

“스님, 새삼스러우십니다.”

‘부처를 만나면 부처를 죽이고 조사를 만나면 조사를 죽이고 나한을 만나면 나한을 죽이고……’의 예화는 말할 것도 없이 임제선사의 가르침을 전하는 말이다.

“임제종을 따르는 스님 치고 이 말을 하지 않는 스님은 없지. 그런데 서산대사를 만나기 전까지 나는 그 말을 그냥 말이라고 생각했거든. 나는 부처를 죽이기는커녕 아직 부처 근처에도 가지 못했다는 생각으로 결국에는 서산대사께 달려간 거지.”

유정의 입에서 쉽게 서산대사 얘기가 풀려나오자 해구는 기왕 시작한 김이라는 듯 한 발 더 내디뎠다.

“그렇게 서산대사께 나아가셔서 제자가 되셨으니 스님이야말로 우리 조선 불교의 법맥을 이으셔야 하지 않습니까? 그런데 서산대사께서는 스님을 절에 두지 않으시고 전장으로 나가시게 하셨잖습니까?”

“그래서? 내가 전장에 나가서 죽기라도 했는가, 아니면 자네가 나를 따라 전장에 나갔다가 다리가 부러지기라도 했는가?”

“에구, 큰스님. 제가 왜란 때 두 번이나 다리가 부러진 걸 큰스님께서 고쳐주시고도 잊으셨습니까?”

해구는 말 위에서 짐짓 다리를 건들거려 보였다.

왜군의 침략을 당한 임금은 궁을 버리고 북으로 몽진(蒙塵)을 갔다. 위기에 몰린 임금은 서산대사를 불러내 8도16종 도총섭이라는 직첩을 주면서 승군을 일으키라 했고, 서산대사는 기꺼이 전 사찰에 승군 봉기령을 내렸다. 이에 강원도 건봉사에 머물러 있던 유정이 승병을 일으켜 서산대사 앞으로 달려갔다.

이후 도총섭의 지위는 서산대사에 이어 부총섭의 지위를 맡은 제자 의엄(義嚴)에게로 넘어갔다가 그 뒤로는 왜란 종결 때까지 유정이 실질적인 지휘권을 발휘했다. 유정은 평양성 탈환을 비롯해 크고작은 무수한 전쟁을 승리로 이끌어내는 공을 세웠고, 여러 차례 왜군이 쌓은 성 안으로 들어가 왜장과 설전을 벌여 명과 왜 사이에서 고립되고 마침내 두 동강이가 날 위기에 처한 나라를 구해냈다.

왜군이 쳐들어왔을 때 과연 서산대사가 아니었으면 승군이 총궐기하여 일사분란하게 전쟁을 치러낼 수 있었을까? 서산대사가 아니었으면 국왕이 승군을 총지휘하는 8도16종 도총섭의 지위와 그 실제적인 권한을 유정에게 넘겼을까? 그리고 유정이 아니고 그 어떤 불자가 조정 대신들과 거리낌 없이 교통하고 명군과 공동전선을 구축해 왜적을 몰아낼 수 있었을까? 서산대사와 유정의 만남은 두 사람만의 것도, 불교계만의 것도 아니었다. 바로 우리의 국운에 해당하는 것이었다. 왜란

이 종결되고 6년이 지나도록 국왕은 유정에게 당상관의 지위를 지키게 하고 도성 근처에서 떠나지 못하게 하고 있었다.

그러나 유정이 서산대사의 제자가 되고부터 시작된 운명이 아직 그 끝에 닿지 않았다는 사실을 해구는 물론이고 유정도 몰랐다.

용문산 기슭을 지나면서 날이 어둑해지자 유정 일행은 양근 오빈의 어느 객줏집에서 여장을 풀었다. 묵밥을 청해 한 그릇씩 먹으며 주린 배를 채우고 있는데 멀리서 말 울음소리가 어둠을 헤치며 다가왔다. 해구는 마치 전장에서 유정을 보좌하듯 일행을 일으켜 세워 객줏집 마당으로 내려서서 사위를 경계했다. 이리 오너라, 하는 소리와 함께 객줏집 안으로 밀려들어온 사람들은 뜻밖에도 관복을 입은 관원들이었다. 임금에게 유정을 올려 보내라는 교서를 받은 강원감사의 파발이었다.

"쾌마로 성화같이 올라가셔서 어명을 받들어 왜국으로 갈 채비를 하시라는 분부입니다."

유정은 류성룡의 집 정원에 가 있던 간밤의 꿈속 일을 떠올렸다. 그 꿈은 서산대사의 부음을 예지한 것이기도 했지만 여러 차례 정승의 지위에 오르며 국난을 견뎌온 류성룡과 조정 대신들의 현몽이기도 한 셈이었다.

"조정에 정말 그렇게 사람이 없는지요?"

이미 전부터 오가던 얘기가 눈앞의 일로 닥쳐온 것이지만 해구는 볼멘소리를 하고 말았다. 유정은 조용히 숨을 골랐다.

"스승께서 내게 할 일이 더 남아 있다고 알리셨구나!"

이튿날 유정은 도성을 향해 말머리를 돌렸다.

손곡 이달

이달은 가야금 소리를 듣고 있는 게 아니었다. 파도가 밀려오고 다시 떠밀려나가는 소리 끝에서 어떤 희끄무레한 기운이 아른대는 듯했다. 그런 기운 아래 춤추고 널뛰듯이 노는 손놀림이 있었다. 파르르 떨 듯하는 저고리 앞섶이며 슬쩍슬쩍 까딱거리는 고갯짓도 보였다. 가야금 소리에 손바닥이 무릎장단을 치고 콧노래가 흘러 절로 흥얼거리고 있는데도 이달은 소리에 취해 있지 않았다. 손곡 이달(蓀谷 李達)은 그 자태만 보았다.

"탄주(彈奏)를 하라 하시고는 무얼 그리 골똘히 생각하시는지요?"

춘섬이 무릎에서 가야금을 내려놓았다. 이달의 낯은 춘섬을 향하고 있었지만 그 눈길은 어디에 닿고 있는지 딱히 알 수 없었다. 백발에 흰 수염이 갑년은 넘겼으리라 싶으면서도 도통 연치를 짐작할 수 없는 태도였고, 워낙 사팔뜨기 같은 눈인데다 줄곧 속내를 알 수 없게 만드는 표정이었다.

허균이 나타난 것은 이달이 춘섬이 치는 두 번째 술잔을 막 비우고 난 뒤였다.

"선생님께서 먼저 와 계시다고!"

밖에서 들려오는 허균의 목소리에 이달은 비로소 자신이 춘섬을 두고 줄곧 누군가를 떠올리고 있었다는 사실을 알아차렸다. 그러고는 허균이 들어서서 채 앉지도 않았는데 벌떡 일어서서 큰 소리로 외쳤다.

"맑고 넓은 가을 호수, 옥같이 푸르른 물. 연꽃 그윽히 품고 작은 배 하나 띄웠네. 연밥 따 물 건너 너한테 던져주고, 행여 누가 봤을까 온종일 부끄럽네."

환하게 웃으며 들어온 허균은 이달이 낭창하게 외치는 시구절에 안색이 굳어졌다.

"선생님, 벌써 취하셨습니까?"

"아니. 하지만 이제부터 좀 취해보세, 교산!"

이달은 절을 하려는 허균을 좌정하게 하고는 벌주 삼아 당장 술잔을 비우게 했다. 허균은 하는 수 없이 응했지만, 잔을 나 비우고는 가시 돋친 말을 한 마디 내뱉었다.

"언제 선생님이 취하지 않으신 적이 있습니까?"

"허허허, 그렇지. 안 취하고서야 살 수가 없으니."

이달이 과장되게 웃으며 춘섬한테 눈을 찡긋했다.

"왜들 이러시는지 저는 알 길이 없네요."

춘섬이 자신만 두고 모르는 얘기를 하는 걸 눈치 채고 서운하다는 기색을 내보였다.

"춘섬이라고 했지?"

"그러하옵니다."

"방금 내가 읽은 시가 어떠냐?"

"한 번 읽으신 시를 듣고 제가 어떻게 그 뜻을 알겠습니까?"

"그래? 그러면 다시 들어보겠느냐? 네가 가야금을 타면 내가 그 가락에 얹어 그 시를 노래로 들려주마."

허균이 손을 저어 만류하는 걸 이달은 모른 체했다. 춘섬이 다시 가야금을 들고 앉아서 진양조 가락으로 가볍게 음을 잡았다.

"자, 이 시는 제목이 채련곡(采蓮曲), 즉 연밥을 따는 여인의 노래라는 뜻이란다."

술상을 손으로 탁, 내리친 이달은 앉은 채로 허리를 곧게 세우면서 목을 틔우고는 일곱 자가 한 구절을 이루는 한시부터 천천히 읊어갔다.

秋淨長湖碧玉流 맑고 넓은 가을 호수, 옥같이 푸르른 물.

蓮花深處繫蘭舟 연꽃 그윽히 품고 작은 배 하나 띄웠네.

逢郎隔水投蓮子 연밥 따 물 건너 너한테 던져주고

或被人知半日羞 행여 누가 봤을까 온종일 부끄럽네.

"자, 어떠냐?"

이달이 춘섬이 가까이 와 앉기를 기다렸다가 물었다. 그 눈길이 춘섬을 떠나지 않고 있었다.

"연밥 따는 여자가 마음에 두고 있는 남정네한테 살짝 속내를 드러내놓고 와서 부끄러워하고 있다는 거지요? 우리 같은 여자 마음을 어쩌면 그리 잘 그려냈을까? 아마, 그 시는 여자가 지었을 것이야. 그렇지 않습니까?"

"오호! 말을 알아듣는 꽃이 있다더니 과연 네가 해어화(解語花)로구나!"

"나리, 어떤 여자분이 지은 시인지요?"

춘섬이 허균 쪽으로 몸을 기대왔다. 허균은 잠깐 춘섬의 얼굴을 들여다보고는 허, 하고 웃고 말았다.

과연 그랬다. 춘섬이 정말 누군가를 닮아 있었다. 이달이 신통하게 그걸 알아보고 시를 읊은 것이다. 호수, 물, 그윽한 곳, 한 척 배로 이어지는 절묘한 흐름으로 한 남정네한테 품은 아낙의 연정을 살짝 드러낸 그 시의 작자는 바로 허균의 죽은 누이 난설헌이었다. 여러 차례 춘섬과 놀았지만 춘섬이 누이를 닮았다는 생각을 해보지 않았는데, 이달이 꼭 집어내고 보니, 허균은 허를 찔렸다는 느낌이 들 수밖에 없었다.

"이제나 저제나 하고 기다렸는데 드디어 오셨군요."

허균이 든 걸 그제야 알았는지 밖에서 행수의 발걸음 소리가 났다. 이달이 들어설 때는 처음 보는 춘섬을 들여 맡겨놓더니 허균이 들자 행수 도원에서부터 부행수 원길에 옥정, 홍주, 수빈까지 들어왔다.

"역시 귀빈은 따로 있구먼!"

이달이 짐짓 비아냥거렸다.

"작은나리께서 오신다는 기별을 듣고 며칠 전부터 우리 집 아이들이 모두들 몸치장에 꽃단장이 대단했거든요."

허봉이 드나들던 집이라 행수나 부행수는 허균을 작은나리라 불렀고, 허균도 여태 젊은 서방 같은 느낌으로 육례원에 드나들고 있었다. 그러나 허균은 이번만은 행수 도원이 자신을 기다려온 다른 마음을 잘 알고 있었다.

허균은 정색을 하고 말했다.

"어명이 유정 스님에게 닿기 전에 내가 가서 만류를 하려던 것이었는데 결국 만나질 못했네."

허균이 오대산에 닿았을 때는 서산대사의 부음을 접한 유정이 이미 조상하러 길을 떠난 뒤였다.

"큰스님께서 서산대사의 부음을 접하고 묘향산으로 가던 중에 어명을 받들고 먼저 도성 쪽으로 오신 것으로 아는데, 입궐하셨다는 말은 아직 들리지 않습니다. 지금은 어디 계신지 도무지 종적을 모르겠습니다."

"아니, 봉은사에도 들르지 않으셨다는 겐가?"

유정은 통상 한강 뚝섬 건너 봉은사나 아니면 숭례문 밖 관왕묘(關王廟)에 머물면서 임금이나 조정의 부름을 기다린다. 부름이 잦을 때는 도성 안으로 들어와 친한 문인의 사랑이나 육례원의 행수 같은 불자들이 특별히 마련해주는 거처에서 지낸다. 어떨 때는 다른 불자들이 북악산이나 목멱산 같은 데 지어놓은 암자에서 머물 때도 있다. 아무튼 대개는 어디에 머물러 있다는 걸 알게 되는데 이번에는 종잡을 수 없었다.

"큰스님의 행자들이 먼저 봉은사에 닿았다는데, 정작 큰스님은 아직 미도착이라 했습니다. 이번에는 왕명을 받아 오시는 터라 저희 집에 기별할 것 같지도 않으니, 어떻게 먼저 찾아야 할는지요?"

"이리저리 어지럽게 수소문하고 다니기도 난처하고……."

"큰스님께서 입궐하지 않으셨으니, 아직은 큰스님이 왜국으로 가시는 걸 막을 수도 있는 셈입니다."

도원이 미련을 버리지 못하고 허균을 쳐다보았다. 그때껏 듣고 있던 이날이 나섰다.

"천치들도 때로 귀인을 먼저 알아보고 인사를 한다더니 꼭 그 꼴이지 않나. 뒤늦게라도 유정 스님 같은 이를 찾았다는 게 놀라운 일이지. 제멋대로 쳐들어와서 나라를 도륙한 도적이 다시 와서 문을 열어달라고 성환데, 제대로 따지지도 못하고 그렇다고 단호하게 내치지도 못하고 있다가 용케 유정 스님을 생각해냈어."

허균도 일단 고개를 끄덕일 수밖에 없었다.

"유정 스님의 탁월함에는 그 누구도 비하지 못하겠지만, 젊은 사람도 힘든 원행을 어째서 늙으신 스님에게 맡겨야 하는지 참으로 알 길이 없습니다."

"도대체 조정에 사람이 남아 있길 하나. 구국한 사람들을 죽이거나 탄핵하는 일을 업으로 삼는 것들이 이 나라 대신이요 유림들 아닌가. 서애 대감이 실각한 뒤로 이원익, 이항복, 이덕형 같은 대신들이 남아 있다 하나 역부족이지. 실익이 하나도 없이 번드르르한 말만 잘 만들어내는 대신들이 나서서 될 일이 뭐가 있겠어. 바보 천치들한테 외교를 맡겨서는 안 되지."

마침 밖에서 술꾼들의 왁자지껄한 말소리가 들려와 허균은 급히 손을 내저었다.

"선생님, 말씀을 아끼세요. 여기는 비변사와 육조 관청의 벼슬아치들이 자주 드나드는 집입니다."

이달은 못 들은 척했다.

"왜국으로 가서 왜인들을 상대하는 일에 사명대사만 한 이가 어디 있겠나. 그런 용기를 가진 사람이 누구이며, 용기를 가졌다 한들 사명대사만 한 경험과 통찰을 가진 사람이 누구이겠는가. 사명대사는 일찍이 칼로써 왜를 쳐부순 공도 어떤 장수 이상이거니와 가등청정(加藤淸正: 가토 기요마사)과 강화(講和)를 논할 때도 상대의 속셈을 꿰뚫어 꼼짝달싹 못하게 한 분이야. 게다가 승려 아닌가. 왕명을 받들고 가는 거지만 나중에 명나라에서 뭐라 해도 왕명을 내린 게 아니라 불자로서 도를 행한 거라고 발뺌을 하기도 좋질 않은가. 조선의 고승이 어리석은 왜국 사람들에게 불법을 전하러 간 거로 치면 누가 뭐라 하겠는가. 누가 천거한 것인지 모르지만, 이건 탁견이지, 탁견이고말고."

과연, 이라고 허균은 속으로 고개를 끄덕였다. 허균으로서도 충분히 추론할 수 있는 일이었지만 이달처럼 단번에 몇 마디로 정리하기는 어려웠다. 입을 열면 당송의 시편들이 줄줄이 엮여 나오는 타고난 시인이, 벼슬자리 하나 변변히 맡은 적 없으면서 조정 일이며 나라 밖 일까지 안방 일처럼 몇 마디 말로 정리해버린다.

"하지만 유정 스님이 배포가 크고 혜안이 있으시다 해도 갑년을 넘긴 노인의 몸으로 배를 타고 가셨다가 봉욕이나 치르게 되면 큰일이 아닙니까? 제 만형도 왜란 나기 전에 일본에 다녀오실 때 너무 괴로워서 자진을 하고픈 심정이 된 적이 여러 번 있었다고 하셨어요. 조정에 사람이 없다 해도 공신 중에 공신이시고 벌써 환갑 넘기신 노인을 그런 험한 곳에 보내는 건 주자의 예에도 크게 어긋나는 일이지요."

허균의 만형 허성(許筬)은 왜란 나기 두 해 전에 황윤길, 김성일을 각각 정사(正使)와 부사(副使)로 하는 사신 행렬에 서장관으로 동행했다. 그때 고생한 일에 대해 두고두고 고개를 젓는 걸 허균은 여러 번 보았다. 허성뿐 아니라 많은 이들이 뱃멀미에 배탈이나 몸살 같은 걸로 죽을 고비를 여러 차례 넘겼었다.

"나무 밑에서 자다가 깨어나 진흙탕에 들어 나라를 섬겼도다. 꾀를 내어 계략으로 천리 먼 밖에서 승전고를 울리나니, 어느새 내 이름이 이리 무성해졌구나! 이 또한 여여한 일일 터, 일천 조사들이여 우리도 살생을 한 몸이로다!"

"허, 선생님 기억력은 정말 알아드려야 합니다. 그건 유정 스님이 일천 조사들을 데리고 전란에 참전해 왜놈들과 대적할 때의 시가 아닙니까?"

"산중에 있을 중이 속세의 진흙탕에 뛰어들어 나라를 구했지. 한데 이 나라가 지금이라고 진흙탕이 아니랄 수 있겠는가. 더욱이 왜의 일이라면 이 나라는 한숨도 자지 않고 경계하고 지켜야 마땅할 터. 이미 칼을 든 스님이시니 마땅히 더 진흙탕

속에서 싸워주셔야 해."

"그럼 제가 스님을 못 가시게 만류하지 말라는 말씀이신지요?"

"뜰 앞에 잣나무!"

"흡!"

이달의 막힘없는 변설에 허균은 입을 다물고 말았다. 농으로 하는 말에 둔중함과 날카로움이 함께 살아 움직였다. 그러다 정색을 하고 대하면 어느새 한바탕 웃을 거리를 쏟아내놓는다. 바름과 비뚤어짐을 함께 지니고도 어느 누구에게도 뒤지지 않는 혜안을 가진 이였다. 허균이 자라는 동안 여러 사람한테 가르침을 받았지만 그 중에서 가장 흉금 없이 지낼 수 있는 사람이었다. 언제나 허투루 대하게 만들어놓고는 깜짝깜짝 놀랄 만한 천재성으로 압도해 오는, 도무지 흉내 낼 수도 뛰어넘을 수도 없는 인물이었다.

그러나 시대는 그런 사람이 능력을 발휘할 기회를 주지 않았다. 그 천재는 끝내 역사의 뒤안길로 사라진다. 대신 눈 밝은 문사는 이런 사람을 이야기 속에 남겨둔다. 나중에 허균은 이달의 빼어난 시를 모아 시집을 간행하고 『손곡산인전(蓀谷山人傳)』이라는 한문소설을 써서 그 불우한 천재를 기린다. 더 나중에 쓰게 되는 저 유명한 한글소설 『홍길동전』의 영웅 홍길동 또한 이 이달을 닮아 있다.

오늘은 유정이 화제에 오른 만큼 얘기를 주고받다 보면 온

갖 게송이 다 쏟아져나올 듯했다. 허균은 그때껏 말없이 앉아 있던 도원이 들으라고 말했다.

"국왕께서도 누가 봐도 사명대사밖에는 달리 사람이 없다는 걸 아시고 명을 내린 것이니 이제는 어쩌겠는가?"

도원도 한숨을 내쉬었다.

"그런 줄 너무나 잘 알기에 이러는 거지요. 큰스님 또한 병이 나셨다거나 불자임을 핑계로 대거나 해서 왕명을 피할 분도 아니시고요. 하지만 저는 끝까지 붙잡아보려고 합니다. 나리께서 마지막까지 진언해주시는 것만으로도 오래 은혜를 잊지 않겠습니다."

이달이 한 마디 했다.

"사명대사는 정말 대단한 사람이야. 이런 기방에 있는 기녀들까지 스님 걱정에 잠을 설칠 지경 아닌가! 이거야 부러워서 원."

비아냥일 리 없었다. 이달은 허봉의 소개로 유정과 교류했다. 뭐든 묻고 듣기를 좋아하는 유정에게 겁 없이 두보의 시를 비롯한 당나라 시문학의 진경을 설파해준 적이 있었다. 자신이 한 차원 높은 경지에서 강론한다는 기분이었는데 차츰 생각해보니 도리어 유정에게 가르침을 받고 있었다는 사실을 알게 되었다. 하긴, 유정의 설법은 왜란 전부터 문인들 사이에서도 소문이 났거니와 머무는 절마다 설법을 들으러 오는 사람들이 줄을 잇는 진풍경이 벌어지곤 했다. 왜란 후에는 더했다. 이전에는 변복을 해서 절에 가던 사대부가의 부녀자들도 유정이 있는 절에 갈 때는 별 숨기는 것도 없이 당당한 걸음걸이였다.

허균이 도원을 두고 천천히 말을 놓았다.

"나 나름대로 큰스님을 만류할 요량으로 여러 사람에게 통기해봤지만 그게 능사가 아닌 듯하네. 도리어 큰스님이 왕명을 수행하고 무사히 귀국하실 수 있게 도와드리는 방책을 찾는 게 더 낫지 않겠나. 내 맏형한테도 물어서 좋은 방책을 얻어볼 것이네."

"왜국으로 가시더라도, 왜의 본토로 들어가지 않고 대마도에만 다녀오시는 거라면 한결 안심이 되는 일일 게야."

이달의 말에 도원은 잠깐이나마 위안을 받는 눈치였다. 이달이 뜸을 들였다가 말머리를 돌렸다.

"하하하! 시골서 오셔서 이제야 서울 눈을 뜨셨구먼! 그래, 애일당에서는 어떤 글을 썼나?"

"그러잖아도 의논드릴 게 여러 가지입니다. 오래전에 제 누이의 시편을 모아 시집을 내면서 서애 대감께 서문을 받는 영광을 누렸는데요, 애일당에서 지내면서 글 읽고 쓰는 틈틈이 제 중형의 문집을 정리해보았습니다. 전란 통에 잃어버린 걸 다 찾지 못해 한 권으로 묶어내기에는 아직 미흡하기는 한데 나중에 채워지면 이번에는 선생님이 꼭 서문을 써주셨으면 합니다."

허균이 성장하면서 일찍이 그 집안 식구들은 허씨 5문장이라 불렀다.

아버지 허엽(許曄)이 당상의 지위에 오른 바 있는 문장가였으며, 큰아들 성 또한 소문난 문장가였다. 허엽이 재취를 얻어 낳은 봉과 난설헌은 막내 허균에게는 빼놓을 수 없는 스승이요 혈육이었다. 허엽, 허성, 허봉, 허난설헌에 이렇게 허균까지 해서 문장이 빼어난 허씨가 다섯이었다. 허균이 초시에 급제한 것은 17세, 문과에 급제한 것은 26세, 그 재주가 승한 것에 비해 도리어 급제가 늦었다는 세평이 들렸다.

허난설헌이 죽은 것은 허균 나이 21세 때였다. 허균은 이듬해 누이 허난설헌의 시를 엮어 류성룡의 서문을 받았다. 이 시집은 당대 조선 문인들 사이에서도 두루 읽히는 명시집으로 평가되었는데, 나중에 허균이 중국 사신에게 보여주게 되고 이 중 여러 편이 명나라에서 엮은 시선집에 포함되면서 허난설헌은 일약 조선을 대표하는 최고의 시인로 평가되기에 이른다.

허균의 성장에 영향이 컸던 또 한 사람의 혈육인 형 하곡 허봉은 당상 지위 벼슬까지 했지만 판서 이이를 탄핵한 말로 왕의 미움을 사서 여러 차례 귀양을 살았다. 그러다 조정 대신들이 모두 청원해 유배에서 풀려나긴 했지만 왕명으로 도성에 들어오지도 못하고 지내다 허균 나이 스무 살 때 죽음을 맞았다. 허균은 봉의 죽음을 두고두고 아쉬워하면서 봉의 글을 모아두었으나 왜란 때 거의 다 잃어버렸다. 사명대사가 허봉에게 보낸 무수한 글도 그때 모두 사라졌다. 허균은 봉의 지인들에게 서신을 보내 겨우 수십 편을 더 찾아 문집 한 권으로 정리하고 있었다.

허봉의 문집 서문 얘기가 나오자 이달의 언성이 갑자기 팽팽해졌다.

"이 사람 교산, 아직도 그런 말을 하나? 조심하셔야지. 내가 자네 중형 문집에 서문을 써서는 안 될 사람이라는 걸 잘 알지 않는가. 실은 자네 중형의 문집이라면 유정 스님이 적격이지. 하나 만일 유정 스님이 서문을 쓴다 해도 조정과 유림의 온갖 선비들이 두고두고 말을 할 게 아닌가. 유학자 집안 대선비의 문집에 한낱 땡중이 글을 써 부쳤다고 떠들어댈 거야. 만일 내가 서문을 쓰면 그보다 더하면 더했지 덜하진 않을 걸세. 주자를 안다는 이 나라 중신들이 어떤 고리타분한 아집에 갇혀 있는지를 잊고 아직도 그런 청을 하다니, 자넨 깨쳐도 한참을 더 깨쳐야 해!"

이달은 끙, 하는 소리를 내며 술잔을 비웠다.

"송구합니다. 선생님의 문장을 원한 나머지……."

홍길동을 닮은 이달, 그는 바로 홍길동처럼 서얼이었다. 아버지를 아버지라 부르지 못하고 형을 형이라 부르지 못하는. 유정 역시 아무리 그 명성이 하늘을 찌르고 또한 허봉과 막역했던 사이라 해도 숭유억불 앞에서는 최하층 계급인 승려일 뿐이었다.

"외람되오나 나리께서 서애 대감을 한번 찾아가 뵙는 것은 어떨는지요?"

방에 춘섬과 홍주를 들이며 술상을 살피던 도원이 다시 끼어들었다. 두 사람 사이에 서애 류성룡의 이름이 거론되고 있음을 알아챈 것이다.

"옳거니! 서애 대감 좋지!"

이달이 쉽게 맞장구를 쳤지만, 실은 류성룡이 도성에 없다는 사실을 세 사람 모두 잘 알고 있었다.

서얼 출신 이달이 어찌 명재상으로 물러난 서애 류성룡에 비할까. 그러나 허균은 시문을 쓰고 생각할 때 누구보다 먼저 이달의 시와 시론이 떠올랐다.

"누이의 시집 서문을 써주셨는데 굳이 낙향해 계신 선생님한테 형님의 문집 서문까지 부탁드리기가 송구해서 서애 대감 생각은 더 염두에 두지 못했습니다."

허균이 말을 마치자 도원이 갑자기 자리에서 일어섰고 이어 홍주와 춘섬이 덩달아 일어섰다. 도원이 허균에게 절을 하자 두 사람도 덩달아 절을 했다.

"작은나리, 송운 큰스님 일을 서애 대감을 찾아가 말씀해주시지요."

"서애 대감은 안동에 낙향해 계신다니까!"

"원하시면 가마라도 준비하겠습니다."

허균의 난처함에 이달이 짓궂게 더 보탰다.

"차제에 자네 중형의 문집 글을 보여드리고 서문을 얻을 겸 한번 다녀오시게나."

도원의 표정은 자못 진지했다.

"서애 대감마저도 큰스님이 일본으로 가시는 걸 막지 못하시면 저희도 깨끗이 포기하겠습니다. 마지막까지 힘써주십시오. 부탁입니다."

절절함이 이 정도면 하늘도 움직일 만하다 싶었다.

"이거 정말 대단한걸. 행수의 태도로 보면 유정 스님이 일본으로 가시면 따라나서서 보필할 기세가 아닌가."

이달은 짐짓 혀를 내두르는 시늉을 해보였다. 그러자 홍주가 불쑥 말했다.

"나리께서 바로 보셨습니다. 큰스님께서 꼭 왜국으로 가셔야 한다면, 저희도 따라나설 수밖에 없습니다."

"허, 이거야, 원!"

이달이 실소하고 허균은 더 놀라지도 않고 웃었지만 도원도 홍주도 표정이 바뀌지 않았다. 다만 춘섬만이 영문을 잘 알지 못하고 허균에게 재촉했다.

"나리, 저도 일본으로 가야 한답니다. 나리께서 큰스님을 잘 붙들어주십시오. 일전에 마포나루에서 뱃놀이할 때 말고는 아직 배를 한 번도 안 타봤는데 멀미라도 하면 큰 실수가 아닙니까요."

춘섬의 어이없는 말이 허균을 더욱 난감하게 했다.

춘섬은 도원과 홍주 곁에 나란히 앉아서 금세 눈물을 흘릴 듯한 얼굴이 되어 곧 무릎을 꿇고 고개를 숙였다. 이달이 허균의 심중을 그대로 읽어낸 듯 중얼거렸다.

"이거야 원! 왜란 때 진주에 살던 논개라는 기생은 왜장의 몸을 끼고 강물 속으로 뛰어들었고, 평양 기생 계월향은 자기가 섬기는 장수를 도와 왜장을 유인해 목을 벴다고 했는데, 이번에는 논개, 계월향이 다 울고 가겠네그려."

추종자

글은 왜 읽는가? 유정은 어릴 때 한 동안 이런 물음에 시달린 적이 있었다. 할아버지 임종원(任宗元)으로부터 글을 배워 『천자문(千字文)』에 이어 『동몽선습(童蒙先習)』과 『명심보감(明心寶鑑)』을 읽고 좀 성급하다 싶게 『사략(史略)』에 한창 매달려 있을 때였다. 글을 배워서 지식을 쌓고 조금씩 깨달음을 얻고 있는데도 살아가는 동안 별로 달라지는 게 없는 것 같다는 생각이 자꾸 들었다.

글을 아무리 읽는다 해도 자주 병을 앓는 부모님을 위해 해드릴 수 있는 일도 없었고, 집안에 재물이 더 많이 생길 것 같지도 않았다. 글공부를 해서 과거 급제를 하면 벼슬살이를 할 수 있다고 알고는 있었지만 쑥 공부를 해서 과거 급제를 하고 벼슬살이를 해야만 하는지도 알 수 없었다. 글공부를 한 사람 중에는 도리어 자신이 글을 안다고 으스대며 글 모르는 사람들을 비난하고 천시하는 사람이 많은 듯했다. 글공부를 하는 사람들이 일을 거의 하지 않은 채 사는 것도 이상했고, 그렇다고 글공부를 하지 않으려니 가슴속이 타는 듯해서 견뎌내기 어려웠다.

"우리가 알고 있는 옛 성현들이 지금도 숭상을 받고 있는 것은 모두 그 학문의 경지가 높아서란다. 학문을 제대로 하면 그 높은 데까지 이를 수 있지. 학문은 그처럼 사람을 귀하게 만드는 것이야."

임종원은 어린 임응규(任應奎, 사명대사 유정의 속가 이름)가 가히 일취월장하는 모습을 보고 대견스러워하며 조용히 타일렀다. 할아버지의 말을 응규는 이미 짐작하고 있었다.

"하지만 할아버지, 학문을 하는 사람들이 많은데도 귀한 사람은 적고 세상은 늘 어지럽잖아요?"

"그럴수록 학문을 하는 사람이 많아져야 혼탁한 세상을 구제할 수 있을 게 아니냐. 그러니 부지런히 책을 읽어서 학문을 쌓아야지."

"저는 그렇게 생각하지 않아요. 학문하는 사람이 많은데 세상이 혼탁한 것은 학문하는 사람의 마음이 이미 타락해 있어서인 거예요. 학문을 해도 세상은 바뀌지 않잖아요."

“그래? 학문하는 사람이 많은데 세상이 이리 혼탁한 것은 학문하는 사람의 마음이 이미 타락해 있어서라고?”

할아버지는 웅규의 생각이 이런 경지에까지 이른 것에 매우 놀랐다. 웅규는 거침없이 말했다.

“마음을 깨끗이 하지 않고 학문을 하는 건 씨를 뿌리지 않고 열매를 따려는 것과 같아요.”

“옳거니! 그렇지. 마음이 깨끗해야 제대로 된 학문을 하는 거지.”

“그러하다면 마음을 닦는 것이 먼저요 학문하는 일은 그 다음이 아닌지요?”

할아버지는 한참 뜸을 들이고 난 뒤에 말했다.

“네 말이 옳구나. 글 속에 아무리 고귀한 말씀이 있어도 그걸 받아들이는 사람의 마음이 깨끗하지 않으면 그때의 학문은 헛되기만 할 뿐이지. 하나, 마음을 닦는 것도 글을 읽지 않고는 행하기 어려운 일이란다. 그런고로 글을 읽는 일은 마음을 닦는 일과 더불어 항상 행할 일이니라. 글을 읽고 외운다고 학문이 되는 것이 아니라, 글을 읽으며 그것이 끝없이 마음에서 비쳐 나오게 마음 닦기를 함께 해야 진정한 학문이라 할 수 있느니라.”

할아버지는 웅규가 말을 제대로 알아듣고 있는지 유심히 시켜보았나. 웅규는 대답도 없이 고개를 끄덕이기만 했다.

이후 응규는 한동안 글을 읽으면서 늘 그것을 받아들이는 마음을 다지는 데 주력하곤 했다. 한 문장을 읽고 생각하는 시간이 길어지니 글 읽기가 점점 더뎌졌다. 반면에 전에는 잘 이해되지 않던 성현의 말들이 뒤늦게 한꺼번에 깨쳐지는 듯한 느낌이 들었다. 한편으로는 생각이 깊어질수록 마음 깊은 곳에서 알 수 없는 의문이 여전히 지펴오르기도 했다.

응규가 태어나 자란 곳은 경상도 밀양에 있는 괴나루(지금의 경상남도 밀양군 무안면 고라리)라는 시골 마을이었다. 연산군 시절, 응규의 증조부 임효곤(任孝昆)이 중앙 관직에 있다가 무오사화를 피해 한때 자신이 수령으로 지낸 적이 있는 대구로 솔가해 살았다. 임효곤에 이어 과거 급제를 노려 재기를 꿈꾸던 임종원은 뜻을 이루지 못하고 다시 집을 옮기게 되었으니 그곳이 바로 응규의 태 자리가 된 것이다.

응규는 글공부를 하다 틈을 내어 가까운 창녕 쪽 화왕산으로 가 억새를 베어오기도 했고, 병든 부모를 위해 재약산에 올라가 약초를 캐어오기도 했다. 집에서 먼 곳으로 나들이를 하게 되면서 동네의 친구들과는 달리 점점 말수가 줄어들었다. 향교를 드나들며 교생들을 가르치던 할아버지는 자주 응규의 집요한 물음에 시달려야 했다.

"집에 두고 가르치기에는 이 아이는 너무 큰 그릇이야!"

임종원은 점차 그렇게 생각을 정리할 수밖에 없었다. 응규가 『통감절요』와 『소학』을 차례로 배워나가던 열세 살 무렵, 임종원은 응규 아버지(임수성, 任守成)와 상의해서 마침내 응규를 데리고 대구와 김천을 거쳐 영동의 황악산 아래로 찾아들었다. 그곳에 임효곤과 동문수학한 후배 황여헌(黃汝獻)이 송안정(送雁亭)이라 이름붙인 정자를 짓고 후학을 가르치며 지내고 있었던 것이다.

"선친께서 자주 황 참의 어른 얘기를 하셨지요. 이 아이를 누군가에게 맡겨야겠다고 생각했을 때 맨 먼저 황 참의 어른이 떠올라 물어물어 이곳까지 찾아왔습니다."

황여헌은 한때 벼슬이 참의에 올랐고 시문으로도 명성이 높았던 사람이었다. 은퇴한 몸이지만 사람을 알아보는 눈은 오히려 깊고 높아 한두 가지 시험으로 응규의 재능을 알아보고는 흔쾌히 제자로 받아들였다.

응규는 황여헌 문하에서 3년을 지내며 배웠다. 주로 유학이었지만, 응규에게는 시문 창작도 아주 흥미로운 세계였다. 또 놀라운 것은 틈틈이 묻고 답하는 중에 자연스럽게 접하게 된 불교의 경전이었다. 아니나 다를까 황여헌은 당시 불교 중흥의 중심 인물인 보우대사와도 교류했고, 가끔 응규를 비롯한 학동들을 데리고 산을 넘어 김천의 직지사로 나들이하기를 즐겼다.

응규는 열네 살 때 아버지를 여의고, 그 이듬해 어머니(달성 서씨, 達城 徐氏)를 여읜다. 그 충격 속에서도 책에 몰두했다. 『논어』를 읽기 시작했고, 『맹자』를 읽어나갔다. 그러나 아쉬웠다. 유교의 경전들은 재물과 권력을 따르는 세속의 이치를 경계하고 있는데, 실은 그 세속이 가져다주는 편리를 얻은 사람만이 그것을 읽을 수 있는 처지가 되는 게 아닌가 하는 생각이 자꾸 들었다. 유학을 하는 사람은 안빈과 청렴을 당연하게 여겨야 하지만, 그 식구들이나 친척들이 그 사람이 안빈과 청렴을 유지하면서 잘 살 수 있게 재물을 내주어야 한다는 사실에도 의구심이 일었다. 응규는 세속의 가치도 경전의 가르침도 이르지 못하는 절대 경지를 알고 싶었다.

"선생님, 저는 조금도 빈틈이 없는 그런 학문을 찾고 싶습니다."

황여헌은 응규의 사려 깊은 고민을 받아들였다.

"세상에 빈틈없는 학문이 어디에 있을까만, 유학으로 채워지지 않는 네 허기를 불씨의 힘으로 채울 수 있을지 모르겠구나!"

황여헌은 응규를 직지사의 신묵화상에게 인도했다. 직지사는 신라 눌지왕 때 아도화상이 '직지인심 견성성불(直指人心 見性成佛)'이라는 선종의 가르침에서 이름을 빌려 지은 천년 넘은 명찰이었다. 조선에 들어와 2대 임금인 정종(定宗)의 어태(御胎)를 절의 북봉(北峰)에 봉안한 덕으로 배불의 억압 속에서도 사운(寺運)을 이어가 불교 중흥의 중심인물인 신묵화상의 시대를 맞고 있었다. 우리가 아는, 법명(法名)이 유정(惟政)이요, 법호(法號)가 송운(松雲)이요, 자(字)가 이환(離幻)이요, 자호(自號)가 사명(四溟)이요, 시호(諡號)가 자통홍제존자(慈通弘濟尊者)인 사명대사는 이렇듯, 유서 깊은 명찰에서 이름난 스승의 제자로 탄생하고 있었다.

십대 중후반까지 유학을 배우다가 세속의 이치가 넘보지 못하는 본성의 세계를 찾아 불제자가 된 유정은, 열여덟 살 때 봉은사에서 열린 선과에 급제하면서 일약 다음 대를 짊어질 젊은 승려 대열에 오른다. 선과 급제를 계기로 더욱 맹렬한 불제자의 자리를 지키던 유정은 한편으로 유가 사람들과 폭넓고도 깊이 교유하면서 청년기를 지난다.

이런 유정을 다시 세속의 세계로 불러낸 큰 사건이 있었으니 그것이 바로 임진왜란이었다. 강원도 고성의 건봉사에 있던 유정은 일천 의승군을 이끌고 서산대사 휴정의 기치 아래로 들어가 평양 탈환에 힘을 보탬으로써 국가를 멸망의 위기에서 건져낸다. 그리고 그 뒤에 이어진 전투에도 참전해 크고 작은 공을 세우면서 의승군을 훈련시키고 성을 쌓으며 자력 보국을 꾀했으며, 왜장 가토 기요마사[加藤淸正]의 진영으로 들어가 강화를 추진하면서 중요한 정보를 캐내고 왜군 지휘부를 분열시켜 전란 송결을 이끌어낸다.

왜란이 끝나고도 6년, 유정은 도성에 머물러 있으면서 수시로 국왕의 부름을 받아 세속사에 관여하고 있었다. 이제 국왕의 명을 받아 탐색사로 왜국으로 건너가야 할 사람이었다. 과연 이것이 진정한 불제자의 태도요 행동이랄 수 있을까? 유교의 경전을 버리고 산중으로 들어가 승려가 된 몸이 어째서 속세로 돌아와 그곳의 운명에 관여하고 있는 것일까?

갑자기 많은 의심들이 몰려와 응규의 머릿속을 혼란스럽게 하는 중이었다. 재약산에서 흘러내리는 개울 속에서 어름치들이 노는 모습을 보고 있던 응규의 머리 위로 산 그림자가 어른대고 있었다. 이게 꿈인가 했더니 꿈이 아니었다. 유정은 조그만 승방 안에 누워 있다 막 깨어나 앉아 있었고, 그 앞으로 덩치가 큰 비구승 둘이 무릎을 꿇고 앉아 있었다.

"어서 산으로 돌아가겠다고 약조를 하십시오, 큰스님!"

"저희 뜻이 관철될 때까지 큰스님을 놓아드리지 않겠습니다."

전에 만난 적이 없는 승려들이었다. 두 승려 모두 한쪽으로 칼을 놓은 채였고, 그 중 한 승려는 이마에 칼자국이 선연했다. 혼몽한 기운을 밀어낸 유정은 염주를 손으로 모아쥐고 단전에 힘을 주었다.

양근군수의 도움으로 양수리에서 경강상인들의 배를 얻어 타고 한강 뚝섬까지 온 유정은 광희문 쪽으로 가던 길에 객줏집에 머물렀다가 낯선 승려들과 만나게 되었다.

“일선 스님의 말씀을 전하려 하오니 잠시만 동행해주시지요.”

정관대사 일선(靜觀大師 一禪)의 이름을 대면서 동행을 구하는 승려 둘 앞에서 유정은 우회해갈 수 없는 가시밭길에 들어섰다는 것을 깨달았다. 정관대사 일선이라는 이름 때문이었다. 해구가 바짝 따라와 경계했지만, 유정은 해구 일행을 뒤에 두고 홀몸으로 두 승려를 따라나섰다.

임제종의 법맥을 잇는 서산대사 휴정에게는 뛰어난 제자들이 많았다. 유정이 그 중 한 사람이었고, 편양 언기(鞭羊彦機), 소요 태능(逍遙太能), 정관 일선, 현빈 인영(玄賓印英), 완당 원준(阮堂圓俊), 중관 해안(中觀海眼), 청매 인오(青梅印悟), 기암 법견(奇巖法堅), 제월 경헌(霽月敬軒), 기허 영규(騎虛靈圭), 뇌묵 처영(雷默處英) 등이 또한 그런 사람들이었다. 이들 중 다수는 왜란 때 의승군을 이끄는 의승장으로 활약했다. 특히 기허당 영규는 왜란 초기에 스스로 의승군을 이끌고 청주성을 탈환하고 맨 먼저 전사한 승병장으로 기록되어 있다.

그러나 승려로서 전란에 참여해 칼을 휘두르는 일이 부처의 뜻에 반한다고 생각한 고승도 있었다. 선수 부휴(善修 浮休)와 정관 일선이 바로 그런 사람이었다. 특히 일선은 당초부터 승려의 참전에 반대했다. 승병장을 지낸 고승들 역시 왜란이 끝난 뒤 다시 산중으로 들어갔다. 국왕은 왜란이 끝나고 몇 고승들에게 벼슬을 내리고 그 중 유정을 도성 가까이 두었고, 유정은 그걸 뿌리치지 않았다. 일선은 더 참지 않고 서찰을 보내 유정에게 어서 속세의 연을 끊고 빨리 떠나와 불제자의 본분을 지키라고 충고했다. 그때 유정은 자신이 국가 일에 참여하는 일이 결코 부처의 뜻을 거스르는 일이 아니라고 완곡하게 회신을 보냈다. 그 뒤로 다시 답은 없었지만, 가끔씩 두 눈 두덩에 살이 두툼한 정관 일선의 굳은 얼굴이 떠오르곤 했다.

유정을 말에 태운 채 두 승려가 어둠을 헤치고 앞서 간 곳은 한강이 내려다보이는 가파른 벼랑 끝, 서너 칸 되어 보이는 암자였다. 유정이 어림잡아 보았을 때 두모포 쪽 강변 벼랑이 아닌가 싶었다. 마음속에 행여 일선이 와 있지 않을까 하는 일말의 기대도 일었지만 역시 아니었다. 대신 유정이 벼랑 쪽으로 난 승방 안으로 인도되는 동안 여러 비구들이 서서 지켜보고 있던 걸로 봐서 나름대로 격식을 지키는 승려 무리인 것으로 짐작되었다. 그러나 알 수 없었다. 두 비구는 무리들에게 유정의 승방을 지키게 하고는 하루 동안 가타부타 기별이 없었다. 그러는 동안 군불을 땐 더운 방 안에서 유정은 혼몽한 잠에 취해 지냈다.

점점 꿈을 꾸는 듯 머리가 어지러웠지만, 유정은 그 어지러움 속으로 생각을 놓아버렸다. 지나온 세월이 마구 뒤엉겼다. 갑자기 고함을 지르는 가토 기요마사의 벌린 입이 보이기도 했고, 그 뒤로 사천왕들이 흉물스러운 무기를 들고 크게 웃고 있는 모습도 보였다. 악마를 쫓기 위해 악마보다 더 무서운 얼굴을 하고 있는 사천왕들이 지키는 문을 열고 두 비구가 들어와 있었다.

두 비구의 이름은 승나, 영식이라 했다. 그들은 유정 같은 큰스님이 세속에 참여하게 되면 수십만 불자는 물론이고 평범한 속인들까지 부처의 뜻을 곡해하게 된다고 했다. 불가를 대표하는 유정 같은 큰스님은 산중에서 수도하고 간간이 가르침을 주는 것이 참 부처를 널리 세상에 알리는 일이라 했다. 그들은 유정에게 산에 귀의하라고 강요하고 있었다. 그렇게 약조하지 않으면 감금을 풀지 않겠다고 협박하는 중이었다.

"너희들이 나한테 이리 무례하게 대하고 있는 것도 다 불법을 바로 세우려는 높은 뜻에서라고 알고 너희에게 물어보겠다. 내가 국왕의 부름을 받아 궁을 드나드는 일이 어째서 불법에 어긋나는 일이냐?"

모처럼 내뱉어지는 유정의 나지막한 목소리에 두 승려는 더욱 기를 세웠다.

"승려도 어쩔 수 없이 이 나라 백성이라 나라 해치러 온 왜놈들을 칼로 물리친 걸 살생한 죄라 하기는 어렵지만 이제는 전란이 끝나고도 수 년이 흐르지 않았습니까? 큰스님께서는 무엇 때문에 속가에 남아 부처의 뜻을 더럽히고 계시는 것입니까?"

이마에 난 칼자국 흉터를 들이대듯 하는 승나에 이어 영식이 부르짖고 나섰다.

"조선이라는 나라는 본시 억불을 하면서 세워진 나라입니다. 조선 개국 때까지 불교는 천 년 동안 이 나라 백성 모두의 종교였는데, 그런 이 땅에 어째서 억불하는 나라가 세워진 것일까요? 바로, 불교가 너무 오래도록 세속에 관여한 탓입니다. 불교는 깊은 산에서 얻은 깨우침으로 세속을 구제해야 합니다. 그래야 불교가 살고 부처님의 뜻이 바로 세워집니다. 억불을 기화로 우리 불교는 깊은 산중에서 속을 끊고 묵언함으로써 깨우치고 그 깨우침으로써 속을 구제하려 해왔는데, 스님은 왜란 때 나라를 구한다는 명분으로 세속에 내려가셨고 그러고는 그 세속에서 얻은 연(緣)만을 소중히 여겨 여전히 그 연에 집착하고 계십니다. 스님은 어떤 영광을 얻을지는 모르나 그것은 도리어 불교를 다시금 도탄에 빠뜨리는 일입니다. 어서 산으로 가겠다고 약조를 하십시오, 스님!"

유정이 다시 물었다.

"너희는 부처가 어디 있다고 배웠느냐?"

그러자 승나가 재빨리 칼을 뽑아들어 유정을 겨누었다.

"저희에게는 큰스님의 약조만 필요할 뿐, 다른 변설은 필요치 않습니다!"

승나에 비하면 영식은 유정의 변설에 맞서보고 싶은 마음이 남아 있는 듯했다.

“부처는 제 마음에도 있고, 그 누구의 마음에도 있는 것으로 배웠습니다.”

“그러하다면 내가 궁궐에 가서 국왕의 명을 받고 있든 산에 가 있든 다 부처의 마음과 더불어 하는 것인데 어째서 나더러 산으로 가야만 한다고 하는 것이냐?”

칼을 든 승나가 대신 나섰다.

“나라 백성들이 침략자들의 손에 죽어갈 때 하도 다급해서 중이 그 침략자의 목을 따는 일에 나선 것은 부처님도 가납하실 불가항력이라 하겠으나, 난이 끝났으면 본분을 지키는 것이 불자된 도리가 아닙니까? 칼을 쓰는 자의 어리석음에 칼로 맞서 피비린내를 내는 일을 부끄러워하지 않고서야 어찌 불자라 할 수 있겠습니까?”

“세상이 병들지 않으면 내 몸의 병도 사라지는 법이야!”

“스님께서는 유마거사 시늉으로 참을 구하겠다는 말씀을 하려고 하십니까?”

유정의 말이 유마거사(維摩居士)로 유명한 마힐(摩詰)이 한 말임을 알아들은 승나의 힐문이었다. 『유마경』을 통해 널리 알려진 유마거사는 그 이름이 마힐이었다. 마힐은 거리의 도인이라 불리는 사람으로, 재산도 많았고 속세의 정치인, 천민, 종교인, 서민 가리지 않고 교제해서 이후 대승불교의 형성에 큰 영향을 미쳤다. 그는 부처를 알기 전부터 가르침을 베풀었는데, 나중에 그 가르침 역시 이미 부처의 뜻을 대신한 거라 하여 『유마경』이라는 경전으로 정리되었다.

"나는 유마거사를 핑계로 세속에 남아 있는 게 아닐뿐더러, 유마거사 또한 너희가 말하는 얕은 경지의 선지자가 아니다!"

둘은 유정의 단호한 어조 앞에 알 수 없는 조바심으로 숨을 꿀꺽 삼켰다.

"내가 지금 유마거사를 말하는 까닭은 내 감히 유마거사와 같은 보살이라도 된 양 자만해서가 아니다. 유마거사께서는, 보살이란 본래 병이 없어도 중생들이 병을 앓기에 함께 병을 앓는다고 말하셨다. 이 병 앓음은 중생들과 한마음 한뜻이 된 보살의 경지일 터이다. 내 비록 그에 이르지 못하지만, 내가 속세를 기웃거리는 일은 아직 전란의 아비규환에서 벗어나지 못한 중생들과 함께 병을 앓는 것과 다르지 않다. 너희들은 산중으로 가거라. 나는 아직 이 땅에 남은 악마의 흔적을 지워서 중생들의 아픔을 조금이라도 더 씻고 가겠다."

"바다 건너온 악마만이 악마이고, 세속에서 남과 싸우고 남을 해치고 남에게서 빼앗는 악마는 악마가 아니라고 할 수 없지 않습니까? 큰스님께서는 지금 큰 악마를 치겠다는 명분으로 작은 악마를 돕고 계십니다."

승나가 만만찮게 맞서고 있었다.

"사람들이 속가에 머물고 있는 유마거사에게 가족이 어디 있느냐고 물었다. 거사께서 말씀하시기를 지혜가 아버지이고 방편이 어머니라 하였다. 나에게도 부모가 있으니, 그것이 지혜와 방편이라는 부모다. 지혜 없이 방편 없고 방편 없이 지혜 없다. 세상을 구제하는 데는 따로 순서가 없이 본성에서 모든 것을 구제해나가야 하지만, 그것이 구제되는 때에는 대개 어떤 순서로 나타나는 법이다. 지금은 큰 악마를 물리치는 지혜를 위해 방편을 써야 할 때다. 다만, 이 늙은 몸이 육신으로써 큰 악마를 물리치는 데까지라도 살아낼 수만 있다면 그 얼마나 다행한 일이겠느냐!"

유정은 모든 중생에 불성(佛性)이 있다고 말하는 여래장(如來藏)과 또한 일체를 마음의 흐름에 응집(凝集)시키는 유식(唯識)을 바탕으로 한 일체중생(一切衆生)의 제도(濟度)를 논했다. 두 승려는 점점 할 말을 잃어갔다. 이날이 오면 부리겠다고 준비한 바늘과 칼들로 짚고 찔러댔지만 유정의 다채로운 변설은 그 예리한 날을 이리저리 피해가다가 마침내 저 스스로 무디어지게 만들어버렸다. 그러는 동안 유정이 감금된 승방 앞으로 다른 비구들이 하나둘 모여들었다.

승나와 영식이 밖의 심상찮은 기운에 문을 열자, 모여들어 있던 비구 중 가장 나이 들어 보이는 비구가 툇마루 위로 올라와 무릎을 꿇고 소리쳤다.

"큰스님, 부탁드립니다. 저희를 거누어수십시오!"

방 안에 있던 승나와 영식이 당황해서 일어섰다. 그러나 이내 체념한 듯이 밖으로 나가 나이 든 비구 옆에 함께 무릎을 꿇고 앉았다. 마당에 섰던 다른 비구들도 아직 차가운 바닥에 그대로 무릎을 꿇었다.

나이 든 비구가 비장한 음색으로 말을 이었다.

"저는 준하라는 법명으로 행세하는 불자입니다. 처음에 왜란을 맞아 청매 인오선사를 따라 전란에 참전하였습니다. 명나라 군사가 오고 관군이 다시 규율을 취해 움직일 때는 전라도 일대의 뭉개진 산성을 수축하는 일에 가담했습니다. 그 이후로는 산으로 가 살지도 못하고 환속도 하지 못한 채 이리저리 떠돌며 살아왔습니다. 여기 모인 비구들 또한 모두 어린 중으로 왜란 때 의승군이 되어 싸웠는데, 왜란이 끝나고는 정처를 잃어버렸습니다. 의승장으로서 구국의 일등공신이신 큰스님이시라면 저희가 가야 할 바를 일러주실 수 있을 것입니다."

의승군이라는 말에 유정은 절로 숙연해졌다. 전란에 함께 싸운 승려들이 전란 이후 어떻게 살고 있는지 제대로 살펴보지 못한 죄스러움마저 새삼 일었다.

"그대들이 날 붙들어놓고 어서 산으로 올라가라고 일렀지 않은가. 그대들이야말로 승려로서 나라를 구하는 도를 얻었으니, 이제 마땅히 절에 들어가 용맹정진해서 큰 도를 얻으려 애쓰고 있어야 할 참에 지금 예서 무얼 하고 있는 겐가!"

유정은 짐짓 낮은 목소리로 꾸짖어보았다. 그러나 역시 예상대로 준하는 흔들리지 않았다.

"저희가 살아갈 갈피를 잡지 못한 것은, 목숨을 바쳐 왜적을 막아낸 공으로 받은 것이 아무것도 없기 때문이 아닙니다. 저희는 왜란에 임하면서 비록 일시의 색(色)으로나마 깨침의 한 순간을 보았습니다. 나라에서 아무것도 받지 못했지만, 그 깨침만으로도 저희에게는 큰 상이구나 싶었습니다. 한데, 전란이 끝나고 다시 산에 오른 뒤로 저희는 깊은 시름에 빠졌습니다. 이 어리석고 추한 몸으로 다시 오래 수행을 해서 새삼 깨침을 이룬다는 것이 무슨 뜻이 있겠습니까? 이 절 저 절 돌아다니며 법문을 듣고 찬불을 했으나 그것은 더욱 혼미한 미몽 속을 헤매는 것과 같았습니다."

준하의 말에 영식이 굳은 낯빛을 풀었다.

"저는 중이지만 산에서는 더 못 살겠습니다. 하지만 환속도 못하겠습니다. 저희는 모두 그런 중들입니다."

"이런 중들이 오다가다 만나 이리 모여 있습니다, 큰스님. 보살펴주십시오."

승나도 뜻을 보탰다. 준하가 다시 말머리를 한 곳으로 모았다.

"절에도 못 있고 속가로도 내려가지 못하는 중들이 이렇게 모여 살아갈 길을 도모해온 지 수 년입니다. 하오나 함께 있으면서 밭을 경작하고 탁발을 하는 한편으로 경전을 읽고 예불을 올리고 선문도(禪門道)를 단련해왔지만, 저희는 이미 정심을 잃었고 깨침의 방도를 구할 수 없게 되었습니다. 마음의 중심을 잃은 자가 염불을 한다 하여 도를 얻을 것이며, 또한 속세로 내려가 백성을 금수처럼 여기는 관아의 제도에 빌붙어 왜란 때의 공을 인정받고 면천을 한다 한들 얻을 거라곤 하루 한 줌 쌀알도 안 될 게 뻔합니다. 큰스님, 큰스님 같은 분이 가시는 길이 있다면 그 길을 따르는 것으로써 저희가 갈 바를 정하려 합니다. 부디 저희를 거두어주십시오!"

그나마 준하가 우두머리 구실은 제대로 하는 듯했다. 다른 비구들의 얼굴에 준하가 하는 말이 행여 하나라도 유정에게 전달되지 않으면 어쩌나 하는 안쓰러운 표정이 역력했다.

"바로 너희들이 말하지 않았느냐. 나야말로 비승비속처럼 장삼을 입고 도성을 출입하고 있는 떠돌이 중이 아니냐. 게다가 이젠 늙어서 너희 같은 행자들을 거느릴 힘도 남아 있지 않다."

여유를 부리고 있는 것만은 아니었다. 유정은 이제 곧 어전으로 나가 어명을 맞아야 했다. 하지만 비구들이 이미 그 사실까지 알고 있었다.

"듣자 하니 송운 큰스님께서 왜란 때 큰 공을 세우시고 나서 도성을 떠나지 않고 임금을 보필하시던 중에 장차 왜국으로 건너가는 소임까지 맡게 되셨다 했습니다. 큰스님을 돕고 따르는 사람들이 많은 줄로 알고 있으나, 저희들 또한 큰스님과는 연이 없었을 뿐이지 이보다 훨씬 일찍 만났다면 더 많은 일을 할 수 있었을 것입니다. 만약 큰스님의 의중에 흔들림이 없다면 비루하고 구차한 저희들이지만 수행을 허락해주시면 짚을 지고 불길 속으로 달려들으라고 하셔도 그대로 이행할 터이니 부디 저희를 거두어주십시오."

준하에 이어 승나와 영식이 나섰다.

"실은 큰스님의 깊은 뜻을 다시금 헤아려 큰스님께 저희를 의탁하고자 이리 무례하게 대했습니다."

"저희는 큰스님이 바다 건너가실 때 함께 따르고자 모두 뜻을 합하고, 큰스님이 도성에 드실 때를 기다리고 있었습니다."

왜란 때 맨 먼저 의승군을 일으킨 기허당 영규는 적의 수중으로 들어간 청주성을 탈환하는 전쟁에 혁혁한 공을 세우고 휘하의 많은 의승군과 함께 전사했다. 실제로 의승군이 전 지역에서 활약하게 된 것은 임진년에 의주까지 몽진을 간 국왕이 서산대사 휴정을 불러 8도16종 도총섭이라는 직책을 내린 이후부터였다. 휴정은 8도의 전 사찰에 격문을 보내 의승군을 일으켰다. 강원도 건봉사에서 유정이, 전라도 지리산에서 처영이, 황해도의 해서(海西) 지방에서 의엄(義嚴) 등이 연이어 일어났다.

왜란 중에 의승군의 활약은 상상 이상이었다. 특히 왜란 초기 명나라 원군이 오기 전의 의승군은 실질적인 전투군으로 왜군의 북진을 막고 빼앗긴 성을 되찾는 공격을 수행해 상당한 전과를 올렸다. 임진년 12월 명나라 원군이 도착한 뒤로 의승군의 일부는 군량미 운송에 동원되었다. 또 땔감을 베어 들이는 일도 의승군의 역할이었다. 이듬해 4월 왜군이 남으로 퇴각한 이후부터는 각 지역의 명군과 관군에 편입되어 전투를 벌여 무수한 전과를 올렸다. 그러는 틈틈이 언제 재침할지 모를 외적을 대비해 성을 쌓는 일도 주로 의승군이 도맡았다. 전라도 건달산성과 수인산성 수축도 의승군의 몫이었고, 이어 가야산의 용기산성, 지리산의 구성산성, 삼가의 악견산성, 합천의 이숭산성을 수축한 것도 이들이었다.

숭유억불 시대의 중은 실은 천민과도 다름없는 신분이었다. 그런 그들이 왜란에 맞서 싸울 때 목숨을 내던져 그나마 사람다운 지위로 지낼 수 있었다. 비록 일시적이라 해도, '도를 행하니 막힘이 없다'라는 말 그대로였다. 많이 죽고 많이 다쳤지만, 그래도 그것이 눈앞의 선이요 법이요 길이었다. 한데 왜란이 끝나고 다시 산으로 들어간 그들에게 산과 절은 절해고도요 사방 두터운 벽이었다. 의승군들에게는 따로 면천이라는 은혜가 베풀어지기도 했지만 그걸로 갑자기 신분이 상승되는 것도 아니었다. 그들은 더 깊은 나락으로 떨어져 헤어날 줄 몰랐다. 어떤 이들은 산을 빠져나와 세속으로 돌아갔다. 준하, 승나, 영식 들은 세속으로 가지도 못하고 헤매 도는 비승비속이었다.

그들은 새로운 깨침의 기운을 유정이 가는 길에 걸었다. 그들은 유정에게 매달렸다.

"다시 왜적과 맞서는 일에 저희 같은 경험을 한 이가 또 있겠습니까? 저희가 큰스님을 수행토록 해주십시오!"

희미한 빛 한 줄기

대마도는 한반도 남단에서 최단거리 50킬로미터 거리에 위치해 있다. 거기서 일본 본토로 가는 길목인 규슈[九州] 후쿠오카[福岡]까지는 140킬로미터가 된다. 영토가 좁고 땅이 척박한 이 섬은 섬 자체에서 나는 생산물로는 먹고 살기가 힘들어 먼 일본 쪽보다 가깝고 상대적으로 물산이 다양한 한반도에 기대는 생존전략을 펼쳐왔다. 우리나라가 확장 의지만 있었다면 대마도는 우리 땅으로 편입될 수 있었지만, 역사는 그렇게 이어오지 않았다. 신라의 삼국통일 이후 우리 조상들은 영역을 넓히고 외부를 공격하기보다 국력을 다지고 수비하는 편을 택해 국가를 존립시켜온 것이다.

예나 지금이나 교역은 물건을 서로 대등하게 주고받음으로써 성사된다. 그러나 대마도는 물산이 넉넉지 않았고 그래서 한반도의 홀대를 받는 일이 잦았다. 그럴 때 생존을 위해 그들이 택한 행동이 바로 노략질이었다. 동아시아 역사 속에 등장하는 왜구의 주요 근거지의 하나가 대마도였으며, 그 피해는 한반도를 비롯해 중국 대륙의 동남해 연안까지 널리 퍼졌다. 고려 말 나라를 다스릴 힘이 떨어지자, 왜구의 출몰은 극에 달했다. 이때 왜구 침략을 분쇄한 대표적인 장수가 바로 조선의 개조 이성계다.

조선 개국 이후, 경자년(1419, 세종 1년)에 해안에서 말썽을 일삼는 왜인들의 근거지인 대마도에 이종무(李從茂)를 보내 크게 정벌한 적이 있었다. 그 뒤로 두 나라 간의 왕래가 중단되었지만, 대마도의 영주 소 사다모리[宗貞盛]가 여러 차례 간청해 와서 계해년(1443, 세종 25년)에 부산을 비롯해 내이포(진해 부근), 염포(울산 부근) 등 세 항구를 열어 왜인들의 무역과 어획을 허락해주었다. 이때 두 나라가 맺은 조약을 계해약조(癸亥約條)라 한다.

이때부터 대마도는 한동안 조선 정부의 배려 아래 매년 쌀과 콩 200석을 무상으로 받는 등 상당한 실익을 챙겨갈 수 있었다. 이후 경오년(1510, 중종 5년)에 삼포를 드나들던 왜인들이 너무 많은 제한을 받는다는 이유로 난동을 일으켰다. 이를 삼포왜란이라 하는데, 이 왜란 때문에 결국 부산포를 제외한 두 항구가 폐쇄되고 이전까지 200석 하사되던 쌀과 콩이 매년 100석으로 줄어들게 되었다.

그런 중에 일본이 임진년에 전쟁을 일으켜 조선을 침공하면서 대마도의 초대 번주(藩主) 소 요시토시[宗義智]에게 5천 명을 징발해 선봉에 설 것을 명했다. 조선에 소외된 대마도는 스스로의 생존을 위해 그 뜻을 따르지 않을 수 없었다. 인구가 적은 대마도에서 5천 명은 16세부터 53세에 이르는 청장중년 남자들 거의 전부였다. 소 요시토시는 이들을 이끌고 선봉에 서서 현해탄을 건너 전쟁을 치렀다.

전쟁 중에 대마도는 농사를 제대로 짓지 못해 내내 식량난에 시달렸다. 게다가 대마도가 왜군의 본진인 나고야[名護屋]와 조선 현지의 전진 기지인 부산항을 연결하는 중계기지로 활용되었기 때문에 남은 군량이나 선박들이 모두 군수물자로 징발될 수밖에 없었다. 고기잡이를 해서 먹고살아야 할 터전인 대마도의 어항들 역시 조선 침략군을 위한 해군기지가 되었다. 전쟁 중에 대마도 왜군은 천 명 이상이 죽고 천 명이 다치고 수백 명이 투항하거나 포로로 잡혔다.

조선이 이 전쟁으로 입은 피해는 필설로 다 표현하기 어렵다. 국가가 존립해 있다는 자체를 기적이라고 봐야 했다. 어떤 학자는 조선은 이때 망한 것이나 다름이 없다고 단언할 정도다. 천운으로 살아남은 조선은 이후 자강(自彊), 자립(自立), 자존(自存)할 기회를 놓친 채 연이은 호란과 당쟁과 세도정치에 시달리다 결국 1900년 전후로 임진왜란의 재판 격인 정한책(征韓策)으로 일본에 합방된 거라고 진단하는 사람도 있다.

동아시아 전체를 놓고 봐도, 이 왜란으로 덕을 본 나라가 없었다. 모두가 패전국이었다. 두 차례에 걸쳐 총 15만 대군을 이끌고 남의 나라로 출정해 싸운 일본도 전사자 외에 적에게 사로잡히거나 추위와 기아와 병으로 죽은 자가 부지기수였고, 탈주자와 투항자도 결코 적지 않았다. 침략에 총력을 기울이느라 본토도 그 후유증이 심각했다. 정유년 재란 때까지 조선 침략을 지휘한 일본의 간파쿠[關白, 덴노天皇를 보좌하며 정무를 총괄하는 관직] 도요토미 히데요시[豊臣秀吉]가 갑작스레 죽은 뒤로 간파쿠를 받들던 각 지역 영주들끼리 처절한 권력다툼을 벌이게 되면서 대혼전이 빚어져 전 국토가 도탄에 빠졌다. 명나라도 조선을 지원한 일로 국방에 빈틈이 생겨 결국은 반 세기도 못 가 나라가 망하는 비극을 당하게 된다.

조선과 일본 사이에 자리한 작은 섬 대마도는 자기 땅에서 전쟁을 치르지 않았을 뿐 마치 황무지처럼 헐벗고 굶주린 땅이 되었다. 일본 본토에서는 대마도를 지원할 여력이 없었고 조선은 왜란 후 문호를 닫아버렸다. 조선에 기대어 먹고살던 대마도로서는 당장 식량난에 부딪혀 있었다.

"우리는 조선과 다시 통교하기를 바랍니다. 허락해주십시오."

왜란 직후인 1599년 대마도의 가로(家老) 야나가와 시게노부[柳川調信]의 명의로 된 서찰을 들고 부산포에 닿은 사신은, 그러나 그곳에서 아직 본국으로 돌아가지 않고 주둔해 있던 명군에 억류당하고 만다. 이듬해인 1600년에는 대마도주 소 요시토시의 서찰을 든 사신 다치바나 도모마사[橘智正]가 대마도로 끌고간 수백 명의 조선인 피로(被虜, 전투와 관련없이 포로가 된 민간인)들을 데리고 상륙을 요청해왔다.

처음에는 통교를 허락해달라는 청이었다. 그러나 그 사이 일본 내의 목숨을 건 정권 다툼에서 권력을 잡은 도쿠가와 이에야스[德川家康]가 대마도를 통해 조선과 통교할 뜻을 내비치자 이들의 태도는 매우 당당해졌다.

"조선이 문호를 개방하지 않으면 일본에서 또 전쟁을 일으킬지도 모릅니다!"

그때 경상도 체찰사로 있던 이덕형은 다치바나 도모마사가 지니고 온 대마도주의 서찰을 보다가 칼을 빼들고 말았다.

"이놈들이 우리 조선을 아주 능멸하려 드는구나! 제 맘대로 쳐들어와서 남의 나라를 짓밟아놓고 사과를 하기는커녕 도리어 협박을 하고 있어!"

그러나 이덕형은 마냥 흥분만 하고 있을 사람은 아니었다. 7년 동안이나 조선을 도륙하고 간 원수의 나라 일본이었지만,

지금 조선이 그 책임을 묻고 배상을 요구할 형편이 아니라는 걸 모를 리 없었다. 게다가 이덕형이든 그 누구든 대마도 사신이 말하는 일본의 재침설을 다만 협박용일 뿐이라고 치부할 사람은 아무도 없었다.

"과연 일본이 진정으로 통교를 원하고 있는 건지 그것부터 알아내야 할 것입니다. 저들이 원하는 문호 개방은 일본의 본의를 알고 난 뒤에 시작해도 될 듯싶습니다. 다만, 문호 개방을 하지 않는 사이 저들이 먼저 해괴한 짓을 저지르지 못하게 우선 사신을 보내 안심시키면서 저들의 동태를 탐정해야 할 것입니다."

이덕형의 뜻은 국왕에게 전해졌고, 국왕의 근심은 비변사의 논의로 이어졌다.

"우선 급한 대로 무관이라도 보내서 저쪽 사정을 살펴보고 오는 게 나을 듯합니다."

비변사의 청으로 무관 전계신, 손문욱 등이 대마도로 건너가 정세를 살피고 간 것이 1602년이었다. 그러나 그들의 대마도 탐정은 문호 개방 시기를 지연시키는 효과만 얻었을 뿐이었다. 한두 해 시간을 번 비변사는 점차 심도 있는 논의를 하기에 이르렀다.

"문호 개방 전에 저들을 안심시키면서 저들의 본의를 제대로 탐정할 수 있는 사신이라면 어떤 이가 가당할 것인가?"

비변사는 국가의 위기 때 신속하게 대처하기 위해 조직된 특별 기관이었다. 3정승이 도제조를 맡고 6판서가 제조를 맡았으며 병사에 능한 3품 당상관 중에서 부제조를 뽑아 썼다. 가히 의정청과 6조의 권한을 총결집한 기구라 할 만했다. 비변사의 이들 당상들이 모여 강화를 위한 탐색사로 왜국에 갈 사람을 논의하는 과정에서 처음에 서산대사 휴정이 거명되었다.

"도총섭으로서 의승을 이끌고 왜군을 물리친 서산대사 휴정의 이름으로 사신을 보낸다면 저들이 업신여기지 않고 극진히 환대하면서 진심을 드러낼 것입니다."

노령의 휴정이 일본을 간다는 것도 아니고 휴정의 이름으로 사신을 보낸다는 의견이라 실행으로 옮겨질 가능성은 크지 않았지만, 휴정이 거명되면서 논의는 썩 타당한 쪽으로 기울고 있었다.

"왜란 때 휴정이 처음에 도총섭을 맡았지만 그 다음으로 도총섭의 일을 맡은 이 중에는 유정의 역할이 막중해서 외교에도 전투에도 그 공을 이루 말할 수 없습니다. 유정을 일본으로 보내 그로 하여금 적정을 탐색하게 함이 옳겠습니다."

이런 논의가 거듭되던 중에 대마도에서 도주 소 요시토시의 이름으로 다시 조선인 피로 300명을 보내왔다.

"일본의 새로운 쇼군이신 도쿠가와 대장군께서 거듭 이르시기를 조선과는 반드시 통교해야겠으니 저에게 답을 얻어오지 않으면 이전과 같이 군사를 쓰겠다고 하였습니다."

분명 소 요시토시의 협박일 테지만, 조선의 임금은 그걸 그냥 협박일 뿐이라고 무시하거나 분노할 수 없었다. 임금이 한참을 미루다 불러들인 인물이 유정이었다.

임금이 머물고 있는 곳은 그 옛날의 궁궐이 아니었다.

왜란으로 의주까지 몽진을 떠난 국왕이 도성으로 돌아온 것은 도성을 떠난 지 1년 하고도 반년이 더 지난 이듬해인 1593년 10월이었다. 그보다 여섯 달 앞서 조선과 명나라의 연합군이 왜군이 빠져나간 도성으로 들어가 완전히 도륙이 난 성 안을 정비할 틈도 없이 군사를 독려하는 동안에도 임금은 환도를 두려워해 망설이고 있었던 셈이다. 웬만큼 회복되었으리라는 예상과 달리, 도성의 거리에는 아직도 미처 치우지 못한 시신들이 나뒹굴고 있었다. 경복궁도 창덕궁도 창경궁도 종묘까지도 모두 불타버리고 없어 국왕이 머물 곳조차 마땅치 않았다. 이때 궁으로 쓰게 된 곳이 지금의 서울 정동에 있는 덕수궁이었다. 당시에는 한시적으로 머무는 궁이라 해서 정릉동 행궁이라 불렀다.

이 집은 원래 세조 때 세자인 도원군이 일찍 죽는 통에 세자빈 한씨가 출궁하게 되자 세조가 한씨와 손자들을 위해 지어주었다. 세조의 뒤를 이어 보위에 오른 예종이 일찍 죽어 한씨의 둘째아들이 왕위에 올랐는데 그 임금이 성종이었다. 성종의 어머니 한씨는 뒷날 성종의 아들 연산군에게 곤욕을 치르며 죽어간 인수대비(仁粹大妃)이고, 그들이 살던 집에 남아 있게 된 사람은 인수대비의 맏아들이자 성종의 형으로, 아름다운 시문으로 중국에까지 이름을 떨친 풍류남아 월산대군(月山大君)이었다.

그로부터 100여 년 뒤 그 집은 왜란을 당하고도 파괴되지 않고 있다가 도성을 비웠다 돌아온 국왕과 조정을 위해 바쳐졌다. 창덕궁이 중건되어 기능이 회복되는 때까지는 이로부터 50년의 세월이 필요했고, 경복궁은 그보다 200년 넘는 세월이 지난 뒤에 중건된다. 그렇게 정릉동 행궁에 머물게 된 국왕은 10년 뒤 그곳 정침에서 승하한다.

임금은 그 행궁의 편전에서 영의정 이덕형을 맞았다.

"임진년에 몽진할 때……."

임금이 잠시 말을 멈추었다. 몽진…… 머리에 먼지를 뒤집어쓴다는 뜻인데, 주로 난리를 당한 임금이 안전한 곳으로 피신하는 걸 일컫는 말로 쓰였다. 왜란이 끝나고 6년 세월이 흘렀는데도, 임금은 시시때때, 궐과 도성을 버리고 몽진을 떠나 의주에 머물러 있던 때가 떠올라 치를 떨곤 했다. 실제로는 겪지 않은 일인데도 얼어붙은 압록강을 미끄러지듯 건너 중국으로 도망가는 자신의 초라한 어가 행렬이 이따금씩 머릿속에 그려지곤 했다. 게다가 어떤 날의 꿈속에는 몽진 길에 오른 어가가 백성들이 던지는 돌멩이에 맞아 우두두둑 하고 우박 듣는 소리를 냈다.

"휴정이 그때 참으로 빨리 산에서 내려와주었지……."

임금은 또 말을 끊었다. 그때 의주까지 피신을 간 임금은, 국경을 넘어가서 명나라에 나라의 운명을 의지하려고 했다. 당시 대사헌이던 이덕형이 명나라에 원군을 청하는 청원사로 발탁되어 요동에 가면서 임금의 망명 방도까지도 구해야 했다. 원군 출병은 약속을 받았지만 임금의 망명은 요동 쪽에 진주해 있던 진수 총병(鎭守摠兵) 양소훈(楊紹勳) 선에서 막히고 말았다. 겨우 받아낸 대답이 "불행하게도 와야 한다면 아주 적은 군사들만 데리고 오라"였다. 그런데도 임금은 나라를 두고 중국으로 들어갈 꿈을 버리지 않았다. 왕이 떠난 나라를 누가 무슨 명분으로 지킬 것인가. 류성룡과 이덕형은 힘을 합쳐 끝내 임금의 중국행을 막아냈다.

임금은 그런 기억을 애써 밀어내고 있었다.

"내가 그때 의주에서 휴정을 불러 부처의 힘으로 나라를 구할 수 있겠느냐고 물었어. 휴정이 말하기를, 늙고 병든 승려는 절에 남아 부처님께 나라를 구하기를 빌도록 하고, 다른 모든 승려는 싸움터로 부르겠다고 했지. 휴정이 도총섭으로서 팔도에 의승군을 일으켜 왜군을 막아주었어."

"휴정을 알아보신 혜안이 있으셨습니다."

"한데 지금 다시 그 제자를 불러 나라의 안위를 묻게 되었구나."

임금은 휴정과 의승군의 공적을 오래 떠올리고 있지 않았다. 부처와 승려에게 나라의 운명을 의지한 사실마저도 피해가려 하고 있었다. 이덕형은 얼른, 머뭇거리는 임금의 속내를 읽었다.

"휴정은 부처에게 의탁한 사람이지만, 불제자들을 싸움터로 보내 칼로써 적을 베게 했습니다. 이는 부처의 뜻과 구국의 뜻이 다르지 않음을 뜻합니다. 휴정의 제자 유정 또한 같은 마음으로 난 중에는 말할 것도 없고, 난이 끝난 뒤 오늘까지도 도성 가까이 있으면서 명을 받들어온 사람입니다. 대임이 그 중을 위해 있는 것이라 여기심이 옳겠습니다. 서둘러 하명을 하시옵소서."

임금은 다시 눈을 지그시 감고 말이 없었다. 스스로 이미 정한 일을 무엇 때문에 미루고 있는 것일까. 이덕형은 이제 불충스럽게도 임금의 의중을 너무 쉽게 알아차렸다.

임금은 자신보다 더 백성들이나 신하들에게 추앙받는 다른 사람을 그냥 두고 보지 않았다. 백성이 따르는 뛰어난 신하들이 임금의 명으로 벼슬을 잃거나 심지어는 하옥되고 고문을 받고 죽어가는 일도 잦았다. 스스로는 나라를 버리고 명나라에 내부(內附, 한 나라가 다른 나라 안으로 들어가 붙음)하려 하면서도 만일을 대비해 서둘러 세자를 책봉하자는 신하들의 의견도 무시하려 했었다. 그뿐 아니었다. 도성을 버리고 파천하는 일이며, 평양성을 떠나는 일 등에 대해 반대를 표한 대신들도 임금에게 미움을 받았다. 임금으로 가까이 모시며 힘겹게 난리에 맞서 왕조를 지키고 나라를 구한 류성룡 같은 이가 바로 그랬다. 류성룡은 왜란 중에 실각과 복직을 되풀이했고, 사지와 다름없는 곳에 배치되었다가 오히려 전공을 세우고 살아 돌아오기도 했다. 임금은 어쩔 수 없을 때는 류성룡을 중용하다가 조금이라도 빌미가 있으면 내쳤다. 전쟁이 끝날 무렵, 류성룡은 다시 파직되었고 그 이후 낙향해서 다시는 임금의 부름에 응하지 않았다.

세계사가 인정하는 해전의 영웅 이순신이 왜란 중에 붙잡혀 와서 사형 직전까지 몰렸다가 가까스로 백의종군을 하며 다시금 원대 복귀 과정을 겪어야 했던 것도 임금의 그런 성품 때문이라고 봐야 옳다. 마지막 해전까지도 완벽한 승리로 이끈 23전 전승의 이순신이 전사한 것을 두고 지금껏, 스스로 죽음을 택한 것이라는 둥, 전사하지 않았더라도 결국은 사형을 면치 못했을 거라는 둥, 그때 전사한 게 아니라 죽은 것으로 해두고 한동안 어딘가에 은둔해서 살았다는 둥 여러 말이 나오는 까닭도 같은 연유에서다.

소선은, 소선을 집탈한 왜군하고도 싸워야 했고, 원군으로 온 명나라 군사의 침략과 다름없는 지배에도 견뎌야 했으며, 탐관오리의 학정과 백관들의 사리사욕과 당쟁의 폐해도 입어야 했고, 게다가 모든 일에 앞서 자기 안위부터 생각할 수밖에 없었던 임금의 무수한 영웅 죽이기와 판단 착오와 우유부단과 결정 번복의 혼란까지 헤치고 나가야 했다.

"내가 이제 다시 그대에게 칼을 주어 바다 건너 왜적의 소굴로 보내려 하는데 그대는 마다하지 않겠는가?"

임금은 한참 만에 가선대부 동지중추부사 승려 유정을 내려다보았다. 이미 모두 알고 있는 일, 유정은 망설임 없이 충성심을 드러냈다.

"아직 이 강산에 핏물이 가시지 않았고 붉은 바닷물이 들끓기가 가마솥 속과 다르지 않아, 이 늙은 몸을 편히 둘 수 없습니다."

임금은 잠시 승지를 돌아보다가 말했다.

"그대는 난 중에도 여러 차례 공을 세워 과인을 흡족하게 했다. 그때 과인이 이르기를, 그대가 만일 산을 떠나 속인으로 돌아오면 마땅히 100리 지방의 3군 장수로 삼으리라 하였는데, 그대는 산인으로서 취할 바 아니라며 물러나지 않았던가? 한데 지금 그 어떤 속인의 장수도 행하기 어려운 일을 하게 하려는데 어찌 물러나지 않고 응하려 하는가?"

이덕형은 순간, 언젠가 류성룡이 취중에 임금을 두고 한 말을 떠올렸다. 바르게 결단한 일은 결단한 후에도 길게 망설이고, 그르게 결단한 일은 신속하고 단호하다……. 그때 류성룡은 중얼거리듯 말하고 나서 스스로 그 말을 추스르느라 혼이 빠진 낯빛이었다. 이덕형으로서도 다시 떠올려서는 안 될 불충의 요언이라 여겼지만, 생각하면 할수록 기막히게 잘 들어맞는 말이었다. 유정을 불러 친히 국가 대임을 맡기는 하명을 하는데도 또 이렇게 그 마음을 떠보고 있지 않은가.

임금의 그런 심성을 모르지 않을 유정이지만, 그래도 조심스럽게 답을 해내고 있었다.

"전란 중에 전하께서 베푸신 하해와 같은 하명을 소승이 어찌 잊겠습니까? 다만 소승은 그때나 지금이나 불제자로서 위로 네 가지 은혜를 갚고 아래로 삼도(三途)의 중생을 제도하는 것을 본분으로 해야 한다고 여기고 있을 뿐이라 그 뜻에 따라 다시 어명을 받들어 바다 건너로 가겠다는 것입니다."

"위로 네 가지 은혜는 무엇이고, 아래로 삼도의 중생을 제도한다는 것은 또 무엇인가?"

"네 가지 은혜라 함은 부모와 임금과 스승과 백성에 대한 은혜를 이르는 것이고, 삼도의 중생이라 함은 지옥과 아귀와 축생계에 빠져 허덕이는 중생들을 이르는 것입니다. 왜국은 7년 동안이나 중생을 지옥에 빠뜨렸고 그 일로 나라 사람들의 의리를 시험하였으니, 바다를 건너가 그 재침하려는 뜻을 살펴

미리 베는 일은 마땅히 네 가지 은혜를 갚고 중생을 제도하는 일과 같습니다."

임금이 기다리고 있던 답이었다. 임금에게는 언제나 충성을 맹세하는 큰 신하가 필요했다. 큰 신하로서 임금의 총애를 받다가 나중에 다시 내쳐지고 나아가 죽임을 당할 수도 있다는 걸 알더라도, 나라에 충성하는 신하라면 임금에게 충성하는 말로 다가갈 수밖에 없었다. 유정은 지극한 충성심으로 임금의 심기를 달랬고, 임금은 그제야 만족한 듯했다.

"이 책을 본 적이 있는가?"

임금은 미리 준비하고 있었다는 듯이 유정에게 낡은 서책 한 권을 내려주었다. 얼핏 몇 글자가 눈에 들어왔지만 유정으로서는 금세 알아차릴 수 없었다. 임금 가까이 앉은 이덕형이 먼저 알아보고 안도의 한숨을 내쉬었다. 예문관에서 일할 때 읽어서 익히 기억하고 있던 책이었다. 임금이 그 책을 찾아와 유정에게 내밀고 있다면, 실은 임금이 오늘 유정을 불러서 할 말을 오래전부터 준비하고 있었다는 뜻이었다.

"세종대왕께서 보위에 계실 때 대신 신숙주가 왜국에 다녀와서 양국이 서로 교린하는 일을 간한 바 있는데, 이 책은 성종대왕 대에 이르러 신숙주가 왕명을 받고 왜국에 대해 저술한 『해동제국기(海東諸國記)』이다. 왜국이 본시 여러 개의 섬으로 되어 있어 그 섬마다 다른 땅 모양을 하고 풍속 또한 서로 다른데 이를 세세히 적기한 책이니, 그대가 섬으로 가기 전에 미리 읽어보고 어려움을 대비하도록 하라."

세종의 명으로 일본을 방문하고 온 신숙주는 성종 대에 그 방문기를 써서 바쳤다. 여러 개의 섬으로 된 일본의 지형과 정세, 양국이 교린할 때 서로 갖출 예의와 규범을 밝혀서 왜국과 평화롭게 지내게 하려는 취지였다. 이 책은 오늘날에도 한일관계사를 연구하는 좋은 사료가 되고 있는데, 당시로서는 특히 왜국과 교린에 힘쓰라는 가르침을 담은 유효한 책이었다. 그마나 그런 사료라도 미리 읽고 준비한 것이 놀라운 일이긴 한데, 임금이 유정에게 『해동제국기』를 읽으라고 내놓은 진정한 까닭은 전혀 다른 데 있었다.

"한데……."

임금은 다시 말을 멈추었다. 『해동제국기』의 내용을 잘 기억하고 있는 이덕형은 더는 긴장하지 않았다.

"신숙주는 태평한 때 왜국에 다녀왔지만 그래도 지금보다 더 힘든 뱃길을 헤치고 다녀왔다. 지금 송운은, 신숙주 때보다 뱃길에는 익숙한 대신, 아직 그 검은 속을 알 수 없는 왜적의 소굴로 들어가야 해. 신숙주는 대왕께서 내리신 직책을 달고 풍족하게 먹을 것 입을 것을 가져갔는데, 지금은 과인이 부덕해서 송운에게 줄 것이 그에 이르지 못할 것이야."

결국 유정은 조선 국왕의 어명을 받되 국서도 지니지 않고 특별한 관작도 부여받지 않은 데다 물자도 풍족하게 지니지 못하는, 국사도 아니요 그렇다고 군 지휘관도 아닌 신분으로 원수의 나라 일본을 방문해 누구보다 정확하게 탐정하고 돌아와야 했다. 사정은 이에 그치지 않았다. 『해동제국기』를 쓴 신숙주는 대마도를 거쳐 가지 않았다. 즉, 임금이 유정에게 『해동제국기』를 내린 것으로 보아, 유정의 탐정지는 대마도 정도가 아니라 일본 본토까지 넓어져야 했다.

이 사실을 감지한 이덕형은 늙은 유정이 염려스러워 바짝 긴장했지만, 유정은 이 모든 걸 아는지 전혀 따지는 기색이 없었다.

"소승이 불제자가 되어 산 지가 이미 반백 년에 이릅니다. 시절이 어수선하여 깊은 산중에서 나물만 뜯어먹고 지내지 못하고 사는 것이 한일진대, 이제 와서 무얼 더 바라는 것이 있겠습니까. 소승은 난이 일어난 때나 지금이나 전하께서 가서 구하라 하시면 다만 그 뜻을 좇아 지옥의 화염 속을 횃불을 든 채로 그대로 뛰어들어갈 뿐, 다른 방도를 찾을 까닭이 없습니다."

임금은 길게 한숨을 내쉬고 나서 일어섰다.

"충을 말하고 또한 성을 말해도 송운 같은 사람이 없다!"

임금은 그 한 마디로 가슴 깊은 데서 이는 스스로의 치욕과 불안을 씻으려 했다.

"망극하옵니다, 전하!"

이덕형과 유정은 깊이 고개를 숙여 답했다.

비변사의 우두머리인 영의정 이덕형은 유정을 인도해 덕수궁 밖으로 나섰다. 교자에 오르지 않은 채 봄 햇살을 맨 얼굴로 맞고 있었다. 지팡이를 짚고 선 유정도 고개를 들어 멀리 목멱산을 바라보았다. 이덕형이 다시 몸을 덕수궁 쪽으로 향하면서 말했다.

"난리가 나던 이듬해 도성에 돌아와보니 곳곳이 폐허가 되어 있었지요. 당장 전하를 뫼셔야 했는데 초가 한 채라도 제대로 남은 곳이 없었습니다. 이 행궁 앞 솔숲도 다 불에 타고 담장이 무너졌는데 집채만 용케 무너지지 않고 남아 있었지요. 이곳 행궁에 머무신 전하를 처음 배알하고 나오는데 어찌나 눈물이 쏟아지던지……."

이덕형은 그때의 감회가 살아나는지 눈에 눈물이 그렁그렁했다. 그럴 만도 했을 터였다. 불타고 뿌리 뽑히고 죽어간 조선의 도읍에 봄이 온 것이 벌써 여러 해이건만, 유정이 바라보는 목멱산은 여태도 예전 같은 파릇파릇한 기운을 뿜어내지 못하고 있었다.

유정은 잠시, 의승군들을 이끌고 도성으로 들어왔다가 거리마다 즐비한 시신들을 싣고 광희문 밖으로 나가 뚝섬 근처에서 화장하던 계사년(1593) 여름을 떠올렸다. 죽은 시신들

위로, 남의 시신을 서로 파먹다 결국은 자신도 죽어 시신이 된 채 쌓인 아수라장을 더 보지 못하고 미쳐 울던 어린 승병 하나도 떠올랐다. 배가 갈리고 가슴이 찢긴 시신을 외면하면, 피비린내와 썩은 내가 코를 찔렀는데, 그것을 견뎌내려다 눈물 콧물로 범벅이 된 의승군들의 표정을 보아야 했다.

"한데 말입니다."

이덕형은 몸을 다시 돌려 남쪽을 가리켰다. 그나마 난리 중에 가장 피해가 적었던 숭례문 인근으로 이제 노점도 몇 보이고 술청도 보였다. 듬성듬성 인가도 있었다. 한 무리의 등짐장수들이 숭례문 쪽에서 걸어 들어오는 모습도 보였다.

"그때 저 숭례문이 허물어지지 않았고, 숭례문에서 오른편으로 이어지는 성곽이 크게 허물어져 있었지요. 한데 그 무너진 담장 너머 한강 쪽에서 자욱한 기운이 몰려드는 게 보이더란 말이에요. 바로 이쯤 되는 시각이었는데요, 처음에는 때아니게 중국 큰 땅에서 황사라도 밀려오는가 했지요. 그러고 잠깐 동안은 우리 기마병이 떼를 지어 기세 좋게 먼지를 일으키며 몰려오나 착각도 했지요. 아득히 멀리서부터 무슨 소리를 내며 자욱하게 다가오고 있는 듯한, 빛 같기고 하고 바람 같기도 한 희미한 기운……. 실제로는 아무것도 오는 게 없었지만, 저는 그때 그걸 보면서 '아, 그래도 우리 조선에 저런 기운이 남아 있구나' 하는 생각이 들었어요."

그때를 회상하는 듯 이덕형의 물기 어린 눈이 반들거렸다.

"그렇지요. 그런 기운, 그런 게 있을 테지요. 죽을 때가 가까운 이 몸에게도 바로 그런 기운이 아직 남아 있는 듯합니다. 이걸 조선의 운이라 해야 할지, 조선의 기운이라고 해야 할지 모르겠지만, 아무튼 우리 조선이 이런 기운을 믿고 견뎌왔듯이 이 늙은이 또한 몸 안에 남아 있는 이런 기운을 붙들고 바다를 건너갔다 와야겠지요."

조금은 자조적으로 들리는 말을 하면서도 유정의 얼굴이 티 하나 없이 맑아 보여서 이덕형은 짐짓 가슴을 폈다.

"적지만 제 몸속 기운도 큰스님께 모아드리겠습니다."

소금장사

"실은 이곳도 서애 상공 덕분에 생겨난 곳입니다."

유정은 별영창(別營倉)을 지나면서 말했다.

"훈련도감을 세운 일을 두고 이르는 말씀이시지요?"

대꾸한 사람은 이달이었다. 바로 뒤를 따르던 허균도 고개를 끄덕거렸다. 도원과 홍주도 몇 걸음 뒤를 따르면서 쓰개치마 속에서 두 귀를 쫑긋 세웠다.

임진년 왜란을 당해 기존 오위제의 군사체계가 거의 와해되자, 류성룡은 새로운 훈련체제로 병사를 길러내 전장에 투입시킬 것을 건의했다. 왜란 중에 그렇게 생겨난 것이 훈련도감이었고 그 초대 제조가 바로 류성룡이었다. 처음 병사가 된 이들은 훈련도감에서 포수(砲手), 사수(射手), 살수(殺手) 등으로 전문 훈련을 받아 각 지방으로 보내졌다. 별영창은 바로 훈련도감에 속한 그 병사들에게 지급하는 급료와 마료(馬料)를 보관하는 곳이었다.

"서애 상공께서 훈련도감을 설치한 뜻을 아시는지요?"

"그야 병사를 훈련시켜 왜적에 맞서게 하려는 것이지요."

허균이 대답했다. 아주 당연한 답이었다. 유정은 대꾸를 하지 않고 묵묵히 앞서 걷기만 했다. 도성 수복 때까지 관군은 지리멸렬한 상태였고, 기댈 데라곤 명나라 군사나 의승군, 의병들밖에 없었다. 그 이후의 전투에서 그나마 관군이 전에 없는 힘을 낼 수 있었던 것은 이 훈련도감 출신 병사들의 활약 덕분이라 해도 좋았다. 그러나 그런 정도는 누구나 다 아는 일이었다.

"서애 상공께서 훈련도감을 설치하신 다른 깊은 뜻이 있다는 말씀이시군요?"

이달이 궁금증을 이기지 못하고 물었다.

"왜란 때 우리 조선은 왜적한테만 유린당한 게 아닙니다."

"그럼……."

이달은 유정이 하려는 말을 금세 이해했다.

"흔히 왜란을 7년 난리라 하지만, 실제 전투는 임진년부터 처음 1년하고 정유년 재침 때 주로 이루어졌는데, 그 나머지

동안 우리는 한쪽에서 왜를 경계하면서 국지전을 벌여야 했고, 다른 한쪽에서는 패악무도한 또 다른 적과 싸움을 벌여야 했어요."

"왜란 때 왜적 아닌 또 다른 패악무도한 적이라면?"

허균 역시 뒤늦게 알아챘다.

왜의 침입을 당한 조선은 명나라에 원군을 청해 나라의 패망을 막으려 했다. 그러나 원군으로 온 명군은 이 땅에 들어와서 도무지 전쟁을 하려고 들지 않았다. 실제로 명군이 주도한 전투에서 승리한 것은 처음에 평양성을 탈환할 때뿐이었다. 그것도 첫 전투에 멋모르고 달려들다 대패하고 나서 의병과 의승군의 도움을 받으며 심기일전한 덕분이었다. 이후 여러 차례 전투에 무모하게 덤벼들거나 아니면 우리 조선의 청으로 마지못해 임했다가 패전하거나 도망가기 바빴다. 우리 군사나 백성들은 우리 땅에 원군으로 와서 전쟁도 치르지 않고 주둔해 있는 그들을 먹여 살리느라 굶어죽는 일이 다반사였고, 그들의 비위를 맞추느라 갖은 수모를 겪어야 했다.

"모든 게 군사가 없어서입니다. 어서 군사를 길러내 자강(自彊)해야 했는데, 그 방도가 없으니 명군이 아무리 군량을 축내고 조선 군사와 백성을 금수 취급하며 패고 죽이고 욕보여도 이를 막을 길이 없었지요. 이런 명군에게 서애 상공은 훈련도감에서 군사를 조련하는 일을 맡겼지요."

"명군이 이 땅에 주둔해 있을 명분도 주고, 우리도 그만큼 배워서 자강한다는 계책이란 말씀이시군요."

허균은 품에서 류성룡에게 받은 서신을 만지작거리면서 말했다.

유정은 별영창 뒤로 난 언덕길을 올라갔다. 왜란이 한 차례 훑고 지나간 뒤였지만 그래도 이곳은 별영창을 지으면서 인마가 다니게 되고 드문드문 인가가 새로 생겨난 길이라 산뜻한 기운이 감돌았다. 쇠뜨기나 제비꽃 같은 꽃들도 싱싱하게 피어나 있었고, 나무들도 제법 초록빛을 뿜었다.

"큰스님 덕분에 모처럼 봄나들이하는구먼!"

도원이 홍주 귀에 대는 시늉만 하고 유정이 들으란 듯이 큰 소리로 말해보았다.

유정의 발길이 머문 곳은 가파른 고갯길 끝, 서너 칸은 족히 되어 보이는 건물이 있었을 법한 집터였다. 미리 와 있던 해구, 준하, 영식이 집터를 깨끗이 쓸어놓은 뒤였다. 빈 터 한쪽으로 진달래가 붉은 기운을 뿜내듯이 피어 있는 숲 아래로 집채를 받들던 나무기둥 두 개가 반쯤 부러진 채 서 있었고, 그 열 보 앞쪽으로 주춧돌들이 나란한 칸을 이루며 선명하게 남아 있었다. 그 앞으로는 바로 벼랑이었다. 벼랑 쪽 공중이 탁 트이는가 싶더니 저 아래 왼편으로 노량에서 마포나루 서쪽으로 봉산강 줄기가 이어지고 있었다.

"자, 여기는 원래 안평대군이 살던 담담정(淡淡亭)이라는 별장 자리입니다. 이 담담정은 나중에 보한재(신숙주의 호)의 별장이 되었지요. 임금께서 성종대왕 때 보한재가 지으신 『해동제국기』를 내게 주시면서 읽으라 하시기에 문득 이 정자가 떠올랐습니다."

유정은 강이 내려다보이는 바위에 일행을 앉히고 물었다.

"자, 교산이 서애 상공의 서찰을 받았다고요?"

유정은 허균이 복사골(오늘날의 마포구 도화동) 오동수 집에 머물고 있는 자신을 찾은 까닭을 그때에야 물었다.

류성룡이 파직된 것은 선조 31년(1598) 11월 19일이었다. 그의 아낌없는 후원 아래 우리 바다를 지킨 불세출의 명장 이순신이 노량해전에서 전사한 날이 바로 이날이었다.

모든 관작을 삭탈당한 류성룡은 이듬해 향리 안동으로 내려간다. 그 이듬해 직첩을 되돌려받고 국왕으로부터 여러 차례 부름을 받지만 결코 다시는 서울로 오지 않는다. 대신 그곳에 옥연정사라는 집을 짓고 머물면서, 왜란의 전말을 소상히 밝힌 저 유명한 『징비록(懲毖錄)』을 집필하고 있었다.

"제가 얼마 전 서애 상공께 서신을 보냈는데 그 답신이 왔습니다."

"하곡(허봉)의 시집 서문 말씀이군요. 그래, 서애 상공께서 뭐라고 답을 하셨는지요?"

"예, 답신에 흔쾌히 그러마 하셔서 서둘러 시집을 엮을 수 있게 되었습니다."

"서애 상공께서 늘 일찍 떠난 하곡을 아까워하셨지요."

"한데 또 한 가지 제가 서애 상공께 여쭌 게 있사온데……."

다들 허균의 입을 쳐다보는 듯한 낌새였다.

"허허허, 바로 그 일 때문에 나를 찾으셨다는 게지요?"

"왜국으로 가는 탐색사로 발탁된 큰스님 일로 서애 상공이 계신 곳으로 내려가 여쭙고 싶다고 말씀드렸습니다. 한데 서애 상공 말씀이 누가 찾아오는 발걸음 소리만 들어도 가슴이 뛰어서 견디지 못하는 병에 걸리셨다고 하시면서……."

허균은 말을 잇는 대신 자신이 받은 류성룡의 답신을 유정에게 내밀었다. 도원이 침을 꿀꺽 삼켰고, 홍주는 세운 무릎에 놓은 손을 바르르 떨었다.

"허어!"

모처럼 류성룡의 가늘고도 힘찬 친필을 보자 유정은 가슴이 마구 뛰었다. 류성룡이 모진 조건 속에서 일촉즉발의 위기를 수백 번 넘기며 임금을 지키고 명나라 군사를 붙들고 충성된 신하들의 목숨을 구하던 때의 일들이 주마등처럼 뇌리를 스쳐갔다. 유정은 착잡한 심경으로 다시 몸을 일으켰다. 벼랑 끝에 서서 잠깐 숨을 가다듬었다. 멀리 마포나루 쪽에서 배가 들어오는 모습이 보였다.

마포나루로 들어서면서 하역 준비를 하던 오동수는 벼랑고개 쪽에서 번쩍거리는 빛을 보았다. 벼랑고개 위로 멀리 보이는 담담정 터에 웬 사람들이 모여 있나 싶었는데, 빛은 거기서 난 것이 아니었다. 다 허물어진 담담정에서 무슨 일이 있을 턱이 없었다. 심상찮은 기운이 솟고 있는 곳은 벼랑고개 아래로 툭 떨어져 강변 모래톱으로 이어지는 평지였다. 사람들이 늘어선 사이로 누군가 말을 달리며 소리를 내지르고 있었다. 성급히 말을 부릴 때 내는 얍! 일얏! 헙! 하는 소리도 들렸다.

"어서 곡물가마를 부려놓고, 소금가마를 올려 싣도록 해라!"

나루에 배를 대면서 소리를 치다가 오동수는 화가 치밀어 올랐다. 나루에서 배를 맞은 일꾼은 어린 운길과 늙어 허리가 굽은 공치뿐이었고, 그나마도 둘 모두 방금 전까지 말 달리는 것을 구경하다 배 들어오는 걸 보고 허겁지겁 달려와 있던 참이었다. 공치가 얼른 눈짓을 해서 운길을 모래톱으로 보내 사람들을 불러들이려 했지만, 오동수가 막았다.

"하도 비상한 재주라 다들 눈을 떼지 못하고 있습니다."

공치의 변명에 오동수도 화를 누그러뜨렸다.

"도대체 무슨 대단한 구경거리인데 저러는가?"

"사람이 말을 타고 재주를 넘는데, 말로만 들었지 눈으로 처음 봅니다요."

어린 운길이 신이 나서 대답했다.

"누가 마상재(馬上才)를 한다는 말이더냐?"

오동수도 더 참을 수 없었다. 왜란 때 마상재를 하는 병사가 있었다는 얘기만 들었지 직접 구경해보지는 못했다. 오동수는 배꾼들까지 데리고 사람들이 몰려 있는 곳으로 발걸음을 옮겨 갔다. 늘어선 사람 중에 오동수를 알아본 수하 일꾼들 몇이 자리 틈을 내주기는 했지만, 다들 모래톱에서 벌어지는 멋진 광경을 한순간도 놓치지 않으려는 기색이 역력했다. 오동수도 그 틈을 비집고 섰다.

멀리서 한 사내가 말을 타고 달려오고 있었다. 그런가 싶더니, 그 사내가 잠시 모습을 감추고 한동안 달리는 빈 말만 보였다. 그러다가 어느 결에 말 몸뚱이 한편으로 사내의 두 다리가 거꾸로 곧추 세워졌는데, 그래도 말 달리기는 멈추지 않고 있었다. 여기저기서 탄성이 울렸다. 사내는 다시 잠깐 말등에 앉는가 싶더니, 이내 몸을 날려 반대편 말 몸뚱이 뒤로 몸을 감추었다. 그러고는 다시 반대편으로 몸을 옮겨 붙였다가, 또 그 반대편으로 옮겨 붙이는 동작을 반복했다.

"우초마(右超馬)……."

"좌초마(左超馬)……."

사내가 말등을 뛰어넘을 때마다 누군가 말했다. 여기저기 박수 소리가 나는가 싶더니 갑자기

"허허, 서선!"

구경꾼 중 누군가의 입에서 실소가 새어나왔다. 곧이어 여러 사람이 웃음을 터뜨렸다. 사내가 말 위에서 몸을 뒤집어 마치 죽은 듯 누워버렸기 때문이었다. 그걸 자세히 본 사람이 아니라면 사내가 갑자기 날아든 총탄이나 화살에 맞은 게 아닌가 싶을 만큼 진짜 말 위에서 그대로 쓰러져 시신이 된 것처럼 보였다.

신기하게도, 시체를 실은 말이 속력을 줄이지 않고 달려가다 뒤늦게 주인이 시체가 된 것을 알았다는 듯이 발걸음을 줄이고 있었다. 그러자 사내는 말에서 바닥으로 굴러떨어지는 시늉을 하더니 이번에는 말고삐에 발을 걸고 몸을 아래로 늘어뜨려 손을 뻗어 바닥의 모래를 한 줌 움켜쥐었다 놓아 보였다. 사내는 또 몸을 일으켜 말안장 위에 두 발을 딛고 섰다.

말 위에 선 채로 사람들 곁으로 오는 걸 보니, 꾀죄죄한 삼베옷을 입고 얼굴이 얽고 늙수그레했지만 미혼인지 상투 대신 봉두난발에 이마에 끈을 둘러맸다. 말고삐를 잡고 껑충하게 선 꼴이 언젠가 언문 패설로 읽은 송나라 도적 이야기의 양산박 산적 두목 같아 보였다.

"아, 행수어른!"

마상재를 즐기던 구경꾼 중에서 승나가 오동수를 알아보고 먼저 다가왔고, 다른 이들 몇이 말에서 뛰어내리는 마재인(馬才人)을 데리고 오동수에게로 모여들었다. 승나가 마재인을 오동수 앞으로 들이밀었다.

"보기 드문 마재인이라 우선 구경부터 했습니다."

"철배라 하옵니다."

마재인이 가볍게 인사했다.

"구경은 잘 했소만, 아직 해가 중천이고 할 일이 태산인데 이러고들 있으면 어떡합니까?"

오동수는 마뜩찮다는 눈빛으로 승나와 일행을 둘러보았다. 승나는 별로 미안하다는 기색없이 고개를 쳐들어 벼랑고개로 얼굴을 향했다.

"저기를 보시지요, 행수어른."

오동수가 담담정 쪽을 쳐다보았다. 기이한 일이었다. 담담정 터에 서서 강변 모래톱을 내려다보고 있는 사람들은 여럿이었고, 그 중에는 여인네도 있었고 승려들도 있었다. 아예 처음부터 마상재를 즐기기 위해 그곳에 올라가 있은 행색이었다.

오동수는 그 한가운데서 아래를 내려다보고 서 있는 사람을 알아보았다. 다름 아닌 사명대사 유정이었다. 유정이 마상재를 여러 사람에게 구경시키기 위해 일부러 날을 잡았다는 뜻이었다.

"아니, 저 여인네들은……?"

오동수는 금세 도원과 홍주가 유정을 따라 그곳까지 올라가 있나는 걸 알아챘지만 도부지 무슨 영문인지는 알 수 없었다.

유정은 어안이 벙벙해 쳐다보고 있는 오동수를 향해 손을 흔들어 보이기까지 했다.

오동수의 마포 집은 담담정 터에서부터 별영창을 지나 복사골 쪽으로 한 마장 거리에 있었다.

마포 집은 원래 왜란 때 국왕을 호종하다 순직한 오경수 별감이 별장으로 쓰던 집으로, 오 별감의 동생 오동수가 관리하고 있었다. 오 별감은 도원과는 각별한 사이로 육례원의 뒤를 봐주고 있었고, 유정도 도성 가까이 머물 때면 오 별감의 별장에 머무는 일이 잦았다. 난리 때 형을 따라 피난을 갔다가 혼자 살아 복사골로 돌아온 오동수는 살 길이 막막했다. 그때 마침 류성룡이 소금 생산을 장려하는 계책을 내면서, 오동수는 황해도의 염호에서 소금을 가져다 별영창까지 날라주는 일을 맡게 되었고 점차 소금장사에 문리가 트였다.

황해도의 소금 생산자들에게 부역을 없애주어서 생산량을 늘리고, 그 소금을 호남과 호서 지방의 곡물들과 바꾸어 백성들도 배불리 먹게 하고 그 중간 이익으로 군량을 대는 계책을 낸 사람이 바로 류성룡이었다.

오동수는 여러 관청의 일을 받아 소금과 곡물을 바꿔 실어 나르는 일을 맡아 수익을 늘려나가고 있었다. 장사가 날로 번창하게 되자 오동수는 더 많은 사람이 필요했고, 유정은 의승군 출신 준하, 승나, 영식 등 일행을 그 집에서 일하게 했다.

“말을 달리며 말 위에 서는 것을 주마입마(走馬立馬)라 하고, 말등을 왼쪽 오른쪽으로 타넘어 옆에 숨어 달리는 걸 좌초마, 우초마라 하고, 말목의 왼편에 의지해 거꾸로 서는 것을 마상도립(馬上倒立)이라 하고, 말 위에서 죽은 척 가로누워 있는 걸 횡와양사(橫臥佯死)라 하며…….”

마재인 철배는 저녁에 오동수의 별장에 마련된 술자리에서 철철 넘치는 술잔을 두 잔 거푸 들이켠 뒤 차분하게 마상재 얘기를 펼쳐나갔다.

“그런 재능이면 군문에 들어 수많은 병사를 훈련시키고도 남을 게 아니오? 어째서 그런 재능을 지금껏 숨겨오셨는지요?”

오동수도 궁금한 건 잘 참지 않는 성미였다.

“저 같은 광대가 무슨 군문이겠습니까? 이제는 나이가 들어 광대 짓도 더 못하고 그저 가끔씩 불려다니며 재주를 보여주고 양식을 얻어가고 있습지요.”

대답은 그랬으나 철배의 눈빛에서는 알지 못할 결기가 뿜어져나왔다. 그동안 철배를 수배해 오늘의 마상재를 구경할 수 있게 한 해구가 점잖게 나섰다.

“숨길 일이 뭐 있겠어요. 왜란에 참전해 여러 번 적을 놀래켰잖아요?”

“관아에서 말 여물 먹이고 말똥 치우던 일을 하던 부친 덕에 말을 데리고 같이 노는 일이 잦다보니 일찍 마상재 흉내를

낼 수 있었고, 나중에 광대패하고 어울려 다니며 재주를 부리다보니 남 보기에 우스운 꼴은 면하게 된 데 불과하지요. 마침 왜란을 만나 간혹 말 타고 재주 부린 적이 있지만, 장수들이 쓰는 말을 제가 어찌 함부로 가지고 놀아 보일 수 있었겠습니까?"

"청주성을 되찾을 때하고, 이후에 두 번째 진주성 싸움에도 참전해 공을 세웠다고 들었습니다만."

해구는 철배의 마음을 움직여보려 애썼다.

"왜란 때 산이 많은 우리나라의 지세를 잊고 공연히 평지를 찾아 기마를 자칫 잘못 운용했다가 군사를 몰살시킨 예가 적지 않았습니다. 하찮은 병졸에 불과한 제가 나서서 할 일이 없었지요. 게다가 제가 하는 건 천박한 기예일 뿐이라, 잠시 구경거리는 될 수 있을지언정 군사 일에 쓰일 만한 건 없습니다."

말투는 투박했지만 사리가 분명했고 한 마디 놓칠 것이 없었다. 그 점을 알아차린 오동수가 서둘렀다.

"큰스님! 저는 제 가형이 살아 계실 때나 돌아가시고 나서도 지금까지 큰스님께서 하라시는 대로 모두 이행하고자 했습니다. 한데 이즈음 큰스님이 나라의 부르심을 받으시면서 하시는 일은 도무지 제가 헤아려 모시기 어렵습니다. 얼마 전 큰스님께서 여기 계신 의승군들을 거두라 하시기에 일손이 부족하던 차에 기꺼이 들여서 함께 일하고 있사온데, 오늘은 무슨 일인지 마재인의 재주를 보게 하십니다. 이 마재인은 스스로 하찮은 광대패의 기예라 하지만 제 눈에는 그리 보이지 않습니다. 큰스님께서 여기 의승군 출신 장정들에게 모두 마상재를 가르쳐 왜국으로 데려가서 왜놈들 혼을 빼놓으려는 것이나 아닌지요? 어서 가르쳐주셔야 제가 나설 일이 무엇이며 뒤에서 받쳐드릴 일이 무엇인지 제대로 알 수 있겠습니다."

한동안 좌중에 침묵이 흘렀다. 큰스님한테 대드는 듯한 어조 같아서 놀랍기도 했지만, 하나하나 새겨 생각해보니 당연한 의구심인 듯도 했다. 그러면서도 큰스님에 대한 존경의 뜻은 더 깊어 보였다.

"허허허, 이 자리에 계신 분들 이 집 행수를 잘 보아두세요. 이 행수가 말이에요, 장차 이 나라 조선의 큰 상인이 될 사람입니다. 무릇 장사치는 돈 버는 일이 우선일진대, 왜놈들 혼을 빼놓는 일을 돕겠다는 말부터 하고 있질 않습니까."

유정이 그쯤으로 덮어두려 하자 이번에는 허균이 나섰다.

"얘기가 기왕 큰스님께서 왜국 가시는 일에까지 이르렀으니, 큰스님께서 결단을 내리고 말씀을 해주셔야겠습니다."

"저는, 서애 상공께서 큰스님께 하신 말씀을 보시고 큰스님이 과연 어떤 결단을 내릴 것인지가 궁금합니다."

이달이 덧붙였다.

"허험!"

유정은 다시금 길게 헛기침을 해보였다.

"아시다시피, 나는 국왕의 명으로 이번 여름에 왜국을 탐색하러 떠나게 되었습니다. 한데 그동안 나를 아껴온 분들이 적지 않은 내 나이를 두고 염려해서 여태 붙들고 만류하고 있습니다. 손곡 선생은 틈틈이 짬을 내어 나를 찾아와 내 안위를 걱정해주고 계시고, 교산께서는 내가 공경해 마지않는 서애 상공께 서신을 보내 내가 왜국 탐색사로 가지 않게 해주었으면 좋겠다고까지 하셨어요. 이제 서애 상공께서 나를 두고 답신을 보내시어 내가 몸둘 바를 모르겠습니다. 서애 상공이 이르기를 비록 스스로는 '도(道)를 배울 뜻이 있었지만 이루지 못하였으니 그것이 한이라' 하시면서도 내게는 '지팡이 들어 가리키는 그 길이 도가 아니겠느냐' 하셨습니다."

법문을 듣는 듯 좌중은 고요해졌다.

"도가 눈앞에 있는데 더 무엇을 망설이겠습니까? 이제 더 말리지 마세요. 국왕께서 미천한 내게 모든 것을 맡기셨어요. 나는 국서도 지니지 않고 관작도 받은 것 없는 몸으로 이제 왜국으로, 그것도 대마도까지가 아니라, 대마도에서 다시 바다를 건너 왜의 심장 속으로 들어가야 할 것입니다."

국서도 없고, 관작도 없고…… 왜국의 심장으로까지…… 여럿의 입에서 되뇌는 소리가 났다. 그 다음으로, 오동수의 입에서 격한 신음소리가 났다.

"임금님께서 재물도 넉넉히 주시지 않으시고 바다 건너 왜국으로 큰스님을 보내려 하시는군요!"

몇몇의 입에서 탄식이 이어졌으나 다시 좌중은 침묵에 휩싸였다.

"그래요, 그렇습니다. 나는 이제 맨몸으로 왜국으로 건너가 왜인들과 한편으로 마음을 열어 교류하고 다른 한편으로 기세를 올려 제압하고 또 다른 한편으로 가만히 뒤를 살펴야 합니다. 그래서 여러분을 이 자리에 모은 겁니다. 이번 행렬에는 내가 스스로 담력과 용기를 가진 사람을 구해야 하고, 지략과 계책을 가진 사람도 구해야 하고, 의복과 약재도 구해야 합니다. 마상재와 같은 재주를 가진 이는 그 재주로 내 수하를 가르쳐주어야 하고, 재물이 있는 이는 가는 날까지 내 수하를 배불리 먹여주어야 하고, 의술이 있거나 숨은 무술이 있는 자 중에서 심지가 굳은 자는 나를 따를 수 있어야 합니다. 내 눈앞에 바다가 있고, 그 바다 건너에 내가 뒤지고 살피고 꿰뚫어봐야 할 왜인들의 나라가 있습니다. 돌아오지 못할지라도 나는 그곳으로 갑니다. 이제 이것만이 나의 도입니다."

이제 아무도 대꾸하는 사람이 없었다. 도원과 홍주를 앞세워 유정이 묵고 있는 복사골까지 온 이달과 허균도, 불려와 마상재를 보인 철배도, 철배로부터 마상재를 배울 준하 무리들도, 그들에게 적당히 일거리를 주고 배불리 먹여주어야 할 오동수도 유정의 말에 가슴 밑바닥을 쳐올라오는 뜨거운 기운을 함께 느꼈다.

다만 도원과 홍주만이, 찬방 문에 기대서서 터져나오는 울음을 참느라 얼굴이 시뻘게져 있었다.

봉은사

몇 차례 궂은비로 불어난 강물 위로 모처럼 싱싱한 초여름 기운이 뻗쳤다. 그래서인지 부쩍 늘어난 나들이객들을 실어나르던 사공 형제들은 콧노래가 절로 났다. 처음에는 며칠 그러다 말겠지 했다. 한데 이 달 초순 들어 뚝섬에서 경강(京江)을 건너 선릉(宣陵) 나루터로 가는 나들이객들이 줄에 줄을 이었다. 초이레 되는 이 날은 아침 일찍부터 몰려든 사람들 때문에 곤욕을 치러야 했다. 어제부터 여염집 아낙들 모습이 눈에 띄게 두드러졌다. 동이 트기도 전부터 나와 노복을 보내 줄을 서게 하고는 주막집 뒷방에서 국밥을 먹으며 기다리는 궁중 내명부들도 있었다.

작은 사공이 어떤 집 종이 주는 엽전 한 냥을 챙기고 배 타는 순서를 슬쩍 앞당겨주려다가 먼저 줄서 있던 사내한테 들켜서 한바탕이 소동이 빚어지기도 했다. 어떤 당상 집 하인들 몇은 큰 사공한테 눈을 부라렸으나 큰 사공은 귀가 닫힌 사람처럼 굴며 버텨냈다. 오전 나절에 벌써 서너 차례씩 강을 왕복한 두 사공은 오시가 채 되기도 전에 기진맥진이었다. 그나마 오시를 넘기면서부터는 나들이객이 줄어들어 막걸리 두 사발씩 마시고 둘이 번갈아가며 나루터 한 귀퉁이에서 낮잠을 잘 수도 있었다.

한강 중에서도 뚝섬에서 양화진에 이르는 강 일대를 경강이라 했다. 이 경강 북쪽의 뚝섬에서 경강을 건너가 나루에서 바라다보이는 산이 수도산(修道山). 그 산 기슭에 그윽한 정취를 자랑하는 가람이 하나 있다. 원래는 통일신라 때인 794년(원성왕10) 연회국사(緣會國師)가 창건한 견성사(見性寺)였는데, 고려를 거쳐 조선에 들어서면서 크게 쇠락했다가 조선 성종과 계비 정현왕후의 능인 선릉을 지키는 수호 사찰로 지정되면서 봉은사(奉恩寺)라는 이름을 얻게 되었다.

이후 다시, 중종 임금 부부의 능인 정릉과 희릉을 가까이 두게 되면서 이 두 능을 함께 수호하는 사찰이 되었다. 명종 대 들어 왕실과 가까워진 보우가 1562년(명종 17)에 지금 강남구 삼성동에 있는 현 위치로 이전하여 중창하였다. 도첩제와 승과 제도를 부활시킨 보우는 이 봉은사를 조선 선종의 수찰로 삼았다. 가람의 규모가 한때 삼존을 봉안한 대웅보전을 비롯해 진여문, 천왕문, 해탈문, 명부전, 응향각(향로전), 나한전, 심검당, 운하당, 강선전, 매화당, 청심당, 향적전, 동별당 서행랑, 대남루, 열반당 등을 거느린 거대한 규모를 자랑했다.

이런 봉은사였지만 보우대사가 궁지에 몰려 죽고 불교 배척이 다시 심해지자 이전의 광영을 잃고 다시 쇠락하기 시작했다. 그나마 서산대사 휴정이 가끔 다녀가고 유정이 자주 와서 거하게 되면서 그 명맥을 면면히 이어갈 수 있었는데 왜란을 겪으면서 또 한 차례 폐허가 되고 게다가 왜란 때 왜병들이 정릉을 파헤쳐버려 능침 수호 사찰로서의 봉은사의 입지도 그만큼 줄어들게 되었다. 그러나 역시 명찰은 명찰이었다. 무엇보다 도성에서 가까운 데 있어 겉으로는 숭유억불이라 하나 마음에 든 불심을 끄지 못하는 도성의 아낙들이 틈틈이 찾아들곤 했다. 왜란 이후에 다시 사명대사 유정이 이곳에 머물게 되는 날이 잦아지면서 옛 명성이 되살아나는 듯했다.

갑진년(1604, 선조 37년) 6월 봉은사 선불당에서 열린 송법회(送法會)는 모처럼 많은 사람들로 붐볐다. 정면 여덟 칸, 측면 세 칸의 승당 안은 반가의 아낙들 차지였고 중정에는 반상과 남녀를 가릴 수 없을 만큼 많은 사람들이 빼곡히 들어찼다. 어수선하던 경내는 예불과 헌공이 끝나면서 일순 정적을 맞는 듯했다. 선불당 불상을 뒤에 두고 의자에 앉은 유정은 허리가 꼿꼿하고 수염이 길게 늘어 있어 그 형상이 더욱 뚜렷했다.

"고명하신 여러 선사들께서, 왜란이 끝났음에도 절로 돌아가지 않는 나를 두고 안타깝다는 말씀을 많이 해주셨습니다. 무릇 중이란 깊은 산중에 들어 종적을 끊고, 명아주를 찧어먹고 개울물을 마시며 살아야 합니다. 그래야 반야가 모는 인자한 배에 올라 보리를 얻을 수 있을 테지요. 마땅한 말씀이지요. 지당한 말씀입니다. 한데 내가 왜란을 당해 왜적을 쳐부수는 일에 앞장선 세월도 이미 있는 데다 이번에 또 왜국으로 건너가게 되었습니다. 나는 무엇 때문에 이러고 있는 것인지, 무엇 때문에 이 나이 들도록 속가의 인연을 끊지 못해서 이러는 것인지……."

유정은 조용히 좌중을 둘러보았다가 잠시 눈을 깊이 감았다. 수백은 족히 되어 보이는 사람들이 뿜어내는 더운 숨결이 느껴졌지만, 유정은 그 사람들 사이를 흐르는 향목(香木) 내를 천천히 마음으로 따라다녔다.

"왜란 때 7년이나 의승군을 이끌고 전장을 누비고 다녔고, 이제 절로 돌아가려다 다시 임금님의 부름을 받고 나와 일본으로 건너가 왜적을 상대로 변설로 맞서 싸워야 합니다. 내게 무슨 욕심이 남아서일까, 욕심을 버렸다고 하고서는 그저 아상(我想)에 사로잡혀 제멋에 겨운 짓을 하는 것은 아닐까, 내가 아직 모자람이 많아서 속인들이 알아서 잘 할 수 있는 일에 가타부타 나서서 참견하는 걸로 부처를 모욕하는 게 아닌가……. 나는 날마다 명상에 들어 생각해봤습니다. 지난 겨울에는 임금님께 청해 동안거를 하러 오대산으로 가면서 이제 다시 속가로 나오지 않으리라 마음먹기도 했습니다. 그러나 우리 산하에 왜란이 몰고온 참상은 여태 다 아물지 않았습니다. 봄이 되어 제비가 찾아왔건만 둥지를 틀 만한 집 한 채 없어요. 아직도 어리석은 수령들은 왜란에 겨우 살아남은 백성들을 어육(魚肉)으로 만드는 일이 비일비재하고요. 그런 세상에 왜군이 또 언제 쳐들어올지 모를 일입니다."

유정의 법문은 처음에는 나직하고 느슨해서 마음을 놓을 뻔하다가도 어느 결엔가 말끝마다 힘이 느껴지기 시작해서 귀가 트이고, 한참 뒤에는 가슴 한가운데가 후련해지는 느낌이 들게 했다. 처음에는 그냥 고개를 끄덕이며 듣던 사람들도 갑자기 머리를 쿵 치는 법어가 던져지고, 끝없는 의문들이 꼬리를 물고 우주만물의 구석구석을 찌르고 훑고 지나다 어느새 맺힌 응어리가 확 풀리듯 가슴이 시원해지는 것을 느끼면서 저도 모르게 유정의 법문 속으로 오래오래 젖어들었다.

"아하, 내가 아직 산으로 들어갈 때가 아니구나. 중생들이 도탄에 빠져 있는데 나 혼자 도를 얻어 깨친들 무엇하겠느냐. 나는 비로소 결심했습니다. 싸워도 위태롭고 싸우지 않아도 위태롭다면, 싸우지 않아 위태롭기보다는 성을 등지고 한번 싸워서 성패를 정하리라!"

유정의 음성이 선불당 밖 중정까지 또렷이 뻗어나왔다.

"내가 가는 길은 깜깜한 밤입니다. 그 밤에 멀리 희미한 빛이 기웃거리는데, 그게 별이라는 것입니다. 온 우주가 깜깜한데, 오직 희미한 별 하나가 있지요. 내 여생에서 하는 일이란 저 별 아래를 간다는 것일 뿐, 다른 집착도 집념도 없습니다. 온 우주가 깜깜한데 저 멀리 별 하나 떠 있고, 다만 그 별 아래 가는 것이 내 일이요 내 길입니다."

유정이 법문을 하는 동안 손곡 이달은 매화당 앞 샘물가에 앉아 있었다. 매화당은 서산대사가 드나들 때 매화를 심은 승당이라 하여 이름이 그렇게 붙었다. 법당까지 쳐들어온 왜군들한테 절이 훼손되면서 매화는 뽑히고 없어졌지만, 그 뒤로 축 늘어지는 버드나무가 색다른 운치를 더해주었다.

그러나 이달은 그 운치를 즐기고 있지 못했다. 이달의 귀는 선불당에서 들려오는 법문 소리를 향해 열려 있었지만, 무릎 위에 얹은 두 손에는 굵은 침이 꽂혀 있었다.

새벽에 집에서 서둘러 먹은 밥이 명치께에서 맺혀버린 듯했는데 배를 타고 강을 건너오면서부터 속이 울렁거리고 머리가 어질어질했다. 동행한 허균이 어제부터 봉은사에 와 있던 홍주를 인파 속에서 발견하고 불러냈다. 절간 일을 돕는 틈틈이 귀를 기울여 유정의 법문을 들으려 마음먹고 있던 홍주로서는 그러는 허균이 야속했다.

"오늘이 큰스님 송법회인데 법문을 듣지 않았다가는 죽을 때까지 후회하게 될 것이 아닙니까? 법회가 끝날 때까지 기다려주셨으면 합니다만."

막 법회가 시작되고 있어서 이달이 언성을 낮추며 말했다.

"네 생각이 내 생각이로구나. 침도 맞고 큰스님 법문도 들을 수 있으면 좋지 않겠느냐?"

"그럼, 제가 나리의 체증을 낫게 해드리면 나리도 제 청을 들어주셔야 합니다."

홍주는 짐짓 뻔대어 보았다.

"그래, 네 침술이 보통이 아닌 걸 안다. 후한 상이 있을 것이니 어서 자리를 잡아보자."

허균이 나서서 둘을 매화당 앞으로 인도했다. 홍주는 익숙하게 이달의 손에 침을 놓고 선불당 쪽으로 내려갔다.

이달의 입에서 절로 끄윽 하고 트림소리가 난 것은 유정의 법문이 끝날 때였다. 어느새 체증은 가셔 있었다.

"나리, 체증이 가시었으니 제 청을 들어주셔야지요."

중당의 인파 뒤에 서서 유정의 법문을 듣고 빠져나온 홍주가 이달의 손등에서 침을 뽑아냈다.

"허허, 네 청이 무언지 모르겠다만 내가 이제 네 청을 들어줄 만한 힘이 없구나."

이달이 꾀를 내자 홍주는 밉지 않게 이달을 노려보는 시늉을 했다. 이달이 제 가슴께를 쓰다듬으며 여러 번 트림을 해봤다.

"네가 이 침술을 큰스님의 제자한테 배웠더라는 말이지?"

"예, 그렇지요. 큰스님의 제자 중에 사암(舍岩)이라는 분이 있었는데 우연히 그분한테 심부름을 갔다가 침술을 조금 배우게 되었습니다."

"그 사암이라는 중은 지금 어디 있느냐?"

"왜란 끝나고 어디로 종적을 감추었다는데 그 뒤로는 소식을 모릅니다."

"그렇게 용한 분이라면 중생들을 위해 인술을 베푸는 일을 더 하지 않고 어디로 사라졌을꼬?"

"그러게 말입니다. 하온데 나리, 그렇게 딴 말씀만 마시고 제 청을 들어주셔야지요."

홍주가 틈을 보이지 않고 다가서자 이달은 다시 큰기침을 하고 허리를 곧추세웠다.

"대체 네 청이 무엇이더냐?"

"그야 저를 송운 큰스님 가시는 길에 따라갈 수 있게 해주시는 거지요."

짐작한 일이었지만 이달로서는 또 한 번 놀랐다.

"여자 몸으로 큰스님을 수행할 수 없다는 걸 잘 알지 않느냐? 공연한 청을 했다며 웃음거리가 될 거라고 내 전부터 말하지 않았더냐. 설사 네가 배를 타고 간다고 해봐라. 왜인들이 큰스님을 어떻게 여길 것이냐? 자칫 잘못하다가는 국가 대임을 그르칠 수 있어. 없던 말로 해라.”

“나리, 그게 아니오라…….”

말을 하던 홍주가 갑자기 고개를 쳐들었다.

곧 홍주의 입에서 “거기 섰거라!” 하는 소리가 터져나왔다. 그 소리가 끝나기도 전에 홍주의 몸은 매화당 쪽으로 치닫고 있었다.

이달이 깜짝 놀라 뒤를 돌아보니, 웬 낯선 사내 둘이 매화당 뒤편에서 홍주한테 쫓기고 있었다. 사내들은 쫓기면서도 별안간 당한 일이라는 듯 어, 어, 소리만 내고는 다른 변명을 하지 못하다가 더는 그럴 수 없다는 듯이 이달이 있는 샘물가까지 내려와 걸음을 멈췄다.

“아니, 대체 이 여자가 우리한테 왜 이러는 거유?”

갓이 벗겨져 맨 상투가 된 한 사내가 억울하다는 듯이 말했다. 홍주가 치맛말기를 끌어올리면서 씩씩거렸다.

“큰스님 송별회를 하는 동안에 법회에는 참례하지 않고 무엇 때문에 아까부터 큰스님 기거하시는 염화실이며 요사채를 기웃거리고 있는 거죠?”

“허, 그건!”

맨 상투 사내가 말을 잇지 못하고 답답해 했다.

"수상한 데가 있으니 조사를 해야겠어요, 나리. 제가 이 자들을 지키고 있을 테니 나리께서는 어서 가셔서 원주 스님을 모시고 오세요."

아낙네의 추궁에 마땅히 응대를 하지 못하는 사내들의 표정이 볼 만했다. 덩치가 만만찮은 사내들이었지만 행색을 보니 막 대할 서생들은 아닐 성싶었다. 이달이 두 사내 앞에 나섰다.

"보아하니 절집에 밥을 훔치러 온 도적들 같지는 않은데, 웬일로 수상하게 승방을 기웃거리셨는가?"

"저희는 송운 큰스님을 뵙고 싶다는 일념으로 경상도 달성에서부터 걸어서 올라온 사람들입니다. 이름은 하명구라고 하고요."

"저는 강진석이라 합니다."

두 사람이 의관을 가다듬으며 공손히 이름을 밝히고 목례를 하는데도 홍주는 의심을 풀지 않았다.

"큰스님을 뵈러 왔다고 하면서 어째서 큰스님 법문하시는 법회에는 참례를 안 하고 도둑고양이처럼 빈 요사채를 기웃거리셨지요?"

그러자 강진석이라는 사내가 웃음을 터뜨리며 넉살좋게 말했다.

"푸하하하, 도둑고양이 같다고요? 실은, 헐벗은 산촌에서

책 읽고 농사만 짓다가 도성 가까이 와보니 모든 게 신기하기만 해서 자꾸 여기저기 기웃거리기는 했네요."

홍주는 더욱 날카로워졌다.

"거짓말 마라! 거기 등에 지고 있는 보퉁이는 무엇이냐? 훔친 물건이 있거나 아니면 남의 집을 털 때 쓰는 창검이라도 들은 게 아니냐?"

이달이 보기에도 행색이나 말투가 도적 같다는 느낌은 들지 않았지만 등에 메고 있는 보퉁이만은 그렇지 않았다.

"아무래도 안 되겠군! 나도 이 사찰을 아끼고 이 사찰의 스님을 존중하는 사람이라 자네들을 그냥 내버려둘 수 없겠어. 자. 어서 앞장서시게! 자네들이 죄 지은 게 있는지 없는지 부처님께서 가려주시겠지."

홍주 때문에 꼼짝없이 도적으로 몰리게 된 두 사람이 뿌리치고 가지도 못하고 그렇다고 자신의 처지를 곧이곧대로 설명하기도 마뜩찮아 곤혹스러워하고 있을 때, 법회 참례를 마친 사람들 수십 명이 절 구경을 하기 위해 매화당 쪽으로 올라오고 있었다.

법회를 마치고 염화실에서 혼자 묵상하던 유정에게 두 사람이 인도된 것은 이미 해가 기울고 있을 때였다.

"소란을 피워 송구하옵니다, 큰스님!"

불혹쯤 되어 보이는 얼굴에 점이 많은 사내가 아낭구와 상진석을 거느리고 유정에게 절을 올렸다. 말쑥한 도포에 반듯하게 갓을 쓴 차림새로 보아 지체 있는 양반인 게 분명했지만, 허리를 굽혀 머리를 숙이는 본새가 어딘지 억지스러워 보였다.

매화당 앞에서 이달과 홍주가 강진석과 하명구를 추궁하고 있을 때 법당 쪽에서 허겁지겁 올라온 사내였다. 사내는 강진석과 하명구를 크게 꾸짖고 나서 용서를 구했다.

"큰스님, 소인을 기억하시겠습니까?"

사내는 다시 한 번 허리를 꺾었다가 가만히 고개를 들었다.

뜻밖의 말에 유정은 사내를 똑바로 응시했다. 얼굴 생김새보다 말씨가 귀에 익었다.

"큰스님께서는 저를 기억하기 어려우시겠지만 저는 큰스님을 여러 차례 뵙고 그 일을 평생의 영광이라 생각하고 있었습니다. 이 몸은 경상도 달성 땅에 사는 김충선이라 하옵니다."

"아, 바로 그 김충선!"

유정은 김충선이라는 말 대신에 먼저 '사야가[沙也可]'라는 말을 내뱉을 뻔했다. 왜란 초부터 왜군을 접했고 특히 강화를 위해 왜군들이 쌓은 울산성 안으로 들어가 세 번이나 가토 기요마사를 만난 유정한테는 조선말을 하는 왜인 통역관들의 말투가 귀에 익었다. 김충선은 바로 그렇게 왜인들이 조선말을 쓰듯 말하는 사람으로, 이름은 조선 이름이되 원래는 왜인이었다.

"그럼, 항왜?"

이달이 옆에 앉은 허균과 눈을 마주치며 중얼거렸다.

사야가는 임진년 4월에 왜군의 선봉으로 나서 부산에 상륙했다가 수하 병사들을 이끌고 경상도 좌병사 박진에게 투항했다. 왜란 때 조선에 투항한 이런 왜군들을 일컬어 항왜(降倭)라 했다. 왜란 중에 이 항왜의 숫자가 1만이 넘었다는 기록이 남아 있다.

투항한 이들은 대개 조선군에 편성되어 왜군과 맞서 싸웠고, 특히 조총과 화약 제조법이며 총포술을 조선군에 가르치는 일을 맡았다. 왜란 초에 왜군의 조총에 속수무책으로 당하던 조선이 오래지 않아 진영을 갖추면서 왜군과 당당히 전투를 해낼 수 있었던 데는 이 항왜의 역할이 컸다. 불패의 신화를 기록한 이순신의 수군에도 이들 항왜가 다수 활약했는데 그 중에 '준사'라는 이름을 가진 항왜의 활약이 이순신의 『난중일기』에 기록돼 있다.

사야가는 투항 직후 밀양 부사 박진의 관군에 편성되어 조총과 화약을 제조하는 법을 전파했다. 또 직접 전투에도 참전해 울산, 경주, 영천 등지에서 왜군을 섬멸하는 공을 세우기도 했다. 그 누구보다 자발적이고 적극적이었던 항왜 사야가는 왜란이 종결된 뒤 국왕으로부터 김충선이라는 이름과 종2품 벼슬을 하사받고 진주목사의 딸과 결혼해서 경상도 달성에서 후학을 기르며 지내고 있었다. 뒷날의 일이 되지만 이 김충선은 인조반정 직후에 일어난 이괄의 난을 평정하는 데 힘을 보태고, 병자호란 때는 임금의 명이 내려지기도 전에 스스로 북방으로 달려가 오랑캐를 치는 공을 세운다.

김충선이 조선의 승려 유정을 만난 것은, 유정이 영남 일원에서 명나라 장군 유정(劉綎)의 부대에 무기와 식량을 보급해 줄 무렵이었다. 조총에 능한 항왜들이 무기 수선과 제조를 도맡아 할 때 김충선이 그 지휘자로 있었다.

"제가 큰스님이 이끄시는 의승군을 비롯해 여러 군대의 보급군에 가담한 일로 큰스님을 우러러 뵈었고, 그것만으로도 가슴 설레며 살았사온데, 이번에 북방의 야인을 수비하는 일로 국왕의 부름을 받고 입성한 차에 큰스님이 송법회를 하신다는 말씀을 듣고 달려왔습니다."

뒷전에서 김충선의 말을 듣고 있던 홍주는 이달과 허균에게 눈짓을 보냈다. 이달이 홍주의 뜻을 알아채고 헛기침을 하면서 나섰다.

"저도 김공이 왜인으로 이 나라에 와서 이 나라의 공신이 된 일을 들어서 잘 알고 있습니다만, 지금은 당장 큰스님 앞에서 밝혀주셔야 할 일이 있지 않습니까? 김공이 대동한 저 두 사람은 누구이며, 두 사람이 등에 메고 온 보퉁이는 또 무엇입니까? 국가 대임을 맡아 적국으로 들어가실 큰스님 앞에 한 치 사기(邪氣)도 생겨서는 안 될 것입니다."

이달은 매화당 앞에서 수상한 짓으로 지목을 받은 두 사내에 대해 따지고 들었다.

김충선은 전혀 좇기는 기색이 아니었다.

"임금께서 저에게 이름을 주시고 벼슬을 주시고 거처를 주셔서 제가 장가를 들고 녹을 먹고 배불리 살 수 있게 되어 은혜롭기 그지없사온데, 점차 제 주변으로 사람이 모이게 되어 저는 참으로 복된 하루하루를 누리고 있습니다. 저는 저를 찾아오는 그 사람들에게 일본의 총포술과 무기 제조법을 가르쳤을 뿐 아니라, 일본이라는 나라에 대해 가르쳤습니다. 일본의 지리, 말씨, 풍습, 역사, 기후, 사람과 동물과 풀나무의 생김새까지 다 가르쳤습니다."

"가만……."

유정이 손을 들어 김충선의 말을 막았다. 이달과 허균, 그 뒤로 해구와 여러 승려들, 그리고 문 쪽에 도원과 홍주에 이르기까지 일부러 좌중을 일별하고 난 유정이 물었다.

"말씀을 하시는 김에 공이 지금 우리 조선에서 일찍이 바다 건너 섬나라를 왜라 부르고 있는 것을 알면서 어째서 일본이라 부르고 있는지 말씀을 해주시지요."

"조선에서 일본을 왜라고 칭하는 것은 예로부터 부르는 말을 따르는 것인데, 정작 바다 건너 섬나라 사람 자신들은 자기 나라를 왜라 부르는 일이 없습니다. 그들은 자신의 나라를 조선의 삼국시대부터 일본이라 부르고 있습니다. 일본 말로는 니혼이라고 발음하지요. 반면 일본에서 조선을 부를 때는 정식 국호로 부를 때만 조센, 즉 조선이라 하지만, 통상은 칸코쿠, 즉 한국이라 부르거나, 아니면 조선이 예로부터 중국에 속한 나라라는 뜻으로 도진, 즉 당인(唐人)이라 비하해서 쓰는 일도 많습니다. 조선이 일본을 왜라 부르는 것은 그만큼 습관에 의지해 일본을 얕잡아본다는 것입니다. 그렇게 얕잡아보던 일본이 결국 조선을 침략해 왔지요. 이제 조선은 일본을 업신여기기만 할 것이 아니라 엄연히 이웃해 있는 한 나라로 인식해야 다시는 일본에 당하는 일이 없을 것입니다."

좌중에서 가벼운 탄성이 일었다. 조선을 침략한 원수의 나라 왜국이 김충선의 말을 들으면서 뚜렷한 무게로 다가오는 듯했다.

"큰스님께서 해협을 건너가 일본의 정세를 살피고 오셔야 한다는 말씀을 전해듣고 저는 이런 생각을 해왔습니다. 큰스님이 배를 타시면 길잡이를 해주는 조선, 일본 양측 관원들이 있을 것입니다만, 만일의 사태를 대비해야 합니다. 큰스님이 가 계실 곳은 조선이 아니라 일본입니다. 조금이라도 일본을 아는 사람이 큰스님 곁에서 수행해야 합니다. 특별히 일본의 무술을 아는 사람도 필요합니다. 큰스님, 이 두 사람들은 제가 10년간 가르친 제자들입니다. 이들은 쇠불이하고 대장간의 풀무만 있으면 조총 정도는 거뜬히 만들 줄 압니다. 무기가 없다면 몸으로라도 큰스님을 위해 목숨을 바칠 사람들입니다. 큰스님께 무슨 일이 생기면 돌아오지 말고 거기서 죽으라 일렀습니다."

"이건 입으로만 큰스님을 걱정해온 저 같은 사람들은 꿈에서도 생각하지 못할 놀라운 생각입니다!"

허균의 입에서 먼저 탄사가 터져나왔다.

김충선의 말은 여기서 그치지 않았다.

"큰스님, 예가 아닌 줄 알지만 저의 이 두 제자가 큰스님 앞에서 조총을 만지는 법을 선보이겠습니다."

말릴 틈도 없었다. 하명구와 강진석은 김충선의 말이 떨어지기가 무섭게 홍주의 의심을 산 그 보퉁이에서 쇠붙이를 꺼냈다. 조총이었다. 두 사람은 각기 한 자루씩의 조총을 단번에 분해해 개머리처럼 생긴 나무뭉치와 긴 쇠붙이 대롱 둘, 그리고 방아쇠 뭉치들로 분리해놓았다.

"자, 이걸 다시 조합해보게!"

김충선이 보란 듯이 그 두 자루 몫의 쇠붙이를 마구 뒤섞어 놓자 두 사람이 서둘러 다시 한 자루씩의 조총으로 만들어 보였다. 그러는 동안 김충선은 조선과 일본의 전술과 무기가 어떤 차이가 있는지 설명해주었다.

"저는 조선에 와서 두 번 놀랐습니다. 우선, 조선의 활이 그렇게 강궁인 줄 몰랐습니다. 숙달된 힘센 궁수들이 날린 화살은 마치 먼 바닷속 고래 등을 뚫을 듯 강하고 멀리 날아가는 데다 정확하기도 고구려 장수가 당나라 태종 눈알을 명중한 것과 같았습니다. 그런 군대가 일본 군대가 들고 온 이 조총을 당해내지 못해 그렇게 쉽게 무너진 것 또한 놀라운 일입니다. 조선에서는 아직도 일본군의 조총을 신기(神器)라 칭하는 사람이 많은데, 이는 잘못된 생각입니다. 조총은 한자 말 그대로 저 공중에 날아가는 새를 잡는 정도의 총에 불과합니다. 즉, 총알이 날아가는 거리가 아주 짧습니다. 게다가 총알을 장전해서 총을 쏘고 나서 다음 총알을 장전하는 데 드는 시간이 조선 궁수가 화살을 활시위에 새로 메기는 시간보다 깁니다. 그런데도 일본군이 초반에 승승장구한 것은, 조총 든 일본군을 세 패를 나누어 한 패가 쏘고 나서 장전하는 동안 다음 패가 미리 장전한 총으로 쏘면서 앞으로 나아가고 또 그 다음 한 패가 장전한 총으로 쏘면서 앞으로 나아가는 전술을 썼기 때문입니다. 이 전술은 일찍이 원흉 도요토미 히데요시[風臣秀吉]에 앞서 그 다이묘[大名, 일본에서 헤이안 시대에 등장하여 19세기 말까지 각 지방의 영토를 다스리고 권력을 행사한 유력자를 지칭하는 말] 오다 노부나가[織田信長]가 서방에서 온 조총으로 무장한 군대로 일본 천하를 제압하면서 썼던 전술을 왜란의 장수들이 응용한 것에 지나지 않습니다."

김충선이 말하는 왜군의 무기와 전술을 그대로 이해할 수 있는 사람은 유정밖에 없었다. 유정은 실제로 조총의 사정거리가 길지 않다는 것을 간파하고 왜군과 각축을 벌일 때 의승군을 소리 없이 왜군에 근접하게 해서 일시에 공격하는 전법을 구사해 여러 전투를 승리로 이끌었다.

"큰스님, 당부 드리옵니다. 저의 두 제자가 큰스님을 수행할 수 있게 허락해주십시오."

김충선은 자세를 고쳐 무릎을 꿇고 앉아서 머리를 조아렸다. 때를 놓치지 않고 홍주도 얼른 무릎을 꿇고 입을 떼려는데, 이달이 재빨리 눈총을 주어 홍주의 입을 막았다.

"무인으로서 왜의 사정을 잘 아는 사람이 부족하다 생각하고 있었는데, 김공이 적절하게 두 사람을 데리고 와주셨구려."

유정이 김충선의 청을 쉽게 받아들이자 결국 홍주가 나서고 말았다.

"큰스님, 이 두 남정네가 무기를 빨리 만들어 사용하는 데 재주가 있는지 모르나 다른 일에는 어리숙해서 안심할 수가 없습니다. 조금 전에도 법당 뒤에서 수상한 짓을 하다가 쇠붙이가 든 보퉁이를 저한테 들키고 말았습니다. 이 사람들한테만 맡길 수 없습니다. 큰스님, 제가 큰스님을 따르겠습니다."

홍주 옆에 앉아 있던 도원도 홍주의 강단을 어쩌지 못하겠다는 기색이었다.

2부

야마네코

조선에서 사신을 보내기로 결정했다는 전갈을 받은 소 요시토시는 모처럼 환한 표정을 지었다. 연회를 벌이면서 손수 소주창으로 내려가 전통주 야마네코를 큰 술병에 담아 왔다.

"씨가 말랐던 쓰시마의 야마네코들도 이제 조선 사신들이 가져오는 육포 냄새를 맡고 모습을 드러낼 테지. 하하하."

야마네코는 산고양이라는 뜻으로 대마도에 많이 서식했다. 소 요시토시까지 19대째 내려오는 소[宗]씨 가문에서 즐겨 빚어 마시는 전통주에 이 이름을 붙일 만큼 고양이는 대마도를 상징하는 동물이었지만, 조선 침략전쟁 때 섬 전체에 식량이 동나사 먹을 게 없어진 이 고양이들마저도 도무지 흔적을 찾을 수 없을 정도가 되었다.

야마네코는 워낙 귀하기도 하지만 일본 술 중에는 아주 독한 탓에 함부로 마시는 술이 아니었다. 소 요시토시는 손에 든 야마네코 한 잔을 단숨에 들이켰다. 다음 차례는 가까이 앉은 가로 야나가와 시게노부였다.

"지난 7년 동안 헐벗고 굶주리면서도 우리 쓰시마 백성들이 불평 하나 없었던 것은 모두 한슈[藩主: 번주]께서 보살펴주신 덕분입니다."

논이나 밭이 될 만한 땅도 별로 없고 구황(救荒)이 될 만한 열매와 푸나무도 흔치 않은 터라 대마도 사람들은 주로 물고기와 해초로 음식을 해먹고 살아야 했다. 이 무렵 대마도에서 가장 흔한 나무인 삼나무 잎을 뜯어 물에 넣고 끓이는 탕 요리가 유행하기까지 했다.

"그간, 조선 조정의 환심을 사려고 얼마나 애를 썼던지, 없는 섬 살림에 참으로 뱃가죽이 등에 붙을 지경이 아니었소."

"이제 조선 쌀로 밥을 해먹게 될 날도 머지않았습니다."

두 사람이 주고받는 말을 번(藩, 제후가 맡아 다스리는 영지)의 행정관료들인 여섯 부교[奉行]와 네 사이반[裁判]이 지켜보고 있다가 번주가 내리는 술을 차례로 한 잔씩 받아 마시고 모두들 얼굴이 불콰해졌다. 그 중에 사이반 한 사람이 술 취해 기분이 좋아진 김에 말한다는 듯이 한 마디 했다.

"조선에선 예로부터 우리 쓰시마를 왜구 소굴로 알고 있지 않습니까. 한데 이번에 몇 년 굶고 보니까 우리 쓰시마 선조들이 어째서 왜구로 살아야 했는지 알겠습니다."

"뭣이라고? 왜구라고 했느냐?"

소 요시토시의 반문에 사이반이 그제야 움찔했다.

잠시 침묵이 흘렀다.

일본에서부터 조선과 남중국 연안을 넘나들던 바다의 도적을 일컬어 왜구라 했고, 그 왜구들 다수의 본거지가 대마도라는 사실…… 모두 알고 있는 일이었지만, 이제는 아무도 그런 말을 하지 않았다. 이제 대마도는 결코 왜구 소굴이 아니었고, 따라서 대마도인 그 누구도 왜구가 아니어야 했다. 그러나 그건 어디까지나 양식이 있을 때뿐이었다. 그들은 조선이나 중국 해안으로 가 대마도에서 나는 물고기와 해초를 주고 필요한 물건을 받아와야 하는데, 이 무역이 여의치 않으면 밀무역을 해야 했고, 그것마저 여의치 않으면 결국은 왜구로 돌변해 마구잡이로 물산을 뺏어와야 했다.

그런데 일본이 조선 침략전쟁을 준비하는 과정에서 대마도는 대륙 진출의 요새로 전에 없이 부각되었고, 그래서 그만큼 힘들어진 것도 많았지만 한편으로 번주 소씨를 중심으로 섬 전체가 일사분란하게 움직이는 통치체제를 갖출 수 있었다. 소씨는 일본 내의 당당한 한 개 번의 번주였다. 번주 소씨가 일본 쇼군의 후원을 받아 통치하는 대마도는 옛날의 대마도가 아니었다. 일부 어선들이 여전히 중국과 조선의 해안에서 밀무역을 하면서 때로 해적 짓을 하고는 있었지만, 이제 대마도는 결코 예전 왜구 소굴이 아니었다.

"잘들 들어두어라!"

소 요시토시가 자리를 박차고 일어나자 모두들 무릎을 꿇고 앉았다. 그러나 소 요시토시의 어조는 예상 외로 차분했다.

"쓰시마는 일본에서 가장 대륙과 가까운 곳이다. 쓰시마가 없다면 일본은 바다 한가운데서 불교도 유교도 한자도 책도 모르는 섬나라로 지내야 한다. 일본이 고립된 섬나라가 되면 우리 쓰시마마저 고립될 수밖에 없고, 그리 되면 우리는 예전처럼 다시 왜구의 섬으로 돌아가야만 살아갈 수 있다. 이제 와서 그 누가 그리 되길 원할 것이냐. 일본이 고립되지 않아야 우리가 사는 것이다. 일본이 고립되지 않으려면 대륙으로 길을 열어야 하는데, 그러려면 무엇보다 조선과 강화하는 일이 우선이다. 대륙의 문물과 조선의 인삼이며 종이며 쌀이며 콩이 일본으로 들어오고 일본의 해산물과 은과 쇼군이 지닌 각종 보화가 조선으로 가야 한다. 한데 조선은 일본이 재침할 것을 두려워하며 일본을 믿지 못하고 있고, 일본은 내전에 시달리느라 조선과 교역하는 일을 서둘지 못하고 있다. 쓰시마가 살 길은 이 둘 사이에 교량 역할을 하는 것이다. 우리 쓰시마는 더 이상 왜구의 땅이 아니라 일본과 조선이 오고가는 교량으로서 두 나라의 사람과 물상이 교류하는 천혜의 요충이다."

말을 하는 동안 소 요시토시의 음성이 서서히 높아지고 눈알이 앞으로 튀어나올 듯싶더니 갑자기 그 눈에서 눈물이 주르륵 흘러내렸다. 좌중의 신하들은 더욱 몸둘 바를 몰랐다.

임진왜란 때 참전한 대마도 장정이 5천 명이었다. 피해갈 수 없는 동원령에 대마도의 성인 남자 거의 전원이 참전해야 했던 셈이다. 6년 뒤 정유재란 때 참전한 장정 수는 2천에 이르지 못했으니, 그 피해가 어느 정도였는지 짐작할 만했다. 전쟁이 종결된 뒤 대마도 사람들은 황무지를 새로 개간하는 것과 같은 고통을 겪어야 했다. 여기에 소 요시토시 가문에 더욱 혹독한 시련이 덮쳐왔다.

소 요시토시는 조선 침략전쟁의 선봉장 고니시 유키나가[小西行長]의 사위로 참전해 조선을 누비고 다닌 젊은 장수였다. 도요토미 히데요시가 죽은 뒤 이시다 미쓰나리[石田三成]와 고니시 유키나가 등이 주축이 된 도요토미 히데요시 측근파와 도쿠가와 이에야스 세력 간의 권력 투쟁에서 소 요시토시는 마땅히 고니시 유키나가 측이 되어야 했다. 그러나 소 요시토시는 가로 야나가와 시게노부의 아들 야나가와 가게나오[柳川景直]를 이시다 미쓰나리의 군진으로 밀어 보내고는 자신은 슬쩍 몸을 빼버렸다.

1600년 음력 9월 15일(10월 21일) 비와호(琵琶湖)와 나고야[名古屋] 사이의 세키가하라[關原] 일대에서 도요토미 히데요시 사후의 빈 권좌를 둔 두 세력 즉, 도쿠가와 이에야스 파와 이시다 미쓰나리 파 간에 일본 역사상 가장 큰 내전이 벌어진다. 뒷날의 역사책에서는 앞의 파를 동군, 뒤의 파를 서군이라 칭한다. 가담 병력 20만 명의 이 전투는 단 하루 만에 끝이 나지만, 일본 전역의 영주들이 서로 얽히고설키는 관계로 담합하고 배반하면서 부딪친 대 격전이요, 일본 전역의 지배 세력을 뒤흔들어놓은 여진으로 거듭 이어진 대 내란이었다. 이 내전이 이른바 세키가하라 전투다.

우여곡절 끝에 도쿠가와 이에야스가 이끄는 동군이 승리, 이시다와 고니시 등은 처형을 당했고, 이시다를 지지한 영주들은 대부분 유배를 당하거나 영지를 몰수당했으며, 상대편이었다가 일시적으로 동군에 붙은 영주들도 죽임과 유배는 면했으나 영지를 대폭 삭감당하는 수모를 겪는다. 동군 승리를 확인한 소 요시토시는 서둘러 아내인 고니시 유키나가의 딸을 내쫓고 도쿠가와 이에야스에 충성을 맹세했다.

소 요시토시는 그렇게 살아남았다. 그로부터 도쿠가와 이에야스에게 조선과 교린하는 권한을 얻어낸 소 요시토시는 지난 6년간 조선의 문호를 열기 위해 혼신의 힘을 기울여왔다. 우선 대마도에 억류 중이던 조선인 피로 수백 명을 여러 차례에 걸쳐 송환하면서 그때마다 조선에게 문호를 열어줄 것을 청했다. 그러는 사이 조선의 무관 전계신, 손문욱 등이 대마도에 들어와 정세를 살피고 가기도 했다. 그러나 조선 조정은 대마도에서 보낸 사신을 한 번도 도성으로 들이지 않았다. 조선으로서는 침략의 원수들이 조선 땅에 발을 들여놓는다는 것 자체가 치욕이었다. 명나라에서도 조선이 단독으로 왜와 스스로 강화를 논의할 수 없도록 간섭했다. 대마도 사신이 그나마 부산 객관에 머물면서 관아를 통해 조선 조정에 국서를 올릴 수 있게 된 것도 소 요시토시가 수 차례나 피로들을 송환하고 공물을 바친 덕분이었다.

부산을 드나들던 대마도 사신 다치바나 도모마사가 조선 조정에서 일본으로 사신을 파견한다는 답을 접한 것은 선조 36년(1603) 가을이었다. 처음에 사절단의 정사로 거명된 이름은 서산대사 휴정이었다. 그런데 이듬해 초 휴정이 입적했다는 소문이 들렸고, 이후로는 또 지지부진이었다. 다치바나 도모마사는 대마도로 돌아갔다가 외교 승 겐소[玄蘇]와 함께 피로 쉰둘을 데리고 다시 부산에 상륙했다. 그제야 조선 조정은 사신 파견을 약속해 왔다.

사절의 정사로 휴정의 제자 사명대사 유정을 발탁하고 구체적인 일정을 논의하고 있다는 예조의 전갈이 온 것은 5월 들어서였다. 부산에서 대마도의 부중(府中) 이즈하라[嚴原]로 먼저 돌아온 겐소로부터 유정이 사절로 온다는 보고를 받은 소 요시토시는 설레는 심정으로 조선 사절을 맞을 채비에 들어갔다. 소 요시토시의 눈물은 그 자신의 한뿐 아니라 오래고 오랜 대마도의 한을 씻어내리는 눈물이었다.

"쓰시마의 사활이 일본과 조선이 강화하느냐 마느냐에 달려 있다는 말씀, 참으로 지당하십니다. 때문에 이번에 오는 조선 사절단을 극진히 모셔서 뜻을 관철하도록 해야 합니다. 섬 곳곳, 사신이 오는 길목마다 사신을 맞을 채비를 단단히 해야 합니다."

세키가하라 전투 때 번주 소 요시토시와 대마도를 위해 아들 야나가와 가게나오를 이시다 미쓰나리 군에 편입시키는 모험을 감행하고, 그러고도 그 아들을 다시 돌아오게 하는 데 성공한 바 있는 야나가와 시게노부는 냉정함을 잃지 않고 소 요시토시를 진정시켰다.

"너희들, 조선의 의승장 사명대사 유정을 잘 알고 있을 것이다. 이번에 사절로 우리 쓰시마에 오시게 되었으니, 사절을 맞이하는 데 한 치의 허점도 있어서는 안 될 것이야."

다른 일본 병사에 비해 조선에 대해 잘 알았던 대마도 병사들은 전쟁에서 활약한 조선 장수의 이름도 잘 알았다. 이순신이라는 이름은 모르는 왜군이 없었으니 예외로 치더라도, 행주대첩의 권율, 진주성 싸움의 김시민, 홍의장군 곽재우, 청주성 싸움의 의병장 조헌과 의승장 영규 같은 이름에 대해서도 아는 사람이 많았다. 그 중에서도 사명대사 유정은 특별했다.

부산에 제1진으로 상륙하고 불과 스무 날 만에 한양을 접수한 고니시 유키나가의 북진 행렬은 연전연승 끝에 평양까지 진격해 있었다. 명나라 원군이 조선에 들어와 조선과 연합군을 이루어 평양성에서 첫 전투를 치렀을 때가 임진년 7월이었다. 이때 요동부총병 조승훈이 이끄는 명군은 왜군의 유인책에 빠져 대패하고 말았다. 조승훈 부대는 그대로 안주까지 후퇴했다가 요동으로 되돌아가버렸다. 명나라 원군이 다시 온 것은 그 해 겨울이었고, 본격적인 평양성 탈환이 이루어진 것은 이듬해 초였다. 명군의 수장은 이여송, 조선 관군의 수장은 이일과 김응서, 여기에 의승장 유정이 수천의 의승군을 이끌고 참전했으니, 이로써 조선은 백척간두의 위기에서 대역전의 승기를 잡게 되었다.

"평양성에서 후퇴할 때 의승장 사명당을 그때 봤지. 투구도 쓰지 않은 채로 말을 타고 호령을 하는데, 정말 대단하더군."

"정유년 재침 때 순천 전투에서 사명당을 처음 봤는데, 붉은 가사를 입고 반백의 수염을 휘날리는 게 위엄이 넘쳐 보였어!"

"나는 가토 다이묘의 휘하에 들어갔다가 울산포에 성을 쌓고 그곳에 머물렀지. 그때 성을 찾아온 사명당을 봤는데, 부하 둘만 데리고 들어오는 모습이 도무지 거리낌이 없었어!"

그런 중에도 왜장 중의 왜장이라는 가토 기요마사와 강화를 논의할 때 사명대사가 취한 언동은 일본군 사이에서 두고두고 화제가 되었다. 왜란 발발 3년째, 가토 기요마사는 왜군과 명군 사이의 강화 논의가 자신과 경쟁 관계에 있는 고니시 유키나가와 명 외교관 심유경 사이에서만 이루어지고 있다는 사실에 불만이 크던 차였다. 전쟁 당사국인 조선이 강화 논의에서 배제된 것은 더 큰 문제였다. 유정은 울주 서생포에 왜성을 세우고 버티고 있는 가토 기요마사에게 강화를 논의하자는 서찰을 보내고 성 안으로 들어갔다.

가토 기요마사는 기선을 제압하기 위해 큰 소리로 물었다.

"대사는 승려로서 누구를 위해서 전장에 나와 계십니까? 혹시 조선에 우리가 모르는 무슨 보배가 있어서 그걸 지키려는 건지요?"

유정은 얼른 대답했다.

"조선의 보배, 암, 있지요. 있고말고요."

"아, 조선에 어떤 보배가 있습니까?"

"보배라면 누구나 가지고 싶어하는 것일 테지요."

"그렇지요. 그래서 보배라 하는 것 아닙니까?"

"조선에 그런 보배가 있습니다. 암, 있고말고요."

"대사께서도 참, 너무 뜸을 들이십니다. 대체 조선에서 그 보배가 무엇입니까?"

"바로, 가토 장군의 목이 우리 조선의 보배이지요. 조선 사람이면 누구나 갖고 싶어하니까요."

"뭐라고요?"

가토 기요마사는 화가 치밀어올라 몸을 일으키면서 순간적으로 자기 목을 손으로 만지고 말았다.

가토 기요마사는 오늘날까지도 일본의 대표적인 무사로 이름이 전해 내려온다. 대마도 소씨 가문의 역사를 담은 『종씨가보(宗氏家譜)』라는 책에는 가토 기요마사가 조선에 머물 때 호랑이를 때려잡았다는 이야기가 기록되어 있을 정도다. 그건 당연히 거짓말일 것이고, 그런 가토 기요마사에 맞서 '당신 목이 조선의 보배'라 했다는 유정의 일화 또한 얼마간 과장이 섞인 것일 수 있다. 그러나 당시 단신으로 세 차례나 가토 기요마사의 진영으로 들어가 강화 문제를 당당히 논의하면서, 한편으로 고니시 유키나가와 가토 기요마사의 관계를 적당히 이간질하고 다른 한편으로 왜군 진영의 동향과 왜성 내의 정세를 살펴 국왕께 보고한 유정의 행적은 남다른 바 있었다.

그런 까닭에 사명당이라는 이름은 당시 전쟁터에 와 있던 적군들에게 널리 알려졌고, 전후에도 가까운 대마도는 물론이고 일본 본토에까지 알려지게 된 것이다.

유정은 왜란 전에 일본 본토에 다녀간 문관들뿐만 아니라, 주로 대마도에만 드나들던 역관사나 무관들과도 달랐다. 그러면서도 어떤 문무관보다 박식하고 강단이 있으며 경륜이 있는 사절……. 무작정 고개 숙이고 예를 다한다 해서 이득이 클 것 같지도 않았고, 그렇다고 배포 좋게 호기를 부리며 대한다 해서 웃음으로 기싸움이나 할 것 같지도 않았다. 소 요시토시의 고민이 거기에 있었다.

"조선 조정에서 사명당을 사신으로 보내는 속뜻을 세세히 알 수는 없으나, 사명당의 배포와 지략을 모두 믿고 보낸다는 뜻이 아니겠소. 승려를 홀대하는 조선에서 사명당 같은 고승이 나와 조정과 백성들이 의지하는 바 크다고 알고 있는데, 불교를 숭상하는 우리 일본에서는 겐소 대사가 바로 조선의 사명당과 같은 명승이라 여기고 모두 믿고 따르고 있어요."

소 요시토시에게는 조선 침략전 때부터 일본을 대표해 대조선 외교를 전담해온 겐소의 판단이 중요했다. 겐소는 오치[大內] 다이묘 가의 가신 집안 출신으로 하카타[博多]의 세이후쿠사[聖福寺] 주지가 되었다가 도요토미 히데요시의 명을 받고 일본 왕사(王使)로 조선을 드나들면서 대마도에 뿌리를 내리게 되었다. 이후 대마도 번주 소씨 가에 속해 있으면서 도요토미 히데요시 치하에 이어 도쿠가와 막부(幕府: 바쿠후) 등장 이후에도 조선과의 외교 문서를 전담해왔다.

"조선 국왕이 문관이 아닌 고승을 사신으로 보내는 것은 그만큼 믿고 있다는 뜻이기도 하지만, 한편으로는 조정 눈치를 보지 말고 거리낌 없이 살피고 오라는 뜻이라 할 수 있습니다. 사명당은 조선 불교를 대표하는 서산당 휴정의 직계 제자로서 이미 전쟁 때 조선 전역에서 의승장으로 활약했는데, 특히 가토 장군의 성 안으로 드나들면서 일본 군영을 여러 차례 살핀 바 있어서 비록 바다 건너오는 일이라 해도 일본 사람의 동태를 탐색하는 데 익숙할 것입니다. 사신을 맞는 격식과 절차에 지나치게 얽매이지 말고, 그저 공손하게 대하시는 것이 좋겠습니다. 다만, 조금이라도 숨기거나 감추지 못할 바에는 뭐든 다 드러내놓고 협상함이 옳을 것입니다."

"숨기거나 감추지 못할 바에는 뭐든 다 드러내놓고 협상을 하라……."

"사명당이 사절단의 정사가 되었으니 필시 사명당을 따르는 승려들이 다수 동행할 것입니다. 조선에서 승려는 왕조 개국 때부터 홀대받아 천민 취급을 당해왔다 하나, 때 묻은 속세를 버리고 오직 도를 위해 살아온 그들은 세상 이치를 단숨에 꿰뚫어보곤 합니다. 섣불리 우리 이득만 찾으려다가는 오히려 크게 손실을 입게 될 것입니다."

말은 그렇게 했지만 겐소 자신도 고민되는 바가 적지 않았다. 전쟁 전 황윤길이 이끄는 통신사 행렬을 교토로 인도할 때부터, 한창 전쟁이 진행되던 중에 명나라의 심유경, 조선의 이덕형 등과 강화를 논의하고, 전후에 손문욱 일행을 대마도로 맞아들일 때까지 참으로 많은 외교 문서를 전달하고 양국 외교관들을 통역해왔지만, 이번엔 달랐다. 다른 무엇보다 상대는 자신과 같은 동년배의 승려인 데다, 학문에도 문학에도 또한 무예에도 출중한 능력을 지닌 조선 최고의 고승이었다.

"스님의 말씀을 듣고 보니 여러 사정을 감안하셔서 대책을 다시 강구해야겠습니다."

소 요시토시를 도와 번의 행정에 깊이 관여하고 있는 야나가와 시게노부도 겐소의 말에 동의하고 나섰다.

"하다면, 세이이다이쇼군[征夷大將軍: 쇼군]께 이러한 우리의 처지를 다시 제대로 알리는 일이 급선무일 것이고……."

세이이다이쇼군이란 원래 일본에서 옛 아이누 족을 치기 위해 조정에서 임시로 파견하는 군대의 총사령관을 뜻하는 말인데, 보통은 줄여서 쇼군이라 한다. 도요토미 히데요시 사후 정권을 장악한 도쿠가와 이에야스가 스스로 이 직명을 쓰게 되면서 나중에는 바쿠후의 수장을 뜻하는 말로 통용된다.

소 요시토시의 말을 야나가와 시게노부가 바로 받았다.

"그렇습니다. 쇼군께서 우리가 전쟁을 일으켜 조선을 침략한 나라로서 다시금 조선과 평화롭게 화친하겠다고 먼저 청하는 처지임을 고려하여 하명을 하시도록 하고, 그 뜻이 교토의 다이묘들에서부터 이 쓰시마에서 배를 모는 격군들에 이르기까지 고루 전해지게 해야 한다는 점이 중요합니다."

소 요시토시는 야나가와 시게노부의 대를 이어 부교에 오른 아들 야나가와 가게나오에게 그동안 쇼군에게 올린 문서를 모두 펼쳐두고 새로운 문서를 작성하게 했다.

"다음은……."

소 요시토시는 관리들이 모두 분명하게 알아들으란 뜻으로 말을 끊었다.

"그동안 조선을 침략해서 가져온 것들을 모두 고하게 해서 그 중 어떤 것은 조선에 돌려보내고 어떤 것은 부중에 남기고 있는데, 보아 하니 일부 관원들 가운데 귀한 것을 뺏길까 염려해 집에 감추어두고 고하지 않는 경우가 많은 듯하다. 이번에 조선에서 사명당이 오면 이 섬에 몇 달을 머물게 될지도 모르는데, 행여 섬 이곳저곳을 탐색하다 조선에서 노략질해서 숨긴 것을 보게 되면 어떤 일이 일어날지 알 수 없다. 차제에 집에 있는 조선의 것들은 모두 고해서 그 중에 마땅히 돌려줄 만한 것이라 정해지면 어김없이 내놓도록 해야 할 것이다. 그리해야 집에 두고 있는 것들도 근심을 잊고 제 것으로 삼을 수 있을 것이다."

7년 동안의 조선 침략전쟁은 일본에도 엄청난 손실을 안겨주었지만, 어쨌거나 조선에서 노략질해온 것들은 고스란히 일본의 재산이 되어 있었다. 수많은 문화재, 보석, 서책, 무기, 농기구, 가재도구 등이 그런 것들이었다. 그보다 더 소중한 재산은 바로 사람이었다. 유식한 사람은 지식을, 재주가 있는 사람은 재주를, 아무것도 없는 사람은 몸 전체를 일본에 주었다.

"제 생각에는 다른 무엇보다 전쟁 때 잡아온 피로를 파악하는 일이 급선무일 것입니다."

야나가와 가게나오가 대책을 내세웠다.

"그동안 내가 열세 차례나 피로를 돌려보냈고 그 숫자가 천여 명에 이르질 않은가."

"그렇습니다. 쓰시마에 와 있는 피로가 얼마나 되는지 모르지만 그만하면 조선도 우리 쓰시마의 한슈께서 피로들을 송환하기 위해 애쓰신 것을 잘 알고 있을 것입니다."

소 요시토시를 두둔하고 있는 사람은 부교 마에다 게이치로였다.

"물론 그동안 조선에 사신을 파견할 때마다 피로들을 보내준 덕에 조선 조정의 마음을 움직여 이제 곧 사신을 맞게 된 것이지만, 사명당이 와서 쓰시마에 남아 있는 많은 피로들을 보게 되면 그동안 우리 쓰시마의 정성이 한낱 껍데기에 지나지 않는다고 여길 수도 있습니다. 어서 각 고을에 남은 피로를 조사하도록 해서, 이번에 송환할 피로 수를 할당해주고, 남은 피로는 되도록 사신 행렬의 눈에 띄지 않도록 해야 합니다."

"조선은 그동안 송환된 피로들을 환대하지 않고 죄인 취급하는 일이 잦아 말이 많다고 하는데 쓰시마에 와서 잘 살고 있는 피로를 굳이 색출하듯 밝혀서 송환하는 일은 그리 아름다운 일이 아닐 듯싶습니다."

마에다 게이치로의 말에 야나가와 가게나오의 안색이 싹 바뀌었다.

"우리 부중 관원 중에 조선에서 데려온 사람들을 첩이나 하녀나 노예로 부려먹는 숫자가 아주 많습니다. 전쟁에 나가 공을 세운 장정들도 대개 노예로 부리던 피로들을 내놓았는데 부중 관원들은 그러지 않고 자기 욕심만 챙기고 있는 걸로 알고 있습니다. 차제에 이들부터 색출해서 송환에 솔선케 함이 옳을 줄 압니다."

마에다 게이치로도 얼굴이 빨개졌다.

"그게 나를 두고 이르는 말씀입니까? 나는 집에 조선에서 온 피로를 두고 있었으나 이미 대다수는 송환하는 데 내보내 조선으로 갔고, 조금 남은 사람들은 스스로 송환에 응하지 않아서 그냥 데리고 있을 뿐입니다. 그들은 도리어 내 양식을 축내고 있습니다."

"그 피로들이 진짜 송환을 원치 않는지 어떤지 우리야 알 수 없지요."

또 한 사람의 부교까지 나서자, 좌중에 모인 관원들은 크게 두 패로 나뉘어 설전을 펼치기 시작했다.

전별시(餞別詩)

"무얼 그리 골똘히 보고 계신지요?"

이달의 목소리가 가만히 유정의 어깨에 내려앉았다. 허균도 유정이 아까부터 미동도 하지 않고 쳐다보고 있는 관우(關羽) 소상(塑像) 앞으로 다가갔다.

"볼 때마다 느끼지만, 이 관운장은 1천 하고도 400년 전에 살았던 사람이라는 느낌이 들지 않고, 마냥 생생하게 느껴지는 게 무슨 조화인지 모르겠습니다."

유정은 허균 쪽으로 돌아보며 웃기만 할 뿐 말이 없었다.

유정이 머물고 있는 남묘(南廟)의 정전(正殿)이었다.

남묘는 중국 삼국시대 촉한의 장수 관우를 모시는 사당인 관왕묘(關王廟)의 하나로, 중국 전역 여러 곳에 세워져 있었다.

왜란 때 조선에 들어온 명군은 경상도 성주와 안동 등 여러 곳에 이런 사당을 지었고, 왜란이 끝나고도 퇴진하지 않은 명군을 위해 도성 가까운 남대문과 동대문 밖에 또 하나씩 지어놓았다. 남대문 밖에 있는 관왕묘는 남묘, 동대문 밖에 있는 것은 동묘라 불렀다. 동묘를 지을 땐 명 황제도 금을 4천 냥이나 보내와 관우 상을 금동상으로 빚었는데 그때 조선 국왕도 대신들을 보내 이를 돕도록 했다.

숭례문 밖 도동(挑洞)에 자리한 남묘는 동묘에 비해 규모도 작고 금동상에 비하지 못할 소상을 세웠지만, 도성에서 한강으로 나가는 길목에 있어 나라의 명을 받고 외방으로 나가는 관원들이면 반드시 들르는 명소가 되어 있었다. 이태 전부터는 나라에서도 매년 봄 가을 경칩일과 상강일에 이곳에서 제사를 지내왔다.

유정은 보름째 예조와 복사골 오동수의 집을 넘나들며 왜국으로 가는 배에 싣고 갈 짐을 챙겨오다가, 그동안 여러 차례 송별연을 베풀어주려고 기별해온 이달과 허균을 남묘로 불러들인 것이다.

"도무지 알 수 없는 것이 세상일이 아닌가 하네. 중국 삼국시대의 촉한은 유비 현덕의 나라가 아닌가. 명나라가 한의 후예가 다스리는 나라인즉, 마땅히 유비 현덕을 높이 받들어야 할 듯한데 명나라 사람들은 어째서 관운장을 더 크게 모시고

복을 빌게 되었는지 알 수 없구먼."

"『삼국지연의』라는 패설을 읽으면 참으로 매력 있는 장수들이 많이 나옵니다. 지략에 출중한 제갈량도 그렇고, 조자룡 또한 그 사내다움이 으뜸이지요. 하지만 그 누구도 관운장의 용감함과 의리를 따를 수는 없지요."

"교산이 이즈음 어째 바깥출입이 뜸하다 싶더니 무슨 패설이라도 쓰고 있는 게 아닌가?"

"그럴 리가 있겠습니까? 하긴 패설이라도 『삼국지연의』라면 일합을 겨루어볼 욕심이 없는 것도 아닙니다만……."

"명나라 사람은 그렇다 쳐도, 우리나라 백성들은 무슨 연유로 관운장 모시기를 이리 좋아하는지 알다가도 모를 일 아닌가."

"그렇습니다. 명군이 물러난 지가 몇 해나 지났는데, 오히려 이 관왕묘는 마치 매일 쓸고 닦은 듯이 반들거리지 않습니까?"

유정은 끝내 두 사람이 하는 수작에 끼어들지 않았다. 두 사람도 정작 하고 싶은 말을 감추고 유정의 뒤쪽에서 멀찍이 떨어져나와 있었다.

유정은 한참 만에 돌아서서 정전 밖으로 걸어나왔다. 매미가 요란하게 울어대 더욱 타는 듯한 날씨였다.

"이런 사당이란 것이 당나라 시절 널리 퍼진 도교의 한 풍습이라 우리 부처의 뜻과는 다르지요. 한데 기댈 데 없는 백성들은 이 사당으로 와서 복을 빌고 힘을 얻어가고 있어요. 우리

가엾은 백성들이 아무것도 주는 것 없는 조각상 하나 앞에서도 이리 위안을 얻고 산다는 게지요. 제가 비록 부처의 말과 법을 빌려 때 묻은 속세의 사람들에게 조그마한 힘이라도 줄 수 있을까 생각해왔지만, 실은 천 년도 더 전에 살다 죽은 중국의 한 장수가 전하는 위안에도 이르지 못한다는 생각이 든답니다."

"큰스님이 그리 말씀하시면, 글 읽는 선비라는 핑계로 무위도식으로 초연한 척 지내면서 벼슬자리에 연연해 조정의 명을 초조하게 기다리는 저 같은 서생은 도무지 무슨 개벽을 바라고 사는지 그저 부끄러울 따름입니다."

벼슬을 내놓은 지 벌써 1년여, 허균의 마음에 깊이 그늘이 져 있었다.

"대사가 멀리 떠나시게 되니 교산이 의지할 데가 없어서 이리 우울한가 봅니다. 기실은 제 마음도 교산과 다르지 않습니다."

"허허, 이 늙은 중이 떠날 때에 맞추어 두 분이 늘 짬을 내어 주시니 고맙기 그지없습니다."

해구 일행이 세 사람을 위해 관묘의 배례청 뒤 버드나무 그늘에 평상을 마련해두었고, 서늘한 곳에 잘 갈무리해둔 유과와 전에 보지 못했던 곡차를 내왔다. 유정은 그 옆으로 글씨가 씌어진 종이 여러 장을 펼쳐놓았다.

"이 어리석은 중이 국왕 전하의 명을 받들어 바다를 건너가게 된 것만으로도 이미 영광된 일인데, 여러 명문대가들께서 저를 위해 전별시를 써서 보내 오셨습니다. 두 분 문장가와 더불어 이 시문을 보면서 작별의 아쉬움을 달랠까 합니다만……."

승려 신분으로 유정처럼 선비들과 자주 교유한 사람은 일찍이 없었다. 선비들과 어울릴 때 유정은 나이도 당파도 괘념치 않았고, 심지어 자신이 승려라는 사실도 잊었다. 불교나 승려를 멸시하는 풍조는 여전했지만, 문사들은 유정과의 우정은 감추지 않았다. 유정이 왕명을 받아 일본으로 떠나게 되자 유정을 잘 아는 공신들로부터 이름만 아는 어린 선비들까지 다투듯 시를 써서 보내왔다. 영의정 이덕형이 맨 앞자리였고, 이달과 허균도 빠지지 않았다.

"큰스님께서 이와 기가 조화롭게 어울리는 분이시니, 이분들의 시들이 모두 뜻과 형식이 조화롭습니다."

이달이 찬찬히 종이를 펼쳐가면서 연신 고개를 끄덕이는 동안 허균은 시문을 쓴 사람들의 이름을 하나하나 짚어 보였다. 이산해, 이항복, 이덕형, 이정구, 이수광, 이안눌, 이시발, 이우…… 그야말로 나이나 계층이나 당파를 넘은 교유였다.

성세에 이름난 장수도 많았지만

기이한 공적은 오직 늙은 큰스님의 것이로다.

배는 현해탄을 건너고

혀는 변설의 묘미를 살릴 테지만,

변덕스런 오랑캐가 하는 짓은 한이 없으니

강화로 화친하는 일이 위태로울까 두렵네.

내 허리춤에 찬 한 자루 긴 칼은

오늘날에 남아 된 나를 부끄럽게 하네.

이달이 이수광이 쓴 시를 천천히 읽고나서 율과 뜻을 한참 따지고 나자, 허균이 다른 시문 한 장을 꺼내 보였다.

"아, 여기 이렇듯 멋진 말이 있었네요!"

이달이 허균이 짚은 곳을 소리내어 읽었다.

"공자 말씀에 시 300편을 외워 암송한들, 외국에 사신으로 나가 외교를 잘하지 못한다면 무슨 소용인가!"

이시발이 공자 말씀을 옮겨 쓴 표현이었다.

"오, 과연! 일찍이 공자께서 외교에 관한 일을 말씀하셨을 줄은 몰랐습니다. 오늘 우리 큰스님을 두고 미리 해놓으신 말씀이로군요."

"두 분은 이 늙은 것을 만나기만 하면 늘 기분 좋은 말씀만 하시는구려. 아직 내가 철이 나지 않은 건지, 아니면 이미 늙어서 듣기 좋은 말만 좋아하게 돼서 그런 건지 그런 말씀을 듣고 나면 기분이 좋아져서 자꾸 웃음이 난답니다. 허허허……."

곡차 탓이기도 했지만 두 사람이 시문을 펼쳐 읽으면서 해주는 덕담 덕에 유정의 얼굴이 실제로 환해졌다. 두 사람도 모처럼 기분 좋게 곡차를 마시며 유정의 장도(長途)를 뜻깊은 말로 위로하려 애썼다.

육례원 홍탁이 헐레벌떡 남묘에 찾아든 것은 해가 저물고 있을 때였다.

"큰스님이 다른 데 출타하신 줄 알고 하루 종일 찾아다녔습니다."

"어쩐 일로 그러시는가?"

해구가 막아서듯 다그쳤다. 아무리 유정을 하늘처럼 받들고 있는 육례원이라 해도 그곳은 기방이었다.

"저희 집 행수가 큰스님을 뵙고자 찾았사온데……."

해구가 또 다른 말로 야단칠 듯하자 허균이 자리에서 일어섰다.

"사정이 급한 것 같으니 사연은 들어봐야 할 듯합니다."

유정은 홍탁을 가까이 들이게 했다.

"큰스님, 큰 결례인 줄 알지만 아무래도 저희 집에 납셔주셔야겠습니다. 부탁드립니다요."

"글쎄, 무슨 일인지 말을 하라고 가까이 들이신 게 아닌가?"

"저희 행수의 목숨이 촌각을 다투고 있습니다."

홍탁을 막던 해구가 먼저 놀랐다. 얼마 전까지 복사골 오동수 집과 봉은사를 드나들며 유정의 장도에 필요한 물건을 사들여 준비하던 도원이 곧 죽는다니, 모두 잠깐 넋을 잃고 말을 하지 못했다.

"저희 행수가 세상 뜨기 전에 큰스님께 꼭 드릴 말씀이 있는데 뵈올 수 없다며 낙담한 채 숨이 꺼져가고 있습니다. 기방 문을 닫은 지도 사흘입니다. 의원이 두 차례 다녀갔지만 가망 없다는 건지 고개를 외로 꼬기만 합니다. 곁에서 지켜보기 민망해 소인이 누이들한테 큰스님을 찾아오겠다고 이르고 이리저리 뛰어다녔습니다."

"멀쩡하던 행수가 어인 까닭으로 세상을 뜬다는 건지 모르겠구먼!"

허균이 내질렀다.

"벌써 세상을 떴는지도 모르겠습니다. 제가 나올 때 행수가 토한 피를 한 사발이나 봤습니다."

"각혈이라……."

유정은 절로 염주를 들었다. 잠깐 동안, 도원을 처음 만나고부터 지금껏 지나온 일들이 주마등처럼 뇌리를 스쳐갔다.

한여름 오후였지만, 육례원은 사흘 전부터 문을 닫은 채였다. 안채는 발을 드리우고도 방문까지 굳게 닫혔다.

"홍주야, 내가 아무래도 큰스님을 못 뵙고 그냥 가야 하나 보나."

도원은 주위를 물리치고 오직 홍주만을 곁에 두고 있었다.

"큰스님이 너와 홍탁이를 데리고 나한테 오셨을 때 내가 잠시 무슨 생각을 했는지 아느냐?"

도원은 연신 숨이 가빠지면서도 말을 이어나갔다. 홍주는 도원의 손을 꼭 쥐었다.

"행수님도 참, 벌써 10년이 다 된 일을 새삼스레……. 말씀을 자꾸 급히 하려고 하지 마시고, 천천히 그냥 천천히 편하게 말씀하세요. 숨을 길게 쉬시고요."

"아니, 정말 내가 그때, 큰스님이 너를 데리고 왔을 때 내가 무슨 생각을 했는지 아느냐니까!"

"무슨 생각을 하셨는데요, 행수님?"

궁금해 할 틈이 없었다. 홍주는 도원의 손에 남은 온기를 붙들려 애썼다.

"큰스님이 남쪽에서 올라오실 때 어디에선가 너희 남매를 구해서 나한테 데려오시질 않았느냐. 너희 남매가 난리 통에 제대로 먹지를 못해서 꼭 마른 장작 같아 보였느니라."

"예, 그랬지요. 그때 행수님을 처음 뵙고 그저 큰이모시다, 생각한 뒤로 오늘까지 행수님 곁을 한 번도 떠나지 않았습니다."

부모 없이 조부모 밑에서 자라던 홍주 남매는 난리 통에 조부모와 생이별을 했고, 경상도 안동 관아에 의탁해 관노비처럼 지내다가 왜군의 습격을 받아 포로가 되고 말았다. 그걸 구한 사람이 그때 경상도 청송에 진을 치고 있던 유정의 의승군이었다. 유정은 남매를 김천 직지사에 맡겨두었다가 상경하던 길에 데리고 와, 피난 갔다가 환도해 간신히 육례원 집을 일으켜세우고 있던 도원에게 맡겼다.

"홍주 네가 그때, 한 손으로는 홍탁이 손을 잡고 큰스님 뒤에 바짝 붙어서 큰스님 몸에 의지하고 서 있었단다. 내가 그걸 보면서 무슨 생각을 했는지 너는 모르지?"

핏기가 가신 도원의 얼굴이 야릇한 홍조를 띠었다.

"행수님, 너무 힘이 드시면 나중에 말씀하세요."

"내가 큰스님을 만난 게 스물이었단다. 이미 혼인도 한 번 했고, 아이까지 낳은 몸이라 해도 그만하면 꽃다운 나이가 아니었겠느냐. 그때 큰스님 연세가 불혹을 막 넘기셨을 게다."

도원은 처녀 적에 아버지가 정혼해둔 남정네가 그만 황달에 걸려 죽은 일이 있고부터 시름시름 앓으며 지냈다. 홀어미가 처녀귀신이나 면하라고 마을의 늙은 생원 첩으로 들여보냈는데, 애를 배자마자 늙은 서방이 아이가 누구 씨냐고 다그치면서 발길질을 해댔다. 어느 날 하도 두들겨맞다가 견디지 못하고 노인을 밀친 것이 그만 노인이 쓰러져 영영 못 일어나는 일로 번지고 말았다. 사람 죽인 죄로 관아에 끌려가 물볼기를 맞았고, 그 몸으로 낳은 아이를 백일도 못 넘기고 잃고 말았다.

"내 살던 곳이 큰스님 고향 마을이었단다. 그때 내가 산에 올라가 나무에 목을 매 자진하려 했는데, 우연히 천하를 만행하시다 고향 산을 오르시던 큰스님 눈에 띄었지 뭐냐."

"처음 듣는 말씀입니다, 행수님."

"그래, 아무한테도 얘기하지 않았지. 그때 큰스님이 아무 말도 없이 내게 손을 내밀더구나."

도원은 말을 잇지 못하고 한참 동안 기침을 했다. 울컥 하고 핏물이 뿜어졌다.

"나는 그냥 그 손을 잡았는데, 그 손이 마치 하늘에서 오신 하늘님의 손이 아닌가 싶게 그렇게 따뜻하고 포근할 수가 없었단다. 그 손을 붙들고 내가 꺼이꺼이 소리를 내어 울었지. 한참 울고 나서 눈을 떴더니 내가 큰스님 무릎을 베고 잠이 들었더구나. 이슬을 피해 들어간 동굴 속이었고. 하룻밤을 그렇게 꼬박, 큰스님은 꼼짝 않고 앉으신 채였고, 나는 잠만 질기게 잔 것이었단다."

"어쩌면……."

홍주도 무슨 말을 하려다 입을 닫았다. 홍주가 유정의 의승군에게 구해진 것도 왜놈들한테 몸이 더럽혀져 여러 번 자진을 결심하던 때였다.

"큰스님 몸에 내 몸을 가까이 대본 것은 그때가 처음이자 마지막이었지. 그 뒤로 큰스님을 가까이 모시는 것만으로도 가슴이 마구 설렜고, 오래 못 보면 견딜 수 없이 보고 싶어서 잠을 못 이루는 날이 많았단다."

"예, 행수님. 그건 알아요. 저도 알아요."

홍주는 절로 고개를 끄덕거렸다. 눈물이 쏟아졌다.

"그런데 그날…… 큰스님이 너와 네 동생을 데리고 나를 찾아오셨을 때……."

도원은 말을 멈추고 한동안 숨을 가다듬었다. 도원이 걷어찬 이불을 홍주가 가볍게 덮어주었다.

"예, 행수님…… 무얼 말씀하시려는 건지 이제 알 것 같습니다. 처음에 제가 왜놈들한테 끌려가 있다가 큰스님 힘으로 풀려나올 때까지만 해도 저는 그저 죽을 생각만 했습니다. 어차피 더럽혀진 몸으로 고향도 찾을 수 없었고, 동생을 거두어 먹이고 살아갈 힘도 없었으니까요. 그런 저를 큰스님께서 거두어주시면서 세상에 하찮은 것들도 다 살아서 할 일이 있다는 걸 깨우쳐주셨지요. 불과 며칠 동안의 일이었지만, 정말 이 세상에 모든 죽어가는 것에 생명이 들게 하는 빛 같은 것이 있다는 걸 알게 되었습니다. 저에게 큰스님은 그 빛과 같은 어른이었습니다. 저는 죽을 때까지 그저 큰스님만 따라다니고 싶었습니다. 제 목숨의 은인이 큰스님일 뿐 아니라, 제 목숨 역시 큰스님이 계셔야 뜻이 있는 목숨이라는 생각이었지요. 그런데 큰스님이 저와 제 동생을 여기 육례원에 데리고 오시더군요. 저를 버리지 말라고, 큰스님만 따라다니게 해달라고 염치 불구하고 울며 떼를 쓰다 큰스님 손에 끌려오다시피 해서 도성으로 들어왔고, 그때 행수님을 처음 뵌 거지요."

도원이 아무 말이 없자, 홍주가 행수님, 하고 가볍게 불렀다.

"호호……."

잠든 듯싶던 도원은 가벼운 소리까지 내며 웃음을 흘리고 있다가 말을 받았다.

"그날, 봄날이었다. 아직 난리 중이었고, 내가 기방을 다시 열기는 했으나 아직은 겨우 산골 주막 같은 꼴만 면한 때였지. 큰스님이 오셨다는 말을 듣고 맨발로 달려 나가보니, 문 밖에 큰스님이 계셨고, 큰스님 뒤에 숨어 날 보는 얼굴이 있었는데, 그 얼굴이 정말 복숭아처럼 곱고 환하더구나. 정말이란다. 그때 꾀죄죄한 몰골을 하고 있던 네 얼굴이 말이다. 내 눈에는 정말 그랬다. 그때 네 얼굴처럼 곱게 보인 얼굴은 다시없었다. 물론 그 이후로도 너는 참 고운 아이였지. 그땐 네 나이 열여섯, 내가 굳이 댈 나이도 아닌데, 갑자기 투기가 날 듯 고와 보이더구나. 아니, 정말 내가 그때 널 얼마나 투기했는지 아니? 아, 큰스님이 너를 무척 아끼셨구나, 그리 생각했지. 네 얼굴에 그렇게 씌어 있었어. 저는 이 분의 사랑을 받은 여인입니다……."

"행수님도 참……! 절 그리 생각하셨다니! 그리 생각하시고 저한테 1년 동안이나 허드렛일만 시키셨다는 거지요. 실은, 저도 다 알고 있었습니다. 저는 저대로 큰스님한테 섭섭한 마음이 있었고, 그래서 1년 만에 스스로 기생이 되겠다고 나섰고요."

"그래, 그래. 기생이면 어떻고, 기생이 아니면 어떠냐. 살아생전 부모보다 나라님보다 낭군보다 더 크고 귀하신 분을 마음에 두고 가끔은 가까이 뫼실 수도 있었으니 죽어서 한이 될 게 무어 있겠느냐."

"그러니 죽는단 말씀 마시고, 큰스님 왜국 다녀오시는 것도 보고 그러셔야지요, 행수님."

"그래, 너하고 나하고, 큰스님이 왜국에 잘 다녀오시게 입으실 것, 잡수실 것, 즐기실 것 다 챙겨드리고, 무사히 다녀오시는 것 기원해드리고, 다시 돌아오시는 걸 봐야 하는데……."

도원은 스르르 눈을 감았다. 홍주는 도원의 손에서 맥을 짚었다. 아직 명을 이을 맥이었지만, 가끔 쏟아내는 피만은 막을 길이 없어 암담했다.

"홍주야, 날 좀 일으켜다오."

도원은 한참 만에 눈을 떠서 물을 청해 입술을 적시고는 가까스로 몸을 일으켰다. 벽에 기댄 채 한쪽 손을 들어 다락문을 가리켰다.

"큰스님한테 전해드릴 게 있다."

홍주가 도원의 손길을 따라 다락문을 열었다. 육례원 사람 중에 그 다락 안으로 들어가본 사람은 많지 않았다. 홍주는 그런 사람 중의 하나였다. 거기 쌓여 있는 비단과 종이를 꺼내오는 심부름을 여러 차례 하면서, 그곳에 도원이 숨겨온 패물이 꽤 있겠거니 짐작만 했다. 그러나 오늘은 달랐다.

도원은 위에 낡은 서책 여러 권을 쌓아올린 허름한 문갑을 열게 했다.

"거기 문갑 아래……."

홍주는 도원이 시키는 대로 문갑 아래에서 쇳대를 찾아냈다. 문갑 가운데 서랍 속에 청동으로 된 패물들과 앙증맞게 생긴 노리개가 몇 개 있었고, 그 안에 다시 작은 서랍 하나가 있었다. 그 속에 한지에 싸인 뭉툭하고 긴 벼루 같은 것이 만져졌다.

다락에서 내려오자마자 홍주는 다시 도원의 손목부터 짚었다.

"큰스님을 뵙지 않고 죽는 게 더 낫겠다 싶구나."

"행수님, 홍탁이가 큰스님을 뫼시고 올 것입니다. 마음을 편히 하시고, 하실 말씀은 그때 하시는 것이 좋겠습니다. 어서 누우세요."

"너는, 내가 죽는다는 말을 전해들으셨다고 해서 큰스님이 예 오실 것 같으냐?"

홍주는 잠시 할 말을 잃었다.

"그걸 펴보아라."

홍주는 문갑에서 꺼내온 물건을 풀었다. 뜻밖에 먼지가 일지 않았고, 한지 사이로 가져나올 때 느낄 수 없었던 광채가 비쳤다.

"아, 이건!"

홍주는 깜짝 놀랐다. 여러 겹 한지를 벗긴 안에서 뿜어진 광채 때문만이 아니었다.

"이건, 이건!"

홍주는 끝내 말을 잇지 못하고 도원의 얼굴과 그 물건을 번갈아 보았다.

"그래, 그래……. 이 불상으로 큰스님을 내 곁에 두려고 했다. 내가 죄인이지. 큰스님한테는 내가 죄인이지……."

도원은 불상에 손을 뻗다 말고 중얼거리며 옆으로 쓰러졌다.

홍주의 손에서 누른 광채를 뿜어내고 있는 물건은 금동으로 된 불상이었다. 부처가 이층으로 된 연화대좌에 결가부좌를 했고, 오른쪽 어깨가 드러난 법의를 입은 모습으로 왼손은 선정인(禪定印)을 했고 오른손은 무릎 아래로 내린 촉지인(觸地印)이었다.

홍주는 두 손으로 불상을 감싸보았다. 손에 살포시 감싸질 만큼 작았다. 홍주가 처음 유성에게 구해서 가까이 모시게 된 며칠 동안, 유정이 아침마다 바랑에서 꺼내 손으로 닦아 모시고는 예불을 드리곤 했다. 금동으로 된 이 불상은 몸을 보호하기 위해 지니고 다닌 일종의 호신불이었다. 어느 날인가는 유정 스스로 중생을 구제하겠다는 뜻의 글씨를 쓴 종이를 복장(腹藏)으로 불상 몸속에 넣는 것을 보기도 했다. 언젠가부터 이 금동불상을 볼 수 없어 궁금했는데 그걸 도원이 몰래 숨겨두고 있었던 거였다.

"행수님, 행수님……."

홍주는 비스듬히 쓰러진 도원을 자리에 곱게 눕혔다. 도원이 손을 저어 홍주가 쥐고 있던 금동불상을 더듬었다. 무슨 말인가 하려 했다.

"이걸, 홍주야…… 큰스님께 돌려……."

말이 되어 나오지 않았다.

시례빙곡(枾禮氷谷)

"큰스님, 참으로 신기합니다. 으슬으슬 춥기까지 한데요."

해구가 몸을 떨면서 두 손으로 자기 몸을 감싸는 시늉을 했다.

"아직 일러. 엄살 떨지 말고 더 들어가봐."

유정의 발걸음은 더딘 듯하면서도 언제나 남보다 앞섰다. 조금 전까지 땀을 뻘뻘 흘리던 해구의 몸에서 스멀스멀 김이 솟고 있었다. 서늘한 기운은 계곡이 깊어질수록 더해갔다.

"이러다가 한가위도 되기 전에 얼어 죽었다는 얘길 듣겠습니다."

행자들 사이에서는 호랑이라 불리는 해구지만 유정 앞에서는 꼬리 내린 동자승이 되었다. 뒤를 따르던 준하가 입술을 삐

죽 내밀며 해구를 가리키자 다른 행자들이 킥킥 하고 소리를 내며 웃었다.

6월 22일 서울을 출발한 사절단이 양재, 송파, 단양을 지나고 죽령을 넘어 영주, 안동을 거치고 청도를 거쳐 밀양에 가 닿은 게 사흘 전이었다. 보름 동안 구름 한 점 없는 염천 속을 걸어오느라 모두들 몸이 늘어졌다. 밀양 부사가 내주는 배를 타고 밀양강을 건너가 까치원[鵲院]에 여장을 풀었다. 도원의 장례를 치러주고 오느라 이틀 늦게 출발한 오동수 일행이 도착해서 장도에 오를 비품과 장비를 다시금 정비하고 점검했다.

부산 감영에서 오는 파발을 기다리는 동안 유정은 혼자 나들이 채비를 하고 배를 대게 했다. 그걸 보고 해구가 몇 행자들을 다그쳤다.

"여기는 큰스님이 태어나신 고장이다. 다른 사람이면 몰라도 큰스님을 수행하고 왜국까지 가야 하는 승려들로서는 큰스님의 가르침을 하나라도 더 받기 위해 마땅히 따라나서 동행하는 것이 옳을 터!"

더위를 먹은 듯 비실거리던 행자들이 유정에게 하소연하는 눈길을 보냈지만 웬일인지 유정도 해구 말을 좇았다.

"이만한 더위에 드러누워버리면 바다는 건너가보지도 못하고 기진맥진해질 게다. 날 따라나서는 사람들은 이제 곧 정기가 넘쳐서 몸을 주체하지 못할 지경이 될 게야. 허허허."

눈치 빠른 행자들은 유정의 웃음에서 뭔가 신기한 기운을 느끼고 있었다. 준하와 승나가 따라붙겠다고 나서니까 오동수를 도와 물품을 챙기던 강진석과 하명구도 기웃거렸다.

유정이 이들을 모두 배에 태우고 강 상류로 한참을 거슬러 올라갔다. 배에서 내리고도 마을을 두 곳이나 지났다. 오후 나절에야 당도한 곳이 밀양의 주산인 재약산에 자리한 영정사(靈井寺)였다. 영정사의 원래 이름은 죽림사(竹林寺), 바로 신라의 고승 원효대사가 지은 절이었다.

"불가에 몸을 의탁한 중이라면 이런 명찰을 그냥 지나칠 순 없지, 암!"

영정사 일주문 앞에 서서 해구가 행자들 들으란 듯이 중얼거렸다. 행자들이 느끼기에도 실로 그럴 만도 한 절이었다.

신라 무열왕 원년(654)에 원효대사가 우연히 이곳을 지나다가 약초 향기에 취해 하루를 쉬어가게 되었다. 아침에 깨어나니 몸이 아주 개운해 아예 그 산기슭에 초가 한 채를 짓고 수도 생활을 하기 시작했다. 어느 날 아침에 산 중턱의 대나무 숲에서 오색서운(五色瑞雲)이 서리는 것을 본 원효대사는 그 자리에 가람을 짓고 대나무 숲에서 이름을 따와 죽림사라 붙였다. 그후 흥덕왕 때 인도에서 황면 스님이 부처의 진신사리 석 점을 가져와 이 죽림사에 석탑을 세우고 봉안할 때 그 이름이 영정사로 바뀌었다. 신성여왕 3년(889)에는 이 절에서 보우국사(普佑國師)가 승려 500명을 모아 공부를 시키면서 크게 선풍이 일어났고, 고려 충렬왕 12년(1286)에는 일연국사(一然國師)가 천여 명의 대중을 맞아 불법을 중흥해 동방의 선찰로 이름을 알렸다.

“바로 여기가 큰스님의 고향이라는 말이구나.”

“아니야, 큰스님은 김천 직지사에 출가하셨으니 큰스님 고향은 직지사라고 해야지.”

“그래도 이런 명찰이 있는 곳에서 태어나고 자라셨으니 큰스님에게는 여기가 불심의 고향이라고 해야 옳아.”

“그렇지. 큰스님께서 왜란 때는 이 인근에다 의승군의 주둔지를 마련해 농사도 짓게 하고 총포술도 단련시키고 그랬으니까, 큰스님에게는 이곳이 고향 이상으로 뜻깊은 곳이라 할 수 있어.”

영정사에서 예불을 드리고 그늘에서 쉬게 된 행자들이 저마다 자신이 따르는 대선사의 신화 같은 시절을 그려보았다.

밀양의 고라리에서 태어난 유정은 어릴 때 몸이 아픈 부모를 봉양하기 위해 재약산에서 약초를 캐면서 영정사에 드나들었다. 나중에 김천의 직지사에 출가하게 되지만, 이 영정사에서 불심을 키웠다 해도 틀린 말이 아니다. 왜란 때 명군과 함께 왜군을 남쪽으로 밀어내며 남하한 유정은 의승군을 이 영정사 일대에 주둔시키고 농사를 지어 군량미를 비축하게 하고 한편으로 재약산 사자봉 아래 드넓은 사자평에서 군사를 훈련시켰다. 이 덕분에 나중에 동남쪽으로는 경상도 울산과 서남쪽으로는 전라도 순천에서 왜군을 격파할 때 숙달된 의승군과 비축해둔 군량을 활용해 크고 작은 전쟁을 승리로 이끌 수 있었다.

뒷날의 일이지만, 사명대사의 고향 밀양에는 임진왜란 때 승병을 일으켜 큰 공을 세운 서산대사 휴정, 사명대사 유정, 기허대사 영규 등 세 선사를 모신 표충사(表忠祠)와 표충서원(表忠書院)이 세워진다. 현종 때(1839) 천유화상이 그 사당과 서원을 이곳 영정사로 이건(移建)하면서 절 이름도 표충사(表忠寺)로 바뀌게 된다. 표충사는 사(寺)도 있고 사(祠)도 있는, 바로 불교계의 명승이자 유교의 세계를 깊이 이해하고 교류하면서 충정으로 구국에 임한 사명대사의 삶과 정신이 함께 깃들어 있는 곳이다. 국보인 청동함은향완과 삼층석탑, 석등 등의 문화재도 이 절에 보관되어 있고, 사명대사가 입던 금란가사와 장삼도 여기에 남아 있다.

영정사를 둘러보고 곧 하산해서 까치원으로 돌아갈 줄 알았던 행자들은 유정의 이어지는 행보에 어안이 벙벙해졌다. 왜란 때 이곳에 와서 유정을 받들었다는 해구조차 가본 적이 없는 산행이었다. 산등성이 하나를 넘어서는 동안 유정은 지치는 기색이 전혀 없었다. 산 정상에서 흘러내리는 물길을 거슬러 계속 깊은 곳으로 올라갔다. 지쳐 주저앉을 듯한 더위는 잠시였다.

어딘가에서부터, 비오듯 흐르는 땀을 서늘한 기운이 빨리 식힌다 싶더니 이어 한기가 밀려오는 듯했다. 조금 전까지 덜덜 떠는 듯한 해구를 보고 비웃은 행자들도 저마다 제 몸을 감싸야 했다.

"하하하, 추우냐?"

갑자기 유정이 파안대소하며 일행을 돌아보았다.

"너희들은 지금 가을을 지나 한겨울 속으로 들어와 있다. 저길 보아라!"

유정이 계곡물을 가리켰다. 행자들은 깜짝 놀랐다. 계곡물은 물이 아니라 투명한 얼음이 되어 있었다. 아무리 눈을 비비고 봐도 여름이 채 가지도 않은 때에 언 계곡물이 분명했다. 잠깐 동안, 승려의 몸으로 왜적을 쳐부순 일을 두고 신통한 법력으로 도술을 부렸다는 소문이 떠돌았는데 그것이 사실로 여겨질 정도였다.

"하하, 여기가 그 유명한 얼음골이로군요!"

그제야 해구가 소리쳤다.

얼음골?

행자들이 웅성거렸다.

재약산 북쪽 중턱의 골짜기는 예로부터 시례빙곡(柿禮氷谷)

으로 불리던 얼음골이었다. 초여름부터 얼음이 얼기 시작해서 삼복더위가 지나도록 그 얼음이 다 녹지 않았다. 어린 시절 유정은 병든 아버지를 위해 한여름에 이곳 바위틈에서 얼음을 캐다가 얼음찜질을 해드리기도 했다.

"그동안 무더위에 오래 시달렸으니, 이곳 얼음골에서 푹 쉬고 있으려무나."

유정은 뒤따르려는 해구를 두고 혼자 더 깊은 협곡 쪽으로 발길을 옮겼다.

"공즉시색, 공이 곧 색이고, 색이 곧 공이로다. 물이 곧 얼음이고 얼음이 곧 물이로다!"

유정이 떠나자 해구가 행자들을 불러 모아놓고 『반야심경』의 한 대목을 따와 한바탕 훈시부터 했다. 아닌 게 아니라, 얼음으로 에워싸인 동굴 속에서 단전에 기를 모으고 참선을 하고 보니 아침에 그 동굴에서 온천물이 흘러내렸다는 옛 선사 얘기를 할 때는 그럴싸하게 들렸다. 행자들도 듣고 배운 걸 흉내 내 빙곡의 찬 기운이 감도는 바위 위에 걸터앉아 스스로 체열을 내보았다.

"다 옳으신 말씀입니다만, 우리는 지금 도를 닦으러 가는 것이 아니라 일본으로 일본 사람들을 만나러 간다는 걸 아셔야 할 것입니다."

해구의 말을 듣고 있던 하명구가 슬며시 끼어들었다. 말꼬리를 잘린 해구가 못마땅해 하는 표정을 짓자 강진석이 웃으며 나섰다.

"큰스님을 수행하는 우리들로서는 일본에 가서도 그저 입을 꾹 다물고 큰스님께서 하라는 대로 하면 될 일이나, 그래도 만약이라는 것이 있으니 차제에 일본에 대해 미리 알아두는 것이 좋을 성싶어서 드리는 말씀이지요. 실은 큰스님께서 틈이 날 때 행자들한테 아는 대로 얘기를 해주라는 분부가 계셨습니다."

강진석이 눈짓을 하자 하명구가 좌중을 둘러보며 말을 시작했다.

"저희가 왜를 알게 된 것은 김충선 영감의 제자로 있은 덕입니다. 김충선 영감께서 저희에게 큰스님을 모시라 이르신 까닭은 저희가 조금 알게 된 것이라도 알려드려서 일본에 가서 어떤 일을 당해도 당황하지 않고 대처해나가게 하기 위함일 것이지요."

"그렇지요, 그건."

해구가 어쩔 수 없이 고개를 끄덕이자, 다른 행자들도 제각기 이리저리 널브러진 채로 두 사람의 말을 듣게 되었다.

"지난 임진년의 왜란은 왜의 관백 풍신수길이란 놈이 우리나라를 거쳐 중국으로 가서 제 손으로 천자를 임명하겠다고 호언장담하면서 쳐들어온 전쟁입니다. 마땅히 조선은 자기네

부하가 다스리게 되는 걸로 생각했지요. 이 전쟁이 얼마나 무모한 것인가 하는 것은, 전쟁이 끝난 지금 일본의 처지를 보면 잘 알 수 있습니다. 전쟁이 끝나기도 전에 풍신수길은 죽어버렸고, 그 어린 자식이 풍신수길의 대를 이으려 하니까, 덕천가강이라는 자가 그걸 막고 스스로 쇼군이 되어버렸어요. 그런데 풍신수길의 명을 받고 조선 침략에 나선 바 있는 대명, 그러니까 큰 고을 영주들이 이때 덕천가강 편과 그 반대편으로 나뉘어 죽자 살자 싸우느라 한동안 국정이고 뭐고 없이 온 나라가 피비린내 나는 전란에 휩싸였지요……."

"아, 이 사람 이제 보니 조금 아는 걸 가지고 되게 학자연하는구먼. 이바구를 너무 길게 늘어놓지 말고 그냥 풍신수길 얘기만 해."

하명구의 말에 강진석이 사투리를 섞어 슬쩍 장단을 맞추었다.

"결국 풍신수길이 제 명에도 못 죽고 제 자손들도 위태롭게 되고 말았지요. 그 결과가 어찌됐든 풍신수길의 조선 침략은 자신을 위해서나 일본을 위해서나 결코 옳지 않은 무모한 일이었다 이 말씀입니다."

"그리 무모한 일을 풍신수길이 무엇 때문에 저질러서 우리 조선을 이렇게 쑥밭으로 만들어놓았단 말인가요?"

승나가 오래 묵은 억울한 마음을 드러내자, 하명구는 더 여유를 부렸다.

"예, 바로 그 말씀을 해드리려고 우리가 나선 겁니다. 일본 사람들은 말이지요, 일단 무리가 뜻을 합한 일에 대해서는 한 사람도 그것을 어기지 못합니다. 만일 누군가 그 뜻을 어기면 죽음을 각오하든가, 아니면 세를 키워서 자기 스스로 우두머리가 되는 것밖에는 다른 방도가 없어요. 무리의 뜻 앞에 한 치의 어긋남도 없어야 한다는 이런 생각을 일본인들은 '화(和)'라 합니다. 화를 해치면 극심한 혼란을 겪게 된다는 걸 역사를 통해서 경험해온 자들이 바로 일본 사람들입니다. 풍신수길은 군사를 일으켜 남의 나라인 조선을 쳤습니다. 그게 과욕이라는 걸 다 알지만 일단 뜻이 그렇게 정해진 이상 싫어도 모두 따를 수밖에 없었던 겁니다. 풍신수길이 조선으로 군사를 내보는 데 가장 반대한 사람이 누구인가 하면, 바로 우리 조선의 도성이며 저기 평양까지 쳐들어간 소서행장입니다. 그리고 그 사위였던 대마도주 종의지 역시 침략을 막으려 애를 썼지요. 그러나 일단 풍신수길 입에서 침략이 선포된 이상, 목숨을 건 반란이나 자결 같은 것이 아니면 무조건 따라야 했기 때문에 그 자들이 바로 침략의 선봉에 섰던 겁니다. 우리 스승 김충선 영감께서 어째서 조선에 오자마자 바로 항왜가 되었느냐 하면, '화'를 빌미로 무사며 백성들이 모두, 다스리는 자의 뜻에서 한 치도 벗어날 수 없게 하는 왜국이 싫어서였지요. 왜에서는 한 사람 한 사람 속마음이 중요한 게 아닙니다. 전체의 화를 해치지 않기 위해 다른 뜻이 있어도 속마음을 드러내지 못하게 습관이 된 사람들이 일본인들입니다."

"김충선이면 왜인 사야가가 아닌가."

한 행자가 모른 척하고 비꼬는 말을 했다. 해구가 도리어 진지해져서 입을 열었다.

"듣고 보니 알 것도 같습니다. 내가 큰스님을 따라 일본인들을 대한 적이 있었는데, 일본인들은 남의 말을 귀 기울여 듣고 대답을 할 때는 아주 신속하고 확연해서 마치 모든 문제나 어려움이 금세 다 풀릴 것 같구나 싶었지요. 한데 나중에 보니 그것은 상대의 말을 다 들었다는 뜻이었지 그대로 따라 행동하겠다는 뜻이 아니었어요. 겉으로만 보면 모두 한마음처럼 말하고 움직여서 함께 잘 사는 듯한데, 실은 그렇지 않고 혼자 떨어져 살게 되거나 무시당할까봐 억지로 그런다는 생각이 들었습니다."

"예, 제가 말씀드리려는 것이 바로 그것입니다. 일본에서는 칼을 쓰는 무사가 가장 높은 계급입니다. 칼을 쓰는 무사 앞에서는 일단 말하는 걸 다 듣고나서 행동해야지 그렇지 않고 쉽게 행동하다 당장 칼부림부터 나면 그때는 후회해도 소용이 없습니다. 또 대답할 때도 뜻을 분명히 밝혀야 합니다. 대답을 확실히 하지 않으면 이상한 행동을 할 수 있는 사람이라 의심

받게 되고 그러다 보면 또 칼부림이 날 수 있습니다. 그래서 일본인들은 우선 겉으로는 상대를 받아들이고 또 자기 뜻도 분명하게 밝힙니다. 일본 사람들이 말을 아끼고 한 번 뱉은 말은 끝까지 지키려는 습성이 붙은 것도 이 때문입니다. 무사들은 신의를 중시해 스스로 신의를 어겼다 싶으면 서슴없이 자결하는 경우도 많습니다. 이런 무사도 정신이 일본이라는 나라를 유지하는 큰 축입니다."

"칼을 늘고 남을 베는 일이 다반사인네 어떻게 나라가 유지되는지 알 수가 없군. 도무지 영문을 알 수 없는 사람들이야."

준하가 중얼거렸고, 승나 역시 못마땅해서 물었다.

"풍신수길의 침략전쟁이 분명 조선한테 엄청난 죄를 범한 것은 물론이고 자국에게도 무모한 국력 소모였는데, 어째서 왜국은 스스로 잘못을 시인하지 않는 거지요?"

"풍신수길이 하늘의 벌을 받아 전쟁 중에 죽었고, 그 후유증으로 큰 혼란이 왔지만, 그 전쟁은 '화'라는 대의명분 아래 치러진 국가 대사였기 때문에 누구에게도 책임을 묻지 않는 것이지요. 그것을 잘못이라고 말하면 나라 전체가 잘못이라는 뜻이 되기 때문에 설사 많은 사람이 그런 생각을 속으로 품어도 결코 겉으로 그런 말은 하지 않습니다. 진짜 서로 마음을 터놓은 사이가 아니면 섣불리 본심을 드러내지 않지요. 이 점 일본인들을 상대할 때 반드시 알고 계셔야 합니다."

하명구도 실은 잘 알 수 없었다. 강진석과 자신에게 일본에 대해 알리고 가르쳐서 마침내 일본으로 들여보내는 스승 김충선을 가만히 떠올려보았다. 김충선은 조선에 투항해서 그 누구보다 대단한 충정으로 조선이라는 나라를 받들었고, 한 치의 허점도 보이지 않고 제자들을 키워냈다. 그 놀라운 집념이 어쩌면 일본인의 또 다른 얼굴이 아닌가 싶어 두려움마저 일었다.

일행을 시례빙곡에 둔 유정은 양쪽으로 바위가 깎여나간 협곡으로 한참 걸어 올라가고 있었다. 오랜 풍화로 갖가지 모양이 빚어진 절벽이 장관이었다. 조선 팔도 어디라도 다녀보지 않은 곳이 없다 해도 과언이 아닐 유정이지만 이 정도 절경을 다시 보기는 어려울 터였다.

"큰스님, 제가 왜국에 대해 많은 걸 일러드렸는데, 여담 같지만 하나만 더 보태겠습니다."

유정은 봉은사 뒤 숲에서 한강의 절경을 함께 내려다보던 김충선이 하던 말을 얼핏 떠올렸다. 일본인들이 일구어온 칼의 역사가 싫어 예의 나라 조선을 흠모해오다가 상륙하자마자 곧바로 투항을 해온 김충선이었다. 마땅히 칼을 든 일본인들의 풍습을 경계하는 말을 아끼지 않았고, 더구나 조선에 와서 수하에 두고 가르친 하명구와 강진석까지 유정을 따르게 해 행여 있을 수 있는 위험에 대비하게 해주었다.

"아시다시피 일본은 여러 개 큰 섬으로 나라를 이루었는데, 큰스님께서 그 섬들을 둘러보시고 매우 기이하고 신비로운 풍광에 놀라실 수 있습니다. 모르긴 해도 왜란으로 전 국토를 유린당한 조선 사람들로서는 극악무도한 왜구들이 그런 절경에 살고 있다는 사실을 믿을 수 없을 것입니다. 저도 어른이 되어 조선에 와 살면서 조선의 산하 역시 가히 절경이라고 느끼고 이제는 이른바 금수강산이라 할 만한 곳을 찾아다니며 보고 즐기고 있습니다. 일본의 풍광은 조선과 달리 산과 바다, 숲과 바람과 빛이 기묘하게 조화를 이뤄 마치 신이 빚은 듯한 곳이 많습니다. 게다가 백성들이 자주 드나드는 절과 신사(神社)는 물론이고 힘깨나 쓰는 무사들 집에는 기이한 돌이나 나무들로 정원을 새로이 꾸며놓아 마치 그림같이 오묘한 것을 볼 수 있습니다. 사절단의 동행인들이 미리 이런 사실을 알고 그 경치에 놀라지 않는 것이 좋을 것입니다."

유정은 한쪽 절벽을 타고 올랐다. 그 절벽의 반대편 아래쪽으로 폭포가 쏟아지고 있었다. 위에서 내려다보면 움푹 파인 절구 모양의 지세가 내리꽂히듯 하는 폭포를 받아 소(沼)를 이루었다. 유정은 굵은 폭포수가 마주 보이는 바위 위에 앉았다. 어쩌면 다시는 대하지 못할 고향 산천의 오묘한 경치였다. 왜국의 풍광이 김충선의 말대로 신의 손으로 빚은 듯하다 해도 과연 이 정도일까 싶었다. 그러나 유정은 그런 생각마저도

버렸다. 왕명을 받은 신하로서의 식지 않은 뜨거움과 그 한쪽에서 이는 알 수 없는 두려움을 저 떨어지는 폭포수로 함께 떠밀어 보냈다.

조선시대에 왕명을 받은 공식적인 사절단이 일본으로 간 것은 모두 스무 차례였다. 이 중에 '통신사'란 이름으로 간 것이 세종 때부터 시작해서 임진왜란 전까지 여덟 차례였고, 왜란이 종결된 이후 19세기까지는 '조선통신사(朝鮮通信士)'라는 이름으로 열두 차례 파견되었다. 이 외에도 대마도주와 외교를 다지는 사절로 주로 역관(譯官)이 지휘하는 역관사 행렬이 대마도를 드나든 일이 수십 차례였다. 모두가 국가의 명을 받고 일본으로 간 사절단이었다.

사명대사 유정이 이끄는 행렬은 그 중에서도 탐정을 하고 교린의 가능성을 타진하는 임무를 띤 사절이었다. 명을 내린 국왕도 절차를 밟아준 비변사나 예조도 무엇을 어떻게 하고 오라는 정확한 지침을 내려주지 못했다. 모든 게 유정의 몫이었다. 유정을 가장 힘들게 한 것이 바로 그 점이었다. 유정은 소를 내려다보며 생각을 가다듬었다.

쏟아지는 폭포수로 연이어 물안개가 피어나는 소를 내려다보던 유정은 한참 만에 일어나 소 가까이로 걸어 내려갔다. 물이 얼음 같았다. 유정은 아예 세수를 하려고 몸을 구부렸다. 그때였다. 어디선가 인기척이 느껴졌다. 얼른 몸을 일으켜 주위를 경계했다. 물가를 따라 소리나는 방향으로 걸어가보았다. 폭포가 내리꽂히는 절구 모양의 소 한가운데가 눈에 잡힐 듯 들어왔다.

"아니, 저 사람이?"

유정은 소 한가운데 들어가 얼굴만 물 밖으로 내놓고 앉아서 머리 위로 쏟아지는 폭포를 맞고 있는 한 사내를 보았다. 얼음처럼 찬 물 속에 몸을 담근 것도 놀라운 일이었지만, 바위를 쪼갤 듯 쏟아지는 폭포를 이마로 받아내고 있다니, 기가 찰 노릇이었다.

"이것 봐요! 거기서 무얼 하고 있소?"

유정이 손짓을 하며 소리쳤지만, 물 속 사내는 미동도 하지 않았다. 유정은 물가의 바위를 징검돌 삼아 소 가운데 쪽으로 두어 걸음 몸을 옮겨보았다. 그러다 한순간, 몸이 균형을 잃어 하마터면 미끄러져 물 속으로 쓸려 들어갈 뻔했다. 그때 정말 유정은 놀라운 것을 보고 말았다.

물 속에 있던 사내가 몸을 일으키는데, 그 사람은 사내가 아니었다. 머리카락을 길게 늘어뜨린 그 몸은 장성한 여자의 알몸이었다. 아니, 유정이 진짜 놀란 건 그 다음이었다. 알몸으로 소 가운데서 폭포를 맞고 있던 그 여자가 누구인지를 알아차린 것이다.

"아니, 이럴 수가!"

홍주, 소 속에 알몸으로 선 여자는 육례원의 기생 홍주였다. 유정이 홍주에게서 눈을 떼지도 못하고 바로 보지도 못하고 있는데, 뒤에서 나지막한 말소리가 들려왔다.

"오실 줄 알고 기다렸습니다."

유정의 뒤쪽 나무 뒤에서 말소리를 낸 주인공이 모습을 드러냈다. 홍주의 동생 홍탁이었다. 홍탁은 벌거벗은 홍주 쪽으로는 눈을 두지 않은 채 유정 옆으로 비껴 섰다.

"이게 대체 어찌된 영문이냐?"

유정은 꾸짖듯 소리쳤다. 홍탁은 유정을 바위 위에 앉게 했다. 홍주는 소 안에서 다시 자리를 잡고 앉아 여전히 쏟아지는 폭포를 몸으로 받아내고 있었다.

홍탁은 폭포 소리에 저항하듯 전에 없이 둔탁한 음색으로 말했다.

"죽은 행수가 저희를 이곳으로 보냈습니다. 행수가 큰스님을 처음 뵌 곳이 바로 이곳이라고 하시면서, 큰스님이 반드시 여길 들르실 거라고 하셨습니다."

유정은 잠시 도원 생각에 눈을 감았다 떴다.

"오 별감한테 도원 장례 때 얘기는 들었다. 영가(靈駕)는 봉은사 명부전에 잘 모셨느냐?"

"저희를 이곳으로 보내는 것이 행수의 유언인지라 출상은 부행수에게 모누 맡기고 서둘러 달려왔사옵니다."

"언제 왜국에서 돌아올지 모르겠지만 너희 행수 천도재는 내가 반드시 치르고 싶구나."

"행수가 간절히 기다릴 것입니다."

"한데, 너희 행수가 너희들을 이곳으로 보내 나를 기다리게 한 연유가 대체 무엇인지 모르겠구나."

홍탁이 여전히 고개를 외로 꼬며 천천히 답했다.

"행수가 죽지 않았으면 아마도 행수 스스로 몸소 여기로 왔을 것입니다."

"그게 무슨 소리냐?"

"큰스님, 이제 저희를 거두어주셔야 할 듯싶습니다."

홍탁이 유정 앞에 무릎을 꿇었다. 유정이 다시 미간을 찌푸렸다가 눈을 둥그렇게 떴다.

물속에 있던 홍주가 알몸인 채로 몸을 일으켜 천천히 소 밖으로 걸어나오고 있었다. 햇빛을 받은 홍주의 알몸이 현란하게 빛을 뿜어냈다. 이쪽에서 보고 있는 눈길이 있다는 걸 알면서도 홍주는 전혀 감추는 기색도 없이 물 밖으로 걸어나가 햇볕에 몸을 말리면서 바위 위에 걸쳐놓은 옷을 입기 시작했다.

잠시 뒤 유정은 홍주가 입은 그 옷이 승복이라는 것을 알았다.

홍탁이 큰 소리로 말했다.

"큰스님, 저희는 이미 저 혼탁한 왜란 때부터 큰스님이 안 계시면 살아 있는 뜻이 없는 사람들입니다. 큰스님이 죽으라면 죽고 살라면 살겠습니다만, 큰스님 곁에서만 죽고 사는 일이 뜻이 있사옵니다. 큰스님을 따르겠습니다. 저희를 거두어 주십시오."

그러는 사이 매무새를 가다듬은 홍주가 유정 곁으로 다가왔다.

접대

가까운 육지 사이에 끼여 있는 좁고 긴 바다를 해협이라 하는데, 다른 말로 수도, 목, 도, 샛바다라고도 했다. 만이나 큰 바다로 바로 연결되는 좁은 해협은 특히 조류가 빠르고 바람의 방향이나 속도가 표변하기 쉽다. 때에 따라 물이 크게 소용돌이치는 일명 와류(渦流)가 일어나기도 한다. 부산과 대마도 사이가 바로 그런 해협이었다. 전체 길이가 대체로 200킬로미터인 이 해협의 가장 좁은 협부는 50킬로미터, 그러니까 부산과 대마도의 최북단까지가 불과 50킬로미터 거리라는 얘기였다. 범선으로 하루 이틀이면 닿을 수 있는 거리였다.

배를 타고 해협을 건널 때 무엇보다 중요한 것이 기후였다.

특히 바람이 문제였다. 바람은 넘치면 위험했고, 모자라면 항해가 더뎌졌다. 난파나 조난까지는 아니더라도 배가 뒤집힐 듯한 풍랑에 죽을 고비를 넘기는 일은 예사였고, 방향을 잘못 잡아 표류하는 일도 다반사였다.

조선 세종 때 우리 조정으로부터 대마도체찰사로 명을 받았던 이예(李藝)의 무수한 대일 외교 공적은 사실 왜구에게 끌려간 어머니를 찾기 위해 항해에 나섰다가 표류해 우연히 이키 섬[壹岐島]에 가 닿은 데서 시작되었다. 또 뒷날의 일이지만, 숙종 29년(1703) 역관 한천석(韓天錫)이 이끄는 역관사 행렬 108인과 대마도 측 4인이 대마도의 와니우라[鰐浦]로 들어가던 중 조난을 당해 전원 실종되는 비극도 발생한다.

이처럼 위험한 여정이라 나라 일로 바다를 건너는 선단일수록 출항일 선정에 고심했다. 유정이 이끄는 사절단도 부산에 와서 보름이나 지체하면서 출항지인 다대포 앞바다의 기운을 살폈다. 바람이 아주 없어서 수 일째 바람을 기원하는 기풍제(祈豐祭)를 올렸고, 조금씩 바람의 기운을 발견하고 드디어 배에 올라 항해를 시작한 때가 갑진년(1604, 선조 37년) 8월 20일 새벽이었다. 유정을 비롯한 상관들이 탄 상상관 배를 중심으로 모두 여덟 척의 배였다.

의외로 순조롭게 항해하던 선단은 대마도 북서쪽의 대륙붕에 들어서면서 심한 파노를 만나 한바탕 홍역을 치렀다. 행자들 몇이 사색이 되어 속의 것을 쏟아냈고, 핀잔을 주던 해구도 메슥거려오는 속을 달래지 못해 한참이나 식은땀을 흘렸다. 그래도 배는 순탄하게 먼 바다로 희미한 불빛을 전하는 어두운 항구에 접어들고 있었다. 이순신 장군의 휘하에서 격군으로 참전한 바 있는 노동선과 문진수를 비롯해서 왜란 때 해전을 겪은 군인 출신들이 여럿 끼여 있은 것이 참으로 다행이었다. 두 사람의 노련한 지휘로 배는 안전하게 사스나우라[佐須浦]에 닿고 있었다.

어둠 속에서 바다에 어린 달빛을 받아 희끄무레하게 보이던 산들이 끊어지는가 싶더니 그게 포구였다. 어딘가에서 북소리가 들리고, 이어 피리소리까지 났다. 높이 세운 깃대와 등을 단 작은 배 열 척이 다가왔다. 조선 사절단을 맞이하는 왜선들이었다. 그 중 한 척의 배가 유정이 탄 상상관 배로 다가왔다.

"쓰시마 한슈께서 친히 오셔서 대사를 영접하십니다."

조선에서부터 유정을 인도한 다치바나 도모마사가 나섰다. 오래지 않아 상단이 뾰족한 검은 모자와 승려들이 입는 옷 같은 검은 장삼을 두른 소 요시토시가 상상관 배로 올라와 유정에게 다가왔다. 외교 승 겐소와 가로 야나가와 시게노부가 바로 그 뒤를 따라 들어왔다.

"대사께서 이런 누추한 섬까지 와주시니 참으로 몸둘 바를 모르겠습니다. 우리 섬이 생긴 이래로 이처럼 훌륭하신 귀빈이 오신 일이 없었던 듯합니다.”

“우리가 참으로 번주의 귀빈이었으면 합니다.”

유정의 말에서 묘한 느낌을 받은 겐소가 사절단을 인도해 온 다치바나 도모마사의 표정을 살폈다. 다치바나 도모마사는 얼른 유정에게 허리를 굽혀 보이고는 소 요시토시에게 귓속말을 했다. 소 요시토시는 그제야 유정 일행의 얼굴들이 예상 외로 경직되어 있음을 깨달았다.

소 요시토시는 왜란 때 왜군의 길잡이를 하며 조선을 침략한 사람이었다. 조선에서 사절단으로 온 사람들이 모두 살아 있는 튼튼한 사람이었으니 침략자 소 요시토시에게 직접 해를 입었을 리는 없지만, 그 중에는 왜란 때 가족이나 친지를 잃은 사람도 많았다. 그들은 사절단의 일행으로 오면서 사사로운 감정을 드러내지 말라는 주의를 들었지만, 속에 쌓인 감정까지는 어쩌지 못했다. 소 요시토시는 그걸 의식해야 했던 것이다.

“다들 먼 곳에 오시느라 고생이 많으셨습니다. 우리 섬에 먹을 게 없고 입을 것도 없으나 풍광은 조선의 한려수도 못지않고, 또한 조선 사람들이 즐길 만한 해산물이 꽤 있습니다. 마음껏 드시고 구경하실 수 있게 만반의 준비를 해두었습니다.”

“고마운 말씀입니다. 하지만 우리는 편하게 먹고 놀기 위해

이 먼 곳까지 목숨을 걸고 온 것이 아니니까, 접대하는 일에 너무 진력하지 마십시오."

"말씀 명심하겠습니다. 오늘은 밤이 이슥해서 접대를 하려 해도 방도가 없습니다. 우선은 우리가 준비한 간단한 식사로 요기를 하고 계시면, 편히 주무실 수 있는 방으로 안내해드리겠습니다."

사절단 일행은 항구에 정박한 배 안에서 일본인들이 조그만 붉은 소반에 얹어 온 밥과 말린 해태(海苔)와 나물 반찬을 받아들었다. 양이 적고, 맛도 조선 것과 달리 밍밍했지만 그나마 말린 해태에서 묻어나는 짠맛으로 깔끔하게 먹어치울 수 있었다. 반면에 아직 울렁이는 속을 풀지 못한 사람들은 빨리 땅에 딛고 싶어서 발을 굴렀지만, 혼자 함부로 행동할 수 없어서 자반뒤집기하듯 몸을 꼬고 있어야 했다.

실은 유정도 몸이 썩 좋은 편이 아니었다. 출발하면서부터 가벼운 어지럼증에 시달려 수행하는 사람들의 애를 태우기까지 했다. 주위를 진정시키고 선실에 꼿꼿이 앉아 운기조식으로 몸을 조절해 조금씩 평정을 찾았다. 그러나 대마도인들이 특별히 마련해온 밥을 입에 대기 어려워 나물을 얹어 겨우 두어 술 정도만 뜨고 말았다.

"다른 사람 모르게 해라."

유정은 젓가락을 놓고 말했다.

"백전노장이라는 말로도 부족할 큰스님께서 이러시니 큰 걱정입니다. 어서 기운을 차리시되 무리하지 마시고, 대마도에만 계시다가 얼른 귀국하시는 것이 옳을 듯 합니다."

조용히 아뢰는 해구를 유정은 희미한 웃음으로 받아냈다.

"허허, 너도 세상 보는 눈을 더 키워야겠다."

"무슨 말씀이신지?"

"내가 살면서 한 일도 없고 하지 않은 일도 없다. 이 몸도 또한 아픈 적도 없고 아프지 않은 적도 없다. 사람은 평정을 잃으면 누구나 잠시 기를 빼앗기는 법, 그럴 때는 마음이 들뜨지 않게 깊은 숨을 쉬면서 먹는 것을 줄이고 말도 아껴야지."

"예……."

"봐라, 그래도 내가 이만큼이나 말을 하고 있지 않느냐."

유정은 사스나우라 항에 발을 내디디면서 다시금 원기를 되찾았다. 아직 열기가 여전한 가을 햇볕과 서늘한 바닷바람이 한데 어우러져 조선의 섬과는 또 다른 정취를 느끼게 했다.

"큰스님, 큰스님께서 크게 숨을 쉬시니 이제야 마음이 놓입니다."

한 행자가 뒤를 따르면서 살며시 말을 꺼냈다.

"너 또한 그 목소리가 차분하니 안심이구나."

유정은 돌아보지도 않고 말했다. 그 말에 행자는 가벼운 신음소리를 냈다.

유정과 손문욱, 박대근, 김효순 등 사절단의 상상관 일행은 소 요시토시의 인도로 삼나무숲으로 제방을 이룬 자그마한 산중에 있는 아담한 신사에 머물게 되었다. 그 곁에서 수직할 수하들 외에 노진수 등이 이끄는 무리들 일부는 그대로 정박한 배에 남아 자고 다른 이들은 항구 가까운 민가에 나뉘어 잠을 잤다.

"여기가 어찌 오랑캐들의 땅이란 말인가!"

사스나우라에 머무는 사흘 동안 사절단 일행의 입에서는 자주 이런 말이 나왔다. 일찍이 일본 출신 항왜 김충선에게서 수도 없이 왜국 풍경 얘기를 듣고 다른 일행들에게 왜국의 풍광을 보고 감탄하지 말라고 했던 강진석과 하명구마저도 그런 소리를 수시로 입 밖으로 내곤 했다. 다다미로 된 방은 겨울이면 아주 춥겠다 싶었지만 아직 가을이라 견딜 만했고, 정갈하게 내오는 음식도 풍족하지는 않았지만 그런 대로 입에 맞아 끼니마다 깨끗이 비워냈다.

대마도의 풍경이나 음식에 비해 어쩌면 더 놀라운 것은 일본인들이 사절단을 대하는 태도였다. 허리에 칼을 찬 사람들을 포함해 모두 공손했다. 특히 조선인 앞에 앉을 때 무릎을 꿇고 대답을 할 때는 큰 소리를 내며 허리를 숙이는 것이 보는 이들로 하여금 도리어 '저 왜인이 이제 곧 날 해치기 위해 부러 공손한 체하는 게 아닌가' 싶은 생각이 절로 들게 만들었다.

"저 사람들이 무릎을 꿇고 앉는 것은 아마도 저 치마 같은 옷 때문인 듯합니다. 저 옷이 앞섶이 터져 있어서 우리 조선 사람들처럼 양반다리를 하고 앉으면 속이 훤히 보이게 되니까 그렇게 앉을 수밖에 없는 것 아닙니까?"

승나가 일본 남자들이 입은 하카마[袴]를 유심히 보고 제법 예리하게 짚어내자 하명구가 답했다.

"그건 그렇지요. 또 하나, 저 사람들은 일단 맞아들일 상대한테는 스스로를 낮추어 먼저 경청하고 잘 들었다는 대답을 명백하게 합니다. 내가 지난번에 말씀드린 대로 그것은 칼을 찬 무인들이 서로 모든 뜻을 분명히 해서 쓸데없는 쟁투를 미리 막으려고 애쓰는 데서 생겨난 풍습입니다."

"그래도 귀로 들은 것과 와서 실제로 보는 것이 달라서 도무지 불편해 보이는구먼."

옆에 있던 강진석이 덧붙였다.

일본인들이 손님을 배려하는 풍습이 원래 그렇지만, 소 요시토시는 이번 사절단 영접을 위해 참으로 성심을 다했다. 통사 박대근이 사스나우라 항 곳곳에 붙은 방을 보고 그것을 설명했다. 그 방에는 이렇게 씌어 있었다.

- 어떤 뱃길에서건 조선 사절단 배를 만나면 길을 양보하라.
- 조선 사람들에게 무조건 친절히 대하라. 만일 분쟁이 나면 엄벌에 처함.

- 집과 길을 깨끗이 하라. 특히 조선 사람의 숙소로 정해진 집은 머무는 곳을 매일 청결하게 유지할 것.
- 조선 사절단을 구경하기 위해 모여 있지 말 것. 특히 상륙할 때는 엄금함.
- 조선 사절단에게 물건을 달라고 하지 말 것.
- 조선 사절단의 개인과 사사로이 물건을 교환하면 엄벌에 처함.

이러한 방은 사절단의 배가 사스나우라를 떠나 대마도의 동쪽 해안을 따라 와니우라, 도요우라[豊浦], 니시도마리우라[西泊浦], 고후나고시[船頭港]를 거쳐 부중 이즈하라에 들어가는 동안 곳곳에서 볼 수 있었다.

이즈하라에 도착한 이튿날 이른 저녁 무렵에 소 요시토시는 사절단을 환영하는 연회를 베풀었다. 열흘 가까이 있는 동안 대마도 전역의 헐벗음과 굶주림이 눈에 잡혔지만, 조석으로 나오는 음식이 소홀하다는 느낌을 받은 적은 없었다. 그만큼 성심을 다하고 있다는 게 역력해 보였다. 그렇게라도 사절단의 마음을 풀게 하려는 것이 소 요시토시의 계획이기도 했다. 이즈하라의 객사에서 베풀어진 연회는 그런 중에도 가장 극진한 자리였다.

우선 음식이 남달랐다. 미역이나 다시마, 감태, 톳, 우뭇가

사리, 모자반 같은 것만 하더라도 육지 사람들이 자주 맛볼 수는 없는 것들인데, 방게, 꽃게, 말똥게, 홍게 등의 게 종류도 다양했고, 전복죽이나 조기조림, 꼬막조림, 홍어절임이나 새우구이 같은 건 참으로 별미였다. 여기에 일본 본토에서도 귀족들만 마신다는 사케와 대마도 번주 집안에서만 마신다는 야마네코가 곁들여져 쉽게 흥취가 돋았다.

사절단 일행의 얼굴에 화색들이 돌자 소 요시토시는 유정에게 조선과 일본의 강화에 교량 구실을 해야 하는 대마도의 사정을 간곡하게 설명했다.

"대사께서는 승려의 몸으로 친히 칼을 들고 전장에 나서신 분이라 저희 쓰시마의 처지를 누구보다 잘 아시리라 믿고 말씀을 드리겠습니다. 쓰시마는 기실 일본의 나라라고 할 수도 없습니다. 거리도 조선에 훨씬 더 가까울뿐더러 은혜를 입었으면 조선에 더 입었지 일본 혼슈[本州]의 은혜를 입은 것은 크지 않습니다. 그러나 고대로부터 여기에 사는 사람들은 말도 일본 말을 쓰고 옷도 집도 모두 일본 풍으로 지냈습니다. 일본 혼슈가 힘이 있었으므로, 우리는 혼슈의 뜻에 따르지 않을 수 없었습니다. 하지만 저희는 또한 조선의 도움 없이는 살 수가 없습니다. 고래 싸움에 새우등 터진다는 말이 조선에도 있는 줄 압니다만, 조선과 일본이 싸우면 정작 먼저 등이 터져 죽는 게 바로 저희들입니다. 부디 두 나라가 강화를 해주셔야 합니다.”

대마도의 승려 겐소와 통사 박대근이 소 요시토시의 말을 유정에게 옮겨주었다. 유정은 고개를 꼿꼿이 들어 소 요시토시의 눈을 바라보았다.

“대마도의 사정을 내가 왜 모르겠소? 일본 국왕 또한 조선과 강화하기를 간절히 바란다고 하면서 조선 조정에 친서를 보낸 게 아니오? 한데 지금 듣자하니 조선이 서둘러 나서서 일본과 강화를 성사시켜야 한다고 하는군요.”

“아, 아닙니다. 그것이 아니오라…….”

나름대로 세심하게 정성을 기울인 연회로 마음을 열겠거니 했던 소 요시토시는 이내 자세를 바꾸고 다시 정중하게 고개를 숙였다.

“에도[江戶]의 도쿠가와 이에야스 쇼군께 조선에서 온 사절이 이곳 쓰시마에 당도해 있다는 기별을 보냈습니다. 대사께서는 여기 편히 계시면서 쇼군께서 에도에서 교토[京都]로 나오시는 때에 맞추어 출항하시면 되겠습니다.”

“번주는 어째서 경도에 있는 일본의 국왕에 대해 말하지 않고 강호에 있는 장군에 대해 말하고 있는 게요? 일본에서는 국정을 책임지는 사람이 국왕이 아니라 막부의 장군인 게요?”

유정은 짐짓 일본 조정이 어떻게 편성되는지를 모르고 있는 사람처럼 굴었다.

왜란 때 가토 기요마사의 진영에서 강화 문제로 일본 사람들과 대적할 때만 해도 일본의 국왕과 쇼군의 관계를 얼른 이해하지 못해 애를 먹었다. 탐색사로 발탁된 뒤로 도일 준비를 할 때에야 비로소 일본의 국왕은 중국의 황제나 조선의 국왕과는 다르다는 것을 제대로 이해하게 되었다.

겐소가 소 요시토시를 대신해 천천히 설명해주었다.

"그렇습니다. 일본에서는 국왕을 덴노[天皇]라 하는데, 덴노는 마치 한 나라를 대표하는 국새 같은 구실만 할 뿐 나라를 직접 통치하는 사람은 쇼군입니다. 쇼군이 주도하는 조정을 바쿠후라 하지요."

왜란 전에 일본을 방문한 사신들에 비해 유정은 나름대로 미리 일본의 정치 유형에 대해 알고 익혀온 것이 없지 않았지만, 겐소로서는 다시금 되풀이해서 설명할 수밖에 없었다. 조선 사신들은 처음부터 중국 황제, 조선 임금 등과 일본의 덴노의 권위가 서로 다르다는 사실에 혼란스러워했다. 사신들은 덴노를 만나야 외교가 이루어지는 것으로 생각했지만, 실권은 쇼군에게 있었다.

국가의 권력이 덴노에게서 나오지 않고 쇼군으로부터 나온다는 사실 때문에 외교적 혼선이 자주 빚어졌는데, 사명대사 역시 일본으로 갈 때까지 이런 체제를 이해하는 데 애를 먹었다. 왜란 진후의 숨 가쁜 외교선에 오해가 생기고 번복이 자주 일어난 주요 원인 중 하나도 여기에 있었다. 조선과의 교역에 생사를 걸고 있던 대마도가 가끔 국서를 위조할 수 있었던 것도 이 오해에서 비롯된 행위라 할 수 있다.

권력자 쇼군이 이끄는 사령부를 일컫는 바쿠후는 전쟁터에서 군사들이 머무는 천막에서 비롯된 말이다. 이 바쿠후의 쇼군이 나라를 통치하는 방식 또한 조선과는 판이했다. 조선의 팔도처럼 일본도 여러 개의 번으로 나뉘는데, 그 번의 권력자인 번주를 흔히 다이묘[大名]라 불렀다. 쇼군은 번주에게 영지(領地)를 나누어주고 다스리게 하고, 자신은 그 번주들의 힘을 조정하면서 권력을 유지했다. 쇼군의 막부와 각 영지의 번의 이러한 관계를 이해하지 않으면 일본 역사를 제대로 이해할 수 없다.

쇼군은 번주의 배반을 막기 위해 번주의 가족들을 막부에 인질로 두거나, 쇼군의 친인척을 번주나 그 집안과 결혼시켰다. 또 영지를 옮기게 하거나, 더 주거나 빼앗는 방식으로 번주를 제압했다. 배반의 기미가 보이면 가차 없이 보복이 뒤따르기 때문에 번주는 쇼군에게 충성을 다함으로써 자신의 권력을 유지했다. 그 쇼군 중에서 덴노를 측근에서 보필하는 직책 중 하나가 간파쿠인데, 쇼군에 오른 도요토미 히데요시는 굳이 이 간파쿠의 자리에 올랐다.

"도요토미 히데요시 님은 천하를 통일하시고 권력이 더욱 막강해져 그 지위가 간파쿠에 이르렀는데, 히데요시 님이 세상를 떠난 뒤 그 지위는 아들 도요토미 히데요리[豊臣秀賴] 태자에게로 승계되어 있었지요. 한데 지금은 히데요리 태자의 후견인인 도쿠가와 이에야스 님이 실권을 잡아 쇼군이 되신 후 권력을 행사하고 있습니다. 도쿠가와 바쿠후는 교토가 아니라 도쿠가와 쇼군의 다이묘 시절의 본거지인 에도에 있지요. 쇼군께서는 에도에 머물러 있으면서 중요한 일이 있을 때 교토로 나와서 처결하고 계십니다."

겐소가 하는 말을 하나하나 새겨들은 유정은 허점을 놓치지 않고 소 요시토시 쪽을 파고들었다.

"그동안 조선과 강화를 하려고 여러 차례 포로를 보내고 사신을 보내온 것이 덕천가강 장군의 뜻이오, 아니면 대마도 번주의 뜻이오?"

"쇼군이 여러 차례 친서를 보내 저에게 이르기를 반드시 조선과 강화를 해야 한다 했습니다."

소 요시토시는 진땀을 흘렸다.

"왜란이 끝나고 우리 조정에 강화를 청하면서 데려온 피로가 모두 몇 명입니까?"

유정은 거듭 말을 늦추었다.

"제가 스스로 조선에 데려간 것만 두 차례이고 모두 500에 이르는 숫자입니다. 그 밖에 다른 사신이 갈 때도 수십, 수백 명씩 데려간 적이 있습니다."

"그 피로들은 모두 대마도에 와 있던 피로이지요?"

"예, 그렇습니다."

"조선과 강화하는 일은 대마도뿐 아니라 일본 본토에 있는 장군의 뜻이라고 했지요?"

"예, 그렇지요."

"그런 장군이, 스스로 끌고 간 피로를 송환하는 일조차 솔선해 보인 적이 없지 않습니까?"

소 요시토시는 다시 말문이 막혔다. 겐소가 가만히 유정을 달랬다.

"큰스님, 저희 쓰시마로서는 감히 쇼군께 이래라 저래라 할 처지가 아닙니다. 다만 쇼군께서도 강화를 바라고 있고, 그 뜻을 저희 번주에 맡겨서 추진하고 있음을 헤아려주십시오."

유정은 고개를 절레절레 흔들었다.

"조선을 침략한 쪽은 일본의 본주이고, 그 우두머리는 일본의 국왕과 장군입니다. 한데 강화는 어째서 대마번주에게 일임을 하고 있다는 말이오?"

"옳으신 지적입니다. 하지만 그때 조선 침략을 명령한 도요토미 히데요시 간파쿠는 이미 사망했고, 그 수하 쇼군들도 모두 몰락했습니다. 지금 쇼군은 조선 침략과는 아무 상관이 없습니다."

"조선을 침략해서 얻은 것은 다 그대로 가지고 있으면서 스스로는 조선 침략과는 상관이 없으니 그냥 강화를 하자는 말인가요? 그것도 장군이 손수 나서는 것이 아니고 대마 번을 통해 강화를 추진하게 하고는 뒷짐만 지고 있겠다는 듯한데, 그것이 말이 되는 일인지 모르겠습니다."

유정의 말은 점점 핵심을 찌르고 있었다. 겐소가 그 말에 바로 대꾸하지 못하고 있자 소 요시토시가 간신히 말꼬리를 꿰차고 들어섰다.

"대사님, 저는 쓰시마를 살리기 위해 아내와 이혼하고 장인 고니시 유키나가를 배반했습니다. 그 덕분에 도쿠가와 쇼군에게 신임을 얻어 이 쓰시마를 그대로 다스릴 수 있게 된 것입니다. 저는 이 쓰시마를 평화롭게 살려나가야 합니다. 그러자면 일본과 조선이 반드시 강화해야 합니다. 그것이 일본을 위하는 길이고 조선을 위하는 길이며, 저희 쓰시마는 그런 중에 안녕을 얻을 수 있습니다. 쓰시마는 더 이상 옛날과 같은 왜구의 소굴이 될 수는 없습니다. 당부 드리옵니다. 대사님의 이번 도일에 저희 쓰시마의 운명이 걸려 있음을 헤아려주시옵소서!"

소 요시토시는 다른 수행원들이 보고 있는데도 눈물을 쏟아냈다. 그 울음에는 절실함과 절박함이 절로 묻어났다. 그러나 유정은 냉랭했다.

"번주는 제가 불가에 귀의한 몸이라 하여 저 깊은 마음의 샘에서 한없이 자비만을 건져올려 베풀 수 있으리라 생각하시오? 제가 자비를 베풀어 대마도 사람들을 구제하는 일하고 왜인들이 조선에 침략한 죄 갚음을 스스로 해야 하는 일하고는 서로 다른 일임을 아셔야 합니다."

소 요시토시는 흐르는 눈물을 닦지도 못한 채 유정을 쳐다보았다. 유정은 기다리고 있었다는 듯이 자리에서 벌떡 일어났다.

"나 지금 이 자리에서 분명히 뜻을 밝히겠습니다! 통사는 한 마디도 빠짐없이 그대로 통역을 해주세요. 왜인들이 조선을 쳐들어와 무고한 인민을 수없이 학살하고 조선의 강역을 쑥대밭으로 만들어놓았음은 이 자리에 있는 대마도인들이 모두 다 아는 일일 것이오. 그런데도 왜국은 그 죗값을 치르지도 않고 겨우 대마도에 와 있는 피로 수백 명 정도만을 내놓고 우선 강화부터 하려 하고 있습니다. 이번에 내가 그대들의 나라 수도에 가려는 것은 단순히 강화에 응하려는 게 아니오. 이제 그대의 막부 장군에게 반드시 전하도록 하시오! 이제라도 스스로 죗값을 치르지 않으려거든 강화라는 말은 입 밖에 꺼내지도 말지어다!"

유정은 당황해 하는 소 요시토시를 남겨두고 숙소인 세이산지[西山寺]를 향해 걸음을 옮겨갔다. 사케에 취해 가던 녹사 손문욱과 통사 김효순이 벌떡 일어나 유정의 뒤를 따랐다. 소 요시토시는 그 뒤를 몇 걸음 따라가다 말고 그대로 멈춰 섰다. 절벽 아래로 굴러 떨어지는 느낌이 이런 게 아닌가 싶었다. 고니시 유키나가가 처형당한 소식에 이어 이혼 통첩까지 받고 얼이 빠져버린 아내의 새하얀 얼굴이 생각났다.

소 요시토시는 야나가와 시게노부를 유정의 숙소까지 딸려 보내고는 간신히 통사 박대근과 승려 해구의 소매를 붙들었다. 해구는 승나와 영식에게 유정의 숙소 주변을 점검하게 하고 준하와 강진석, 하명구를 대동하고 소 요시토시를 마주 대했다.

"대사께서 이곳에 계시다가 교토까지 오가는 데 두어 달, 교토에 가 계시면서 쇼군과 강화를 논하는 데도 두어 달은 봐야 할 것입니다. 대사께서 처음부터 저리 화를 내시다가 정작 교토에 가셔서 기운이 빠지시면 큰일이 아니겠습니까? 부디 대사께서 노여움을 푸실 수 있도록 힘써주시기 바랍니다."

소 요시토시는 해구 일행에게 잔이 넘치도록 사케를 따랐다.

"그야 번주와 장군에게 달린 문제지 저희 큰스님께 달린 문제가 아니지요."

해구가 술을 외면한 채 퉁명스럽게 대꾸했다.

"군사를 일으켜 조선으로 쳐들어간 일에 대해서는 골백번 머리를 조아리고 사죄를 해야 마땅한 일이지요. 한데 그때 조선에 군사를 보낸 쇼군은 이미 불귀의 객이 되었고, 조선 침략에 나선 다른 부시[武士]들은 다이묘들끼리의 결전에 피 흘리며 싸우느라 대부분 죽고, 살아남은 사람들도 아직 정신을 차리지 못하고 있는 형편입니다. 다행히 도쿠가와 쇼군께서 조선과는 반드시 강화해야 한다고 하시면서 이 쓰시마의 한슈에게 명령을 내리셨으니 이번에 반드시 강화를 이루어야 합니다. 대사께 잘 말씀해주시지요."

준하가 해구를 대신해 나섰다.

"강화를 하고 하지 않고는 큰스님께서 정하시고 행하실 것이온데, 저희가 듣기로 도무지 의심스러워서 묻지 않을 수 없어서 여쭙습니다. 번주의 말씀을 들으니, 강화만이 중요하고 그간에 저지른 일본의 만행은 더 거론할 까닭이 없다는 말씀이시지요?"

준하의 공손한 말투가 소 요시토시에게 그나마 변명할 틈을 내주었다.

"내 말을 오해하시는군요. 일본이 군사를 일으켜 조선을 침략한 것은 천인공노할 죄이지만 일본은 지금 그 죄를 감당할 사람이 없습니다. 강화는 서로를 위해 반드시 해야 하는 일이고, 죄를 묻고 죗값을 치르고 하는 일은 그 다음으로 미룰 수밖에 없다는 뜻입니다."

소 요시토시의 말에 다시 준하가 나섰다.

"조금 전에 큰스님께서 그리도 화를 내신 까닭을 이제야 저희도 제대로 알 듯합니다. 번주께서도 저희와 처지를 바꿔놓고 마음을 써보시지요. 가족이 나가서 사람을 죽이고 집으로 들어갔는데 그 집에서는 지금 사람 죽인 일은 다음에 논하고 친하게 지내기부터 하자고 한다면 그 누가 그 사람을 신뢰할 수 있겠습니까!"

소 요시토시도 화가 치밀어올랐다. 그 화는 조선을 향한 것도 아니었고 일본 혼슈를 향한 것도 아니었다. 죄는 일본 혼슈가 짓고, 조선이 이제나마 그 죗값을 묻고 있는데, 그 답을 쓰시마의 한슈인 자신이 해내야 했다. 피할 수 없는 대답이지만, 실은 스스로도 책임질 그 어떤 것도 담을 수 없는 대답이기도 했다.

"해결하자고 하면 긴 시간과 많은 노역이 필요합니다. 그렇게 힘든 일에 골몰해서 아무것도 해결하지 못하고 일을 그르치기보다는 먼저 문제를 해결할 수 있는 관계를 만들어놓고 시작해야 하는 것이 순서가 아니겠소?"

소 요시토시가 권하는 사케를 마시는 동안 해구와 준하의 마음도 얼마간 누그러뜨려졌다.

섬에 사는 옹주

세이산지는 원래 외교 승 겐소가 머무는 절이었다. 소 요시토시는 사명대사 유정 등 사절단의 수뇌부를 위해 세이산지를 거처로 내주고 외교에 능한 겐소에게 접대를 전담하게 했다. 소 요시토시가 야나가와 가게나오를 교토로 보내 사명대사의 입도(入島)를 알린 지 벌써 두 달. 그러나 교토에서는 아무 기별이 없었다. 이즈하라의 세이산지 별채에 머물면서 유정의 숙소에 수시로 드나드는 겐소조차 견디기 어려울 만큼 초조한 나날이었다. 그는 소 요시토시가 특별히 보내는 음식을 손수 챙기며 유정의 말벗 노릇을 하고 있었다.

오늘 낮에도 한슈 소 요시토시가 유정에게 불려왔다.

"번주의 얼굴을 보니 아직 총기가 넘치는데, 내 나이가 얼마이고 내가 무엇 하러 여기에 와 있는지 어찌 까맣게 잊고 계시는지요?"

"아하, 그럴 리가요. 대사님의 풍모에 취해 대사님 연세를 잊은 적이 여러 번이긴 해도 제가 대사님을 이렇게 모시게 된 연유를 잊은 적은 단 한 번도 없습니다."

소 요시토시는 다시 주안상을 내어 유정을 접대하려 했다. 유정은 고개를 절레절레 흔들었다.

"다시 말씀드리지요. 나는 여기에 음풍농월을 하러 온 사람이 아닙니다."

"잘 알고 있습니다, 대사님. 하지만 알아주실 것은, 쇼군이 계신 곳이 교토가 아니라 그보다 훨씬 더 먼 에도라는 것입니다. 이미 조선에서 대사님이 오신 것을 알았을 테니 에도에서 조만간 답신이 올 것입니다. 마음을 편히 잡수시고 기다려주십시오, 대사님."

"일본에서는 장군이 국왕을 대신해서 정치를 다스린다고 해서 내가 강호든 경도든 가겠다고 하지 않았소. 사람을 오게 해놓고 그저 기다리게만 하니 과연 장군이 조선과의 화의를 청한다는 것이 사실인지 정말 의심스럽소."

"아마도 쇼군께서는 교토에 오실 때 대사님 일행을 만나려 하실 것입니다. 조선과의 국교에 관한 일이라 덴노가 흡족해

할 수 있기 때문입니다. 이제 조금만 기다리시면 혼슈로 건너오라는 명이 있을 것입니다. 염려 놓으시고 이곳에서 더 편히 쉬시기 바랍니다."

소 요시토시는 사명대사의 추궁을 피해가려 했다.

"지금 교린을 사정하는 쪽은 조선이 아니라 일본인데, 내가 늙은 몸으로 험한 풍랑을 헤치고 여기까지 와서, 일본 국왕이 흡족해 할 거라느니 장군이 원하는 때를 기다리라느니 하는 식의 말을 들으며 무작정 기다리고 있어야 합니까? 이럴 바에는 그냥 돌아가겠소."

유정이 짐짓 자리를 박차고 일어나 문을 열었다. 잠시 열리는 문틈 사이로 바람이 드세게 몰아쳤다. 고우타게[國府嶽] 언덕 아래로 이즈하라 포구가 한눈에 잡혔다. 소 요시토시가 마루까지 무릎걸음으로 다가와 유정의 발목 앞에 멈추었다. 통역을 맡은 조선 측 통사 김효순과 겐소가 난감한 표정으로 다가와 비껴 섰다.

"대사님, 쓰시마는 한자로 대마도(對馬島)라 이르는데 이는 조선에서 쓰시마를 보고 두 마리 말이 마주하고 있는 형국이라 하여 부른 것을 그대로 받아쓰고 있는 것이지요. 쓰시마는 이렇듯 조선에서 돌보아주어야 할 땅입니다. 한데 조선은 선대 때부터 쓰시마를 봐주지 않았고 그 사이에 일본에서 조선 정벌에 앞장서라 강요한 것이지요. 조선이 우리 쓰시마를 돌봐주지 않는 한, 쓰시마는 일본 혼슈의 명을 한 치도 어길 수 없는 처지가 됩니다. 쓰시마는 살기 위해 어쩔 수 없이 조선 출병에 나선 것입니다. 조선에는 죄를 짓는 일임을 잘 알지만, 이제라도 두 나라가 화해하는 것에 목숨을 걸어 죗값을 치르고자 합니다."

유정은 더 듣지 않고 마루 끝까지 걸어나갔다. 바닷바람이 불어 몸을 휘청거리게 했다. 멀리 해안의 집들이 주로 널빤지 모양의 돌들로 지붕을 이어 그 바람을 견디고 있는 모습이 보였다. 대마도에서만 볼 수 있는 돌지붕 집(石屋根: 이시야네)이었다. 유정은 그 집들을 가리켰다.

"번주, 보세요! 저 집들이 돌지붕을 이고 있지요? 저것이 바람 잦은 대마도에서 집짓고 사는 법 아니겠소? 한데, 갑자기 일찍이 대마도에 불어온 적이 없는 태풍이 몰려오면 저 집인들 온전하겠소? 조선은 조선의 집을 짓고 온갖 재해를 견뎌왔소. 한데 일본이 조선이 맞닥뜨려보지 못한 태풍을 일으켜 조선을 유린했소. 대마도가 그 선봉에 섰소. 번주는 지금, 명명백백한 죄를 짓고도 그 죗값도 치를 생각이 없이 그저 문호를 열어달라고만 하고 있질 않소."

소 요시토시를 위해 이번에는 겐소가 나섰다.

"대사님, 고정하십시오. 잘 아시겠지만 이곳 쓰시마에서 혼슈의 교토까지 가서, 다시 에도에 계신 쇼군의 기별을 받아오기까지는 적잖은 기일이 걸립니다. 정히 기다리시기 어려우면 이번에는 소승이 다녀오겠습니다."

겐소는 원래 규슈의 하카타 출신으로 도요토미 히데요시에게 발탁된 이후 혼슈와 규슈, 그리고 쓰시마를 드나들며 지냈고, 왜란 때는 조선을 드나들며 외교 활동을 펼친 백전노장이었다. 유정이 대마도에 와서 큰 불평 없이 지낼 수 있었던 것도 겐소의 경륜과 후덕함 때문이었다고 할 수 있었다. 그런 겐소가 노구를 이끌고 친히 교토에 가겠다고 나서는 것을 보고 나서야 유정은 표정을 누그러뜨렸다.

겨우 유정의 화를 진정시킨 소 요시토시는 별채로 자리를 옮겨 늦게까지 겐소와 담소를 나누다 돌아갔다. 겐소는 대마도의 운명에 깊이 끼어들어 있는 자신의 처지를 생각하면서 잠자리에 들지 못했다. 도요토미 히데요시의 명으로 대마도에 와서 대조선 외교의 앞자리에 섰지만 결국 전쟁에 참전하는 군사의 수행승으로 활약하다가 정권이 바뀐 지금에는 두 나라의 강화를 위해 매진해야 하는 처지가 되었다.

간신히 잠이 드는가 싶었는데 밖에서 툭툭, 하고 낙엽이 떨어지는 소리가 연이어 났다. 그 소리를 비집고 그리 멀지 않은 데서 이상한 소리가 들려왔다.

- 이놈, 게 섰거라!

- 저놈 잡아라!

잠 못 이루는 겐소에게 희미하게 들리는 소리는 일본말이 아니라 분명 조선말이었다. 사명대사가 머물고 있는 세이산지 쪽에서 난 소리임을 직감한 겐소는 잠자리를 박차고 일어나 칼을 들었다.

"대체 무슨 일이신지요?"

수하들과 함께 세이산지의 본당에 가 닿은 겐소는 도무지 영문을 알지 못했다. 유정과 수행원들이 잠자리에서 다급하게 일어난 행색을 한 채 한 젊은 여자를 에워싸고 있었다.

"이 여자가 대사님의 숙소 주변을 서성대다가 달아나는 걸 붙잡았습니다."

통사 김효순의 설명이었다. 희미하게 일렁이는 불빛 아래 드러나는 여자의 얼굴에서 겐소는 이상야릇한 기운을 느꼈다. 여자는 일본말로 추궁하는 김효순의 말에 울기만 할 뿐 아무 대꾸도 하지 못했다.

"고개를 들게 해주시죠."

겐소의 청을 들은 김효순이 수행원들에게 명해 여자의 얼굴을 치켜들게 했다. 순간, 겐소는 자신의 입에서 나는 끙, 하는 신음소리를 감추어야 했다. 겐소는 얼른 유정 앞에 허리를 굽혔다.

"조선에서 오신 큰스님이 거처하시는 곳에 이런 소란이 일게 했으니 제 살낯이 보통이 아닙니다. 한슈님께 아뢰어 제대로 수직(守直)을 못한 책임을 반드시 지도록 하겠습니다. 대신 이 여자는 데려가 엄중 문초해 스님께 곧 자초지종을 아뢰겠습니다. 안심하시고 들어가 쉬시지요."

"내가 여기서 노심초사하며 기다리는 기별은 오지 않고 있는데 이 수상한 여인이 무슨 긴한 말이라도 전하려는 건지 알 수 없지 않소?"

유정은 슬쩍 겐소의 표정을 살폈다. 겐소가 다시 변명하는 말을 늘어놓으며 눈짓으로 수하들을 재촉했다. 수하 몇이 여인을 에워싸며 본당 밖으로 몰아나갔다. 유정의 눈치를 살핀 승나와 영식이 이를 막아서다가 일본측 수행원들과 몸싸움이 벌어졌다.

그때였다. 본당 안채 쪽에서 가늘고 높은 젓대(대금) 소리가 울려나왔다.

사람들이 미처 그 소리가 어떤 소리인지 깨닫기도 전이었다. 여인은 겐소의 수하들에게 잡혀나가다 본당 바깥문 문턱에 걸려 넘어지는 시늉을 했다. 그러자 유정이 성큼성큼 걸어가 쓰러진 여인을 손수 일으켜 세웠다.

"내가 이 여인에게 친히 들을 말이 있으니 모두들 물러가시오!"

유정이 죽장(竹杖)을 바닥에 내리찍듯 내뱉는 말에 모두들 말문이 막혔다. 유정은 여인을 안채로 들게 했다. 겐소가 물러

서지 않고 따라붙었다.

"근자에 들어 일본에는 칼은 품고 남의 집에 숨어들어 그 집 주인을 해치는 자객들이 많아졌습니다. 큰스님을 지키는 것이 저의 소임이니 제가 곁에서 통역을 하면서 지켜보겠습니다."

유정은 방문 앞에 서서 겐소를 막았다.

"스님답지 않으시군요. 이 여인에게는 통역이 필요 없다는 걸 스님도 잘 알지 않소?"

"그걸 어떻게……?"

겐소는 얼굴이 하얘졌다. 결국 유정이 낌새를 알아차린 거였다. 세이산지 주위를 기웃거리다 잡힌 여인은 일본인 행색이되 실은 조선에서 온 여인이었다. 붙잡힌 여인의 얼굴을 보는 순간부터 겐소는 사태를 이미 직감하고 있었던 것이다.

그 여인은 바로 왜란 때 조선에서 붙잡혀 와서 대마번주를 받들고 있는 부교 마에다 게이치로의 첩으로 살고 있는 여자였다. 그녀는 대마번주 소 요시토시가 수차례 조선인 피로들을 조선으로 송환시켰지만, 번번이 송환선에 오르지 못했다. 그러던 차에 대마도에 와서 머물고 있는 사명대사 유정에게 그 사실을 전하기 위해 남몰래 찾아든 것이었다.

이제 대마도나 일본 전역에 이 여인처럼 조선으로 돌아가고 싶어하는 피로들이 많다는 사실이 알려지게 될 것이고, 그리 되면 대마번주 소 요시토시는 더욱 궁지에 몰리게 될 것이었다.

그러나 겐소가 전혀 짐작하지 못하고 있는 사실이 하나 있었다. 지금 사명대사 유정을 만나게 된 조선 여인은 그저 예사로운 조선인 피로가 아니었다.

"큰스님, 좀 전에 들은 젓대 소리를 다시 듣게 해주실 수 있는지요?"

서른쯤 되어 보이는 여인은, 느릿하지만 아주 선명한 조선말로 유정을 우러러보았다. 사연은 몰라도 저간의 포로살이가 여간 고되고 험하지 않다는 걸 능히 짐작케 하는 몰골이었으나, 이마에서 코끝으로 흘러내리는 선이며 고개를 들었다 낮추는 떨리는 움직임에 깃든 귀티는 거의 본색인 듯 채 숨겨지지 않았다.

"젓대 소리를 제대로 들었다니, 과연 조선 사람이로구나!"

유정은 주위를 물리치고 홍주를 불러들였다. 조선에서부터 비구승으로 변발까지 해서 유정을 수행해온 기생 홍주는 젓대를 버릇처럼 몸에 지니고 있다 유정이 적적해 할 때면 어김없이 꺼내 불곤 했다. 그러다 오늘은 뜻밖의 불청객 여인에게서 조선 사람 체취를 느끼고 재빨리 젓대를 꺼내 부는 기지를 발휘한 것이다.

여인은 홍주가 가만히 연주하는 젓대 소리에 저 깊은 곳에서 터져나오는 울음을 제어하지 못하고 결국 밖으로 마구 쏟아냈다. 홍주의 농음(弄音)도 중모리 단계에서 그쳐야 했다. 처연하고도 구성진 젓대 가락이야 듣는 이의 가슴을 후벼파고도 남음이 있지만, 여인이 내는 울음의 처절함을 압도하지는 못했다.

"조선 옷을 입어보고 싶어요."

여인은 홍주가 비구가 아니라 같은 여자라는 것을 알아차린 듯 한참 만에 입을 열었다. 홍주가 깊이 갈무리해 온 조선의 치마저고리로 갈아입은 여인은 윗목에 자리잡아 앉으며 유정에게 읍을 하고 고개를 숙였다.

"큰스님, 부처님의 음덕으로 이렇게 인사를 드릴 수 있게 되었습니다. 조선에 있을 때 먼 발치에서 큰스님을 여러 번 뵈었는데, 대마도에 끌려온 죄인의 몸으로 큰스님을 뵈리라고는 꿈에도 생각하지 못했습니다."

"나를 여러 번 봤다고 했소?"

유정은 자신도 모르게 옷매무새를 고쳤다.

"한 번은 도성에서 나들이를 할 때 선비들과 지나쳐 가시던 모습을 뵈었고, 나중에 봉은사에서 설법을 하실 때 두어 번 엿들은 적이 있습니다."

"도성에 사셨던가? 어디에 살다가 잡혀왔다는 말이오?"

여인은 잠시 눈을 깊이 감았다가 다시 떴다.

"큰스님, 귀국하셔서 입궐하시더라도 행여 제 말씀은 말아 주십시오. 그리 약조를 하셔야 제 말씀을 드릴 수가 있습니다."

말을 할수록 사대부 집 규수다운 말투가 묻어나왔다. 아니, 그 이상이었다. 왜란 때 조선에서 붙잡혀와 대마도에 살고 있는 이 여인은 보통 조선 명문 사대부가의 규수 정도가 아니었다. 높이고 낮추고 늦추고 끊는 어조와 말투에도 범접할 수 없는 기운과 품격이 느껴졌다.

"주상전하의 명을 받들어 대마도의 부중인 이곳 이즈하라에까지 오신 큰스님을 이렇게 뵌 것만으로도 여한이 없게 되었습니다만, 제가 죄인 된 몸으로 자진하지 않고 굳이 큰스님 처소를 기웃거리게 된 것은 그나마 제가 마지막으로 할 일이 남아 있는 듯해서입니다."

몸을 부르르 떠는 여인의 손을 홍주가 다가가 두 손으로 붙잡아 앉혔다.

"숨을 크게 쉬시고, 천천히, 천천히 말씀하세요. 우리 큰스님께서는 무슨 말씀을 해도 다 들어주십니다."

"저는 조선 국왕전하를 뫼시는 상궁 몸에서 난 딸입니다. 왜란 때 여기로 끌려온 뒤로 8년이 지났습니다."

말을 마친 여인의 몸이 와들와들 떨렸다.

"그렇다면 옹주…… 마마?"

유정마저도 낙담하듯 입을 벌렸다가 이내 "나무 관세음보

살……"을 외었다. 홍주는 잡은 여인의 손을 채 놓지도 못하고, 그 자리에서 엎드리듯 머리를 조아렸다.

"큰스님, 저는 그저 죽은 사람이라 여기시고 제 말씀을 들으시면 좋겠습니다. 왕실의 피를 받은 몸으로 이런 곳에 끌려와 몸을 더럽히고 있으니 이는 저의 치욕이 아니라 조선 왕실의 치욕입니다. 지금이라도 마땅히 죽어 더 이상 조선 왕실을 욕되게 하지 않아야 하는데, 그동안 구차스럽게 목숨을 붙이고 있었던 것이 오늘 이와 같이 큰스님을 뵙고 마지막 말씀을 드리라는 부처님의 뜻이 아닌가 싶습니다. 왜란 때 일본으로 끌려온 피로는 모두 짐작하기 어려우나 대마도만 해도 수천에 이르고, 가까운 규슈나 시코쿠[四國] 등지에는 이보다 더 많아서 수만에 이릅니다. 일본 전체로 치면 많게는 10만이라 하는 소리까지 들었습니다. 이들은 일본인 집에 살기도 하고 나라에서 정한 마을에 모여 살기도 하는데, 이미 죽은 자들도 많고, 아니면 서양 상선에 노예로 팔려가기도 하고, 도망가다 붙잡혀 처형된 사람도 있고, 걸인이 되어 이곳저곳을 떠도는 사람도 있습니다. 이들이 모두 조선으로 돌아가고 싶어하지만, 저처럼 이미 돌아갈 수 없는 더러운 몸이 된 사람도 적지 않습니다. 세월이 흐르면 흐를수록 이들은 일본에서 잘 살지도 못하고 또한 기회를 주어도 고향으로 돌아가지도 못하는 사람이 될 것입니다. 일본인들은 자신의 편리대로 이들을 부리고 몰고 팔고 가둘 뿐, 진정으로 이들을 위하는 마음이 없습니다. 그러다 조선과 외교를 말할 때 적당히 닥치는 대로 뽑아다 조선으로 돌려보내면서 몇 백 명 소환한 것으로 실리를 취하려 합니다. 큰스님께서 이 점을 잘 보고 계시다가 대마번주나 나아가 쇼군에게 요청을 하셔야 할 줄 압니다."

일본이 조선에 와서 벌인 7년간의 전쟁은 전 국토를 무차별 도륙하고 조금이라도 값이 나가는 것이면 무엇이든 노획해간 대규모 살상전이자 노획전이었다. 일본군은 전투에서 죽인 조선군은 귀나 코를 베어 본국으로 보내 전공을 빼겼고, 전투에 참여하지 않은 민간인들은 닥치는 대로 잡아갔다.

이 피로들이 일본에게 긴요한 재산이 되었음은 말할 것도 없다. 그들 중에는 일본에 정통 성리학을 전수해준 선비도 있었고, 일본 도예를 세계 최고 수준으로 성장시킨 도공들도 있었으며, 각종 기예를 가르친 예인들도 있었다. 나머지 대부분은 일본인의 노예가 되어 살았다. 노예들 중 일부는 중국, 동남아, 유럽 등으로 팔려가기도 했다.

사명대사가 처음에 대마도에 갈 때의 주임무는 일본의 재침 가능성을 탐색하는 일이었다. 왜란 때 일본으로 끌려간 피로에 대해서는 그 실상을 제대로 알고 있지 못했다. 그러나 대마도에 몇 달 머물게 되면서 이 피로 문제야말로 조선과 일본의 화친을 위해 반드시 풀고 가야 할 중대사라는 사실을 명확하게 알게 되었다.

방 안에 화로를 피워 뒤늦게 훈기가 퍼졌다. 좀 전까지 오한이 든 듯 몸을 떨던 여인의 얼굴이 빨갛게 달아올라 있었다. 대마도에 와서 피로의 몸으로 왜장의 아내가 되어 있는 조선 옹주의 회한이 방 안 가득 흘러넘치는 듯했다.

도리이

파도는 발목에 와서 일지만, 차갑기로 치면 살 속 뼈를 에이고도 남음이 있었다. 한 사내가 그 파도 속에 무릎을 꿇고 앉았고, 그 왼편에 키 큰 늙은 무사가 긴 칼을 한 손에 들고 지켜보고 있었다.

멀찍이 일본 혼슈와 조선에서 온 배들이 정박해 있는 오후나코시[大越船] 나루터가 내다보이는 모래톱이었다. 후두부로 상투(丁髮: 촌마게)를 틀어 허옇게 드러난 이마가 쏟아지는 햇빛을 맞바로 받아내 가끔씩 사내는 하늘에서 무슨 기운을 받고 있는 듯했다. 사내는 오비[帶]를 풀고 하오리[羽織]를 헤쳐 드러낸 알몸의 복부를 광목으로 단단히 두른 채였다. 줄곧 왼손에 꼭 잡고 있던 단검의 손잡이를 오른손으로 옮겨 쥐고 천천히 칼집에서 칼을 꺼냈다. 사내 곁에 선 늙은 무사가 한 발을 뒤로 빼내며 손에 든 칼을 단단히 거머쥐는 시늉을 했다.

"아……."

먼 발치에서 한 무리를 이뤄 지켜보고 있던 사람들의 입에서 가볍게 탄성이 일었다. 그들이 살면서 수차례 보아온 할복(割腹) 장면이라 해서 그것이 마냥 흥미로운 실연(實演)일 리 없었다. 흔히 그렇듯, 이제 배를 갈라 죽어갈 무사는 죄를 지어 그 죄를 할복 자결이라는 극단적인 행동으로 씻으려는 사람이 아니었다. 그는 전혀 의도한 바 없이 일순 그들 무리의 화(和)를 해치는 아주 사사로운 행위 하나만으로 자신의 목숨을 스스로 던져야 할 처지가 되어 있었다. 이제 그는 할복과 더불어 생전의 오명을 씻고 사내다운 사내로 거듭날 사람이었다.

사내는 오른손에 든 단검을 높이 치켜세웠다. 그러고는 곧장 자신의 복부를 향해 칼끝을 맹렬히 내리꽂았다. 그때였다. 사내는 바다 끝에서 자신을 부르는 음성을 들었다.

"마에다……!"

마에다 게이치로…… 잔잔한 파도 속에 그 소리가 묻힌 듯했다.

마에다 게이치로라 불린 사내는 고개를 꺾었다. 그 목을 곧 늙은 무사의 긴 칼이 내리칠 거라고 마에다는 생각했다. 그러나 잠시 뒤, 마에다는 자신의 복부를 감싼 광목 겉으로 핏물이 배어나올 기미가 전혀 없다는 것을 알아차렸다. 만일 단검이 어설프게 복부를 찔렀음에도 미처 목숨이 끊어지지 않을 때 자신의 목을 내리치게 되어 있는 선배 무장의 그림자도 멀찍이 비켜나 있었다.

"마에다 게이치로…… 할복을 중단하라는 한슈님의 명이시다!"

마에다는 단검을 복부에 내리꽂을 때 자신의 귓전을 울린 말소리를 기억해냈다. 이어, 자신의 할복을 지켜보고 있던 무리 속에서 들려오는 익숙한 울음소리를 느꼈다.

"에이코……."

마에다는 그제야 물 속에서 몸을 일으켰다. 무리 속에서 차마 다가오지 못하고 자신을 응시하고 있는 여인을 보았다. 요시다 에이코.

그 여자는 임진년 조선에 상륙하고 이태 뒤 충청도 해안에 머물 때 잡은 피로였다. 그러다가 예산 부근에서 조선의 의병과 의승군이 연합한 부대와 교전할 때 놓쳐버렸는데, 한 달 뒤에 전라도 땅으로 밀려나던 금강 나루터에서 다른 진영의 피로가 된 것을 조선군 목 셋을 주고 바꿔 데리고 왔다. 처음에는 노예였다가 첩이 되고, 마침내 아내가 된 여자였다.

그 여자는 조선에서 일본과 화의를 논하기 위해 쓰시마로 온 사절단을 제 발로 몰래 찾아가 일본에 와 있는 조선인 피로의 실상을 고해 바쳤다. 그 사실을 안 소 요시토시의 분노가 극에 달했다. 번주 소 요시토시를 받들고 있는 부교 중의 한 사람인 마에다 게이치로는 자신의 처가 저지른 잘못을 만회하기 위해 스스로 할복을 선언할 수밖에 없었다. 그러자 그 여자는 다시 조선 사절단의 사명대사를 찾아 이 사실을 알렸고, 사명대사는 급히 소 요시토시를 움직여 마에다의 할복을 막게 했다.

"마에다 게이치로는 어서 의관을 정제하고 처 요시다 에이코와 함께 한슈님을 알현토록 하라!"

할복 중단을 막은 번주의 사령이 이어 외치는 소리가 마에다의 귀에 아득히 울렸다.

마에다 게이치로와 요시다 에이코 부부를 대동한 소 요시토시가 세이산지를 찾은 것은 그날 저녁이었다.

"어느 나라에서나 전체의 화를 해친 사람을 벌하는 형률이 있지요. 해친 정도에 따라 그 형벌이 가볍거나 무겁거나 할 것입니다. 가장 무거운 형벌이 사사(賜死)이지요. 사사에는 군주가 사약을 내려 죽게 하는 것으로부터, 죄인을 찢어서 죽이는 능지처참이나 죽은 시신을 참하는 부관참시 같은 극형도 있습니다. 어떻든 이 모든 형벌은 나라에서 내리는 것이지요. 한데 일본에서처럼 스스로 자신의 죄를 판단해 죽게 하는 형벌은 들은 바 없습니다. 그것도, 칼로 자신의 배를 갈라 죽게 하고, 이를 아무도 만류하지 않고 보고만 있거나 도리어 그 자진을 도와 목을 쳐주기까지 하는 할복은 꿈에도 꾼 적이 없습니다. 이것이야말로 미개한 자들만이 저지르는 야만이 아닌지요?"

대마도에 와서 날이 갈수록 자주 의분을 토해온 준하가 소 요시토시가 들으란 듯이 당당하게 내뱉는 말에 유정은 조금씩 고개를 끄덕였다. 소 요시토시가 뭐라고 맞서려는 걸 겐소가 조심스럽게 막아섰다.

"유교에서는 자기 몸을 희생해서 인을 이루는 것을 살신성인(殺身成仁)이라 하지요. 육신을 불살라 스스로 부처가 되는 살신성불(殺身成佛)은 불교의 풍습이라 할 수 있겠지요. 또 스스로 희생해서 모두를 살려낸다는 뜻으로 살신활인(殺身活人)이라는 말을 쓴 불교 책도 본 적이 있습니다. 모두가 스스로의 몸을 버려서 대의를 살린다는 뜻이 있습니다. 크게 보면 일본 무사들 사이에서 가끔 일어나는 할복도 이와 다르지 않습니다. 자신을 죽여서 전체를 움직이는 화를 살리는 일이니까요. 다른 점이 있다면, 할복으로써 전체의 화를 살리되 스스로의 명예도 함께 살리게 된다는 것입니다."

"한 가지 여쭙겠습니다. 죽을 만큼 큰 죄가 아닌데 스스로 할복을 택하게 하는 것이 과연 옳은 일입니까? 이번에 마에다 게이치로 부교는 죄가 없어요. 죄가 있다면 마에다 부교의 부인인 요시다 에이코의 죄일 테지요. 대마도의 번주와 부교들이 조선인 피로에 대해 숨기는 걸 요시다 부인이 큰스님께 제대로 알렸다 해서 마에다 부교에게 죄를 뒤집어씌운 것 아닌가요? 그러고는 결국 할복이라는 이름으로 마에다 부교를 죽음에 이르게 하려 하지 않았습니까?"

준하가 다시 예리하게 파고들자, 소 요시토시의 얼굴이 벌겋게 달아올랐다. 겐소도 심호흡으로 속을 누그러뜨리고 나서 애써 웃음을 찾았다.

"하하하, 수행 스님께서 이렇게 잘 짚어주시니 제가 말씀드리기가 더욱 편해졌습니다, 큰스님. 우리 한슈님이 조선인 피로에 대해 큰스님께 제대로 알려드리지 못한 것이 있기는 한데, 그것은 기실 일본 내의 복잡한 사정 때문이지 결코 숨기거나 속일 뜻이 있어서가 아닙니다."

"그건 아니지요. 일본에 끌려온 조선인 피로가 수만에 이르는데, 대마도에서는 아무도 그걸 제대로 말해주지 않았잖아요?"

준하 곁에 있던 승나가 나섰지만, 겐소가 무시하고 말을 이었다.

"할복은…… 바로 그렇습니다. 죄가 크건 작건, 스스로 죄를 지었다고 느낀 무사라면 실추된 자신의 명예를 깨끗한 자결로써 회복하려고 하지요. 이런 순결한 의지가 할복이라는 행동으로 나타나는 것입니다. 무사의 주인 되는 한슈나 다이묘 등이 묵인하는 데는 전체의 화도 살리고 부하의 명예도 회복시킨다는 뜻이 숨어 있지요."

조선에서 온 사람들이 일본 무사들의 할복 풍습에 대해 이해할 수 없다는 표정으로 말을 아끼고 있는 틈을 비집고 소 요시토시가 얼른 나섰다.

"대사님이 와 계시는데 이런 소란을 피워 죄송스럽기 그지없습니다. 대사님의 음덕으로 우리 부중에 죽음의 피가 뿌려지는 것을 면하게 되었으니 이제 두 사람의 운을 대사님께 맡기겠습니다. 앞으로 이 두 사람을 대사님 곁에 두시고 항차 조선인 피로에 관한 일이며 혼슈를 오가는 일 등에 대해 하명하시고 부리시기 바랍니다."

마에다 게이치로가 눈치를 채고 유정 앞에 무릎을 꿇으면서 말했다.

"제 처에게 큰스님이 조선의 부처님이라는 말씀을 들었습니다. 오늘 이렇게 저의 목숨을 잇게 해주시니 제 목숨은 큰스님의 것입니다. 부디 저희를 곁에 두고 큰스님을 위해 목숨을 바치게 해주십시오."

"대사님, 마에다가 할복을 하려는 것을 막지 않았으니, 저는 마에다의 주인이 될 자격이 없습니다. 마에다의 주인은 이제 마에다의 목숨을 살려내신 대사님이시니 마음대로 하셔도 좋습니다."

소 요시토시도 가슴 깊은 데서 우러나오는 말로 고개를 숙였다.

"좋습니다. 마에다 부부에게 조선인 피로에 관한 일을 맡기겠습니다. 하나 번주께서 도와주지 않으면, 모든 게 말뿐인 일이 됩니다."

유정이 모처럼 다짐을 받으려 하자 소 요시토시는 망설이지 않고 대답했다.

"일이 이렇게 되었는데 제가 무얼 더 숨기겠습니까? 조선 침략 때 데려온 조선인 피로는 그 수가 몇 만에 달한다고 하는데, 이제 세월이 흘러 그 수를 다 알기가 어렵습니다. 다만, 쓰시마에 살아남아 있는 조선인 피로는 천 명 정도가 아닐까 합니다. 규슈와 시코쿠에는 이보다 더 많아서 5, 6천은 되지 않을까 싶고, 혼슈까지 치면 일본 전역의 피로 숫자는 만여 명은 될 것으로 생각됩니다."

"그들을 모두 데려가고 싶은데, 무슨 방도가 있겠소?"

"교토로 가서 쇼군을 뵈올 때 피로 송환을 약속받을 수 있도록 최선을 다하겠습니다만, 우선은 교토로 입성하기 전까지 각 번마다 격문을 돌려 귀국을 바라는 피로 수를 파악해두었다가 대사님께서 귀국하실 때 따라나서게 하는 방법이 좋지 않을까 합니다."

"그럼 번주께서 직접 각 번에 보내는 편지를 쓰도록 하시지요."

소 요시토시는 유정이 보는 앞에서 야나가와 시게노부를 시켜 다른 지역 번주들에게 보내는 편지를 쓰게 했다.

일본이 조선을 침략해 국토를 함부로 짓밟고 약탈해왔습니다. 이제 조선과 교린해야 하는데 약탈한 것을 내놓지 않고서야 과연 교린이 될 것입니까? 이는 도리도 아니거니와 작은 것을 탐하려다 큰 것을 다 놓치는 어리석음으로 나라를 더욱 고립시켜 안으로 곪아 터지게 하는 일입니다. 조선인 피로들을 자기네 나라로 송환케 함으로써 신의를 회복하는 것이 지금이나 백 년 뒤나 중요한 일이니 부디 피로 송환에 힘써주길 바랍니다.

야나가와 시게노부는 짐짓 유정 앞에서 편지 글을 여러 차례 고쳐 보였다. 유정은 그들이 묻고 고치는 모습을 그대로 지켜보다가 담담하게 말했다.

"차제에 내가 교토로 떠나기 전에 먼저 우리나라로 돌아갈 피로들에게 법문을 해서 위로할까 합니다. 자리를 만들어주시오, 번주!"

소 요시토시는 내심 몹시 놀랐다. 한 치도 빈틈이 없는 공격이었다. 일찍이 알아차리고 있었지만, 상대는 첫 항해로 먼 타국에 온 보통의 늙은 중이 아니었다.

"큰스님, 저희에게도 한 가지 청이 있습니다."

소 요시토시를 대신해 나선 이는 야나가와 시게노부였다. 유정은 그 청 역시 미리 알아버렸다.

"우리나라로 돌아갈 피로들뿐 아니라 피로를 데려오는 일본 사람들도 함께 법문을 들을 수 있게 준비해주시지요, 번주."

유정이 대마도에 머무는 동안, 그의 글이나 그림을 얻고자 하는 일본 사람들이 세이산지 주변을 서성거리다가 방비가 허술한 틈을 타서 안으로 무작정 들어오는 일이 여러 번 있었다. 번주의 명으로 이를 금했지만 용케 방패막이를 뚫고 들어오는 데에야 막을 방법이 없었다. 그 중에는 부중을 다스리는 상류층 집안 사람들도 적지 않았다.

아니나 다를까, 유정이 법회를 연 날 사람들은 매운 칼바람을 헤치고 세이산지 법당으로 몰려들었다. 그 중에는 이즈하라에 살고 있는 조선인 피로도 있었고, 그들을 데려온 일본인들도 있었다. 모처럼 일본 사람이나 조선인 피로들이 차등 없이 한 자리에 빼곡히 들어찼다. 마침 소 요시토시가 자신의 집에 데리고 있던 조선인 피로 둘을 데리고 법당 안으로 들어오려 했다. 그때였다.

"어서 문을 닫아걸어라!"

유정이 소리를 질렀다.

들어오려던 소 요시토시도 놀라고, 법당 안 사람들도 깜짝 놀랐다. 먼저 들어와 있는 겐소가 "장난이 지나치지 않습니까?" 하고 문을 다시 열려고 했다. 유정이 손을 들어 겐소를 진정시키고는 방문 밖에 선 소 요시토시 일행까지 들을 수 있는 큰 소리로 말했다.

"덕산선사가 어느 날 한 스님이 걸어오는 것을 보고 얼른 방문을 닫아버렸어요. 스님이 놀라 문을 두드리니까, 이 덕산선사가 짐짓 '누구냐?' 하고 물었지요. 스님 대답이 이랬습니다. '사자 새끼입니다.' 덕산선사가 얼른 문을 열어주자 그 스님이 큰절을 했지요. 그러자 덕산선사가 그 스님의 목덜미에 올라타고 이렇게 외쳤답니다. '이 사자 새끼야, 어디 갔다 이제 오느냐!' 이렇게요."

덕산선사는 달마대사가 인도에서 중국으로 온 지 300년이 지날 무렵에 중국에서 설법하던 스님이었다. 특히 『금강경』에 통달해 주금강(周金剛)이라는 별명이 붙어 있었다. 유정은 다짜고짜 덕산선사의 기이한 행동 얘기부터 전하고는 문을 열어 소 요시토시를 안으로 들게 했다. 방에 앉은 피로와 일본인들이 소 요시토시의 눈치를 보느라 엉거주춤 일어선 채 안절부절 못하고 있었다. 소 요시토시는 유정을 향해 뚜벅뚜벅 걸어와 한 치 망설임도 없이 무릎을 꺾었다.

"큰스님, 용서해주십시오. 저는 줄곧 제가 사자인 양 살았습니다. 이제는 제 마음에서 사자를 내쫓으려 힘쓰겠습니다."

교토로 갔던 야나가와 가게나오의 전령이 세이산지로 들어온 것은 바로 그때였다.

"에도의 쇼군께서 새해 초에 교토에 나오신다며 그때 조선의 사절을 만나고 싶다 하셨습니다."

전령의 말이 법당 밖에서부터 또렷하게 들려왔다.

도쿠가와 이에야스가 일본 조정으로부터 우대신(右大臣)으로 임명되고 세이이타이쇼군이라는 직함으로 권력을 행사할 수 있게 된 것은 1603년 초였다. 나이 62세, 전 생애를 전장과도 같은 불안한 곳에서 살아오다가 드디어 천하 패권을 잡은 셈이었다. 이에야스는 이때부터 자신이 주둔하고 있던 에도에 바쿠후를 개설했는데, 이것이 근대 개화 이전까지 일본 전역을 지배하게 되는 도쿠가와 막부의 시발점이 되었다. 그런데 아직 교토에는 도요토미 히데요시의 유언에 따라 형식상 정권을 쥐고 있는 히데요리가 남아 있었고, 그를 따르는 다이묘들 또한 적지 않았다. 도쿠가와 이에야스가 1605년 2월 교토에 들어오게 된 것은 덴노와 히데요리 세력에게 쇼군인 자신의 지위뿐 아니라 다음 대의 후계 구도까지 뚜렷하게 공지하기 위함이었다.

전령의 말에 소 요시토시는 모처럼 해맑게 웃으며 말했다.

"제가 큰스님께 넉산선사의 예화를 듣고 한순간 깨달음을 얻은 듯싶었는데, 바로 그때 교토로 들어오라는 전갈을 받았으니, 이야말로 큰스님의 법력이 아니고 무엇이겠습니까!"

사명대사 유정 일행은 이날부터 소 요시토시의 도움을 받아 교토 원정을 준비했다. 조선에서 온 배 여덟 척에, 대마도에서 동행하는 배가 스무 척이었다. 오사카 항까지 한 달 이상은 예상해야 하는 뱃길이라 미리 모으고 단속할 일이 만만치 않았다. 조선에서 온 옹주는 대마도보다 더 낯선 섬으로 떠나게 된 사명대사 유정 일행에게 일본의 풍습을 설명해주느라 부지런히 세이산지를 오갔다.

유정 일행은 날씨가 풀린 어느 하루 옹주의 인도로 모처럼 바닷가로 나갔다.

"이게 무엇인지 아시겠습니까?"

옹주가 가리킨 것은 바닷속이었다. 뻘에서부터 바닷속으로 문 형상의 돌기둥 둘이 연이어 있었다.

"저건 신사(神社)로 들어가는 문이 아닙니까?"

유정도 보고 들은 기억이 나서 얼른 답했다.

"그렇습니다. 신사로 들어가는 문입니다. 하늘 천(天) 자 모양인데, 새들이 쉽게 쉬어 갈 수 있게 지었다 해서 이름이 '도리이[鳥居]'입니다. 새라는 뜻이지요."

"신사로 들어가는 문이 바다로 나 있다면, 신사의 본당이 바다에 있다는 말인가요?"

"이 신사는 도리이가 모두 다섯인데, 그 중 둘이 바다 쪽으로 들어가 이어졌고, 나머지 셋은 차례로 육지 안쪽으로 들어가 나 있지요. 본당은 육지 쪽에 있습니다."

옹주의 눈길 끝에 해변의 숲속으로 들어가는 세 개의 도리이 형체가 뚜렷해졌고, 그 숲 안에 조그만 신사가 자리하고 있었다.

"일본에는 이런 신사가 참 많습니다. 신사는 그 마을의 땅과 숲을 만들고 생명이 깃들게 한 신을 제사지내는 사당인데, 지금은 그것뿐 아니라 불교나 도교의 신이나 전설 속의 인물, 아니면 실제 살았던 유명한 사람을 제사지내는 신사도 있지요."

"우리나라 민가로 치면 서낭당 같은 것이군요. 한데 이 신사는 어째서 도리이가 바다를 향하고 있지요?"

"저 도리이는 바다를 향하는 게 아니고, 바다에서 오는 신을 마을로 맞아들이는 문이지요. 즉 이 신사는 바다의 신, 해신을 모신 신사입니다."

"마냥 오랑캐인 줄로만 알았더니 왜인들한테도 신을 받들어왔던 오랜 역사가 있었다는 얘긴가?"

유정을 따르던 해구가 고개를 갸우뚱거리며 중얼거렸다. 옹주가 희미하게 웃었다.

"저도 처음에는 믿지 못했지만, 이들에게도 자기네들끼리 살아온 말도 있고 풍습도 있고 역사가 있지요."

한동안 더 말을 잇지 못하고 한숨을 내쉬는 옹주의 얼굴에 찬바람이 머물다 갔다. 유정도 대마도에 와서 내내 깔보듯 대해온 일본에 대해 여러모로 다시 생각하게 되면서 혼란스러울 때가 없지 않았다. 그 마음을 읽었다는 듯이 옹주가 옷매무새를 가다듬으며 말했다.

"큰스님, 저 바다의 도리이 방향으로 끝까지 가면 어디가 나올지 짐작하실는지요?"

유정은 옹주의 물음에 답하지 못하고 눈을 껌벅였다. 옹주는 그 바다 끝을 바라보았다. 옅은 파도가 밀려왔다. 자그마한 포구에 낮은 둔덕이 시야를 가리고 있어서 수평선을 볼 수 없는 바다였다. 한동안 말이 없던 옹주의 눈이 어느새 촉촉이 젖어 있었다. 옹주의 남편 마에다가 옹주의 손을 가볍게 잡았다 놓으며 말했다.

"이곳은 니이[仁位]라는 곳이고, 신사의 이름은 와다쓰미[和多都美]입니다. 저 바다에서 온 해신을 모신 신사이지요. 한데 옹주가 저 바다가 향하는 곳을 보면서 우는 때가 여러 번입니다. 저 바다 방향이 이곳에서 서북 방향인데요, 여기 사는 사람들은 모두 바다의 끝에 이르면 조선의 옛 신라 땅에 닿는다고 알고 있지요."

옹주가 남편이 한 말에 살을 붙여 통역을 하면서 눈물을 거두었다.

"여기는 대마도인데, 조선 땅에서 온 신을 모시는 곳이 있다니 놀라운 일이로군요!"

"예로부터 일본에는 조선에서 건너온 사람, 조선에서 온 것, 조선 땅에서 가져온 것이 아주 많습니다. 조선에서 건너온 사람이 먼저 있었고 그 다음에 일본의 말과 풍습이 생긴 촌락도 여럿 있지요. 일본 사람들도 그걸 다 알고 있답니다. 하지만 반드시 기억하셔야 할 것은 일본 사람들 대부분은 그런 걸 알고 인정하면서도 조선 사람을 높이 받드는 마음을 가지지는 않는다는 사실입니다."

옹주는 남편 마에다의 눈치를 보면서 덧붙였다.

"큰스님께서는 교토에 가시더라도 이런 일본 사람들의 마음을 잘 아시고 대하셔야 합니다."

옹주는 다시 말을 바꾸었다.

"큰스님한테 제가 꼭 배우고 싶은 것이 있습니다. 저는 가끔 이곳에 와서 멀리 저곳을 바라보면서 고향을 그리는 노래를 지어보려 애를 썼지만, 글을 잊은 지도 오래인 데다 워낙 시문에 재능이 없어서 한탄만 하다 돌아갑니다. 큰스님께서 주는 절구라도 몇 편 얻어서 혼자서 보고 외우며 배울 수 있었으면 합니다."

"제가 여기 와서도 절구나 율시를 짓곤 합니다만, 제가 쓴 시문 중에는 옹주님과 같은 분의 마음에 들 게 없을 듯합니다.

이럴 줄 알았으면 허초희(許楚姬)의 시라도 몇 편 가져올 걸 그랬습니다."

"아, 허초희, 난설헌(蘭雪軒)!"

옹주의 입에서도 자연스레 난설헌 허초희의 이름이 터져나왔다. 난설헌이라는 이름 때문에 떠올려지는 그 오라비 허봉과 동생 허균, 봉의 친구이자 균의 스승인 이달 등의 이름이 유정의 가슴을 뜨겁게 했다. 두고 온 조선의 산하가 물밀듯이 그리워졌다.

"난설헌 같은 분은 일찍 세상을 떴는데, 시는 남아 사람들 입에 오르내리지요. 그에 이르지는 못하겠지만, 저도 단 한 줄이나마 사람 마음을 울리는 글을 남기고 갈 수는 없을까……."

"난설헌의 손위 오라비 허봉이 저에게는 막역한 분이었지요. 그분이 생전에 동생을 소개했는데, 그 사람이 바로 난설헌의 아우 허균입니다. 허균이 우선은 난설헌의 시집을 엮고 이어 형 허봉의 시집을 엮는다고 해서 제가 가지고 있던 것을 다 보내주었지요."

"교토로 떠나시기 전에 꼭 한 편 부탁드립니다, 큰스님."

"예, 그러다마다요……. 제가 허씨 문장가들 얘기를 대마도에 와서 옹주님과 나누게 될 줄은 참으로 몰랐습니다. 이 모든 게 또한 부처님이 말씀하신 연이 아닌가 합니다."

유정과 옹주가 허균 집안 사람들 얘기를 나누며 회포를 풀고 있을 때, 한쪽 바닷가에서 환호 소리가 들려왔다.

"야, 이건 고래구나, 고래야!"

"이거 대단하다!"

일본인 어부들이 배를 바다에 정박시키는 중이었고, 시끄러운 왜말 사이로 간간이 조선말이 들려왔다. 유정 일행 가운데 오동수와 그 수하들이 그곳 가까이에서 항구 구경을 하다가 막 정박하려고 애쓰는 일본 배를 발견한 것이었다. 뱃사람들이 미처 배에 싣지도 못한 채 바닷길로 끌다시피 해서 가져온 고기가 있었으니 그게 바로 어선 반만 한 크기의 고래였다. 오동수가 소문으로만 듣던 고래를 먼저 알아보고 소리치고 있었다. 그 광경을 지켜보던 마에다가 유정한테 설명했다.

"저 어부들이 횡재를 만났습니다. 생선회 중의 으뜸이 고래고기입니다. 고래젓 또한 한슈뿐 아니라 덴노께 바치는 진상품으로도 빠지지 않습니다. 불 밝히는 등불에도 고래 기름이 으뜸이고, 고래 이빨, 고래 수염, 고래 지느러미…… 안 쓰이는 데가 없습니다. 큰 고래 한 마리면 어부 서너 명이 몇 년은 그냥 먹고 살 수 있습니다."

"그것 참 대단하군!"

유정은 자신도 모르게 빙긋 웃음이 났다. 손짓을 해서 얼른 오동수를 불러들였다. 사절단의 재물을 담당하는 오동수는 그날 저녁 교토로 싣고 갈 짐에서 한 보퉁이를 풀어냈다. 이튿날 사절단의 숙소에서는 100명의 사절단 일행들을 위한 고래고기 잔치가 벌어졌다.

"절에만 계시던 스님이 고래 한 마리보다 인삼 한 채 값이 더 나간다는 걸 어찌 아셨을꼬!"

오동수는 그렇게 중얼거렸다.

나고야[名護屋]

"이걸 아픈 이에 물고 계십시오."

겐소가 내미는 검은 열매를 홍주가 먼저 건네받았다.

"송구하지만, 잠시 확인하겠습니다."

홍주는 열매를 코에 대고 냄새를 맡았다가 이내 사명대사 유정의 입에 물려주었다. 유정은 어금니 안쪽으로 그걸 물었다. 화독내가 물씬 풍기더니 신맛이 살짝 혀로 배어들었다.

"치통에는 매실이 효능이 있습니다. 그건 구운 매실입니다."

홍주가 정확하게 알아차리자 겐소가 놀랐다.

"조선 사람이 일본 사람이 좋아하는 매실을 어찌 그리 잘 아시는가!"

"치통에 매실이 효험이 있다는 것은 조선 사람도 잘 압니다.

다만 매실은 여름에만 나서 조선에서는 이걸 가루로 만들었다가 겨울에는 물에 타서 먹기도 하는데, 일본에 와서 보니 산에 매실나무가 많을 뿐 아니라 민가에서는 매실을 절이고 말려서 저장해놓았더군요. 매실을 치통에 쓸 때는 보통 갈아서 가루로 만든 것을 아픈 이에 직접 바르는데, 겐소 스님께서 주신 것은 절인 매실을 씻어 태운 것이라 신맛이 거의 빠져나가 입에 넣고 아픈 이로 오래 깨물고 있기에 좋고, 또 그리 하면 바르는 효험을 얻을 수 있어 편하게 쓸 수 있겠습니다."

겐소는 비구 복색으로 목선에서 가슴께와 허리로 흘러내리는 풍만한 부드러움을 간신히 가리고 있는 홍주를 한참 바라보다가 말했다.

"큰스님께서는 혹시 난이 일어나기 전부터 일본에 오실 것을 알고 계셨는지요? 이번에 큰스님을 따라 일본에 오신 수행원들 중에는 나라 녹을 먹는 관원이 아닌 이가 많다고 들었는데, 그런 사람들이 모두 이 작은스님처럼 총명하고 용기 또한 대단한 듯합니다."

대마도를 떠난 배는 이키슈[壹崎州]를 거쳐 규슈의 하카타만에 딸린 작은 섬 아이노시마[藍島]에 머물러 있었다. 하루거리밖에 안 되는 섬들을 잇는 항해였지만, 풍랑이 만만치 않았다. 이키슈에 머물던 며칠 동안 몸살기를 느끼던 유정은 아이노시마에 와서는 지독한 잇몸살을 앓았다. 소 요시토시가 의

원을 대동하고 아침 저녁으로 유정의 처소로 찾아들었고, 겐소 또한 하루 종일이다시피 유정 처소에 와 있었다.

"남천축의 달마대사는 중국에 와서 소림사에서 면벽 9년에 도를 이루고 법음을 전하신 뒤 마침내 외짝 신발을 들고 서쪽 사막의 길로 들어가시고는 돌아오지 않으셨지요. 나 또한 늙어 춥고 험한 산속으로 들어가 돌아오지 않으리라 생각했는데, 그 춥고 험한 곳이 산속이 아니라 이 일본의 바닷속이 되고 마는 게 아닌가 했습니다."

유정은 모처럼 치통을 잊고 일어나 바다가 내려다보이는 정자에 나와 앉았다. 건너편 산들이 바다를 에워싸고 있어 바다는 마치 작은 호수 같아 보였다.

"저는 한문에 익숙하지 않아 중국과 조선의 선비라면 누구나 읽는 『주역』을 아직 잘 읽지 못하지만, 큰스님 같은 분은 아마도 『주역』에서 어떤 가로막는 운 앞에 당더라도 걸어가면 절로 그 운이 길이 되는 기운을 타고난 분이라 풀이할 수 있을 것 같습니다. 달마대사가 중국에 와서 법음을 전하시고 가셨듯이, 큰스님께서 일본에 와 계시는 하루하루가 모두 달마대사의 일인 듯합니다."

겐소의 말에 유정은 전에 없이 한숨을 길게 내쉬었다.

"말씀만으로 고맙소만, 이 늙은이의 일이라는 것이 손에 묻은 피를 씻지 못한 채 해야 할 일이라 감히 달마에 비견될 수는 없지요."

유정의 말이 끝날 무렵, 하카타에서 온 배 한 척이 포구로 들어서는 모습이 내려다보였다. 사공이 배를 정박시키자 먼저 뛰어내린 사람은 칼을 찬 무장이었다.

"규슈로 나간 마에다 일행이 돌아온 듯합니다. 마에다의 표정으로 봐서 일이 제대로 성사되지 못한 듯합니다."

겐소가 먼저 알아보고 말했다.

마에다는 사명대사 유정 일행이 일본 수도 교토로 떠나기 전에 먼저 규슈 지방으로 나가 있었다. 소 요시토시가 규슈의 각 성 번주들에게 조선인 피로 송환에 나서달라는 청원문을 보낸 뒤로, 그 확답을 듣기 위함이었다.

유정 일행은 겐소를 앞세우고 소 요시토시의 처소를 찾았다.

"우리 번주께서 보내신 청원문이 규슈의 각 번에 모두 전달되었는데, 그 중에 어떤 곳은 시일을 정해주면 피로를 모아보겠다고 하고, 어떤 곳은 조선인 피로 송환이 도쿠가와 쇼군의 뜻이라는 것을 확인한 연후에 보내주겠다고 했습니다. 한데 어떤 곳은 단 한 명의 피로도 내놓을 수 없다며 오히려 저를 해칠 듯했습니다."

소 요시토시의 처소에는 아연 긴장감이 감돌았다.

"아니, 나도 한 번의 번주로서 특별히 부탁하는 말을 써서 보냈는데 부탁을 들어주기 어려우면 정중하게 거절하면 되지

내가 보낸 사신을 해치려고 했다고? 거기가 어느 번이며, 번주가 누구란 말인가!"

소 요시토시의 말이 카랑카랑하게 울려퍼졌다.

"구마모토[熊本]의 가토 기요마사입니다."

마에다의 입에서 가토 기요마사라는 이름이 내뱉어졌다. 마에다와 동행하고 돌아온 강진석과 하명구의 입에서 조선 사람들이 알아듣기 쉽게 '가등청정'이라는 이름이 곧바로 새어나왔다.

가등청정, 가토 기요마사……. 임진왜란 이후 이 이름은 조선인들의 뇌리에 깊이 박혀 있었다. 고니시 유키나가와 앞뒤를 다투며 조선 팔도를 유린한 이 장수는 조선 침략전쟁에서 살아남아 귀환한 후 다시 일본의 내전을 겪고도 그때껏 명성을 날리고 있었다.

많은 섬으로 이어진 일본 열도에서 큰 섬 넷을 꼽는다면 본토에 해당하는 혼슈 외에 규슈, 시코쿠, 그리고 홋카이도[北海島]를 든다. 이 중 규슈는 한반도에서 볼 때 혼슈와 작은 바다를 서로 접하며 남북으로 뻗어 있는 섬이다. 이즈음의 규슈는 북서쪽 지방에서부터 시계 방향으로 나가사키, 사가, 후쿠오카, 오이타, 미야자키, 가고시마, 구마모토 순으로 현을 두고 있다. 이 섬의 대표 영주는 구마모토를 중심으로 54만 석을 거느리고 있는 가토 기요마사였다.

"가등청정…… 그 사람이 이리 가까운 곳에 살아 있었다니……."

유정은 한참 눈을 감았다 떴다. 가토 기요마사가 규슈 지방에 생존해 있다는 사실을 대마도에 와서 알았지만, 그 생존이 이토록 생생한 느낌으로 다가올 줄 몰랐다. 조선에 와서 누구보다 많은 조선군을 죽이고 누구보다 많은 조선군의 코와 귀를 베어 갔으며 누구보다 많은 조선인을 잡아간 가토 기요마사……. 그 사람이 이제 조선에서 가까운 지역의 맹주로서 조선인 피로 송환을 거부하고 있다는 얘기였다.

"번주! 조선을 침략해온 장수가 버젓이 살아서 자기가 끌고 간 조선인들을 내놓지 않겠다고 하고 있소! 조선을 침략한 장수는 수년 전 일본에서 벌어진 내전에서 패해 불귀의 객이 되었다고 들었는데 어째서 그 장수만은 아직도 기세등등하게 살아 있을 수 있소?"

"가토 기요마사 다이묘는 조선 침략전쟁 참전파들과 연을 끊고 도쿠가와 쇼군 편에 서서 내전을 승리로 이끄는 데 일조한 공으로 구마모토 일대 성을 모두 하사받았습니다."

유정의 물음에 소 요시토시가 얼굴을 붉히며 답했다.

"그러하다면 조선의 철천지원수에게 성을 내린 쇼군이 무슨 면목으로 조선과 교린을 하자는 것이오!"

소 요시토시는 더 답을 하지 못했다. 유정은 숨을 고르고 나서 다시 말했다.

"번주, 차근차근 대답해보시오! 번주의 장인이었다는 소서행장은 이미 불귀의 객이 되었다고 하지 않았소! 그런데 그와 함께 조선 침략의 선봉에 있던 가등청정은 나라의 공을 세운 유공자로 큰 성을 차지하고 있는 까닭이 무엇이오?"

"그것은……일본의 문제로…… 조선 사람의 감정으로 이해할 수는 없는 일이며……."

소 요시토시는 길게 한숨을 내쉬었다. 왜란 때문에 조선이 피폐해진 일은 이루 말할 바 없겠지만, 일본 역시도 전국이 내전에 휩싸여 살고 죽는 일을 모두 하늘에 맡기며 지내왔다. 그 어려운 역사의 시간을 조선인들에게 들려주는 일은 불가능했다. 그 전쟁의 역사가 아직 다 끝난 것도 아니었다. 그 때문에 소 요시토시는 그토록 간절히 살아내기 위해 애쓰고 있었다.

"나무를 찍어 쓰러뜨린 도끼가 부러졌다고 나무를 찍은 사실을 잊을 수는 없는 일!"

사명대사 유정은 그렇게 일갈하고 소 요시토시의 입을 닫아버렸다. 새삼 분노와 치욕이 번갈아 유정의 마음을 어지럽혔다.

"왜란 때 선봉에 선 두 장수가 있었지. 소서행장, 그리고 가등청정……. 둘 중 하나는 천벌을 받아 죽고 없는데, 그 중 한 사람 가등청정이 살아 있었어."

유정은 간간이 그런 얘기를 했다. 그럴 때는 마치 가토 기요마사가 눈앞에 와 있는 듯 두 눈을 부릅떴다. 그러나 유정은 어디까지나 일본의 정세를 살피면서 국익을 위해 할 일을 찾아내야 할 사신이었다. 유정은 애써 평정심을 찾았다.

"가등청정…… 그 자라면, 그 자라면 자기가 잡아간 우리 조선인 피로를 내놓을 리가 없지. 하지만 결국은 내놓고 말 것이야……."

소 요시토시는 침략국인 일본이 침략을 당한 조선 못지않게 수십 년 전란을 겪으며 서로 죽이고 죽는 유혈 참극 속에서 역사를 이어왔다는 사실을 설득하기 위해 유정의 처소를 드나들며 눈치를 보았다.

"대사님, 머지않아 일본 내해로 들어가게 됩니다. 오랜 내전이 완전히 끝난 것도 아니어서 아직 불타고 부서진 채 있는 성도 있고, 그걸 새로 고치고 쌓는 곳도 있습니다. 큰스님의 눈에는 일본 사람들이 모두 원수 같고 미개한 오랑캐처럼 보일 것입니다만, 일본도 나름의 역사가 있고 그렇게 싸우고 죽이는 사연이 있음을 알아주십시오."

소 요시토시는 조선 침략의 선봉에 선 두 장수 고니시 유키나가와 가토 기요마사 얘기를 더 전해주고 싶었다.

모두 도요토미 히데요시의 심복이던 두 장수는 도요토미 사후 새로운 실력자 도쿠가와 이에야스 앞에서 적으로 갈리고 말았다. 잔인하고 싸움을 즐기기로 치면 가토 기요마사가 도요토미 사후 그 집안을 지키는 세력 편에 서야 옳았지만, 오히려 그렇지 않은 고니시 유키나가가 그 길을 택했다. 세키가하라 내전에서 패전한 편의 수장 중 한 사람인 고니시는 가톨릭 신자라는 이유로 할복 자살을 거부해 참수되고, 승전한 편의 수장 중 한 사람인 가토는 도쿠가와로부터 히데요시 때 받은 땅 규슈의 구마모토 일대에다 그 인근의 고니시의 땅까지 하사받는 영광을 누린다.

"이런 얘기를 하자면, 조선 전쟁 때 고니시 유키나가의 사위이던 내가 이혼을 해서 아내를 내쫓고 도쿠가와 쇼군 측에 붙어서 목숨을 건지고 쓰시마를 지킨 얘기를 또 해야겠지?"

소 요시토시는 부교들 앞에서 여러 번 중얼거렸다.

아이노시마에서 선단을 정비하는 이틀 동안 유정은 조용히 예불로 소일하고 나서 소 요시토시를 청했다.

"고려의 충신 정몽주가 일본에 다녀갈 때 하카타라는 곳을 경유한 것으로 알고 있고, 또한 조선의 성종 임금 대에 재상 신숙주도 조선에서 일본으로 들어갈 때 대마도를 거치지 않고 이키슈로 해서 하카타를 거쳐 일본 본섬으로 들어갔다고 들었소. 우리 항로에는 왜 하카타가 빠져 있지요? 하카타가 빠지면, 우리는 규슈 땅에는 발을 내딛지 않고 혼슈로 바로 들어간다는 얘긴가요?"

하카타는 지금 규슈 동북 지역에 있는 후쿠오카 현에 속하는 곳이다.

"하카타를 거치지 않으려는 것은 한시바삐 교토에 닿기 위함이지 다른 뜻이 있어서가 아닙니다."

"규슈에 조선인 피로가 많다고 들었는데, 발 한 번 디뎌보지 않고 그냥 지나칠 수는 없소."

소 요시토시는 때를 기다렸다는 듯이 겐소의 제자로 이번 사신 행렬을 함께 수행하러 나선 겐포[玄方]를 내세웠다. 겐포는 망설이지 않고 유정을 대했다.

"대사님, 옛 신라의 대신 박제상을 아시는지요?"

"박제상이라면 신라 때 왜국에 와서 신라 왕의 아우를 구해 보내고 죽은 충신이 아닌가?"

유정은 모처럼 만에 귀가 열린 듯 대꾸했다.

"그렇습니다. 박제상은 왜국에 잡혀가 있던 신라 왕의 아우를 구해 신라로 도망치게 하고 스스로는 왜왕의 벌을 받아 죽은 충신입니다. 그때 왜왕이 박제상을 불에 태워 죽였지요."

겐포는 불에 태워 죽였다는 말에 힘을 주는 듯했다.

박제상은 신라 눌지왕 때의 인물이다. 처음에는 고구려에 볼모로 가 있던 눌지왕의 동생을 구하는 공을 세웠다. 이어 왜에 파견한 눌지왕의 다른 아우가 잡혀버리자 이를 구하기 위해 일본으로 가 그 왕제(王弟)를 탈출시키는 데 성공한다. 왜왕이 박제상의 충성심을 알고 신하로 삼고 싶어했으나 이를 거절해 결국 왜왕은 박제상을 묶어 불에 태워 죽였다. 신라 땅에서 박제상을 기다리던 부인이 치술령에서 죽어 그대로 망부석이 되었다는 설화도 전해져 온다.

겐포가 조선 사람으로서는 일본에 대해 다시 나쁜 감정을 느낄 수밖에 없는 박제상 얘기를 꺼낸 이유가 따로 있었다.

"제가 대사님을 박제상이 묻힌 곳으로 안내해드릴까 합니다만."

"아니, 그곳이 하카타라는 말인가?"

"그렇습니다. 제가 바로 하카타 출신이라 잘 알고 있지요."

하카타는 아이노시마에서 멀지 않았다. 유정 일행은 작은 배로 하카타에 가 닿았다. 겐포가 앞장서서 박제상의 묘로 안내했다.

"그대가 나를 굳이 이곳까지 인도한 까닭이 무엇인가?"

"저는 속가의 성씨가 오오치[大內]인데, 이 오오치 씨를 가문에서는 백제의 시조 온조의 후예라 여기고 있습니다. 신라가 백제와 다른 나라라 하나 모두 한반도 사람이라 우리 집안에서는 여기 박제상의 무덤에도 자주 와보곤 합니다."

"그럼 그대도 반은 조선 사람이라는 말이로구먼."

"그렇습니다. 제가 이렇게 조선에서 오신 크나큰 스님을 모시고 신라 충절의 묘 앞에 서게 된 것이 얼마나 영광인지 모르겠습니다."

"그럼, 조선에서 전하는 법에 따라 우리 신라의 충절을 극락으로 모시는 천도재를 올리도록 하세."

천도재는 죽은 이의 영혼을 극락으로 보내기 위해 치르는 불교의식이다. 보통은 사람이 죽은 뒤 이레 되는 날부터 49일째 되는 날까지 매번 이레마다 치르고, 또 백 일째, 1년째, 2년째 되는 날 치르는 의식이지만, 오래전 죽은 이를 위해 특별히 치르는 예도 있다. 왜란 때는 무수한 주검을 태울 때마다 천도재를 올리곤 했다. 유정은 일본 규슈의 하카타 만의 한 둔덕에 묻힌 신라의 충신 박제상을 위해 법의를 입고 목탁을 들었다.

한편, 박제상이 죽은 곳이 하카타가 아니라 대마도라는 설도 있다. 고려 말 정몽주나 유정과 같은 대일 조선 사신 행렬이 일본을 드나들 때 하카타의 박제상 순국지를 기린 기록을 믿는 사람도 있지만, 일부 학자들은 왜왕이 박제상을 죽이기 전 유배 보낸 목도(木島)가 바로 대마도이므로 대마도를 순국지로 판단하고 있다.

유정이 하카타에 온 까닭은 다만 박제상 묘를 둘러보기 위함만이 아니었다. 왜란에 앞서 일본군이 대거 주둔한 땅이 바로 규슈의 후쿠오카 일대였다. 그곳에 사는 남정네들의 태반은 10년 전 즈음에 조선 침략군으로 선봉에 선 사람들이었다. 조선 땅에서 죽이고 태우고 훔치고 잡아간 사람들이었다. 당연히 잡아간 조선인 피로도 많은 곳이었다. 마음 같아서는 규슈 지방 곳곳을 돌며 번주를 만나 침략의 죄를 묻고 잡아간 피로들을 내놓게 하고 싶었다.

유정은 강진석과 하명구를 따로 불렀다.

"자네들은 교토까지 따르지 말고 이곳 규슈에 남아 피로의 정황을 살펴주시게."

강진석이 기다리고 있었다는 듯이 대답했다.

"그러잖아도 큰스님께 말씀을 여쭙고 싶었습니다. 저희들이 원래 일본에 올 때 항왜인 스승 김충선의 명을 받고 큰스님을 모셨습니다. 저희 스승 김충선의 고향이 바로 이곳 규슈입니다. 이곳에서 공을 세울 일이 있을 거라 내내 기다려왔습니다."

"큰스님께서 교토에 가서 국가의 소임을 행하시는 동안에 저희들은 여기 남아 규슈 일대의 피로 송환을 준비하겠습니다. 가토 기요마사가 다스리는 구마모토도 잘 살펴두겠습니다."

하명구의 답이 조심스럽게 이어졌다.

사명대사 유정이 하카타에 머무는 동안 가토 기요마사가 지휘하는 구마모토로 떠날 채비를 하고 있던 하명구가 뜻밖의 사실을 기억해냈다.

"곰곰 생각해보니 저희 스승 김충선 나리가 조선에 오기 전에 가토 기요마사의 휘하 군인으로 선두를 연습하면서 틈틈이 성 쌓는 일을 했다고 했습니다. 이곳에 와보니, 일본의 관백 도요토미 히데요시가 조선을 침략할 때 성을 쌓고 머물면서 각지의 영주들을 불러모아 출격 준비를 시켰다고 하는데, 바로 여기에 그 성이 남아 있을 듯합니다."

하명구과 강진석이 일본 지도를 펼쳐놓고 서툴게나마 그들이 머물러 있는 규슈 북단 지역을 짚고 있었다. 규슈 출신으로 가토 기요마사 군의 휘하 군사로 조선 침략에 뛰어들었다가 곧바로 조선군에 투항한 김충선의 천거로 유정의 탐색사 일원이 된 두 사람이었다. 대마도를 떠나 규슈로 올 때부터 규슈 지방 쪽의 정세 탐색은 당연히 두 사람의 몫이 되어 있었다.

"도요토미 히데요시가 조선 침략을 지휘한 성이 이곳에 있다니, 어째서 말을 하지 않았소?"

소 요시토시는 다시금 유정의 힐난을 들어야 했다. 그러나 소 요시토시는 도리어 기다렸다는 듯이 답했다.

"제가 대사님을 모시는 동안 일본에서 조선 침략을 준비하던 일이나 그런 흔적에 대해서 공연히 말씀드려 대사님의 심기를 불편하게 하는 일은 없게 하리라 조심해왔을 뿐, 애써 숨기거나 하는 일은 없었습니다. 전 간파쿠가 조선 침략을 명하면서 성을 쌓게 하고 그 성에 머물며 각지의 다이묘들을 불러모아 전쟁 준비를 하고 출격을 지휘한 곳은 이곳에서 하루거리에 있는 나고야[名護屋]입니다."

"관백 풍신수길이 조선 침략을 준비시키고 출격 명령을 내린 성이라면 마땅히 내가 가봐야 할 게 아니오."

유정의 말에 소 요시토시는 더 이상 토를 달지 않고 나들이 채비를 갖추게 했다.

일본에서 나고야[名古屋]라는 지명은 현재 일본 혼슈 중부 이세 만[伊勢灣]에 위치한 아이치 현[愛知縣]의 현청 소재지를 뜻한다. 도쿠가와 이에야스가 천하를 제패한 뒤 나고야 성을 축조하고 아홉 번째 아들을 영주로 봉해 크게 발달하게 된 도시인데, 메이지유신[明治維新] 때부터 현청 소재지가 되었다. 태평양전쟁 때 시가지가 불탔고 전후에 근대 도시로 재건돼 이즈음 일본 혼슈 중부권의 중심도시로 발전해 있다.

이 나고야는 특히 한국인들에게는 임진왜란의 역사와 관련해 혼돈을 빚게 되는데, 바로 왜란의 전진기지로 지은 규슈 북단의 나고야[名護屋]라는 성 때문이다. 이 성은 명나라 침략을 명분으로 조선 상륙을 결정한 도요토미 히데요시가 전국의 다이묘들을 불러모아 1591년 가을부터 1592년 봄 사이 6개월간 17만 평방미터 넓이로 쌓아올린 성이다. 오다 노부나가의 뒤를 잇는 쇼군으로 나서서 천하를 제패한 뒤 자신의 자존심을 걸고 세운 오사카[大阪] 성 다음 가는 규모였다.

성의 본채에 해당하는 혼마루[本丸]에 서면 서북쪽으로 이기 섬과 대마도, 그리고 부산 앞바다까지 가는 바닷길이 훤했다. 도요토미 히데요시는 여기에 머물며 1년 동안 군사훈련을 지휘하고 침략의 출격 명령까지 직접 내렸다. 이로부터 임진년 4월, 몇 개 진으로 편성된 15만 대병력이 차례로 부산 앞바다를 향해 진군해 갔다.

왜란 후 일어난 세키가하라 내전을 승리로 이끈 도쿠가와 이에야스가 곧 이 성을 없애버렸으나, 근대에 들어 당시 모습이 그려진 병풍 그림이 발견되면서 성의 규모를 알 수 있게 되었다. 성을 축조하러 모인 각 다이묘들이 이끄는 군사 15만에 상인과 백성들이 20만에 달하는 거대한 도시가 바로 조선 침략 전쟁을 준비하면서 형성되어 있었던 것이다. 지금 그곳은 규슈의 사가 현 진제이마치[鎭西町] 나고야 성 유적지로 남아 있다.

소 요시토시가 처음에는 입에도 담지 않다가 더 이상 다른 변명도 하지 않고 유정과 그 수하들을 나고야 성까지 인도한 데에는 그럴 만한 사정이 있었다. 조선 침략의 일본 최대 전진기지였던 나고야 성은 이때 그 흔적만 간신히 남아 있었던 것이다.

"대사님, 보시기에 어떻습니까?"

소 요시토시는 모처럼 유정의 표정을 당당히 살피며 물었다.

"흠……."

유정은 가만히 한숨을 놓았다.

이미 그 성은 없었다. 천수각(天守閣: 텐슈카쿠)에서 다이묘들을 불러 주연을 베풀며 금은을 하사하고 엄포도 놓으며 웃고 마시고 떠들던 곳, 혼마루에서 서북 바다를 내려다보며 칼을 높이 쳐들어 진격을 명하던 곳, 그곳에는 성을 이루던 크고 작은 돌들마저도 이미 사라져버렸다. 다만 그곳에 성곽이 있었음을 알리는 둑과 해자(垓子)의 흔적만 일부 어렴풋하게 남아 있었다.

"도요토미 히데요시는 일본 천하를 주름잡은 사람이 아니오? 그 사람이 각 영주들을 모아 성을 쌓고 와서 머물던 곳이 어째서 이처럼 빨리 폐허가 되어버렸단 말이오?"

소 요시토시는 역시 유정의 물음을 대비해두고 있었다.

"예, 이 나고야 성을 이렇게 폐허로 만든 분이 계시지요."

"그 사람이 누구란 말이오?"

"바로, 도요토미 히데요시 간파쿠가 조선에 진군한 일을 처음부터 반대하신 분이시지요."

"글쎄 그 사람이 누구란 말이오?"

"바로 도쿠가와 이에야스 쇼군입니다."

조선 침략전 이후 조선과 교역 재개를 매일같이 기원해온 대마도 측이 수년 만에 불러 모신 사신이 사명대사 유정이었다. 유정은 과연 일본이 조선을 침략할 뜻이 없는 건지, 참으로 교역을 원하는 것인지 거듭 믿지 못하고 있었다. 소 요시토시는 차제에 지금의 일본 정부는 조선 침략을 반대한 사람들로 이루어져 있다는 사실을 강조해두려 했다. 도쿠가와 이에야스의 명으로 나고야 성을 파괴해버린 일이 소 요시토시로서는 더할 데 없이 좋은 구실이 되었다.

"있어서는 안 될 것이 여기 있었구나!"

소 요시토시는 폐허가 된 나고야 성 앞에서 내뱉은 유정의 탄식이 흔쾌하게 들려왔다.

해가 바뀌는 때였다. 사명대사 유정은 땅속으로 묻히고 있는 나고야 성의 흔적을 훑어보며 가만히 시를 읊었다.

우주는 너무 넓고 커서
망하고 흥하는 일을 모두 품어버리는구나!
우, 하, 상, 주, 한, 당, 송 뭇 나라가
뜬구름 흐르는 물처럼 지나가버렸다.
성인과 광인은 간사함으로 쉬 구별되고
착하고 그른 것은 같은 일에 행하기 어려운 법.
그 놈이 세상을 움직이려 들 줄 누가 알았겠느냐.
다시는 이 같은 일을 행할 수 없으리!

그날 밤 소 요시토시는 수하들과 함께 바다 가까운 곳에 마련된 유정의 처소를 다시 찾았다.

"나고야 성 앞에서 읊은 시를 다시 청하옵니다."

한문에 정통하고 시문이 뛰어난 유정의 글씨는 일본 사람들에게 줄곧 인기였다. 홍주가 지필묵을 꺼내자, 재촉이라도 하듯 야나가와 시게노부와 겐소가 유정 가까이로 다가가 앉았다. 그런 행동마저 일본에 와서 거의 매일 버릇처럼 치르는 일이 되었다.

유정은 가만히 눈을 감았다 다시 뜨고는, 새로운 칠언절구를 쓰기 시작했다.

> 낭고성(浪古城) 가까이 봄이 올 듯하구나.
>
> 천리 푸른 물결에 나그네 근심 새롭구나.
>
> 조각배를 타고 또한 적관(赤關)을 향해 멀리 가는데
>
> 머리를 삼한(三韓)으로 돌려 아득한 북신(北宸)을 생각하노라.

"아, 이렇게 사려 깊은 시를 또 이렇게 금세 써내시다니 놀라울 따름입니다!"

한자를 모르는 소 요시토시는 겐소의 통역을 통해 시의 뜻을 알아보고 감탄했다. 낭고성은 나고야 성, 적관은 이들의 다음 항해지인 곳(지금의 시모노세키), 삼한은 조선 땅, 북신은 임금이 계신 곳을 뜻한다는 해설이 곁들여지면서 소 요시토시의 감동은 야단스러울 정도가 되었다. 그것은 시문에 어두운 일본 사람들의 진심어린 존경심의 표현이기도 했고, 한편으

로는 유정의 심기가 한층 부드러워졌다는 심증이 생겨서이기도 했다.

그러나 유정은 다시 한마디 짚어두기를 잊지 않았다.

“새로운 쇼군이, 옛 관백이 조선을 침략한 것을 싫어해서 이곳 나고야 성을 다 허물기까지 했다지요? 과연 그 말이 맞다면, 어째서 조선을 침략한 장수들이 그대로 득세하고 있지요?”

“가토 기요마사 이야기라면, 그것은 조선 침략전 이후 일본의 사정이 아주 복잡한 연유이옵고…….”

“나는 아직 도무지 알 수가 없어요. 과연 일본이 조선과 새로 교역할 뜻이 있는 것인지 아니면 말로만 그렇게 하고 실제로는 다른 꿍꿍이속이 있는 것인지…….”

알면 알수록 의심이 깊어지는 대상이 있는가, 하고 유정은 모처럼 마음속으로 자문해보았다.

3부

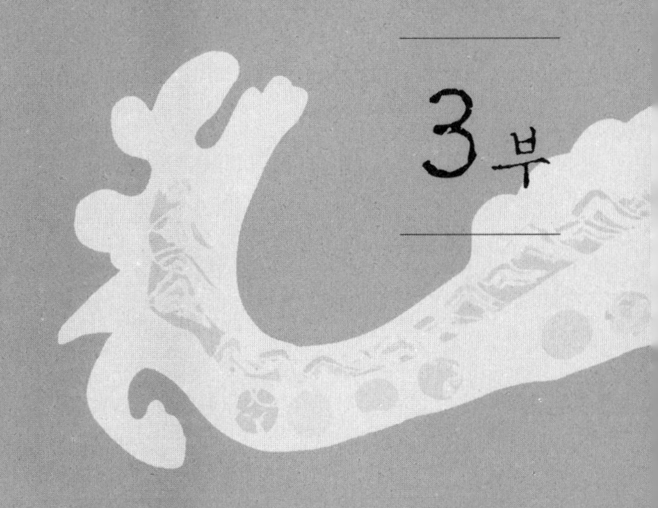

떠도는 영혼

"조선에서는 불교가 배척을 당해 절이 산속에 있고 도를 닦는 중은 그 산에서 내려오지도 않는다는데, 도대체 그 영감이 늙은 나이로 조선의 산중에 있기는커녕 왕명을 받고 일본까지 건너와 있지 않은가? 그만 하면 대단한 줄 알겠는데, 자기 할 일을 두고 무엇 때문에 사람을 보내 나를 괴롭히는가!"

가토 기요마사는 쓰시마 번의 마에다 게이치로가 데려온 조선 사내 둘을 힐끔거리며 소리쳤다. 조선 사람이 흔히 하듯 양반다리로 앉은 사내 둘은 전혀 꿀리는 기색이 없었다.

"설마 큰스님께서 전하는 말씀을 모르시지는 않으실 테지요?"

"다이묘께서도 큰스님을 잘 아시지 않습니까? 늙으신 몸으로 일본으로 건너와 청하는 말씀이 있는데도 처음부터 경청하지 않으려 하심은 큰스님을 대하는 예가 아닐 듯합니다."

하명구와 강진석이었다. 둘 모두 조선에서 스승 김충선에게 배운 일본말을 섞었고, 마에다의 통역이 보태졌다.

"그 영감이 바라는 것이 내가 조선에서 데려온 피로들을 아무 조건 없이 돌려보내라는 게 아닌가. 이미 밝혔거니와, 나는 피로들을 이곳에 데려와서 반항하거나 도망치거나 하는 사람을 제외하고는 단 한 사람에게도 해를 준 적이 없어요. 심지어 반항하는 사람에게도 그 까닭을 물어 합당하면 소원을 들어주고, 도망치려던 자도 한 번은 없던 일로 해주었지. 그러니 나는 피로들에게 잘못이 없고, 굳이 돌려줘야 할 까닭도 없지. 그렇지 않소?"

"남의 땅에 쳐들어와서 사람을 마구 잡아간 일 자체가 잘못 아닙니까?"

강진석이 예상 밖으로 강하게 맞섰다.

"나는 우리 간파쿠의 명을 받고 전쟁을 치른 장수요. 장수가 전쟁을 치르면서 사람을 죽인 일이며 사람을 잡아온 일을 잘못이라 하면, 우리 간파쿠의 명부터 잘못이었다는 얘기고, 그걸 새삼 따지자면 우리가 살아온 역사를 다시 써야 하는 게지. 자꾸 그런 식으로 따지면 나는 그대들을 내쫓을 것이오. 그래도 그대들이 또 찾아온다면 나는 그대들을 죽일 수밖에 없어!"

허리에 찬 칼이 마룻바닥을 치는 소리가 났다. 죽인다는 말을 옮기면서 마에다는 두 조선 사내의 눈치를 보았다. 하명구가 강진석에게 고개를 끄떡여 보이며 중얼거렸다.

"과연 큰스님이 하신 말씀 그대로이구먼."

강진석은 어쩔 수 없다는 듯이 품에서 작은 보퉁이 하나를 꺼내놓았다.

"큰스님께서 저희를 이리로 보내시면서 이르시기를 다이묘께서 그리 말할 것이라 하셨지요. 이 서찰을 읽으신 연후에 다이묘의 답을 듣고 오라 하셨습니다."

강진석이 보퉁이를 풀어 사명대사 유정이 쓴 서찰을 꺼냈다. 줄곧 곁에서 지켜보던 시종이 그것을 받아들고 가토 기요마사에게 전했다. 가토 기요마사가 서찰을 받아들지도 못하고 난감해 하고 있는 사이, 하명구가 천천히 몸을 일으켰다.

"저희는 큰스님께서 일본의 수도로 들어가셔서 도쿠가와 쇼군을 만나고 돌아오실 때까지 규슈에 머물 참이라 조금 여유가 있습니다만, 이곳 구마모토에서만 너무 오래 머무는 것은 예가 아닐 듯하니 다이묘께서 서둘러 답을 해주셨으면 합니다."

가토 기요마사는 도요토미 히데요시의 친척이자 오랜 가신으로 지내다가 도요토미 히데요시의 천하 제패 후에 규슈의 히고[肥後] 남부의 영주가 되었다. 조선 정벌의 기치를 내건 도요토미 히데요시가 나고야에 성을 세울 때 그 축성을 지휘했고, 곧 고니시 유키나가에 이어 조선 침략전의 제2선봉이 되었다. 전투라는 관점에서 보면 제1선봉은 당연히 가토 기요마사라야 했지만, 도요토미 히데요시는 조선 정세에 더 밝다는 이유로 고니시 유키나가를 내세웠다. 고니시 유키나가가 개전 당시부터 전쟁에 미온적인 자세를 취한 것에 비해 가토 기요마사는 시종 호전적으로 전쟁에 임했다.

고니시 유키나가는 전투에도 서툰 데다 천주교 신자이기도 했다. 도요토미 히데요시의 천주교 박해로 일시적으로 배교를 했을 뿐 끝내 천주교를 버리지 않았고, 그를 따르는 부하들 중에도 천주교 신자가 많았다. 그런 까닭에 조선을 침략하면서도 고니시 유키나가는 전쟁이 적당한 선에서 끝나기를 바랐다. 부산 상륙을 시작으로 한양까지 치고 올라간 고니시 유키나가는 마지못해 북진을 하다가 마침내 평양성에 이르러서는 진격을 멈추어버린다.

고니시 유키나가가 평양성에서 더 북진을 하지 않은 까닭은 여러 가지로 설명된다. 이순신 장군에게 수군이 전패하면서 보급선이 막힌 것도 큰 이유다. 그처럼 보급 상황이 어렵게 된 고니시 유키나가는 스스로 확전을 꾀하지 않고, 휴전의 빌미만 찾고 있었다. 조선 국왕 선조는 의주까지 파천해 명나라로 망명을 신청해놓은 상태였다. 만일 고니시 유키나가가 밀고 올라가고 명나라 원군이 오지 않았으면, 그때 조선의 운명은 끝에 이르렀을 가능성이 컸다.

결국 일본군은 더 이상 북진하지 않았고, 임진왜란의 전말을 적어 후세에 경고하고자 했던 류성룡의 『징비록』에는 그때 일을 "하늘이 도왔다"고 쓰고 있다. 만약 평양에 온 장수가 고니시 유키나가가 아니라 가토 기요마사였다면 사정은 달라졌을 것이라고 진단하는 역사가들도 있다.

처음부터 경쟁관계이던 고니시 유키나가와 가토 기요마사 두 사람이 서로 확연한 적대관계가 된 것은 1598년 도요토미 히데요시가 급사하고 조선에 나가 있던 군사들이 퇴각한 뒤부터다. 가토 기요마사는 자신과는 뜻이 맞지 않은 이시다 미쓰나리와 고니시 유키나가 등 소위 문관파가 도요토미 히데요시의 아들 히데요리를 받든다는 명분으로 무리를 이루어 권력을 차지하려 한다는 것을 알고 그 상대편인 도쿠가와 이에야스 편에 섰다.

도쿠가와 측이 세키가하라 전투에서 승리하자 가토 기요마사는 조선에서 귀환한 뒤부터 거느리고 있던 구마모토 지역에다 그 이웃에 있던 고니시 유키나가의 영지 우토[宇土] 성을 공략해 승리를 거두고 그 일대까지 모두 차지하는 대영주가 되었다. 대영주로서 주력한 일은 어떤 전쟁도 막을 수 있는 성을 쌓는 일과 영내의 백성들이 다투지 않고 먹고 살 수 있게 하는 일이었다.

1601년 들어, 무로마치 시대 때 세워져 있던 치바[千葉] 성과 구마모토 성이 있던 새로운 챠우스[茶臼] 산 일대에 새로운 성을 쌓기 시작했다. 한때 축성의 달인이라 불린 가토 기요마사였다. 사명대사 유정 일행이 일본을 방문했을 무렵에는 주성인 혼마루에 대천수각과 소천수각이 제법 윤곽을 갖추고 있을 때였다.

"기무라, 그 자들이 모두 사명당이 보낸 자들인 게 틀림없겠지?"

가토 기요마사는 뒤를 따르는 시종에게 물었다. 기무라라고 불린 시종이 조용히 대답했다.

"예, 틀림없어 보였습니다."

"그 자들이 역관도 아닐 텐데 일본말을 조금 알아듣는 듯하더구나."

"예, 마에다에게 듣기로 그 자들이 일본군으로 참전했다가 조선에 투항한 자한테 일본말을 배우고 왔다고 했습니다. 투항한 왜군을 조선에서는 항왜라 하는데, 항왜들이 조선에 없거나 조선과는 다른 일본의 총포술이나 축성술 같은 걸 가르친다고 합니다."

"항왜라……."

가토 기요마사는 잠시 일본군으로 조선에 가서 항왜가 된 자들과, 조선에서 끌려와 피로가 된 조선인들을 비교해보았다.

"한데 그 자들이 사명당을 따라온 것이 이상하지 않느냐? 사명당은 왕명을 받아 우리 쇼군을 만나러 온 것이라는데, 어째서 그런 자들을 데려와 나한테 보냈을꼬?"

"항왜한테 일본말을 조금 배운 자들이라 쓸 데가 있지 않을까 해서 데려온 것일 테지요. 사명당이라면 능히 그럴 수 있는 분이지요."

가토 기요마사는 멀리에서도 제법 위용을 드러내는 천수각을 쳐다보았다.

"사명당이라면 조선에 나갔을 때 나도 여러 차례 만난 적이 있지만, 도무지 알 수 없는 사람이구나. 그 사람은 불교를 배척하는 조선에서 태어난 중이고, 나는 평생을 칼을 들고 전쟁을 치른 무사인데, 전생에 무슨 인연이 있어 이리 부딪치는지 모르겠다."

천수각을 한 바퀴 돌고 난 가토 기요마사가 갑자기 몸을 돌려 뒤를 따르던 시종에게 물었다.

"기무라, 너도 조선으로 돌아가고 싶으냐?"

흠칫 놀라던 시종이 이내 체념이라도 한 듯 대답했다.

"고향으로 돌아가고 싶은 마음이 없는 사람이 어디 있겠습니까?"

"그럼, 이참에 사명당을 따라 조선으로 돌아가라!"

가토 기요마사는 통나무다리로 해자를 건너자마자 또 멈춰서 있었다. 시종은 잠시 침을 꿀꺽 삼키고는 가토 기요마사를 쳐다보았다. 농담이라도 자신에게는 단 한 번도 그런 말을 한 적이 없었던 주군(主君)이었다.

"다이묘, 외람되오나 조선으로 돌아가라는 말씀이 저에게는 자진하라는 명과 같음을 알고 계신지요?"

시종은 떨리는 소리로, 그러나 또렷한 음색으로 말했다.

가토 기요마사 곁에서 시종으로 따르는 기무라라는 사내는 전란 중에 일본으로 오게 된 피로였다. 피로는 피로이되, 일본군에게 잡혀온 게 아니었다.

임진년 5월, 국왕이 먼저 떠나버린 조선의 도읍에 무혈입성한 일본군은 다시 두 패로 나뉘어 북진을 시작했다. 1선봉 고니시 유키나가는 북서, 2선봉 가토 기요마사는 북동을 맡았다. 함경도 회령(會寧)까지 진격한 가토 기요마사는 뜻밖의 피로를 맞게 된다. 함경도 경성(鏡城)에서 선무(宣撫, 민심을 수습하고 안정시키는 일) 활동을 하던 선조의 왕자 임해군(臨海君)과 순화군(順和君)을, 그 지역 아전인 국세필(鞠世弼)과 국경인(鞠景仁)이 잡아 바친 것이다.

이때 두 왕자를 받들기 위해 함께 일본군으로 들어온 내관이 있었다. 고니시 유키나가와 명나라 심유경 사이에 휴전 협상이 진전되면서 부산 쪽으로 물러나 있던 가토 기요마사는 결국 두 왕자를 방면하는데, 그 내관은 일본군 진영에 그대로 남아 있게 된다. 전쟁이 끝나자 가토 기요마사를 따라 구마모토로 온 그 내관이 기무라라 불리는 시종이었다.

이 사람이 뒷날의 기록에는 김환(金宦)이라는 이름으로 남게 되는 인물이다. 김환이라는 이름이 본명일 수는 없을 것이다. '환(宦)' 자는 바로 내시, 즉 환관을 뜻하는 말이다. 환관으로서 자신이 받들던 왕자가 관복에게 붙잡혀 적에게 넘겨지게 한 죄만으로도 이미 처형당할 목숨이었다. 그 목숨이 살아 가토 기요마사의 시종이 되었으니, 그에게 조선으로 가라는 말은 죽으라는 얘기일 수밖에 없었다.

"그래도 끝내 내가 가라고 하면 어쩌겠느냐?"

가토 기요마사는 희미하게 웃으며 되물었다.

"다시 말씀드리거니와, 저는 다이묘를 따라 일본으로 건너올 때 이미 조선에서는 죽은 목숨입니다. 일본에 와서는 다이묘께서 저를 가까이 두시고 일을 시키시면서 이 목숨이 새로이 태어난 것입니다. 제 고향은 이제 다이묘께서 거느리시는 이곳 구마모토입니다. 이곳에서 저를 내쫓으시면 저는 이곳의 풍습대로 할복을 할 수밖에 없습니다."

가토 기요마사는 곧바로 말을 던졌다.

"너 같은 피로가 있다는 걸 조선 왕실이 알겠느냐, 조선 조정이 알겠느냐, 아니면 조선에서 온 고승 사명당이 알겠느냐?"

"그건……."

기무라도 더는 말을 할 수 없었다.

가토 기요마사의 발길이 이른 곳은 구마모토 성 내에 있는 혼묘지[本妙寺]였다. 이곳에는 승려 니쓰신[日眞]이 거하고 있었다. 원래 기요마사가 죽은 아버지를 기리기 위해 오사카에 지은 절을 조선을 침략하기 전인 1588년 이곳으로 옮기면서 교토 묘덴지[妙傳寺]의 니쓰신을 주지로 모셔온 것이다. 니쓰신은 가토를 따라가 조선에도 출정했다. 가토 기요마사가 울산에 머물 때 찾아온 사명대사 유정을 니쓰신이 한 차례 접대한 적도 있었다.

"조선 국왕의 명으로 일본에 온 사명당이 저한테 서찰을 보냈어요. 조선인 피로 문제로 쓴 것이라는데, 스님께서 보시고 진의를 파악해주십시오."

아버지 위패에 예를 올린 가토 기요마사는 요사채에서 니쓰신과 마주했다.

"아하 사명당이라면…… 제가 알기로 환갑은 넘었을 터인데, 그 연세에 뱃길로 이렇게 먼 길을 오셨다니요!"

"그러게 말입니다. 쓰시마를 거쳐 하카타도 지나고, 지금쯤은 아카마가세키(시모노세키)로 향했을 거라는군요. 머지않아 교토로 가서 간파쿠를 만나게 되어 있다고 합니다."

"그런 분의 배포라면, 제가 과연 그 저의를 알아낼 수 있을지 모르겠습니다."

니쓰신이 서찰을 펼쳐 들었다. 일본에서는 한문을 읽는 거의 유일한 계층이 승려였다.

"조선을 쳐들어온 적장이지만, 다이묘께서 조선에 와서 전쟁에 임한 무장이 어떻게 나라에 충성하는가를 보여주려 한 뛰어난 무장이었다고 썼습니다."

서찰의 처음 부분을 읽고 난 니쓰신이 우선 간단히 내용을 설명했다. 그럴수록 묘하게 긴장감이 일었다. 한참을 읽어가던 니쓰신이 문득 서찰을 덮으며 말했다.

"조선의 글이 틈틈이 중국 유학을 말하고 또한 당송의 시문을 두루 훑어가고 있어 제가 읽어내는 일이 쉽지가 않습니다. 다이묘께 특별히 쓴 서찰을 제가 함부로 예단하기가 두렵습니다."

"그럴 리가 있습니까? 찬찬히 읽어보시지요."

"이렇게 하지요. 저보다 더 이 서찰을 잘 읽어줄 사람이 있으니 그 사람을 불러보겠습니다."

"그 사람이 누구입니까?"

니쓰신이 빙그레 웃었다.

"연전에 다이묘께서 저한테 보낸 사람입니다."

니쓰신의 부름을 받고 요사채로 들어온 승려가 가토 기요마사에게 읍을 했다.

"다이묘, 건강하신 것을 보니 기쁩니다."

"오, 니찌요[日遙]! 스님이 칭찬하는 아이가 바로 너였구나!"

건장한 니찌요를 보고 가토 기요마사의 입에서도 탄성이 터져나왔다.

"다이묘, 이젠 니찌요도 어엿한 승려입니다. 한문이나 불경을 읽어내는 데는 저보다 훨씬 뛰어나답니다."

니쓰신은 가토 기요마사가 니찌요를 함부로 대하지 못하게 하려는 듯 웃으며 말했다.

"오호, 그렇지! 니찌요라면 내 그럴 줄 알았지! 그럴 줄 알고 제가 스님께 보낸 것 아닙니까?"

사명대사가 보낸 서찰은 니찌요에게 넘겨졌다. 니찌요는 조심스럽게 서찰을 받아들었다.

"오, 조선의 고승께서 일본에 와 계시는군요!"

니찌요는 사명대사라는 말조차도 함부로 할 수 없다는 듯이 감탄했다.

"너도 사명당을 잘 아느냐?"

니쓰신이 신기하다는 듯이 물었다.

"예, 제가 비록 나이가 어릴 때 일본에 와서, 다이묘의 은혜로 이곳의 승려가 될 수 있었습니다만, 제가 승려가 되고자 한 것이 바로 사명대사 덕분이었습니다. 사명대사께서 태어난 곳이 경상도 밀양의 고라리라는 곳인데, 제 외가가 가까이 있어 여러 차례 가본 적이 있습니다. 조선이 유자의 나라로 불타

(佛陀)를 배척한 지 200년이지만, 불교의 뿌리가 흔들리지 않고 산천의 백성들이 숨어서 절을 찾는 까닭이 바로 사명대사와 같은 훌륭한 스님이 계시기 때문이라고 알고 지냈습니다. 저도 굶주리고 아픈 백성들에게 조금이나마 위안이 될 수 없을까, 이런 생각을 하면서 자랐습니다. 조선에서는 뵌 적이 없지만, 제가 여기에 와서 그 사명대사의 필적을 보게 될 줄은 참으로 몰랐습니다."

니찌요가 지나치게 감격에 젖는 모습을 니쓰신과 가토 기요마사가 물끄러미 바라보았다. 멀찍이 떨어져 앉은 기무라가 안쓰럽다는 표정으로 니찌요를 보며 중얼거렸다.

"대남아, 그만 진정해. 여기는 조선이 아니고 일본의 구마모토야……."

갈 사람 남을 사람

니찌요의 본명은 여대남(余大男). 니찌요라는 일본 이름 대신, 낮은 목소리로 '대남'이라는 조선 이름을 부르던 기무라는 절로 코끝이 찡해왔다. 대남의 고향은 경상도 하동으로, 정유재란 때 열세 살 어린 나이로 일본에 붙잡혀왔다.

임진년에 두 조선 왕자와 함께 가토 기요마사 군에 넘겨진 기무라는 이듬해 두 조선 왕자가 풀려날 때 그대로 일본군에 남아 있다가 일본으로 건너갔다. 정유재란 때 일본군의 포로가 된 대남은 철군하는 일본군을 따를 수밖에 없었다. 기무라는 그때 처음 대남을 보았다. 어린 나이로 겁에 질린 얼굴이었지만, 두 눈에 또랑또랑 맺힌 총기는 여느 아이와 달랐다.

대남은 철군 때부터 가토 기요마사의 총애를 받는 시종이 되어 있었다. 문자를 조금 아는 데다 조선에서 궁중생활을 한 덕분으로 일본 관리들한테 발탁된 기무라인지라, 그런 대남이 대견스럽기도 했고, 한편으로는 배알도 없이 가토 기요마사의 주구(走狗)가 되지 않을까 염려스럽기도 했다.

기무라가 예측한 것 이상으로 대남은 가토 기요마사의 측근에서 잘 지냈다. 처음에는 가토 기요마사를 수행하면서 문서를 수발하고 불경을 읽어주는 일을 맡더니, 나중에는 혼묘지를 수축(修築)하는 현장에 파견되어 일했다. 그러다 혼묘지 주지 니쓰신에게 계를 받고 중이 된 것이 이태 전이었다. 혼묘지는 가토 기요마사의 죽은 아버지를 모신 절이고, 장차 그 가문 전체를 위한 사찰이 된다. 측근에 둔 사람을 그런 사찰에 보낸 건 그만큼 총애나 신임 이상의 대우를 한다는 뜻이었다.

대남은 공손하고 진지했지만, 기무라의 눈에는 위험할 만큼 당당해 보였다. 대남은 사명대사가 보낸 서찰을 펼쳐 보이며 꼼꼼하게 설명하기 시작했다. 사명대사가 필시 큰일을 요구할 것을 경계하던 가토 기요마사가 대남의 언설에 어느덧 귀를 세우고, 니쓰신 역시 짐짓 미소를 담으면서 듣고 있었다.

"불교를 배척하는 조선 조정에서 사명대사를 일본에 보내신 뜻을 알아야 할 듯합니다. 사명대사는 그 스승 서산대사와 함께 조선에 상륙한 일본군과 맞싸운 분이시요. 법으로 불교를 섬기는 나라에서는 스님들이 칼을 든 예가 있을지 모르나 전국의 승려들이 군사를 조직해 칼을 들고 싸운 예는 없다고 합니다. 한데 조선은 법으로 불교를 금하고 있는 나라라, 승려가 국가 일에 나선다는 것은 어불성설이지요. 서산대사의 제자 중에 명성이 높은 분이 많은데, 그 중 어떤 큰스님은 사명대사가 너무 오래 칼을 들고 계시는 것을 크게 나무라기까지 하셨답니다. 전란이 끝나고 벌써 7년에 접어들어 사명대사도 마땅히 절로 들어가야 할 몸이라는 걸 잘 알고 있다고 하셨습니다. 한데도 조선을 침략해온 적의 나라인 일본에까지 몸소 건너온 까닭을 말씀하셨습니다."

"일본과 강화를 논하기 위해 왔다고 들었다만……."

가토 기요마사는 잠깐 자신을 잃은 말투가 되었다.

"사명대사가 이 서찰에 이르기를, 스스로 바다를 건너 일본에 온 것은 마음속으로 그 길이 나 있은 까닭이라 합니다."

"마음속으로 그 길이 나 있다……."

니쓰신이 니찌요가 짚어주는 대로 서찰의 글귀를 짚으며 따라 중얼거렸다. 니쓰신은 가토 기요마사에게 부탁해 니찌요를 제자로 받아들였지만, 조선과 중국의 한문을 해독하는 실력은 자신이 그 제자에 이르지 못한다는 걸 잘 알았다.

"마음속으로 난 길을 걸어서 왔다? 그 늙은 설보화상(說寶和尙)은 해괴한 말로 사람 마음을 현혹하는 재주가 있구먼!"

가토 기요마사는 얼핏 서생포에서 사명대사를 대적할 때를 떠올리고 있었다. 조선에 지켜야 할 보물이 있느냐고 가토가 물었을 때, 사명대사 유정은 그 보물이 가토의 목이라 대답했다. 그때 가토는 간담이 서늘해져서 자기도 모르게 자기 목을 만졌다. 보물 얘기로 가토를 겁먹게 한 스님 사명대사 유정은 그후 일본군들 사이에서 '설보화상'이라 불리게 되었다. 그 설보화상이 보낸 편지에 쓰인 이상한 경구 하나가 이제 다시 가토의 마음을 휘젓고 있었다.

대남은 사명대사 유정의 서찰을 다시 짚어나갔다.

"전쟁 때 싸우다 포로가 된 군인은 예로부터 죽이거나, 군사로 쓰거나, 노예로 삼거나, 부역을 시켰다. 한데 조선을 침략한 일본군은 스스로를 지키고자 하는 한편으로 일본 본토에 군공을 보고하느라 마구 죽이고 앞다투어 코와 귀를 베어 본국에 보냈다. 나중에는 싸우지 않은 백성들까지도 잡아 죽이고 군인의 것인 양 코와 귀를 베어 보내는 일이 허다했다. 이것이 과거지사라 하나 이미 마음이 아는 일이라 그 하나도 잊지 못할 것이다. 싸우지 않고 그냥 잡아간 백성의 수는 도무지 집계가 되지 않아 서로 모른 척 말하지 않은 채 살고 있는데, 이는 과거지사도 아니거니와 너무나도 명백한 오늘의 일이다."

가토 기요마사는 슬쩍 기무라 쪽을 돌아보았다. 기무라는 듣고 있지 않은 척 먼 하늘에 노을이 깔리는 광경으로 눈길을 돌렸다.

"나는 일본군이 조선에 와서 저지른 죄악을 복수하거나 그 죄를 묻고자 일본에 온 사람이 아니다. 안타깝게도 조선은 그 죄를 물을 여력이 없다. 지금 조선이 두려워하고 경계하는 것은 일본이 다시 그러한 침략을 계획할지 아닐지에 대해서다. 내가 와보니, 겉으로 보기에 다시 군사를 일으킬 뜻도 없고 그런 병사도 보이지 않는다. 그러나 지난날의 일을 마음으로 들여다보는 사람은 아무도 없고, 따라서 그때 죄를 속죄하거나 후회하는 사람도 보지 못했다. 아직 일본의 쇼군을 만나지 못해 속내를 들을 길 없고 알 길도 없지만, 내가 느끼기로 일본은 조선을 침략한 것에 대해 스스로 마음에 묻지 않는다. 비록 주군의 명을 받아 하는 수 없이 전쟁을 일으키고 인명을 살상한 것이라 해도, 자기 마음에 물어보면 그것이 어떤 명분도 없이 아무 죄 없는 사람을 죽인 일이라는 사실이 자명할 터인데, 그저 속죄하는 양 절을 짓고 기도는 할지언정 진짜 자기 마음으로는 외면하고 있다. 그런 사람들이라면, 지금 겉으로 농사짓고 고기 잡아먹는 일로써 삶이 족하다고 믿는 일이 다 참이 아니다. 싸우자고 부추기고 싸우라고 명하면 언제든 총칼을 들고 다시 남을 치고, 조선을 치고, 중국을 치겠다고 할 사람들이 일본인들이다. 그렇지 않다면, 무엇 때문에 고국으로 돌아가고자 하는 조선인 피로들을 내놓지 않으려 하는가!"

가토 기요마사의 숨이 거칠어지는 것을 본 니찌요가 서찰 읽기를 멈추고 얼른 냉수를 청해 가져다놓았다. 가토가 그 그릇을 움켜쥐듯 잡고 단숨에 들이켰다. 니쓰신은 눈을 감고 있었고, 니찌요는 염주알을 굴리면서 기요마사의 표정을 살피다가 다시 냉수를 청했다.

“잠깐, 그 그릇 좀 보자!”

빈 그릇을 들고 나가던 동자가 걸음을 멈추었다. 그릇을 손에 넣은 가토 기요마사가 갑자기 벌떡 일어났다. 그러고는 법당 밖 층계참으로 그릇을 던져버렸다. 그릇 깨지는 소리가 났다.

“다른 그릇에 물을 담아 오너라!”

동자가 벌벌 떨면서 다시 물 한 잔을 담아 올렸다. 그걸 단숨에 들이켠 가토 기요마사가 물 잔을 손에 쥔 채 여전히 씩씩거리면서 말했다.

“이제는 물그릇마저도 모두 조선 도공들이 구워낸 사발이로군요.”

보통 일본에서 쓰는 그릇은 나무그릇이거나 토기가 대부분이었다. 도자기는 예로부터 중국에서 발전했고, 조선에서 그 수준이 크게 격상되었으며, 일본은 그런 조선의 도자기를 수입해 썼다. 일본 사람들이 본격적으로 도자기를 사용하게 된 것이 임진년 조선 침략전쟁 직후였다.

일본에 끌려온 조선인 포로 가운데는 도자기를 만들 수 있는 사람이 상당수 있었고, 특히 최고의 품질을 생산할 수 있는 뛰어난 도공들이 많았다. 그들 중 다수가 규슈 일대에 살게 되었는데, 그 중에서도 구마모토 남단에 위치한 가고시마에 많은 도공들이 정착해 살았다. 조선과 토양은 달랐지만, 그들은 오래지 않아 질 높은 도자기를 구워내기 시작했다. 가토 기요마사 같은 지배층 사람들은 그 수준에 환호했다.

일본은 예로부터 다도를 숭상했다. 오다 노부나가의 다도 스승이기도 했던 일본 다도의 중시조(中始祖) 센 리큐[千利休]가 처음 문을 연 오사카의 '사카이 다도회'는 중국 도자기의 명산지 경덕진(景德津)에서 생산된 청자와 백자, 아니면 고려 청자와 조선 분청사기를 즐겨 사용하면서 차를 품평하는 모임으로 유명했다. 임진왜란이 끝나고 몇 년 뒤, 끌려온 조선 도공들이 만든 막사발이 사카이 다도회에 진상된다. 이 다도회의 회원들은 막사발에 경탄을 금치 못한다. 이때의 진상품 중 '이도다완'이라는 이름의 막사발이 있었는데, 이 막사발은 경상도 진주목의 '새미골' 관요 출신 도공들의 작품이었다. 새미는 '샘'의 옛말이다. 샘을 일본식 한자로 쓰면 '井'이고 고을은 '戶'이다. '井戶'를 일본식으로 발음하면 바로 '이도'가 되니, 이 이도다완은 말을 바꾸면 새미골 막사발인 셈이다. 이때의 이도다완 중 교토 다이토쿠지[大德寺] 고호안[孤蓬庵]의 것이 나중에 일본 국보로 지정된다.

"아무런 기교를 부리지 않고 마구 구워낸 듯한데, 어찌 이렇게 기품을 풍길 수 있을까! 이게 모두 조선 도공의 솜씨 아닌가. 이제 겨우 그 사람들의 솜씨가 빛나게 되었는데, 다시 조선으로 돌려보내야 한단 말인가!"

가토 기요마사는 잠시 자신이 들고 있던 사발을 높이 치켜 들고 쳐다보다 그렇게 중얼거렸다.

가토 기요마사는 사명대사 유정이 보낸 사자들을 혼묘지에 머물게 했다. 그러고는 사흘째 되는 날 새벽부터 혼묘지로 와서는 여러 승려들과 함께 예불에 참여했다. 독송(讀誦)과 참선도 했고, 이어 포행(匍行)도 함께 했다. 아침 공양 후에 니쓰신의 설법을 듣고 나서는 전에 없이 질문을 퍼부어댔다.

"결가부좌를 하고 두 손을 단전에 모아 참선을 하는 동안 오직 하는 것이라고는 숨을 쉬는 것밖에 없지 않습니까?"

"그렇지요. 좌선 수행을 하는 승려들 또한 수행하는 동안 호흡하는 것 말고는 달리 하는 게 없지요."

"우리는 살아 있는 동안 늘 숨을 쉬는데, 참선하는 중에 하는 숨쉬기를 특별히 강조하는 연유가 무엇인지요?"

"몸 안의 세계가 있고, 몸 밖의 세계가 있는데, 이것이 실은 별개의 것이 아니라 모두 하나의 세계입니다. 한데 그것이 그냥 하나가 되는 것이 아니라, 호흡이 제대로 될 때에만 하나가 되는 것이지요. 참선할 때 바르고 고르게 숨을 쉬어야 하는 까닭이 여기에 있습니다."

"참선을 하면서 마음을 호흡하는 데 뺏기면 그 마음이 얻는 바가 무엇입니까?"

"그 마음에 들어오고 나가는 것이 있게 마련입니다. 그 중에는 잡념도 있고 화두(話頭)도 있지요."

"마음이 화두를 찾아 깨달음에 이르지 못하면 참선이 무슨 소용이 있을까요?"

니쓰신이 대답 대신 니찌요를 바라보았다.

"대답해보겠느냐?"

한 발짝 떨어져 앉은 니찌요가 가볍게 목례를 했다.

"마음에 들고 나가는 그것을 그대로 두면 평정 상태가 오지요. 그 평정 상태에서 화두와 만날 때 깨달음으로 가는 길이 생기는 것이지요."

"음……."

가토 기요마사의 입에서 신음소리가 나는 듯하더니, 니찌요의 귀에 이어지는 말이 들려왔다.

"니찌요, 너도 이번에 사명대사를 따라 조선으로 돌아가고 싶겠지?"

니찌요는 가토의 갑작스런 말에 얼굴이 붉어진 채 고개를 숙였다. 가토는 늦추지 않고 있었다.

"왜 대답을 못하지? 그것이 네 마음의 길이 아니더냐?"

"사람이 제가 태어난 고향으로 가고 싶어하는 마음이야 누군들 없겠습니까?"

가토는 니찌요가 간신히 답을 하고 있다는 걸 눈치 채고 있었다.

"그래서 고향 사람을 만나서 돌아갈 모의부터 했느냐?"

"아니, 아니…… 그게 무슨 말씀이온지?"

니찌요의 말은 어딘지 변명처럼 들렸다.

그때 법당 문이 열리고, 기무라가 건장한 사내 셋을 데리고 들어섰다. 대마도의 부교 마에다와 조선에서 온 하명구와 강진석이었다. 하명구와 강진석은 놀랍게도 포박당한 채였다.

"이래도 거짓말을 할 테냐?"

가토가 추궁하듯 말했다. 니찌요는 잠시 표정이 흔들렸지만 이내 허리를 곧추세우고 말했다.

"저는 조선에서 일본으로 와서 다이묘께서 곁에 두고 수시로 글을 묻고 제가 살아온 일을 하문하셔서 그럴 때마다 하나씩 대답하면서 제 목숨이 소중한 줄을 알았습니다. 제 목숨이 소중한 것을 깨우치게 해준 분을 배반하는 일을 제가 어찌 모의할 수 있겠습니까? 그저께 조선에서 온 저 두 사내를 만나 조선인 피로의 실상을 전한 일은 있어도 다이묘 몰래 조선으로 갈 모의를 한 적은 없습니다."

"말 하나는 잘하는구나. 너의 마음이 조선으로 돌아갈 생각으로 가득한데, 저자들에게 조선인 피로들 얘기를 하면서 돌아갈 꾀를 내지 않았다니 그것이 말이 되느냐?"

"일본은 명나라를 치겠다고 하면서 실은 조선에서 전쟁을 하고 돌아왔습니다. 싸우고자 덤비는 조선군이나 의병들과는 싸움을 해서 서로 죽이고 죽었습니다만, 싸우지 못하는 백성들은 잡히는 대로 끌고 왔기 때문에 그 숫자가 기만은 될 것으로 알고 있습니다. 이들 중에는 성리학에 능통한 선비도 있고, 그릇을 잘 만드는 도공도 있고, 집을 잘 짓는 목수도 있고, 바느질하는 궁녀나 아낙도 있어서 일본 사람들이 이들에게 학문과 기술을 배웠습니다. 그렇지 않은 자들은 노예나 하인으로 부려왔습니다. 그들이 온 것이 오래 된 이는 벌써 10년이고 짧아도 6, 7년에 이릅니다. 더러는 죽고 더러는 서양에 노예로 팔려 가기도 하고, 또 더러는 탈출해서 조선으로 돌아가기도 했지만, 대부분은 여전히 일본 사람 집에 예속되어 하인이 되고 노예가 되었고 어떤 이들은 무리지어 한 곳에 살고 있습니다. 이들 중에는 이미 일본에 사는 것에 익숙해진 사람도 있고, 조선에 살건 일본에 살건 다르지 않다고 생각하는 사람도 있습니다. 조선인 피로를 돌려보내는 일은, 사명대사와 도쿠가와 쇼군 두 분이 정할 일이고, 그 정해진 것에 따라 다이묘께서 보시고 돌아가고 싶어하는 조선인 피로를 돌려보냄이 옳다고 여길 뿐 달리 모의한 것은 전혀 없습니다."

"네가 내 앞에서 지금 세 치 혀를 놀려 거짓을 말하고 있음이 분명하다."

가토는 뭔가 확신에 찬 듯 몸을 일으켜 하명구와 강진석 앞으로 다가갔다.

"마에다, 너도 그 자리에 있지 않았느냐. 이 조선 사내들한테 물어보아라. 그저께 둘이 니찌요를 만났을 때 니찌요가 슬피 울면서 한 말이 무엇이더냐?"

마에다가 겁에 질린 채 뭐라고 통역을 하려 하자, 기무라가 능숙한 조선어로 이를 대신했다. 강진석 역시 겁먹은 표정인데 반해, 하명구는 뜻밖으로 차분했다. 포박당한 손이 아픈 듯 상을 찡그리긴 했지만 음성은 맑았다.

"다이묘께서 사람을 시켜 저희를 지켜보게 하셨으니 잘 아실 것입니다만, 저희는 다른 말을 한 것이 없습니다. 저희가 알고 싶은 것은 조선인 피로들이 어느 정도로 많고 또 어디에서 어떻게 살고 있는지 하는 것입니다. 니찌요 스님이 그걸 아는 대로 설명해주셨을 뿐입니다."

가토가 탁, 소리를 내며 칼을 잡았다.

"내가 묻고 있는 것은 너희들이 울면서 나눈 말이다. 니찌요가 슬피 울면서 한 말이 무엇이더냐!"

"니찌요 스님도 울고 저희도 울었습니다. 말을 맞춰보니, 니찌요 스님의 고향이 제가 살던 경상도 하농이더군요. 고향 사람 이름을 대는데, 제가 아는 사람이 많아 탄복하다 보니 눈물이 났고, 니찌요 스님도 마침내 하염없이 울었습니다. 아무리 불자가 되었다 하나, 이역만리 타국에 와서 뜻밖에 같은 고향 사람을 만나 왜란 때 죽고 산 고향 사람 얘기를 나누는데 울지 않을 사람이 어디 있겠습니까?"

하명구는 자신도 모르게 울컥 치밀어오르는 것이 느껴졌다. 어느 틈에 목소리가 격앙되어 있었지만, 가토는 등을 보이고 서 있었다.

가토는 승방 문을 열고 밖을 내다보았다. 동자승 하나가 언 손을 연신 입김을 불어 녹이면서 마당을 쓸고 있었다. 승방 안은 한동안 기나긴 침묵이 흘렀다.

"니찌요!"

가토가 한참 만에 입을 열었다. 니찌요는 심상찮은 가토의 음색에 가슴이 철렁했지만, 가만히 심호흡을 해서 마음을 가라앉혔다.

"조선인 피로가 조선으로 돌아가는 일은 오직 쇼군의 뜻에 달렸다. 뜻이 정해지면, 성심으로 따를 뿐 나는 딴 뜻이 없다. 쇼군이 피로 송환을 명하면, 가고 싶어하는 피로는 모두 보낼 것이다. 사명대사가 친히 이곳에 와서 조선인들을 살펴보고 데려가도 좋다. 가라, 갈 테면 가라! 니찌요도 예외는 아니다!"

가토 기요마사는 이윽고 승방 밖으로 발걸음을 놓았다.

차갑고 슬픈 느낌

유정 일행을 태운 선단은 아이노시마를 떠나 한나절 거리의 치시마[地島]에 정박해 잠시 풍랑을 피한 다음 다시 천천히 동쪽으로 나아가고 있었다. 큰 바다가 지겹다 싶으면 이내 작은 섬이 모습을 드러내는 것이 여러 차례이더니 이튿날 아침이 되자 금세 가닿을 듯한 육지가 보였다. 육지는 양편으로 펼쳐져 있었고, 뜻밖으로 파고가 높아졌다.

"왼편이 일본의 혼슈, 오른편인 규슈입니다. 지금 이 두 섬 사이의 간몬[關門] 해협을 지나고 있습니다. 여기가 일본의 세토나이카이[瀨戶內海]로 들어가는 서쪽 관문이지요."

"세토나이카이……."

겐소가 일러주는 말을 유정은 지도에서 찾아내며 중얼거렸다.

일본의 본섬에 해당하는 혼슈와 서쪽으로는 규슈, 남쪽으로는 시코쿠에 에워싸이며 장장 6천 킬로미터가 넘는 긴 뱃길로 이어지는 바다가 세토나이카이였다.

“규슈나 쓰시마 사람들로서는 이 간몬 해협은 천하로 통하는 길목이지요. 일본 혼슈에서도 규슈나 쓰시마는 물론이고 조선이나 먼 중국까지 가려면 반드시 이 해협을 통해야 하기 때문에 예로부터 간몬 해협을 제압하는 자가 천하를 얻는다는 말이 있을 정도입니다.”

“일본 천하를 처음 제패한 도요토미 쇼군도 바로 간몬 해협을 넘어와 조선까지 넘보았군요.”

유정의 지적에도 겐소는 굴하지 않고 말을 이었다.

“좁은 해협이지만 방심하면 큰코다칩니다. 도요토미 쇼군이 이곳을 지날 때 암초에 부딪쳐 배가 부서진 일이 있었습니다. 쇼군이 책임자와 뱃사람들을 모두 목 베게 하고 저기 보이는 언덕에 비석을 하나 세웠지요.”

“사람들 목을 쳐놓고 비석이라…… 그게 위령비일 리는 없을 테지요.”

“그렇지요. 잘못해서 쇼군이 죽을 수도 있는 일이었으니, 다시 그런 일이 있어서는 안 된다는 뜻으로 경계하는 비석을 세운 것이지요. 새로운 쇼군이 도요토미 쇼군의 흔적을 없애려고 부단히 애쓰고 있지만 아직 힘이 못 미친 데가 많습니다."

겐소는 담담하게 도요토미 시대에서 도쿠가와 시대로 전환되는 격동의 나날을 짚어내다가, 잦은 전란에 신음해온 무수한 사람들 생각에 잠시 의기소침해졌다. 그러나 겐소는 배가 만으로 들어서면서 조선 사람들의 표정이 아주 달라지는 것을 보고 미소를 되찾았다.

"큰스님, 저 아무래도 부처님께 투정을 좀 부려야 할까 봅니다."

입을 뗀 사람은 해구였다. 해구의 눈길은 아예 유정 쪽으로 향하고 있지 않았다. 간몬 해협에서부터 시작되는 세토나이카이의 바다와 섬들이 해구의 눈길을 사로잡고 있었다. 그 눈길에 담긴 뜻을 유정도 금세 알아차렸다.

"좋은 경치에 입이 벌어져 푸념하는 정도야 부처님께서 능히 받아주실 게다."

"그렇지요, 큰스님? 큰스님께서 보시기에도 불공평하지요?"

"불공평하다는 건 무슨 뜻이냐?"

"일본에 와서 벌써 석 달이라 그동안 바다와 섬과 육지가 서로 어우러진 곳의 경치가 썩 장관을 이룬다는 것은 알고 있습니다. 한데 이제 막 세토나이카이에 들어서고 보니 더 말을 하지 않고는 못 견디겠습니다. 저 무지몽매한 섬나라놈들한테 이런 절경을 준 것이 도대체 누구인지요?"

바다 위로 아침 햇살과 안개가 어우러져 신비한 물빛이 사방으로 퍼져나가고, 겹겹이 층을 이룬 낮은 산들이 그것을 에워싸면서 마치 신선이 현몽하는 듯한 기운이 감돌고 있었다. 조선 팔도를 누비고 다녀본 유정이었지만, 바다와 섬과 육지가 서로의 기운을 내며 기묘한 조화를 이루는 이런 곳을 만난 기억은 찾기 어려웠다. 조선의 한려수도 중에서 남해 금산이나 거제 남단의 저구리 바다, 통영 욕지도 인근 섬들, 해남 보길도의 풍광이 연이어 떠올랐으나 일본 바다의 풍치는 손 뻗어 잡을 수 있는 거리에서 조화를 부리는 듯하는 게 전혀 다른 감회를 낳았다.

"하늘과 땅의 조화를 모르고 욕심만 채우려는 사람을 경계하고자 이런 풍광을 내린 게 아니겠느냐."

유정으로서도 전에 보지 못하던 풍치 앞에서, 조선을 침략하기 위해 군사를 거느리고 해협을 건너 규슈로 오던 도요토미의 무리를 떠올리고 있기에는 무리였다.

유정의 선단이 정박한 곳은 시모노세키[赤關]였다. 일행은 만(灣)에서 바다 쪽으로 낸 도진바시[唐人橋]를 건너갔다.

"여기서부터 진짜 일본인 모양이로구나!"

누군가의 입에서 탄사가 터져나왔다. 그럴 만도 했다. 포구에 산적되어 있는 물건의 부피와 종류부터 달랐다. 게다가 그 물건을 나르는 인부들 수도 일행이 지금까지 지나온 어느 포구 이상이었고, 당장은 그 복색이 예상 밖으로 사치스러웠다. 물건을 나르지 않는 구경꾼들이 사절단 일행이 걸어가는 양편에 서서 신기하다는 눈빛을 보내고 있었다. 그들 뒤로 크고 작은 상점들이 연이어진 것이 한창 때 조선의 어느 큰 저자거리 이상이었다.

"작은스님, 경치만 불공평한 것이 아닙니다. 여기 사람들을 보니, 도무지 헐벗은 사람들이 아니잖아요."

영식이 해구 곁에 바짝 따라붙으며 볼멘소리를 했다.

"그렇구먼. 이놈들이 남의 나라에 와서 전쟁을 쳐서 쑥대밭을 만들어놓고, 사람도 잡아가고 물건도 뺏어가고 하더니, 제놈들만 잘 먹고 잘 놀고 있는 거 아니야?"

다른 행자 하나가 눈치도 보지 않고 더 큰 목소리로 투덜거렸다.

조선과 교역을 바란다는 일본에 과연 진정한 교린 의사가 있는지 탐정을 하러 일본에 들어간 사절단이었다. 어디를 가든 일본이 다시 전쟁을 치러 올 나라는 아닌 것으로 보여서 다행이었다. 게다가 조선에서 많은 문물을 가져가고 뺏어간 나라라 하기에는 의외로 아주 많은 것을 가지고 있는 것처럼 보이기도 했다. 뱃길을 따라 펼쳐지는 경치에 놀랐고, 시가지에 모여든 인파와 복색에 놀랐다.

그런 그들이 조선에서 온 사절단을 극진하게 맞고 있다는 사실도 놀라웠다. 비록 숙소는 때로 좁기도 하고 낡기도 했지만 어떤 곳이든 늘 깨끗했고, 대접하는 음식 또한 풍족하지는 않아도 정갈하고 깔끔하기로는 여느 양반집 못지않았다. 가장 놀라운 것은 사절단을 따라다니며 구경하는 사람들이 아침부터 밤까지 끊이질 않는다는 사실이었다.

시모노세키에 정박한 사명대사 유정 일행은 아미다지[阿彌陀寺]라는 절에 머물게 되었다. 이튿날 아침 아미다지로 몰려든 수십 명의 일본인들이 있었다.

"저 사람들이 우리한테 바라는 것이 무엇이오?"

처음에는 유정도 영문을 잘 알지 못해 물어보았다.

"대사께서 하시는 말씀, 쓰시는 글씨가 모두 이들에게는 보물과 같습니다."

겐소는 아무렇지도 않게 대답했다. 겐소의 말이 틀린 게 있다면, 사람들이 보물처럼 원하는 것이 단지 사명대사의 말과 글만이 아니라는 사실이었다. 예로부터 그랬지만, 특히 왜란 이후 일본에는 조선의 문물을 좋아하는 사람들이 대단히 많아졌다. 조선의 그릇이 귀하고 아름답다는 사실부터, 조선 인삼은 냄새만 맡아도 몸에 좋다는 소문까지 떠돌고 있었다. 사절단에게 바라는 것은 그런 물건에만 한정되지 않았다.

사절단 중에 가장 바쁜 사람이 바로 글씨를 쓸 줄 아는 선비

출신들이었다. 사절단을 안내하고 경비하는 현지 관원들부터 선비를 붙들고 조르기 일쑤였다.

"중국에서 시작된 유학이 조선 성리학으로 꽃을 피운 것으로 알고 있습니다. 좋은 글귀 하나 써주십시오."

수행하는 사람들한테 이런 정도였으니 유정의 시달림은 어떠했을까? 대마도에서부터 시작된 유정의 글쓰기는 시모노세키에 이르러 더욱 본격화되고 있었다. 홍탁과 공치가 하루 종일 번갈아가며 먹을 갈아대야 할 정도였다. 유정은 아미다지로 찾아오는 지역 토호를 비롯 인근의 학승과 무사들에 그 자식들까지 상대하느라 나들이도 한 번 못하고 다시 길을 떠나야 할 처지가 되었다.

떠나기 전날 저녁 겐포가 슬쩍 미소를 띠며 유정 앞에 얼굴을 내밀었다.

"이쯤해서 일본의 덴노를 만나보시렵니까?"

"덴노라면 일본의 천황인데, 교토에 계신다 하지 않았소?"

겐포의 농을 눈치 채지 못한 해구가 맞섰다.

"저를 따라오시지요. 덴노를 만나게 해드리겠습니다."

겐포가 유정 일행을 인도한 곳은 아미다지에서 멀지 않은 곳에 자리한 조그만 묘탑 앞이었다. 묘탑 앞으로 어린아이 형상을 한 소상(塑像)이 서 있었다. 겐포가 그 앞에서 가만히 읍을 했다.

"바로 이 분이 덴노이십니다. 일본이 지금처럼 쇼군이 국정을 이끄는 막부의 시대가 되기 전에 덴노가 친정을 하던 시대를 헤이안 시대[平安時代]라 하지요. 이 어린 분은 지금으로부터 5백여 년 전 세 살의 나이로 보위에 오른 안토쿠[安德] 덴노였습니다. 덴노가 나이가 어려서 쇼군 미나모토 요시토모[原賴朝]가 권력을 잡게 되었는데, 대비(大妃) 시라카와고[白河后]가 대신 다이라 기요모리[平淸盛]와 손잡고 이를 몰아내려고 해 두 세력 간에 싸움이 일어났지요. 결국 미나모토 요시토모가 군사를 일으키자 다이라 기요모리 일파는 수세에 몰려 달아나게 되었고, 바로 여기 시모노세키로 쫓겨나던 시라카와고가 어린 안토쿠 덴노를 업고 바다로 뛰어들어 함께 죽었습니다. 안토쿠 덴노는 이때 여덟 살……."

우스개를 섞어 말하던 겐포의 음색이 어느덧 숙연해져 있었다. 안토쿠 덴노가 죽은 뒤, 일본에서의 덴노는 나라를 대표하는 상징으로만 남고, 실제 권력은 쇼군을 정점으로 하는 막부가 가지는 새로운 시대가 열린다. 이 시대를 가마쿠라 시대[鎌倉時代]라 한다.

유정은 안토쿠 덴노의 묘탑과 소상 주위를 둘러보았다. 그러고는 칠언고시(七言古詩) 한 수를 남긴다.

안황(안토쿠)의 유적은 적관(시모노세키) 바다 곁에 있네.

길은 푸른 물결에 끊어지고 풀과 나무가 거칠구나.

중천에 뜬 한 조각 달이

그때처럼 변함없이 빈집을 비추는구나.

유정이 일본을 다녀간 뒤 조선과 일본 사이에는 조선통신사 파견이라는 특별한 교류 관례가 생겨나는데, 이후 통신사들은 이곳을 들를 때마다 시를 한 수씩 써서 남기는 풍습이 생겼다. 지금 유정과 통신사의 숙소로 쓰인 아미다지는 남아 있지 않고, 대신 안토쿠 덴노를 모시는 아카마 신궁[赤間神宮]이 세워져 있다.

유정이 이끈 사절단이 오사카의 가와구치[川口]에 닿은 것은 1604년 12월 중순이었다. 조선의 부산 다대포항을 떠난 지 넉 달 만이었고, 대마도를 떠난 지는 한 달이 되었다. 이국의 여정에 시름은 깊어졌고, 오랜 항해로 육신은 지쳤다. 유정을 받드는 수하들도 제 앞가림하기에 급급할 지경이었다. 유정은 참선과 염불로 이를 이겨냈다. 한시도 마음을 놓을 수 없었다.

대마도에서 다친 사령(使令) 하나와 승려 하나는 하카타에, 항해 중에 토사곽란을 만난 격군(사공을 돕는 사람) 둘은 시모노세키에 남겨두었고, 우시마도[牛窓]를 지날 때 일본인 구경꾼과 싸움을 벌이며 난동을 부린 복선장(卜船將) 하나와 부로 쓰[室津]의 장터에서 물건을 사다가 소란을 피운 사공 둘을 일본 관원에 맡기는 일도 유정 스스로 결정해야 했다.

가와구치에서 일본 배로 옮겨타 오사카로 들어가는 좁은 강의 양편으로 어느새 많은 구경꾼들이 나와 신기하다는 눈빛으로 일행을 맞고 있었다. 몇 개의 다리를 지나 항구에 닿고부터는 지금까지 보지 못하던 집들이 연이어 나타났다. 옷감과 책, 종이, 노리개 같은 물건을 파는 점포들이었다. 유정은 숙소에 닿자마자, 상관(上官)들을 불러모았다.

"여기는 우리 조선을 침략한 원흉인 도요토미 히데요시가 일본 천하를 지휘하던 곳으로, 비록 천벌을 받아 죽었다 하나 아직 그 기운이 서려 있다. 사사로이 나돌아다니다 불미스러운 일을 만들지 않도록 각별히 조심해야 할 것이야."

그렇게 훈시하지 않을 수 없었다. 모두들 지친 것만큼이나 놀라고 있었다. 이곳은 머릿속으로 생각한 일본이 아니었다. 전쟁을 치르느라 불모(不毛)가 된 듯한 한양 거리는 말할 바 없겠지만, 한창 물상이 많던 시절의 한양 저자거리에 비해서도 이곳은 뒤질 바가 없었다. 알록달록 형형색색의 복색과 건물과 물건들로 넘쳐났다. 이제는 분노도 더 일지 않았다. 이건 엄연한 현실이었다.

"큰스님께서 먼저 좌정을 하셔야겠습니다. 이 콩국을 드시고 마음을 내려놓으시지요."

정작 가장 큰 충격을 받은 사람이 유정이라는 사실을 눈치 챈 사람은 홍주였다.

"내 마음이 어디에 있기에 내려놓으라는 게냐?"

유정은 짐짓 웃어 보였지만 스스로의 마음이 있어야 할 곳에 있지 않다는 것을 잘 알았다.

"큰스님께서는 가와구치에서 일본 배로 옮겨타실 때부터 낯빛이 변하셨습니다. 아픈 사람의 낯빛도 아니고, 놀라는 사람의 낯빛도 아니었습니다. 필시 다른 사람과는 전혀 다른 괴로움을 얻은 사람의 얼굴이었습니다. 조선을 떠나 지금껏 잇몸살도 앓으시고 뱃멀미에도 힘들어하시고, 또 낯선 풍광을 보시면서 오랜 객고에도 시달리셨지만 큰스님이 이런 낯빛인 것은 처음입니다. 심신이 상할까 두렵습니다."

"허허, 내가 여태 수행이 덜돼 이 모양이구나. 그럼 어디, 네가 데워온 콩국으로 내 마음을 제대로 놓아볼거나."

유정은 이틀을 숙소에서 벗어나지 않고 마음을 다스렸다.

사흘째 되는 날 유정은 거리로 나섰다. 소 요시토시, 겐소, 야나가와 시게노부까지 동행했다.

"도쿠가와 쇼군은 정권을 잡은 뒤 전 관백이 지배한 곳의 세를 모조리 꺾고 없애버린다고 하지 않았던가요? 한데 어째서 도요토미 관백이 수도로 삼은 이 오사카는 전혀 세가 꺾인 흔적이 없지요?"

유정은 의구심이 드는 것을 차근차근 풀어나가려 했다.

"저 누각이 보이시는지요?"

성벽 쪽으로 앞서 걷던 소 요시토시가 둔덕 쪽으로 올라서며 동쪽을 가리켰다. 겹겹이 나무에 가려 잘 보이지 않았지만, 낙엽이 져서 헐벗은 가지들 사이로 여러 층 높이의 누각이 서 있었다.

"저기에 사는 사람이 누구인지 아시는지요?"

"그럼, 역시?"

유정은 그때에야 갑갑하게 가슴을 짓눌러오던 어떤 의문의 실타래를 일시에 풀어내기 시작했다. 오사카는 도요토미 히데요시의 주성(主城)이었고, 그가 죽은 뒤에도 그 이름으로 힘을 유지하고 있는 사람들이 있었다. 그 오사카 성의 천수각에 바로 그 사람들이 살고 있었다.

"도요토미 간파쿠가 죽었다 하나 그 가족은 남아 있지요. 간파쿠는 죽기 전에 도쿠가와 쇼군을 비롯한 다섯 다이묘들에게 그 가족을 받들 것을 명하고 서약을 받았지요. 새로 정권을 잡은 도쿠가와 쇼군의 힘이 막강하다 하나, 전 간파쿠의 가족들을 내쫓을 명분이 아직 약합니다. 도쿠가와 쇼군은 죽은 간파쿠의 가족들이 장차 화의 씨가 될 줄을 알면서도 그냥 두고 보고만 있을 수밖에 없습니다. 전 간파쿠의 가족들도 숨죽여 지내면서 다시 옛 영화를 찾을 궁리를 하고는 있을 테지만, 섣

불리 나설 수는 없는 형국이고요. 자칫 잘못하다가는 개죽음밖에 다른 길이 없게 되니까요."

오사카 성의 천수각은 저녁노을을 받아 기묘한 빛을 내기 시작했다. 도요토미 히데요시가 천하를 쟁탈하기 위해 지은 오사카 성의 중심이자, 그 권력의 위대한 상징물이었다. 검은 옻칠을 한 판자와 금박 기와, 그리고 금 장식을 한 5층 8단의 초호화 누각……. 쳐다보고만 있어도 절로 충성심이 일게 되는 천수각 앞에서 무릎을 꿇지 않을 자가 없겠구나 싶을 정도였다. 도요토미의 유족은 그 천수각에 살면서 아직도 호시탐탐 재기를 노리고 있었다.

"지금의 쇼군이 조선과 일본의 화의를 논하고자 나를 부른 것인데, 아직 이렇게 조선을 침략한 원흉의 가족이 남아 재기를 노리고 있는 땅에 서 있다니……!"

유정이 오사카에 들어서면서부터 혼란스러워한 것이 바로 이 점이었다. 유정은 날이 저무는 오사카의 성벽을 따라 한참을 말없이 걸어갔다. 그 걸음은 오사카 내성 안으로 들어서는 해자 앞에서 절로 멈춰졌다. 뒤를 따르던 세 사람도 갑작스러운 기운에 발걸음을 멈추었다.

"여기를 보세요!"

유정은 내성을 에워싸고 있는 해자의 그늘진 곳으로 눈길을 두었다. 세 사람은 의아스럽다는 듯이 유정의 다음 말을 기다렸다.

"머지않아 이 해자가 메워질 것이고, 저 안에 사는 도요토미 유족들은 밖으로 나올 수밖에 없을 것입니다!"

"내성을 에워싼 해자가 메워지고 전 간파쿠의 유족들이 밖으로 나온다는 뜻은……?"

겐소가 유정의 말을 먼저 알아듣고 중얼거렸다.

"결국 전쟁이라는 얘긴가요?"

소 요시토시도 뒤늦게 알아차리고 낯빛이 붉어졌고, 야나가와 시게노부도 고개를 끄덕였다.

"대사께서 그리 짚어주시니 속이라도 시원해집니다. 기우는 해를 어떻게 건져올릴 수 있겠습니까? 전 간파쿠의 유족은 이미 기우는 해를 붙들고 있는 것일 뿐이지요. 그 해와 함께 영원한 어둠 속으로 묻히는 것은 시간문제일 테지요."

모두들 도쿠가와 이에야스가 도요토미 히데요시의 남은 가족들을 모두 제거할 것이라는 사실에 대해 믿어 의심치 않았다. 그 과정에서 어쩔 수 없이 전란이 일어난다는 사실도 충분히 짐작할 수 있었다.

세 사람은 한동안 어둠 속에 묻히는 천수각을 물끄러미 바라보았다. 붉은 기운이 사라지면서 천수각의 금빛도 길게 꼬리를 뺀다가 끝내 사그라졌다.

오사카 성의 천수각은 오사카를 여행하는 사람이면 거의

누구나 어김없이 다녀가는 곳이다. 원래 예로부터 오사카를 찾는 승려들의 숙소가 여기 있었는데, 오다 노부나가가 그걸 허물고 대신 혼간지[本願寺]라는 절을 세워주었다. 오다 노부나가가 피살된 이후 권력을 잡은 도요토미 히데요시가 1583년 그곳을 중심으로 오사카 성을 세우면서 5층 8단의 화려한 누각을 새로 세우니 그것이 바로 이 천수각이다.

천수각은 지붕을 여러 겹 겹쳐서 만든 가장 높은 건물이라는 뜻인즉, 거기에는 가장 높은 곳에서 천하를 지휘한다는 의미가 담겨 있다. 금장식으로 화려하게 장식한 이 천수각은 그 화려함만큼 도요토미 히데요시의 강력한 권력의 상징이 되었다. 그러나 권력이란 무상한 것. 도요토미 히데요시는 아들이 일찍 죽어 조카 도요토미 히데쓰구[豊臣秀次]를 양자로 삼아 간파쿠의 지위로 올렸는데, 1593년 친아들 히데요리가 태어나자 구실을 만들어 히데쓰구와 그 일족들을 잔혹하게 살해해버렸다.

후사를 걱정한 히데요시는 임종 전에 미리, 도쿠가와 이에야스를 비롯, 마에다 도시이에[前田利家], 우키다 히데이에[宇喜多秀家], 모리 데루모토[毛利輝元], 이시다 미쓰나리 등 다이묘들에게 자신의 사후에 히데요리를 지켜주고 자신의 대를 잇게 할 것을 서약하게 한다. 그러나 정유년 두 번째로 침략군을 조선에 보낸 이듬해 도요토미 히데요시가 죽고 나사 그 나이묘들은 동과 서로 나뉘어 반목하다 마침내 1600년 가을 세키가하라에서 대결전을 벌이게 된다. 한치 앞을 내다볼 수 없는 극한 혼전 속에서, 왜란 참전파로서 이시다 미쓰나리가 이끄는 서군에 가담한 최대의 영주 모리 데루모토가 우유부단한 태도를 취하며 기회를 엿보다 결국은 도쿠가와 이에야스의 협박에 동군에 합세함으로써 서군을 패전으로 몰아넣고 만다.

새로운 쇼군으로 부상한 도쿠가와 이에야스에게 남은 유일한 혹은 바로 오사카 성의 히데요리 모자였다. 실권은 이미 자신의 것이라 하나, 그래도 스스로 혈서를 써서 지키겠다고 약속한 상대였고, 그때 같이 혈서를 쓴 다이묘들이 아직도 주변에 남아 있었다.

쇼군의 자리는 일시적으로 도쿠가와 이에야스의 것일 뿐 다음에는 히데요리에게로 되넘어가는 것을 정당한 수순이라 볼 수도 있었다. 도쿠가와 이에야스는 히데요리 모자를 오사카 성 밖으로 불러낼 묘책을 거듭 강구해야 했다.

이후 히데요리 일가는 도쿠가와 이에야스의 생전까지는 목숨을 유지한다. 그러나 대를 이은 도쿠가와 히데타다[德川秀忠]가 기회를 엿보다 1615년 여름, 오사카 내성을 에워싼 해자를 메우는 전투로 히데요리 일파를 몰아낸다. 이 과정에서 오사카 성은 허물어지고 천수각은 불타버리고 만다. 도쿠가와 막부는 도요토미 히데요시의 오사카 성 영역에 새로운 성을 세우고 더 큰 규모로 천수각을 세운다. 이때가 1626년인데, 이 또한 1665년에 불타 없어지고 만다.

천수각 복원은 근대에 와서 이루어진다. 도쿠가와 막부 때의 천수대 위에 도요토미 히데요시 시절의 천수각을 본떠 다시 축조한 것이 1931년이다. 지금의 천수각은 그 시절 역사를 보여주는 박물관으로 수많은 관광객을 맞고 있다.

유정과 소 요시토시가 천수각을 등지고 돌아서려는데, 그들을 따르는 수하 무리 뒤에서 격한 음성이 들려왔다. 곧 대마도에서부터 따라온 군졸 하나가 소 요시토시 앞으로 급히 다가왔다.

"어떤 무사가 와서 조선에서 온 승려를 꼭 뵙게 해달라고 떼를 쓰는데 어떻게 하지요?"

어둠에 묻혔던 오사카 성의 천수각이 달빛을 받아 다시 기묘한 빛을 내기 시작했다. 미처 묵을 잠자리를 잡지 못한 까마귀 떼가 천수각을 비껴 허공으로 날아올랐다. 달빛과 천수각의 지붕과 까마귀 떼가 어우러져 빚어내는 정경은 아름답다기보다 차라리 차갑고 슬픈 느낌을 자아냈다.

숙소로 돌아가려던 사명대사 유정의 일행 앞에 무릎을 꿇은 사내는 거침없이 뜻을 밝혔다.

"저는 이와쿠니[岩國] 번의 번주이신 기카와 히로이에[吉川

廣家] 님을 모시고 있는 사무라이입니다. 며칠 전 큰스님의 배가 저희 이와쿠니 번을 그냥 지나쳐 가신 뒤, 저희 번주께서 뒤늦게 알고 큰스님을 뵙지 못한 것을 안타까워하셨습니다. 제가 번주의 명으로 오사카에 물건을 사러 온 차에 큰스님이 와 계신 것을 알고 뒤따랐습니다."

"이와쿠니의 번주 기카와라면?"

야나가와 시게노부가 겐소 쪽으로 돌아보았다. 겐소가 애써 입을 꾹 다물었고, 소 요시토시의 얼굴에는 그늘이 어렸다.

소 요시토시가 잘 알아들을 수 없는 일본말로 급히 사내를 나무랐다. 사내는 딱딱하고 차가운 땅바닥에 무릎을 꿇었으나 수시로 고개를 꼿꼿이 들어 유정을 쳐다보았다. 유정이 여전히 관심을 끊지 않자 겐소가 마지못해 한 마디 통역을 했다.

"이 사람이 대사님을 저 천수각으로 모시고 가겠다고 하는군요."

유정이 잠깐 어둠에 싸인 해자 쪽을 내려다보는 사이, 소 요시토시는 목례로 양해를 구한 다음, 황급히 칼을 뽑아들고 사내의 목에 칼끝을 갖다댔다.

"여기 계신 이 어른은 조선 국왕의 명을 받고 우리나라 쇼군을 만나러 오신 분이다. 두 나라의 운명이 달린 중차대한 임무를 띤 사절이시라는 말이다. 그런데 네가 사사로운 일로 앞을 가로막아 서툰 사연을 전하려 들다니, 쇼군께서 아시면 할복을 명할 일임을 알아야 할 것이야!"

무사는 소 요시토시가 겨눈 칼끝을 피하지 않은 채 맞섰다.

"저는 저희 번주의 신하로서 번주가 원하는 일을 먼저 알고 행하고자 할 뿐입니다. 이 일로 쇼군께서 자결하라는 명을 하신다면, 그 역시 번주에게 여쭈어 우리 번주가 따르라 하시면 그때 따를 수 있습니다."

사내의 태도에 조금도 흔들림이 없자 소 요시토시는 화가 치밀어올랐다.

"허허, 시끄럽구나! 당장 이곳을 떠나지 않으면 입을 찢어 놓고 말 테다, 썩 물러나렷다!"

소 요시토시는 수하들을 불러 사내를 끌어내게 했다. 사내는 그러나 발버둥치듯이 버텨냈다. 그 바람에 수하들 중 하나가 사내의 발길질에 뒤로 나가떨어졌다.

"아니, 이놈이 어디서 행패를 부려!"

소 요시토시가 사내의 가슴팍을 발로 내질렀다. 퍽, 하는 소리와 함께 사내가 나자빠졌다. 몸을 일으킨 사내가 소 요시토시를 향해 욕을 하면서 대들었다. 소 요시토시는 다시 칼을 빼 무사의 촌마게를 치고 말았다. 그러고는 수하들과 함께 사내를 들고 해자 쪽으로 몰아갔다.

"이놈을 저 해자로 처넣어버려라!"

해자에 몸이 던져지기라도 하면, 그것은 곧바로 죽음을 의

미했다. 성을 지키는 병사들의 조총이 어김없이 그 몸을 향해 무차별 총알을 날려댈 것이 분명했다. 사내로서는 일촉즉발의 위기였다.

"잠깐! 도대체 무슨 곡절이 있는 건지 들어나 봐야 할 게 아니겠소!"

유정이 큰 소리로 소 요시토시를 불렀다. 소 요시토시도 차마 사내를 죽음에 빠지게 할 수는 없어서 사내를 잡았던 손을 풀었다. 사내는 산발한 머리를 치켜든 채 유정을 향해 비장한 눈길을 보내왔다.

사내가 모시는 다이묘 기카와 히로이에는 임진년에 조선에 와서 산천을 유린한 장수였다. 1593년 우키타 히데이에, 이시다 미쓰나리 같은 다이묘와 함께 조선 도성의 북쪽 행주산성(幸州山城)을 공략했다가 도원수 권율이 이끄는 조선군과 백성들의 저항과 계책에 부딪쳐 퇴패한 적도 있었다. 침략전쟁이 끝난 뒤, 도쿠가와 이에야스와 이시다 미쓰나리를 동서군 양측 주장(主將)으로 하는 세키가하라 전투에서 은근히 동군에 가담해 목숨을 건지고, 결국은 이와쿠니 일대의 영지를 거느리는 번주가 되어 있었다. 도쿠가와 이에야스가 한때 서군에 있다가 기회를 엿보아 동군 편에 선 대영주 모리 데루모토를 처단하려 하자 이를 막아준 사람이기도 했다. 덕분에 목숨을 건진 모리 데루모토는 그마나 두 개 영지의 영주로 연명할 수 있게 되었다.

"이 사람은 번주가 시키지도 않았는데 번주의 뜻을 미리 알고 따르기 위해 어째서 그렇게 위험한 짓을 미친 듯이 행할 수가 있는 거지요?"

사내를 데리고 숙소인 니시혼간지[西本願寺]로 가는 동안 유정은 일본에 와서 품어온 궁금증을 풀어놓았다. 이 사내만이 아니라 많은 이들이 자신의 본분을 지키는 선을 넘어 극단적인 지점을 향해 가는 듯한 느낌이 들었던 것이다.

잘 짜맞춰 지은 성곽이나 잘 꾸며놓은 정원의 아름다움도 그저 아름다운 것에 그치는 것이 아니라 더 나아가 슬프고 처연한 기운까지 내뿜고 있었다. 정도를 넘어서서 더 아름답게 빚어내고, 더 충성스럽게 행동해 사람과 사람 사이를, 사람과 환경 사이를 연계하는 독특한 태도를 유정은 참으로 이해하기 어려웠다.

"저런 사내를 충신이라 해야 하는 건가요?"

유정이 재차 물었지만, 겐소만이 웃으며 고개를 끄덕이는 것으로 답했을 뿐, 아무도 마땅한 답을 들려주지 못했다.

오히려 그 답에 실마리를 잡게 한 사람은 유정을 오사카 성내로 인도해 가고자 한 사내였다. 사내는 반은 울먹이고 반은 감격에 차서 말했다.

"제가 어릴 때 제 형이 저희 번주를 따라 조선 침략전에 나갔다가 이듬해에 전사했습니다. 조선은 저의 가족에게는 죽음의 땅이지요. 우리가 침략을 하러 간 곳이라 하나, 어찌 되었든 제 형은 그곳에서 조선인과 싸우다 화살을 맞고 죽었습니다. 이런 나라와 화평을 논하겠다고 사신을 청했다는 사실을 듣는 순간, 하늘이 노래지는 것 같았습니다."

"음……."

유정의 입에서는 실소(失笑)보다 먼저 한숨이 새어나왔다. 조선을 침략해서 무수한 사람을 살상한 일에 대해서 말하기보다 그 일을 하는 과정에서 자신이 얼마나 힘들고 고되었던가를 말하는 사람들이 이곳에는 아주 많았다. 그런 그들에게 책임을 묻고 사죄를 받기보다 그들이 또 쳐들어올 뜻이 있는가를 살피는 데 급급한 것이 조선의 현실이자 자신의 주 임무라는 사실이 또 한 차례 회의를 몰고 왔다.

"그대는 무엇 때문에 나를 데리고 천수각으로 들어가려 하는가?"

"큰스님은 지금 천수각에 계시는 분을 잘 알고 계시지요?"

"도요토미 히데요시의 유족들 말인가? 내가 이 나라에 조선을 침략한 책임을 물으러 온 사람이라면 죽은 도요토미 히데요시의 유족들을 만날 수도 있지만, 나는 화평을 논하러 온 사람이 아닌가? 내가 무엇 때문에 그들을 만나야 하는가?"

"저희 번의 번주 기카와 히로이에 님이 말씀하시기를 지금의 쇼군은 도쿠가와 이에야스 님이지만, 그 다음 쇼군은 전 간파쿠이신 도요토미 히데요시 님의 아들 히데요리 님 차례라 하셨습니다. 그렇다면 일본과 조선이 화평을 논함에 있어 반드시 히데요리 님이 빠져서는 되지 않을 터인데, 지금의 쇼군은 혼자만의 뜻으로 조선의 사절이신 큰스님을 맞으려 하고 있지 않습니까? 지금의 쇼군과 조선의 큰스님이 화평을 약속했다 하더라도 그건 지금의 일이지 다음의 일로 이어질 수 없는 것이라 했습니다. 그런 번주의 뜻을 알고 있는 제가 큰스님을 오사카 성 앞에서 뵈었는데 어찌 모른 척하고 그냥 보내드릴 수 있겠습니까? 목숨을 바쳐서라도 큰스님께 새 쇼군이 되실 히데요리 님을 만나게 해드려야지요. 그것이 번주에 속한 사무라이의 본분이지요."

"그대는 어찌 사무라이의 본분만 알고, 사람의 근본 예절은 모르는가?"

유정이 일침을 가하듯 다탁을 내리치자, 사내가 그제야 당혹스럽다는 표정을 지었다.

"저는 제 성의 다이묘를 모시는 사무라이로서 대의를 밝혔을 뿐……."

"그대가 모시는 다이묘는 일본 장수로서 조선을 침략해 조선의 산천을 유린한 조선의 원수다. 하다면 조선을 대표해서 일본으로 온 나한테 그대의 다이묘가 지은 죄에 대해 먼저 사죄를 하는 것이 마땅하지 않느냐?"

"제 다이묘는 간파쿠의 명을 받고 조선으로 건너가 전투를 벌여 많은 성을 빼앗은 뛰어난 장수입니다."

말이 끝나기도 전에 유정은 지팡이로 사내의 이마를 정통으로 내리쳤다. 사내는 뒤로 자빠져 큰 대자로 뻗어버렸다.

스승과 제자

"선생님, 예 와 계신 것을 모르고 그냥 지나칠 뻔했습니다."

하야시 라잔[林羅山]은 공손하게 절을 하고 무릎을 꿇고 앉았다.

"허, 용케도 나를 찾아왔구나! 하긴 내가 아직 세속의 정리를 다 씻어내지 못해서 자네가 그냥 이곳을 지나쳐 갔다는 말을 나중에라도 듣게 되면 조금은 섭섭해 할 거야."

후지와라 세이카[藤原惺窩]는 모처럼 찾아온 제자를 향해 미소 띤 얼굴로 말했다.

"선생님께서 이렇게 풍광이 아름다운 곳에 와 계셔서 그런지 혈색이 아주 좋아지셨습니다. 반가운 마음으로 가르침을 청할 수 있게 되어 기쁘기 한량없습니다."

"글을 읽고 그림을 그리는 일만으로는 입에 풀칠을 할 수가 없어서 얼마간 밭일도 하고 호수에 나가 고기도 잡고 그런다네. 그랬더니 몸도 마음도 한결 가벼워. 조금씩 글도 다시 쓰기 시작했으니 죽기 전까지 책은 몇 권 쓰겠다 싶지만, 예전처럼 누굴 가르치거나 하고 싶지는 않네. 오늘은 일본 제일의 정취라는 호수 구경이나 실컷 하고 가시게."

후지와라 세이카는 뭔가 얻기를 바라는 하야시 라잔을 밀어내듯 자리에서 일어났다. 명경 중의 명경이라는 비와호에 머문 지 1년. 언제 다시 떠나게 될지 모르지만, 후지와라 세이카는 이곳에 머무는 1년 동안 예전의 총기를 거의 회복했다. 두 사람은 호수의 청명한 물빛을 한참이나 바라보았다.

"선생님, 저는 이번에 쇼군의 명으로 먼저 교토로 입성하는 중입니다. 교토에 있는 학승들을 불러모아 성리학 책자를 한 곳에 정비하고 강론을 하라고 하시면서, 한편으로는 조선에서 사신으로 온 사명당을 만나라고 하시는군요."

조심스럽게 꺼낸 쇼군 얘기에 후지와라 세이카의 미간이 살짝 좁아졌다.

"조선은 개국 이래로 억불을 해오지 않았습니까? 그런데 조선 국왕이 우리 쇼군한테 승려를 사신으로 보낸 까닭이 어디에 있을까요?"

이른 봄이라 아직 뱃놀이 나가는 사람은 없었지만, 호숫가에는 산보객들이 심심치 않게 눈에 띄었다.

"내가 쇼군의 일에는 아무런 상관이 없는 사람이라는 걸 잘 알고 있으면서 그러는구먼."

"제가 선생님 문하를 드나들 때 듣기를 조선이 나라를 세울 때 성리학으로 치세 원리를 내세운 정도전(鄭道傳)이 불씨(佛氏)에 대한 잡변(雜辯)을 남겼다 하셨기로 그 『불씨잡변』을 구하기 위해 백방으로 애쓴 적이 있었습니다. 여태 구하지는 못하였으나, 그걸 구하러 돌아다니는 사이에 과연 불씨가 어리석고 위험한 것임을 조금씩 알게 되었습니다. 한데 조선의 조정이나 학자들 또한 모두 억불과 배불을 내세우면서 어째서 모처럼 우리 일본과 화의를 논의하는 데 중을 사신으로 보냈을까요? 이번에 쇼군께서 교토에 오시면 조선 사신 사명당을 만나시게 되는데, 제가 쇼군을 수행하면서 어떤 말을 해야 할지 가르쳐주십시오."

후지와라 세이카는 도쿠가와 이에야스가 다이묘로 있던 시절 가중(家中)의 신분으로 그에게 가까이 있던 승려였다. 도쿠가와 이에야스는 자신이 쇼군이 된 뒤에도 여전히 그를 곁에 두려 했지만 후지와라 세이카는 스스로 물러나 야인으로 지냈다. 자신을 따르는 제자 하나가 작은 실수를 범해 도쿠가와 이에야스에게 할복을 명받고 죽은 일로 충격을 받은 것이다.

그 대신 다른 제자 하야시 라잔이 도쿠가와 이에야스 곁에 가중으로 남았다.

"조선은 유학의 나라인 까닭에 깊은 산에 절을 짓고 사는 중은 천민 취급을 하고 있지. 그럼에도 백성들이 흠모하는 고승이 있다고 하네. 유학을 받드는 사람들 중에도 그런 고승을 우러러 생각하는 이가 적지 않다고 들었네. 이번에 온 사명당이 그런 고승이라고 알고 있네. 강항 선생한테 조선의 유학을 배울 때 이름 높은 고승 얘기를 많이 들었는데 그 중에 한 분이 사명당이었지. 그 뒤에 듣자 하니, 사명당이라는 분이 칼을 들고 침략군에 맞싸워 여러 차례 전공을 세운 바 있다고 하더군. 불자로서 학덕이 높은 데다 무공도 세우고 이번에 나라 외교에까지 나서서 먼 바다를 건너왔으니, 아마도 내가 예전처럼 쇼군을 모실 때라면 자진해서라도 가서 그분을 만났을 게야."

"그럼, 이 참에 저와 함께 가시지요, 선생님."

허튼소리 말라는 듯, 한동안 껙껙거리며 웃던 후지와라 세이카는 정색을 하며 말했다.

"지금 내가 무얼 바라 속세로 나가겠는가. 다만, 강항 선생의 안부만 알았으면 하네."

"여부가 있겠습니까? 사명당을 만나면 강항 선생의 소식을 꼭 물어보고, 선생님 소식도 강항 선생께 전해지도록 하겠습니다."

후지와라 세이카가 그리워하는 강항(姜沆)은 왜란 때 일본으로 끌려온 조선인 학자였다.

강항이 일본으로 잡혀간 것은 정유재란 때인 1597년이었다. 임진왜란 초기 때 북진을 서둘렀던 일본군은 재침 때는 주로 삼남 지방을 장악하는 전략을 폈다. 그 주 공략지 중 한 곳이 전주였다. 형조좌랑으로 휴가를 받아 고향 영광에 가 있던 강항은 물밀 듯 쳐들어오는 일본군에게 맞서기 위해 순찰사 종사관 김상준(金尙寯)과 함께 격문을 돌려 의병 수백 인을 모았다. 그러나 그 기세만으로 일본군에 맞서기에는 역부족이었다. 강항은 가족들을 거느리고 해로로 탈출하려다 왜군의 포로가 되고 말았다. 가족, 친지들을 하나둘 잃으며 일본으로 압송된 강항은 처음에 오쓰성[大津城]에 유폐되었다. 그때 슈세키지[出石寺]의 승려 요시히도[好仁]와 친교를 맺으면서 일본의 역사·지리·관제 등을 알아냈다.

강항이 일본 승려 후지와라 세이카를 만난 것은 1598년 오사카를 거쳐 교토의 후시미 성[伏見城]으로 이송된 때였다. 후지와라 세이카는 조선의 과거 절차와 춘추석전(春秋釋奠)·경연조저(經筵朝著)·공자묘(孔子廟) 등을 강항에게 물으면서 상례·제례·복제 등 유교의 예법을 배웠다. 강항은 사서오경을 일본식 한문 독법으로 읽을 수 있는 화훈본(和訓本) 간행에 참여해 발문까지 썼다. 『소학(小學)』, 『곡례전경(曲禮全經)』 능 16종을 수록한 『강항휘초(姜沆彙抄)』도 남겼다. 후지와라 세이카는 그런 강항 곁에서 책을 읽고 글을 논하면서 조선 성리학을 전수받았다.

이전의 일본에서는 사찰의 승려가 곧 유학자였다. 이를 간단히 말하면 유불일치(儒佛一致)라 할 수 있었다. 그러나 후지와라 세이카는 승려이면서도 불교가 부모형제간의 인륜을 부정하고 인의예지를 위반한다는 것에 불만을 품고 있었다. 또 인간의 삶의 역사를 윤회라는 막연한 논리로 설명하고 있다는 점도 이해하기 어려웠다.

후지와라 세이카는 점점 주자학의 도덕적 실천성이 학문의 중심이 되어야 한다고 생각하고, 불교에 섞인 일본 유학은 허학(虛學)이라 주장하게 되었다. 또 한편으로는 육왕학(陸王學)에 관심을 기울여 나름의 유학을 정립하고 있었다. 일본 유학의 성립에는 이 후지와라 세이카의 학문이 절대적이었다. 이 덕분에 후지와라 세이카는 일본 유학의 개조(開祖)라 불리게 된다.

일본에 피로로 끌려가 있으면서도 일본의 정황을 글로 써서 인편으로 임금에게 바친 강항은 자신이 유학을 가르친 후지와라 세이카 등의 일본인 학자들의 도움으로 1600년 일본 탈출에 성공했다. 귀국한 뒤에는 한때 이덕형을 도와 책을 엮는 일에도 참여했으나 나라에서 주는 벼슬도 마다하고 전라도 남원 땅에 머물면서 책 읽고 후학들을 기르는 일에만 전념했다. 강항이 피로 경험을 쓴 여러 편의 글들이 나중에 제자들의 힘으로 한 권의 책 『간양록(看羊錄)』으로 엮여 오늘에 전하고 있다.

이 책에는 「일본에서 보고 들은 일을 쓴 글(敵中見聞錄)」, 「적국에서 임금에게 올린 글(敵中奉疏)」, 「포로들에게 알리는 격문(告俘人檄)」, 「귀국 후 승정원에 나아가 임금에게 올린 글(詣承政院啓辭)」, 「환란 생활의 기록(涉亂事迹)」 등 다섯 편이 실려 있다. 그 중에 「승정원에 나아가 임금에게 올린 글」에는 이런 대목이 나온다.

> 왜인들은 어떠한 재주, 어떠한 물건이라도 반드시 천하제일을 내세우는 버릇이 있습니다. 천하제일이라는 명수의 손을 거쳐 나온 것이면 비록 추악하고 하찮은 물건이라도 천금을 아끼지 않고 덤벼듭니다. 반면, 제아무리 교묘한 물건이라도 명수의 손을 거친 게 아니면 물건 수에 넣지도 않습니다.

오늘날 세계 최고를 자랑하는 일본 도예 수준이 임진왜란 때 끌고 간 도공들에게서 기인한 것은 일본인도 인정한다. 우리나라의 국보급 예술품이 일본에서 국보 대접을 받으며 애장되고 있는 예도 아주 많다. 이런 현상들도 명수를 떠받드는 일본인의 습성 때문이라고 할 수 있다. 오늘날 일본문화를 규정짓는 '오타쿠' 문화도 '명품'에 빠져드는 일본인 특유의 감성 탓이다. 이런 점을 왜란 포로인 강항이 이미 예리하게 짚어내고 있다. 그 밖에도 강항은 이 책에서 당시 일본의 제도, 풍습, 개인 사생활 등을 눈앞에서 보는 듯이 묘사하고 있다.

또, 「환란 생활의 기록」을 보면, 강항의 일족이 일본군의 포로가 되어 어떤 고초를 겪었는지 잘 알 수 있다.

> 어린 놈 용이와 첩의 딸 애생의 죽음은 너무도 애달프다. 모래사장에 밀려 물결 따라 까막까막하다가 그대로 바다 깊숙이 떠내려가 버리고 말았다. "엄마야, 엄마야!" 하고 부르던 소리가 아직도 귓결에 암암하다. 그 소리마저 시들해졌을 때 산 아비가 살았다 할 수 있겠는가!

배를 타고 도망가려다 왜군에 잡히자 자살을 결심하고 물에 빠져든 강항을 따라 식구들도 모두 물속으로 뛰어들었다가 왜군에게 건져올려지는데, 그 중에 두 아이가 물속으로 잠기는 생생한 장면이다. 이후 아흐레를 굶으며 끌려가다가 가족과 친지들이 굶어죽고 병든 아이들은 왜군들에 의해 수장당하는 끔지한 일을 겪는다. 이듬해 초까지 강항 형제 소생 여섯 중 셋이 물에 빠져 죽고, 둘이 일본에서 죽고, 겨우 하나만 살아남는다.

또한 『간양록』은 왜란 때 도요토미 히데요시가 조선군을 죽인 전과를 보고받기 위해 조선군의 코를 베어 보내게 하고 죽기 전 조선에서 보내진 이 코를 모아 한 곳에 묻고 '코무덤[鼻塚]'이라 칭하는 비석을 세운 일도 밝혀낸다.

일본의 실상을 그대로 묘사한 이 책은 일제강점기 때 조선총독부에서 거두어 모두 불태워버렸는데 요행히도 현재까지 남은 몇 권이 규장각과 고려대 도서관에 보관되어 있다. 이 『간양록』의 저자인 강항, 그에게 조선과 중국의 유학을 배워 일본 유교의 개조라 불리게 된 후지와라 세이카. 그들의 인연은 다시 그 제자 하야시 라잔으로 이어진다.

"선생님께서 그때 강항 선생과 교유하면서 하신 말씀이 생각납니다. 왜 나 같은 사람은 중국이나 조선 같은 나라에서 태어나지 못하고 일본에 태어났을까! 그 말씀, 지금도 여전히 거둘 뜻이 없으신지요?"

하야시 라잔의 항의 섞인 질문을 후지와라 세이카는 피하지 않고 웃으면서 맞받았다.

"그래, 그때 내가 그런 말을 했지. 내가 중으로 살기를 포기하고, 옷도 이렇게 조선 선비 도포로 바꾼 것도 모두 강항 선생의 가르침을 받고나서부터가 아니겠느냐. 일본은 칼로 역사를 이어온 나라이고, 얼굴에 칼로 싸운 흉터가 있는 사람이 용기 있는 사람으로 추앙받는 세상이 되지 않았나. 화를 참지 못하고 싸워서 남을 죽이는 남자를 장부라 부르며, 칼을 잘 쓰는 사람에게 지체 높은 규수 집에서 혼인을 청하지. 이게 일본 아니더냐. 그 칼로 예의 나라 조선을 베었으니 그 죄를 어떻게 갚을 수 있겠느냐. 내가 유학으로써 일본을 구하려 쇼군 곁에 있었으나 연이 다하여 이제 이 호숫가에 와서 혼자 글을 쓰며 유학의 도를 따를 뿐이다. 네가 쇼군 곁에 있으니 유학의 가르침으로 그 칼날을 감싸도록 해라."

하야시 라잔은 스승의 마음속에서 우러나오는 한숨 소리를 들었다. 호수 멀리에서 괭이갈매기 떼가 날아올랐다.

"선생님이 성리학을 말씀하시기 전까지 우리 일본에서는 불교와 유교가 하나였습니다. 선생님께서 강항 선생에게 조선의 유학을 배운 뒤부터 유학이 불교에서 나와 따로 학문이 되고 도가 되기 시작했습니다. 이제 새로 시작된 쇼군의 시대는 이 유교와 함께 열릴 것입니다."

조선의 유학이 고려말의 불교 폐단을 딛고 새로운 통치철학으로 그 가치를 빛낸 것처럼, 일본의 유학 또한 불교 비판에서부터 성립되기 시작했다. 그 앞자리에 후지와라 세이카가 있었고, 그보다 더 급진적인 하야시 라잔 등의 신진 유학자들이 뒤를 이었다.

"라잔, 하지만 잊지는 말게. 유학이 칼로 세운 일본의 죄를 씻어줄 학문이기는 하나, 생각이 다른 사람을 억압하는 도구가 되면 그 역시 칼의 학문이 되고 만다는 사실을."

하야시 라잔은 스승의 말에 가볍게 고개를 숙였다.

"강항 선생께서 과연 성히 살아 계실지 모르겠구나. 여기 계시는 동안에도 늘 스스로를 죄인이라 칭하면서 부끄러워하셨다. 죄는 우리가 지었는데, 도리어 스스로를 죄인이라 하니 내가 늘 몸둘 바를 몰랐지. 그런 분한테 저지른 우리 죄를 생각하면 자다가도 치를 떨 지경이라네. 다행히 쇼군이 조선과 교역을 하고 싶어하시니, 조금이나마 죄를 씻게 되는 것 같구나. 쇼군이 사명당을 진심으로 맞으시도록 잘 보필하도록 해라."

"저는 선생님한테 유학을 배운 이후, 우리 일본을 유학으로 일으켜야 한다고 생각해왔습니다. 하지만 우리 일본은 여태 불교를 버리지 못하고 있습니다. 어쩌면 조선도 불교를 버린 유학의 나라라지만 한편으로 불교를 숭상하는 마음을 버리지 못하고 있는지도 모릅니다. 겉으로는 유학을, 속으로는 불교를 숭상하는 건지, 아니면 선비는 유학을, 서민들은 불교를 신봉하는 건지, 도무지 더 배우지 않고는 잘 모르겠습니다."

하야시 라잔이 도쿠가와 막부를 도와 도요토미 히데요시가 세운 코무덤 비석을 없앤 뒤 이를 귀무덤[耳塚]이라는 뜻의 미미즈카로 이름을 바꾼 것은 오랜 뒤의 일이다.

반만 이기는 승리

"큰스님, 우리나라로 치면 지금 한양성으로 들어선 것 아닙니까? 덴노라는 자가 산다는 도성을 출입하는데 어찌 이리 방비가 허술할까요?"

유정과 나란히 말을 타고 가는 해구가 큰 소리로 말했다. 오사카를 떠나 불과 사흘 만에 들어선 교토였다. 한밤중인데도 대낮같이 훤한 길을 지나 유정 일행이 머물 혼포지[本法寺]에 이르는 동안 길 양편에 선 구경꾼들만 수도 없이 보았을 뿐 군졸이나 포졸 따위는 눈에 띄지 않았다. 조선의 국왕이나 중국의 황제라는 개념에서 보면 도무지 이해할 수 없는 것이, 나라를 대표하는 덴노가 사는 도읍은 삼엄하게 경비해야 할 터인데 전혀 그런 느낌이 들지 않았다.

"그렇구나, 정말 그래."

유정도 그저 고개를 끄덕이며 해구의 의문에 수긍할 수밖에 없었다.

"우리가 지금 일본의 도읍이라는 교토에 온 것이 맞는지, 나도 잘 모르겠구나."

유정이 중얼거리듯 한 말을 뒤를 따르는 겐소가 알아듣고 웃음을 담아 보였다.

"맞다마다요, 사람이 이리 많은 걸 보세요."

겐소는 이어, 대마도에서부터 옆을 지키며 따르는 수하들을 둘러보며 큰 소리로 떠들었다. 그들이 웃는 뜻을 유정은 이내 짐작해냈다. 왜란 때는 말할 것도 없고 이미 왜란 전에도 여러 차례 조선의 한양에 와본 적이 있는 겐소로서는, 조선의 한양과 일본의 교토를 비교하는 유정의 심정을 잘 알아차렸을 터였다. 겐소가 웃음을 거두고 차분하게 말했다.

"일본에서는 정부의 실제 권력이 쇼군이나 간파쿠에게 있지만, 마지막 국령은 덴노의 말로써 정해진다는 건 이미 아시는 대로입니다. 죽은 도요토미 간파쿠도 오사카 성에 있으면서 중요한 국령을 정할 때는 반드시 교토에 있는 덴노의 제가를 받았습니다. 지금 도쿠가와 쇼군도 이 점은 마찬가지입니다. 더욱이 지금 쇼군은 도요토미의 대를 이은 아들 히데요리님 일족을 견제하지 않으면 안 됩니다. 그럴 리는 없지만 만일 덴노가 도쿠가와 쇼군의 지위를 인정하지 않고 히데요리 일족 편을 드는 날에는 문제가 복잡해집니다. 덴노가 스스로 권력을 행사하는 시대가 다시 오지 않는다고 보기도 어렵지요. 덴노는 지금 도쿠가와 쇼군만을 신임하지만, 세상 일이라는 것이 알 수 없어 도쿠가와 쇼군은 또 쇼군대로 덴노에게 겉으로는 깍듯이 예를 갖추면서 속으로는 끊임없이 경계를 하고 있는 형국이지요."

"결국 도쿠가와 쇼군이 조선의 사절을 교토로 부른 것은 자신의 권력을 덴노나 히데요리 일족들을 비롯해서 천하에 두루 과시하려는 뜻이로군요!"

"옛?"

겐소가 움찔했다.

"그렇지 않습니까? 죽은 관백이 조선 침략전쟁을 벌인 일로 조선은 말할 것도 없고 일본도 결국은 도탄에 빠지지 않았습니까? 조선과의 화친은 새로 권력을 잡은 사람으로서 옛 관백의 시대가 저물고 새로운 시대가 왔음을 알리는 신호탄이 되는 셈이지요. 또한 그것이 결국은 덴노가 쇼군에게 힘을 실어줄 수 있는 명분이 되는 셈이고요."

"하기는 그렇겠습니다. 경위야 어떻든, 조선과 화의하는 것이 우리 일본 역사의 대세입니다."

겐소는 신음소리를 내며 말을 얼버무렸다.

사명대사 유정의 사절단이 교토에 닿은 것은 1604년 12월 말이었다. 낯선 이국 땅이었지만, 그럴수록 고국에서의 세시 풍속을 떠올리며 지냈다. 동지를 맞은 오사카에서는 팥죽을 끓였고, 교토에 와서는 설 떡국을 해먹었다. 정월 대보름에는 들판에 나가 쥐불놀이도 하며 놀았다. 그러는 동안 숙소 근처로 왜란 때 끌려온 피로들이 하나둘 몰려들어 그리운 고향 소식을 듣고 가고는 했다. 그들의 소재지를 파악해두는 일도 사절단 일행의 한 임무였다.

조선의 글씨와 그림을 바라는 일본인들의 발길은 교토에 와서는 더 잦아졌다. 유정이 접견해야 할 일본인만 해도 많을 때는 하루 100여 명에 이르렀다.

2월에 접어들자마자 한 젊은 사내가 선비들이 입는 도포를 입고 유건을 쓴 모습으로 유정을 찾아왔다.

"큰스님, 소문으로만 듣다가 이렇게 만나게 되어 크나큰 광영입니다."

사내는 유정에게 절을 올렸다. 절을 하는 품새가 제법 조선 사람 같아 보였지만, 사내는 전혀 거리낌 없이 일본말을 하고 있었다.

"저는 일찍이 제 스승으로부터 조선의 유학을 배우고, 유학만이 이 나라를 살리는 길이라 믿게 되어 늘 조선의 선비를 그리워하며 더 알고자 하였으나, 전쟁 이후에 조선의 선비를 접할 수 없어 배움을 청하기가 마땅치 않았습니다. 이제 유학에 정통하신 큰스님을 뵙게 되어 들뜬 마음을 주체할 길이 없습니다. 계시는 동안 편히 지내시면서 저에게 많은 것을 가르쳐 주십시오."

사내는 일부러 자신의 신분을 밝히는 일을 미루는 눈치였다.

"그대는 사람을 잘못보았소. 나는 보다시피 한낱 갈 길 모르는 불자일 뿐, 그대에게 가르침을 줄 만한 유학자가 아니오. 게다가 그대 역시, 조선의 유학에 배움을 두는 사람일 리가 없지 않소."

"제가 조선의 유학에 배움을 두는 사람일 리가 없다니 그게 무슨 말씀이십니까?"

사내가 정색을 하고 되물었다. 유정이 입을 꾹 다물고 사내를 내려다보았다. 사내가 그 얼굴을 쳐다보았다. 마주 보는 얼굴에 먼저 미소를 담은 쪽은 사내였다. 곧 유정의 안면에도 환하게 미소가 번져나갔다. 사내가 다시 일어나 일본식으로 무릎을 꿇고 고개를 꺾었다.

"큰스님, 저는 도쿠가와 쇼군의 명을 받고 먼저 큰스님을 뵈러 온 하야시 라잔입니다."

배움을 구하러 온 사람이 스스로를 먼저 소개하지 않았으니 마땅히 유학을 배우는 자세일 리 없었다. 그러나 그게 다 사명대사 유정의 반응을 떠보려 한 짓이었다. 그리고 유정 또

한 그걸 금세 알아차렸지만, 표나게 내색하지 않았다.

"큰스님께 제 스승에 대해 말씀드리겠습니다."

하야시 라잔은 스승 후지와라 세이카와 조선인 피로 강항 사이에 맺어진 인연을 들려주었다. 강항이 전라도 남원에서 후학을 기르며 조용히 지내고 있다는 말을 들은 하야시 라잔은 유정이 보는 데서 후지와라 세이카에게 보내는 편지를 써 보이고, 유정에게 몇 글자 부탁해서 수결(手決)까지 받아냈다.

"저는 어릴 때부터 불교를 좋아해 절에 드나들었는데, 가문의 대가 끊이지 않아야 한다고 여겨서 승려가 되지 못했습니다. 하지만 절에서 많은 가르침을 받았습니다. 제 스승 후지와라 세이카를 뵙기 이전에 조선을 처음 알게 된 것도 절에서였습니다."

"조선을 알게 해준 절이 있다고?"

하야시 라잔은 유정 일행을 교토가 자랑하는 절 기요미즈데라[淸水寺]로 안내해, 폭포에서 떨어지는 물을 한 잔씩 대접했다.

"깨끗한 물이라는 절 이름 그대로 물이 깨끗해 마시면 속병이 낫고 씻으면 상처가 낫는다 해서 많은 이들이 이곳에 와서 물을 마시고 손을 씻으며 화복을 빌고 있습니다."

"이 절이 우리 조선과 어떤 관련이 있다는 말인가?"

물로 가볍게 입술을 축인 유정이 물었다.

"이 절은 지금으로부터 800년 전에 지은 절인데, 절을 지은 이는 엔친[圓珍]이라는 승려입니다. 엔친이 당나라에서 유학할 때 수호해주신 분이 신라 사람이라 들었습니다. 제가 어릴 때 이곳에 드나들면서 들은 얘기지요."

하야시 라잔이 본당을 내려다보는 사이 때마침 그곳을 지나고 있었다는 듯이 한 노승이 일행 가까이 다가왔다. 그러고는 당연하다는 듯이 말을 섞었다.

"신라 때 조선의 남쪽 바다에 완도라는 작은 섬에서 난 궁복(弓福)이라는 아이가 당나라로 건너가 이름난 장수가 되었다가 신라 왕궁으로 금의환향했습니다. 이후 이 사람은 중국과 조선과 일본으로 이어지는 바다를 지키는 해상왕이 되었지요. 덕분에 바다에 들끓던 해적이 소탕되고 삼국의 무역이 활발해졌습니다. 일본의 상인과 승려들은 이 사람이 지키는 바닷길로 안전하게 중국을 드나들 수 있게 된 것입니다. 이 절을 지은 엔친 스님이 그런 사람 중 한 분인데 특히 당나라에서 위험이 닥칠 때마다 이 사람의 수결이 있는 서찰을 보여서 위기를 이겨냈습니다. 그 일은 이 사람이 모함에 빠져 신라 왕족이 보낸 자객의 손에 죽고 난 뒤에도 계속되었습니다. 엔친 스님은 이 사람을 수호신으로 삼아 이 절을 지었습니다."

"장보고……."

오랫동안 잊었던 이름이 유정의 입에서 절로 되뇌어졌다.

한반도보다 중국과 일본에 더 잘 알려진 장보고는 신라가 멸망한 이후 고려를 거쳐 조선으로 넘어오는 동안 제대로 평가되고 못하고 있었다. 유정도 신라의 장보고가 중국의 산둥성에 큰 절을 세우고 서해를 오가는 이들에게 크게 음덕을 베푼 승려였다는 얘기를 몇 차례 듣기만 했을 뿐 달리 감흥을 내어 본 적이 없었다.

유정 일행에게 기요미즈데라를 창건한 엔친의 수호신 장보고 얘기를 들려준 노승은 쇼코쿠지[相國寺]의 주지 세이쇼 죠타이[西笑承兌]였다. 실은 도쿠가와 이에야스의 집정 혼다 마사노부[本多正信]를 통해 유정을 가까이에서 접대하라는 청을 듣고 유정을 찾아나선 길이었다.

"이제 얼마 뒤면 쇼군께서 교토로 오실 것입니다. 그때까지 편히 계시도록 도와드리라는 쇼군의 말씀이 계셨습니다."

"바다 건너 먼 타국에 와서 마냥 편하게 지낼 수는 없을 테지요. 저로서는 한시바삐 쇼군을 뵙고 강화를 논하는 것이 가장 편한 일이 될 것입니다."

말은 그렇게 했지만, 세이쇼 죠타이나 하야시 라잔 같은 유불에 능통한 사람들이 곁으로 모여들어 유정으로서는 대마도를 거쳐 교토로 오던 때에 비하면 마음이 한결 느긋해졌다.

"도요토미 관백은 사람을 죽이기를 좋아한다고 들었습니나. 세가 일본에 와서 들으니 시금의 쇼군은 도요토미 관백과는 달리 사람을 잘 죽이지 않아서 많은 사람들이 복종한다고 하더군요. 이제 곧 제가 쇼군을 만나게 되어 있는데, 쇼군은 과연 어떤 사람인지요?"

"사람들이 말하기를 쇼군의 인내가 결국 천하를 얻게 했다고 합니다. 선불리 칼을 빼들고 상대를 제압하는 일에 몰두했다면 오래전에 천하를 얻었을지는 모르나 한편으론 벌써 불귀의 객이 되었을 수도 있었을 겁니다. 남이 하는 말을 다 듣고 남이 행하는 것을 모두 보고나서야 말할 바를 말하고 행할 바를 행하는 사람이 새로운 쇼군이라고 알고 계시면 될 듯싶습니다."

"잘 알겠소. 하지만 그렇게 기다리고 기다리던 쇼군도 마침내 칼을 빼들어 쇼군이 되신 게 아니겠소? 칼을 들었으니 무릎을 꿇지 않은 상대를 무참히 많이 죽였을 터인데, 그 죽임이 이전의 다른 쇼군의 칼놀림과는 무슨 차이가 있을까요?"

"물으시는 말씀이 송곳 끝과 같아서 제 온몸이 찔리는 듯합니다."

세이쇼 죠타이는 말이 밀리는 듯했지만, 전혀 꾸며 답하는 기색이 없었다.

"오래전에 도쿠가와 쇼군에게 쓰라린 패배를 겪게 한 다케다 신겐[武田信玄]이라는 영주가 있었지요. 이 사람이 한 말 중에 이런 말이 있습니다. 완전한 승리는 죄악이다, 반을 이기는 것이 최선이다."

"완전한 승리는 죄악이다, 반을 이기는 것이 최선이다?"

다케다 신겐은 일본의 전국시대, 새로운 전법으로 승승장구 영역을 넓혀가던 전설적인 무장이었다. 오다 노부나가 군과의 싸움에서 급사하지만 않았으면 이 다케다 신겐이 맨 처음 통일천하를 이루었을 것이다. 그런 그가 남겼다는 '반을 이기는 것이 최선이다'라는 말은 유정이 듣기에도 신선했다.

"반을 이기고 살려둔 적이 도리어 더 충성스런 신하가 되어 나라를 튼실하게 한다는 뜻일 테지요. 도쿠가와 쇼군께서 살생을 좋아하지 않은 것은 바로 그와 같은 이치입니다."

"칼로 일어난 자는 결국 칼로 쓰러질 수밖에 없는 법인데, 그렇게 반을 이기고 반을 남겨둔다 해서 원한을 품은 자가 사라질 수 있을까요?"

세이쇼 쇼타이는 만면에 웃음을 띠면서 대답했다.

"일본의 각 영주들이 영지의 백성들을 지키는 철칙을 하나 알려드리겠습니다. '영지를 다스림에 있어 죽지 않게, 그러나 살 수 없도록 한다'라는 것입니다. 백성들에게 최소한의 생활을 할 수 있게 보장하되, 재물이 남지 않게 모두 공납으로 바치게 한다. 그러나 절대로 굶겨서는 안 된다는 뜻이지요. 자, 어떻습니까?"

유정은 세이쇼 쇼타이를 만나 대화를 나누게 된 것이 어떤 운명이 아닌가 싶었다. 그제야 일본을 알 것 같았던 것이다. 쇼군은 다이묘에게 영지를 보장하되 결코 반란을 꾀할 수 없도록 남는 재물을 바치게 한다. 다이묘는 백성들이 일을 하면 먹고 살게 하되 그 이상의 재물이 비축되지 않게 한다. 이런 상황이라면 열심히 일해 생존을 유지하는 것만이 전 백성들의 지상 목표가 될 수밖에 없을 것이었다. 지금 눈앞에 보이는 일본의 화평은 바로 그런 데서 오는 것이 아닌가 싶었다.

"도쿠가와 쇼군이 칼을 잘 쓰지 않은 것도 죽이는 것을 좋아하지 않아서가 아니라 살아 있는 백성들이 먹고 사는 일에 충실하도록 만들어서 평화를 유지하는 방법을 택했기 때문이고 그것이 결국 살생을 줄이는 결과를 낳았다는 말씀이군요."

"허허, 그리 아셨으면 쇼군을 만나 강화를 논하실 때도 한결 편하실 것입니다."

세이쇼 죠타이는 무슨 말이건 속에 든 말까지 편하게 하면서 유정을 대했다. 그러는 한편으로 학식을 쌓은 많은 승려들을 유정에게 소개하기도 했다. 왜란 때 조선에 건너와 무수한 살육을 목도한 승려 세이쇼 죠타이의 노련함이라 할 수 있었다.

반면에 하야시 라잔은 시간이 아깝다는 듯이 유정에게 더 많은 것을 알리려 했고 또 알아내려 했다. 하야시 라잔은 유정 일행을 자주 교토 시내로 인도했다.

"저기가 덴노가 사시는 고쇼[御所]입니다. 안으로 들어가면,

덴노가 거주하는 곳이 세 군데 있는데 교토고쇼, 오미야[大宮]고쇼, 센도[仙洞]고쇼가 바로 그것이지요."

여태까지 일본의 덴노와 실권을 쥔 쇼군의 권력 차이가 어느 정도인지 감을 잡지 못하던 조선 사람에게는 덴노가 사는 거처를 구경하는 것이 백 마디 말보다 훨씬 효과가 큰 으뜸의 답사지였다. 도쿠가와 쇼군의 임명을 축하하는 의식이 펼쳐진 니죠성[二條城] 또한 볼거리였다. 조선에서 온 사람들은 그제야 천황제라는 일본의 권력체계가 어떤 것인지 조금씩 이해하기 시작했다.

"큰스님, 제가 조선에서 건너온 책을 통해 들은 바로는 조선의 유명한 학자이신 퇴계 이황 선생과 율곡 이이 선생이 이(理)와 기(氣)에 대한 견해로 서로 다투었다고 들었습니다. 두 학자의 생각은 어떻게 같고 어떻게 다른 것인지요?"

"퇴계 선생의 뜻이 기에 비해 이를 중시하는 주리론에 있다면, 율곡 선생의 뜻은 주기론이되 이와 기의 조화를 중시한다고 할 수 있지. 다시 말해, 퇴계 선생은 인간의 순선한 면을 가리키는 사단(四端)을 이가 발한 것으로 보고, 선할 수도 악할 수도 있는 칠정(七情)을 기가 발한 것이라 본 반면, 율곡 선생은 이는 스스로 발할 수 없으므로 기가 발한 것 중에서 선한 것이 사단이 되고, 악한 것이 칠정이 된다고 하셨네."

"그럼, 결국 퇴계 선생이 벼슬을 버리고 율곡 선생이 높은 벼슬에 오른 이치도 두 학자의 그런 성향의 차이라 할 수 있을는지요?"

"그건 결과로 그리 된 것이지, 두 학자의 뜻이 달라서가 아닌 듯싶네만……."

하야시 라잔의 물음은 때로는 유정이 불편해 할 만큼 집요했다. 그는 조선 학자들이 쓴 글도 제법 많이 읽었는지 이황과 이이 외에도 권근, 이언적, 서경덕, 기대승의 이름을 거명했고, 왜란 직전 일본을 방문한 김성일의 글이며, 재상을 지낸 류성룡의 글까지도 보았다고 했다.

"큰스님께서 여기 계시는 동안 제가 한 가지라도 더 배우고자 하니, 부디 가르쳐주십시오."

유정은 하야시 라잔의 눈빛이 너무 뜨겁게 느껴졌다.

"허허……. 너무 서둘지 마시게나. 학문이란 것을 갑자기 얻으려 들다가는 진정한 것을 놓치기 마련이지. 진정한 지식을 놓치는 것으로 끝나면 좋은데, 어설프게 알고 행하다 도리어 참 지식을 호도하는 일이 생기는 법이거든."

"큰 가르침, 명심하겠습니다."

하야시 라잔은 유정의 충고를 깊이 받아들이겠다는 듯 허리를 여러 번 꺾었다.

교토 풍경

현재 일본의 수도는 도쿄[東京]다. 원래 수도가 그로부터 서쪽에 있었다는 뜻인데, 그 서쪽의 수도는 바로 794년부터 400년간의 헤이안 시대[平安時代]를 거쳐, 도쿠가와 이에야스가 정권을 잡은 에도 시대[江戶時代, 1603~1867] 이전까지 국정의 중심이었던 교토다.

사명대사 유정은 800년 도읍 교토가 수도로 마지막 영광을 누리던 때에 그곳에 있었다. 추위가 가시고, 한 차례 봄비가 내렸다. 거리마다 매화 순이 하얗게 돋아났다. 도쿠가와 이에야스가 곧 교토에 닿는다는 기별이 와서 유정을 접대하는 세이쇼 죠타이와 하야시 라잔의 마음도 한결 가벼워졌다.

그들은 금빛으로 화려한 긴카쿠지[金閣寺], 긴카쿠지를 융

내 낸 긴카쿠지[銀閣寺], 원래 한 절이었다가 둘로 나뉜 히가시혼간지[東本願寺]·니시혼간지, 도쿠가와 이에야스의 재경거관(在京居館)인 니조조[二條城]·가쓰라리큐[桂離宮: 別宮] 등으로 유정을 안내하면서 한숨을 돌렸다. 유정은 히가시혼간지에 들어설 때 '東本願寺'라고 쓰인 현판을 쳐다보며 물었다.

"본원(本願)이라 함은 정토(淨土)에서 말하는 것이지요?"

"그렇습니다. 일본 불교는 정토에 그 근본을 두고 있고, 혼간[本願]은 그 중심 내용이라 할 수 있습니다."

"이 절이 동본원사라면, 서쪽에 따로 본원사라는 절이 있다는 뜻이군요?"

"일본 불교가 오래전부터 그 정신을 정토에 두어서 이 교토에 원래 정토에서 극락왕생을 발원하는 '혼간'을 살려 혼간지를 세웠지요. 새로운 쇼군께서는 그 혼간지를 두고 동쪽에 이렇게 히가시혼간지를 세우게 하셨지요."

"그렇다면 쇼군께서 이제 정토를 버리려는 것이 아닌지요?"

"허허, 원래 혼간지를 없앤 것이 아니라, 그 혼간지는 니시혼간지라 해서 그대로 두었습니다."

실소하듯 대답은 그렇게 했지만 세이쇼 죠타이는 속으로 혀를 내두르고 있었다.

주지승의 안내로 일행이 법당 안으로 들자 하야시 라잔이 좀 전부터 말하고 싶은 걸 참고 있었다는 듯이 유정의 말을 이었다.

"조선의 큰스님께서 어찌 그렇게 일본의 불교에 대해서까지 잘 아시는지요?"

"내가 조선에서 환갑까지 살다가 일본에 처음 왔는데, 일본 불교에 대해 잘 알 리가 있겠소? 다만, 본원이라는 말로 미루어 짐작할 뿐이지요."

"그 미루어 짐작하시는 말씀이라도 마음에 깊이 새겨두고 싶습니다."

하야시 라잔이 나서서 재촉했다. 돌아보니 세이쇼 죠타이를 비롯한 좌중의 승려들이 모두 유정의 다음 말을 기다리고 있었다.

"우리 조선이, 예전에 고구려, 신라, 백제로 나뉘어 있던 삼국시대로부터 불교의 나라라는 건 모두 잘 아실 테지요. 여러 개 나라로 나뉘어 있다가 하나의 나라가 된 것이 모두 불교의 힘이라 할 수 있고, 그 불교의 바탕에 '정토'가 있었지요. 특히 나라를 통일한 신라 때 원효라는 큰스님께서 중국을 거치지 않고 국내에서 정토의 사상을 크게 일으켰고 이는 고려 때에도 그대로 이어졌지요. 한데 고려 왕조의 후대에 이르러 불교가 나태하고 부패하게 된 것이 이 정토의 사상을 제대로 지키지 않은 까닭입니다. 그 때문에 우리 조선은 결국 배불(排佛)에 이르게 되었지요. 절은 산으로 가고, 중은 하층민이 되었지요. 내가 일본에 와서 보니 일본은 신사도 많고 절도 많은데,

신사에 비해 절은 지나치게 부자입니다. 백성들이 절을 찾는 것은 부처의 가르침 때문인데, 부자가 된 절은 그 점을 잊고 날로 절을 키우고 호사를 부리고 있는 게 아닌가 싶습니다. 절이 이렇게 커지면 그러는 동안에 그 지역의 영주와 서로 결탁하는 일이 생기고, 이 때문에 절은 외양을 빛내는 데 점점 더 치중하게 되지요. 영주 또한 절의 힘을 믿고 세력을 키우는 데 급급하게 되고, 이에 따라 다른 영지의 영주와 세력다툼이 일어나는 폐단도 생겨날 테지요. 일본에 내란이 이어진 데는 절의 힘이 강성한 것에도 원인이 있어 보입니다."

일본 승려들 처지로는 귀에 거슬릴 수도 있는 말이지만 유정은 짐짓 모른 척했다. 역시 먼저 반응을 보인 사람은 하야시 라잔이었다.

"아, 예. 과연 큰스님이십니다. 조선에서 배불을 행할 수밖에 없듯이, 지금 일본에서도 유교를 통해 불교를 바로잡는 일대 개혁이 일어나고 있습니다. 정토 사찰의 본산인 혼간지를 둘로 나눈 것이 그 까닭입니다. 그걸 큰스님께서 알아내시는군요."

유정은 죠타이의 안색을 살피고 나서 라잔을 똑바로 응시했다.

"불교를 바로잡는 것은 어디까지나 자정(自淨)이라야 합니다. 자정 없이 타의로 행하는 정화(淨化)는 불교를 위해서도 또 나라를 위해서도 대단히 위험한 일입니다. 지금 일본에서 유교가 숭해지고 있다고는 하나, 그 힘으로 백성들의 절로 향하는 마음까지 통제하려다가는 또다시 큰 일이 벌어지고 말 것입니다."

새로운 쇼군 도쿠가와 이에야스는 실제로 일본 전역에 산재한 불교의 산지를 통합해서 나라에서 직접 관리하는 체제를 구축하려 하고 있었다. 그런 개혁의 중심에 세이쇼 죠타이 같은 승려도 있었고, 장차 배불까지도 국론으로 밀어붙일 생각을 품고 있는 하야시 라잔 같은 젊은 유학자들도 있었다. 일본의 승려와 유학자, 이 두 사람에게는 바로 조선의 고승이자, 어떤 유학자 이상으로 유학에 정통한 유정의 한 마디 한 마디가 커다란 가르침이었다.

"배불하는 조선 불교의 법맥은 어떠한지요?"

세이쇼 죠타이는 이런 식으로 물었고,

"중국에 이민족이 들어와 지배하고도 끝내 번번이 누르지 못하고 물러나게 된 것도 따지고 보면 그 이민족들이 중국의 뿌리깊은 유교에 굴복했기 때문이 아닌지요?"

하야시 라잔은 이런 식으로 물었다.

사명대사 유정은 세이쇼 죠타이를 비롯한 승려들에게는 불교가 거짓 진리를 좇다가 미망에 빠지는 것을 경계했고, 하야시 라잔에게는 세상살이의 다양한 방향을 이론에 끼워맞춰 하나만으로 귀결시키는 주자학의 모순을 경계했다.

"한데 한 가지 물어볼 말이 있소."

유정은 히가시혼간지 주지승의 청으로 글씨로 써서 남길 문장을 써내려가다가 문득 고개를 들었다.

"일본에서 덴노가 권력이 없다 하나, 전 백성이 덴노에게 문안드리는 것을 자랑으로 알고 있지 않습니까? 한데 누군가 덴노의 조상의 능묘를 훼손했다면 이를 어떻게 다스려야 할까요?"

"그것은 일본의 정통을 끊은 일과 같습니다. 마땅히 잡아 처형해야지요."

주지승이 먼저 대답했다.

"내가 조선의 도성 근방에 있을 때 자주 머무는 절 중에 봉은사라는 절이 있습니다. 이 절은 고려 때 임제종의 맥을 이은 보우(普愚)께서 중건한 절로 명성이 높은데, 나중에 그 인근에 조선의 선조 임금의 능침을 모시고 그 능침을 수호하는 능침 수호 사찰이 되었지요. 한데 이 능침을 파헤치고 시신을 훼손시킨 자가 있었습니다."

"그 자가 누구인지요?"

하야시 라잔이 급하게 물었다.

"그 자는 임진년에 조선을 쳐들어온 일본군입니다. 일본군이 조선 땅에 들어와 조선을 짓밟은 일로 치면 일본군 전체가 죄인입니다. 그러나 그 중에 가장 큰 죄인은 바로 조선의 선대 왕의 능침을 훼손한 자일 것입니다."

좌중의 사람들은 유정이 갑자기 이런 말을 하는 까닭을 알지 못했다.

"왜들 대답이 없으십니까? 불교는 중생을 위해 있고, 유교는 법도를 알려 실천하게 하기 위해 있는 것입니다. 중생에게 살 도리를 잊게 하고 법도를 버리게 한 위인을 그대로 두는 것이 불자의 법입니까, 유자의 법입니까? 어서 대답해보시지요."

"마땅히 잡아 처벌해야 합니다."

하야시 라잔이 먼저 대답했고,

"잡을 수만 있다면 잡아 처벌을 해야 합니다."

세이쇼 죠타이도 그 말에 동의했다.

"그렇지요. 지당한 말씀입니다."

"잡을 수만 있다면 잡아서 자초지종을 들어보고 능침을 훼손한 게 사실이면 그때 처벌해도 될 듯합니다."

다른 승려들이 연이어 수긍했다.

"우리 모두 남에게 가르치기를, '다른 이의 아비를 죽이고 타인의 형을 죽이면, 타인도 또한 응당 그 사람의 아비와 형을 죽이려 할 것이다'라고 합니다. 하지만 내가 오늘 조선의 선대왕의 능침을 훼손한 이를 밝혀 처벌하라고 하는 말을 그런 가르침에 견주는 어리석은 분은 없으시겠지요?"

유정의 말에 모두들 한동안 말이 없었다. 유정 역시 한참 동안 입을 다물고 앉아 있었다. 바람이 불어와 법당 문을 흔들었다. 유정은 몸을 일으켜 문을 열고 밖을 내다보았다.

"겨울이 지나고 봄비가 한 차례 내리고 나니 티끌도 없이 맑고 깨끗하도다. 버들가지가 동풍에 흔들리니 별천지의 봄이로구나!"

통역을 통해 유정의 말을 이해한 주지승의 얼굴이 환해졌다.

"그 좋은 글귀를 부디 글씨로 남겨주시기를 간청합니다."

유정은 천천히 자리를 잡고 앉아 글씨를 써내려갔다.

'세상 사람들이 모두 취해 있어도 홀로 깬 사람이 되어라!'

도쿠가와 이에야스가 교토에 입성한 것은 그 무렵이었다.

도쿠가와 이에야스가 조정으로부터 우대신이자 쇼군에 임명된 것은 1603년 2월이었다.

"도요토미 히데요시의 직책은 이보다 더 높은 간파쿠였습니다. 어째서 우리 쇼군께서는 그저 쇼군에 머무신 건지요?"

사정을 모르는 수하들은 이렇게 아쉬움을 토로했다.

"모르는 소리 하지 마. 다 깊은 생각이 있으셔서야."

어떤 이는 이렇게 주변의 입을 막았다.

도쿠가와 이에야스는 좌대신(左大臣)과 간파쿠가 될 수 있었지만, 그 아래 직책에 만족한 것은 나름의 치밀한 계산이 있기 때문이었다. 우선 조정과는 멀리 떨어진 곳에서 새로운 시대를 열어가기 위해서였다. 간파쿠는 직책상 조정과 직접적인 소통을 해야 해서 교토나 그 인근 간사이 지방을 벗어나 살기 어려웠다. 1600년 세키가하라 전투에서 승전한 도쿠가와 이에야스는 이미 그때부터 자신의 주도인 에도에서 독자적으로 전국을 지배하는 권력 구조를 만들어놓았고, 쇼군이 되자 곧 그곳에 바쿠후를 세워 지휘권을 행사해왔다.

한편으로는, 쇼군이자 간파쿠인 도요토미 히데요시의 아들로 형식적으로는 권력을 그대로 인계받은 히데요리 일파를 몰아내려는 계략이 그 안에 있었다. 도쿠가와 이에야스는 도요토미 히데요시 생전에 히데요리를 지키겠다고 맹세한 처지였다. 이제 와서 표나게 히데요리 일파를 제거하려다가는 반대 세력에 빌미를 줄 수 있었다. 때문에 쇼군 지위로 조정이 있는 교토나 히데요리가 머무는 오사카로부터 멀리 떨어진 에도에 바쿠후를 열어 안정적으로 전국 제패를 성취하고 서서히 히데요리 측을 옥죄어갔다. 1605년 2월 도쿠가와 이에야스가 교토로 입성한 것도 이 연장선에서였다.

쇼군 도쿠가와 이에야스는 겨우 군사 200명을 이끌고 교토로 들어섰다. 마중 나간 수하들이 영문을 알 수 없어서 당황해할 지경이었다. 최고 권력자답지 않게 초라한 행렬을 본 덴노마저도 고개를 가로저었다.

"쇼군에게 무슨 일이 있었소?"

도쿠가와 이에야스는 별 망설임도 없이 대답했다.

"신도 이제 물러날 때가 된 것이지요. 그동안 우리 일본은 오래도록 폐하를 편하게 모시지 못했습니다. 이제 전국에 다툼이 없어지고 평화롭게 되었으니, 전장에서만 살아온 저 같은 위인은 쓸모가 없게 된 것입니다. 이제는 우리 일본을 평화롭게 이끌어갈 사람이 필요합니다."

'어디까지가 진심일까?'

덴노는 대꾸할 말을 잊고 도쿠가와 이에야스의 얼굴을 내려다보았다.

1460년대 무로마치 막부시대에 쇼군 승계 문제로 일어난 소위 '오닌의 난[應仁の亂]' 이후 100년 하고도 수십 년 동안 수많은 전쟁으로 온통 피비린내의 역사를 이어온 전국시대(戰國時代)를 마무리하고 있는 인물이 도쿠가와 이에야스가 아닌가. 세상일을 알 수 없으나, 앞선 권력자 오다 노부나가나 도요토미 히데요시와는 다르게 전혀 호전적이지 않은 쇼군이었다. 그런 그의 힘으로 일본 전역에 평화의 노래가 불리고 있는 마당에 갑자기 '물러날 때'를 말하고 있다니, 그가 아무리 64세에 이른 노령이라 해도 믿기 어려웠다.

"쇼군께서도 겁이 나십니까?"

덴노가 슬쩍 떠보았다. 30여 년 전 전국시대의 군웅할거를 최초로 잠재운 오다 노부나가는 그후 10년을 끌지 못하고 수하의 손에 비명횡사했다. 그 뒤를 이어 권력을 잡은 도요토미 히데요시는 전국을 제패한 힘을 대륙으로 뻗다가 결국 나라를 대혼란으로 빠뜨린 채 병사했다. 덴노는 도쿠가와 이에야스가 혹시 그런 종말을 맞게 될 것을 염려하고 있을지도 모른다고 짐작한 것이었다.

"신이 더 무엇을 두려워하겠습니까? 신이 겁내는 것은 일본에 다시 전쟁시대가 찾아오는 일입니다. 그것을 막기 위해 신이 물러나려는 것입니다."

"쇼군께서 물러나는 것이 어째서 일본의 평화를 지키는 일이 된다는 것이지요?"

도쿠가와 이에야스는 자신도 모르게 침을 꿀꺽 삼키고 덴노를 우러러보았다. 자신이 살아온 기나긴 인생이 뇌리를 스쳤다.

오닌의 난 이후 덴노도 사찰도 신사도 모두 힘을 잃어버렸고, 그들 존재와 결탁 관계를 이루어온 막부의 권력도 땅에 떨어졌다. 중심을 잃은 각지의 영주들은 무장들과 힘을 합해 자신의 세력을 확장해나갔다. 오직 이기는 자만이 살아남는 전쟁이 전국을 들쑤셔놓았다. 세력이 큰 사람 앞으로 사람들이 모여들게 되고, 그 중 신뢰받는 영주가 다이묘라는 이름으로 불리게 되었다. 결국 이 다이묘끼리의 일대 접전이 도처에서 일어나면서 일본 전역이 전쟁에 휩싸이게 되었다.

지금의 나고야[名古屋]에서 동쪽으로 멀리 떨어진 곳 한 무사 가문에서 태어난 도쿠가와 이에야스는 이 전국시대의 희생자로 일찌감치 사라질 수도 있는 인물이었다. 유소년 시절을 가족 해체, 부모의 사망을 겪으며 인질로 살아야 했고, 무사로 성장은 했지만 자신의 다이묘인 이마가와 요시모토[今川義元]가 간사이 지방의 다이묘 오다 노부나가와 싸우다 죽는 비운을 당한다.

자신이 인질이 되어 섬기던 다이묘가 죽어서 오히려 고향으로 돌아가 스스로 영주가 된 이 사내는 조금씩 세력을 키워 오다 노부나가와 동맹을 맺는 데 성공한다. 이후에 전국시대의 절대 강자인 다케다 신겐에 참혹하게 패배하기도 하는 등, 온갖 위기와 수모를 겪으면서도 용케 동부의 강자로 부상한다. 오다 노부나가 이후 도요토미 히데요시에 굴복해 기회를 엿보던 도쿠가와 이에야스는 도요토미 히데요시의 노탐과 판단 착오 속에서 힘을 비축해두었다가 그의 사후에 마침내 대세를 자신의 것으로 돌려놓는 데 성공한다.

목숨을 잃을 수도 있었던 위기의 순간도 많았고, 오랫동안 인간적인 모멸을 온몸으로 견뎌야 했던 나날도 있었다. 신의와 배반, 충성과 음모, 대의명분과 권모술수에 응전해내면서 목숨을 지키고 명분도 세우고 세력도 키워나간 것이 어쩌면 기적이라 할 수 있었다. 결국 그는 승자의 자리에 섰다.

"폐하, 신의 나이 이제 예순 하고도 벌써 넷입니다. 이제 이 땅에 전쟁은 멎었지만, 앞으로의 일은 여전히 알 수 없습니다. 신이 마지막으로 할 일은 바로 다시는 전쟁이 일어나지 않도록 신의 몸을 던져 막는 일입니다."

덴노는 도쿠가와 이에야스의 다음 말을 기다려야 했다.

"폐하, 신은 평화로운 때에 신의 아들에게 쇼군을 물려주려 합니다. 윤허해주시기 바랍니다."

쇼군 세습, 결국은 이 말이었다. 그러나 연로하다 하나 아직은 정정한 도쿠가와 이에야스의 말이기에 그 뜻은 깊었다. 적어도 덴노가 느끼기에는 그랬다. 전국시대를 끝맺음하려던 오다 노부나가도, 천하를 제패한 도요토미 히데요시도 결국 대를 잇지 못해 다시 전국을 전쟁으로 몰아넣었다. 도쿠가와 이에야스는 스스로 완전한 힘이 있을 때 대를 잇게 함으로써 평화의 시대를 다지겠다는 포부를 밝히고 있었던 것이다.

"쇼군! 쇼군께서 이리 정정하신데 아드님에게 대를 물린다는 말씀이 진심이십니까?"

세이쇼 죠타이가 도쿠가와 이에야스를 수행하고 나오면서 물었다.

"100년 걸친 전쟁을 막는 일이 쉬운 일이던가? 권력을 쥔 자가 스스로 그 권력을 내놓는 모범을 보이기 전에는 평화를 논할 자격이 없지."

"아드님께서 성년이 되셨다 하나 아직은 경험도 적고 힘도 부족하지 않습니까?"

"그래서 내가 물러나 힘이 되어주려는 것이지."

하야시 라잔이 도쿠가와 이에야스의 말뜻을 이해한 것은 그들 일행이 숙소인 후시미 성[伏見城]에 거의 이르렀을 때였다.

"중국에도, 조선에도 주군이 큰 힘이 있을 때 그 힘을 부리는 데 쓰지 않고, 오히려 대를 물린 뒤 후사를 측면에서 지원해서 오래 화평을 얻은 사례가 있는 것으로 압니다."

"그렇지. 내가 중국과 조선의 역사를 모르지만, 치세의 법이란 어느 나라나 마찬가지가 아니겠나."

"이번에 조선에서 온 사신이 승려로서, 중국과 조선의 역사와 유교에 두루 능통하니 강화를 논하시면서 하문해보셔도 좋을 듯합니다."

하야시 라잔의 말에 도쿠가와 이에야스는 가볍게 신음소리를 냈다.

벚꽃 정원

"지난 수년 간 이 계절이면 꼭 교토에 오게 됩니다. 와서 보면 제가 일이 있어서 오는 것이 아니라 마치 이 교토가 이때를 기해 저를 불렀다는 생각이 듭니다. 바로 이 벚꽃 말이지요."

도쿠가와 이에야스는 후시미 성의 긴 정원을 앞서 걸었다. 양편에서 벚꽃나무가 다투어 흔들거렸다. 성미 급한 벚꽃은 벌써 꽃잎을 허공에 흩날리고 있었다.

"한데 세상에 이 무렵의 벚꽃보다 더 슬픈 게 있을까 싶습니다. 이토록 흐드러지게 피었다가 눈꽃으로 화려하게 떨어지고 나면 어느새 지리멸렬한 몰골로 바닥에 흩어져 있게 되지요. 저는 벚꽃의 마지막 절정을 볼 때마다 상털하게 죽어간 무수한 사무라이들을 보는 듯합니다. 내 운명도 저와 다를 바 없구나 하는 생각이 들 때가 많지요."

사명대사 유정의 입에서 절로 "나무관세음 보살"이라는 속삭임이 새어나왔다.

1605년 3월 4일이었다. 후시미 성 천수각에서 상면한 두 사람은 의례적인 인사를 나누고 눈을 퍼부은 듯 벚꽃이 만발한 정원으로 발을 내딛었다. 잠시 벚꽃에 취한 듯 허공을 응시하는 얼굴로 멈춰선 도쿠가와 이에야스 곁에 유정이 섰다. 벚꽃 얘기를 더 하고 싶었다. 도쿠가와 이에야스가 만개한 벚꽃에서 무수히 죽어간 사무라이의 운명을 느꼈다면 유정은 이 벚꽃에서 일본의 운명과 슬픔 같은 것이 느껴진다고 말하고 싶었다. 그러나 유정은 꾹 참고 마음이 차분해지기를 기다렸다.

"쇼군께 다시 한 번 말씀드립니다. 일본이 조선의 국토를 유린하고 물러난 뒤, 몇 차례 화의를 청해 왔습니다. 그것이 쇼군의 뜻인지요?"

이미 만나기 전에 전령을 통해 여러 차례 두 사람이 회동하는 내용을 정리해두었지만, 유정은 반드시 짚고 넘어가야 한다는 듯이 바로 물었다. 뒤를 따르던 겐소가 적당히 줄여 옮기다가 도쿠가와 이에야스가 재차 되묻자 어쩔 수 없이 큰 소리로 유정의 말을 전했다. 도쿠가와 이에야스는 조금은 과장되게 힘주어 고개를 끄덕였다.

"물론이지요. 일본과 조선은 고대로부터 서로 화친하는 사이였습니다. 6년 전까지만 해도 일본이 조선에 출병해 있었지만, 이 일은 일본이 바라는 바가 아니었다는 것을 알아주세요."

"전 관백이 조선에 군사를 보낼 때 일본의 무사는 누구나 한편이지 않았습니까? 일본 군사 모두가 조선에게는 침략군인 셈이지요."

"허허허, 조선으로서는 그리 생각할 수도 있겠지만, 그건 사실과 다르답니다. 전 간파쿠가 조선 출병을 명할 때 저는 그 뜻을 따르지 않았습니다. 게다가 저는 지금도 그렇지만 그때도 간토[關東]에 있었지요. 조선 출병은 꿈에도 생각한 적이 없어요."

"일본군이 조선을 침략할 때 쇼군께서는 간토에만 계셨다고 하는데, 그것은 틀린 말입니다."

유정의 갑작스런 말에 좌중에 팽팽한 긴장감이 감돌았다.

"제가 간토에 있지 않았으면 어디에 있었다는 말인가요?"

도쿠가와 이에야스는 얼굴이 붉게 상기되었으나 찬찬히 되물었다.

"전 관백이 규슈에 나고야 성을 짓고 있을 때 쇼군께서도 군사를 거느리고 가서 축성에 참여하셨지요. 조선 출병은 결국 축성 때 참여한 군사들이 주축이 되었을 테지요.

"하하, 대단하시군요. 제가 그때 나고야에 가 있었나는 설

어떻게 아셨습니까?

"제가 대마도에서 이곳에 오는 길에 허물어진 규슈의 나고야 성터에 다녀왔습니다. 전 관백이 죽고 그 세력이 쇠락한 뒤 쇼군께서 성을 허물게 한 것으로 알고 있지만, 성터 밖에 온전한 집이 몇 채 남아 있더군요. 거기 사는 사람들이 나고야 성을 지을 때 거기 머무신 쇼군의 풍모를 기억하고 있었습니다."

"허허…… 과연! 정말 놀랍습니다. 제가 조선 출병 때 간토에만 있었다는 말을 할 걸 알고 미리부터 준비를 단단히 하고 오셨군요."

"미리부터 준비한 건 없습니다. 다만 이치에 따라 생각해보고 찾아보니 제 눈에 발견된 것일 뿐입니다."

"저는 그때 나고야 성을 짓는 데 있다가 정작 출병할 때는 전 간파쿠에게 선발되지 않았고, 그래서 곧바로 교토를 거쳐 간토로 돌아가야 했지요. 전 간파쿠는 미쳐 날뛰듯이 정명가도론(征明假道論)으로 조선을 치는 군대를 보냈지만, 교토를 비우고 있다는 사실이 두려웠고, 또한 간토의 정세에도 안심을 하지 않았습니다. 조선 출병을 시작할 무렵 제가 간토로 돌아가고자 했을 때 간파쿠의 친위 부대를 교토까지 딸려보낸 연유가 거기에 있었습니다."

"어떻든, 그때 간파쿠가 쇼군이 간토로 돌아가는 것을 반대했으면 결국 쇼군께서도 어쩔 수 없이 출병을 했을 테지요."

"아니, 그건 대사께서 당시 일본의 사정을 몰라서 하시는 말씀! 당시 조선 출병은 간사이로부터 규슈, 쓰시마에 이르는 지역 출신 군사들의 몫이었지요. 전 간파쿠가 일본의 전국시대를 평정했다 하나 그건 일시적인 일일 뿐, 그 외 지역의 군사, 특히 간토 지역 군사를 조선 출병에 동원할 만큼의 여유는 없었답니다."

"하지만 쇼군께서는 군사를 이끌고 나고야 성에 와 있었고 그 무렵 조선 출병이 시작되지 않았습니까?"

유정의 거침없는 추궁에 도쿠가와 이에야스의 표정이 일그러지는 기색을 보이자 부교 마쓰나가 세키고[松永尺五]가 통역을 맡고 있는 겐소를 툭 건드렸다.

"이 조선 스님이 벌써 다 알고 있는 얘기를 왜 자꾸 하고 있는 겝니까?"

도쿠가와 이에야스는 그러나 주저함 없이 자신의 가슴을 주먹으로 툭툭 쳤다.

"대사, 나는 지금 일본을 이끄는 쇼군이지만, 이 가슴은 텅 비어 있어요. 일본은 지난 150년 동안 하루도 쉴 새 없이 크고 작은 전란을 겪었습니다. 나 역시 60 평생 그 전란의 한가운데를 지나와 쇼군이 되었지요. 그러는 동안 내가 얻은 법칙은 이런 겁니다. 전쟁을 이기는 비결은 상대를 제압하는 힘이 아니라 더 이상의 확전 없이 그걸 견뎌내는 힘입니다. 간파쿠가 그때 조선으로 출병하라는 명을 했다 하더라도, 이를 피할 만한 정도의 힘이 내게 있었지요. 내 본거지는 조선에서 볼 때 교토보다 먼 간토 지역입니다. 간파쿠 역시 간토의 많은 군사가 교토와 오사카를 거쳐 규슈로 가는 걸 원하지 않았지요. 다시 말하거니와 나는 조선과 싸우는 일을 원하지 않았고, 바로 그것이 오늘날 내가 쇼군으로 있게 된 이유이기도 합니다. 그러니 내가 앞으로 조선과 싸울 명분도 이유도 없는 셈이지요."

"좋습니다. 그럼, 제가 돌아가 저희 국왕께 일본이 조선을 다시 침략할 뜻이 없다는 사실을 진언할 수 있게 해주시지요."

"아니 대사, 지금 쇼군께서 이처럼 공손하게 뜻을 밝히시는데도 왜 자꾸 생떼를 쓰시는 게요?"

마쓰나가 세키고가 다시 나서자 하야시 라잔이 조심스럽게 이를 막았다.

"조선 스님께서는 연로하신 몸으로 험한 바다를 건너 일본에 오신 지 반년입니다. 또한 이제 돌아가시면 언제 다시 와서 쇼군을 뵐지 알 수 없습니다. 지금 쇼군을 뵈었을 때 하나라도 온전히 확약하고자 하려는 것이니, 쇼군께서는 고깝게 여기지 않으심이 옳을 듯합니다."

"그래, 그래. 당연한 일일 테지. 하지만 조선 침략을 지휘한 전 간파쿠는 불귀의 객이 되었고, 그때의 장수 또한 상당수가 이미 죽은 몸이 아닌가? 지금 살아남아 있는 사람이라 해도 모두 간파쿠의 명을 받고 행한 일을 이제 와서 탓할 수도 없는 일이라 무얼 어떻게 확약할 수 있을 것인가?"

도쿠가와 이에야스는 거듭 고개를 주억거렸다. 이번에는 대마번주 소 요시토시와 부교 야나가와 시게노부가 나서서 도쿠가와 이에야스를 에워싸고 있는 부교들에게 사명대사의 처지를 다시 한 번 설명했다. 유정이 일본에 와서 보여준 탁월한 유불의 경지와 사태를 읽어내는 식견, 그리고 낯선 기후와 음식과 잠자리에도 전혀 꺾이지 않는 기에 대해 부교들 역시 들어서 알고 있었다. 그러나 바로 그 점 때문에 오히려 경계하는 마음이 앞섰다.

유정이 다시 말했다.

"제가 여기 와서 접한 소식인데, 쇼군께서 직위를 다음 대로 물리고자 하신다고 들었습니다. 만일에 제가 여기에 있을 때 쇼군께서 조선과 화친하겠다 약속하셔도 그 뜻이 다음 대로 제대로 전해질지 알 수 없는 일이 아니겠습니까?"

얼핏 도쿠가와 이에야스가 쇼군의 대를 물리려 한다는 것까지 사명대사에게 알려졌느냐는 표정들이었다. 그러나 유정의 당당한 어투를 잠재울 사람은 없었다.

"지금 쇼군께서 전 관백이 조선을 침략한 일은 쇼군의 뜻과 다르다 하셨습니다. 그렇다면 다음 쇼군도 지금 쇼군의 그 말씀에 대해 자신의 뜻과 다르다 할 수도 있는 일이지요."

"하핫! 그렇지요, 그렇지요! 조선에서 보면 마땅히 그리 생각할 수 있겠어요. 좋습니다, 좋아요. 약속하지요. 다음 대에도 조선을 침략할 뜻이 없다는 걸 제가 보여드리지요."

"그리고 또……."

도쿠가와 이에야스의 약조가 있기 무섭게 유정은 다음 말을 이었다.

"조선은 일본을 해한 일이 없습니다. 그런데 일본은 조선을 침략해 아비규환의 지옥을 만들었지요. 쇼군께서 지금 약속하신 것은 앞으로 대를 이어서 조선 침략을 하지 않겠다는 것을 보여주시겠다는 것입니다. 그 일은 그렇게 약조하신 것으로 믿겠습니다. 쇼군께서는 이에 앞서 해주실 일이 두 가지 있습니다."

"아니, 이 스님이 지금 무례하게 자꾸 무슨 청을 하는 겝니까?"

마쓰나가 세키고가 겐소를 건드려 유정의 입을 막으려 들었다. 그러자 호위하고 있던 무사들이 덩달아 유정 주위를 에워쌌다. 그때였다. 갑자기 주변으로 바람이 일고 화려하게 빛나던 벚꽃 잎들이 눈발 날리듯 허공으로 날리기 시작했다. 온 허공이 눈꽃으로 빛났다. 유정으로서도 다시 보기 어려운 장관이 눈앞에 펼쳐지고 있었다. 도쿠가와 이에야스가 몸을 가볍게 떨면서 그 모양을 바라보았다.

만개하던 벚꽃이 떨어지는 모양은 그야말로 절정으로 치달던 어떤 기운이 이제 그 끝에 도달하는 낌새로 다가왔다. 사무라이가 상대를 향해 칼을 겨누고 섰다가 한순간 허공으로 칼날을 날린 직후, 남을 벨 수도 있었지만, 동시에 스스로의 목이 땅에 떨어질 수도 있는 절박함의 순간이었다. 상대든 나든 죽는 그 순간은 장렬하고 아름다울 수도 있었다. 그러나 상대든 나든 그 목이 베인 다음에는 처참하게, 마치 땅에 떨어진 벚꽃 잎처럼 지저분하게 되어버린다. 전란을 겪은 사람은 그걸 모두 알았다. 죽음은 아름답게 올 수 있어도, 그 다음은 모두 처치 곤란한 지저분한 쓰레기였다. 60년 넘게 전란 속에만 있어온 도쿠가와 이에야스는 그 누구보다 그 사실이 절실한 느낌으로 와닿았다.

"대사가 말씀을 하시게 그대로 두어라!"

울컥 쏟아지는 눈물처럼 도쿠가와 이에야스의 입에서 명이 떨어졌다. 벚꽃 정원은 정적에 휩싸였다. 일본의 쇼군도 조선의 사자 사명대사 유정도 그 정적 속에 몸을 맡겼다. 다른 이들도 알 수 없는 두려움 속에서 숨을 죽였다. 사람들의 머리 위로 여전히 벚꽃 잎이 마구 떨어지고 있었다.

그때, 정원 한쪽에서 사슴 무리가 걸어나와 천천히 일행 가까이 다가왔다. 도쿠가와 이에야스가 그제야 가볍게 몸을 움직였다. 도쿠가와 이에야스는 자기 몸 쪽으로 입을 들이미는 사슴을 피하지도 않고 손으로 어루만졌다. 쇼군을 따르던 부교 중 호리 교안[堀杏庵]이 눈짓을 보냈다. 그제야 무사들이 사슴 무리를 밖으로 몰아내기 시작했다. 그러자 사람으로 치면 청년은 됐을 젊은 수놈 한 마리가 무사에게 뿔을 들이밀며 대드는 시늉을 했다. 무사가 그걸 피하느라 비틀했고, 곁에 서 있던 하녀가 외마디 비명소리를 내고 말았다. 비명에 놀란 사슴이 껑충 몸을 뛰며 당황해 했다.

"아니, 이 사슴놈이 어느 안전에서!"

곁에 선 다른 무사가 칼을 뽑아들고 허공으로 팔을 치켜들더니 내려서는 사슴의 목을 내리쳤다. 바로 그때였다. 칼을 빼든 무사가 갑자기 악, 하는 소리를 내며 자신의 손목을 잡았다. 그의 손에 있던 칼은 어느새 땅에 떨어져 있었다. 순식간에 벌어진 일이라 무사가 사슴의 목을 내리치지 못한 채 자기 칼을 떨어뜨리고 손목을 잡고 있는 까닭을 아는 사람이 없었다.

"하핫! 과연 듣던 대로군, 듣던 대로야! 하하하!"

쇼군의 입에서 뜻밖의 웃음이 터져나왔다. 그제야 유정의 지팡이가 땅바닥에 닿는 소리를 냈다.

잠시 뒤 도쿠가와 이에야스는 정원 한쪽에 지어진 선불당에 좌정했다. 그 앞에 사명대사 유정이 앉았다.

"바다 건너 이역만리 타국에 와서 젊은 수하들은 물도 음식도 입맛에 맞지 않아 토사에 몸살에 고뿔로 고생들인데, 오직 대사께서만 이리 정정하시니 정말 놀랍습니다. 일본군이 조선에 출병했을 때 그 지팡이를 들고 숨은 승려들을 일으켜 대적하면서 조금도 거침이 없이 당당했다는 말이 결코 꾸민 게 아니라는 것을 이제야 확실히 알겠습니다. 이게 바로 그 지팡이지요."

도쿠가와 이에야스는 짐짓 방금 전 칼을 든 무사의 손목을 놀랄 만큼 빠른 동작으로 막아낸 유정의 지팡이를 청해 손으로 어루만져보았다.

"까닭 없는 목숨은 없는 법이지요. 그걸 잊고 다른 목숨을 하찮게 여기는 걸 보면 부지불식간에 이 지팡이가 앞서 나간답니다. 이제는 몸이 늙어 그마저 어려운 일이 되었습니다만……."

유정은 슬쩍 겸양으로 맞장구쳤다.

"무슨 말씀을! 이 세상에 칼을 들어야 할 연유도 모르면서 칼을 들어 남을 해친 자는 반드시 응징을 받게 되어 있지요. 대사의 지팡이야말로 그 가르침을 줄 수 있는 경전과도 같습니다."

유정은 다시 한 번 고개를 숙여 보이고는 말머리를 낚아챘다.

"쇼군이 마음에 품고 계시는 것에 비하면 제 지팡이는 하찮은 나무막대기에 불과하지요."

도쿠가와 이에야스가 유정의 지팡이를 든 채 잠깐 몸짓을 멈추었다.

"지팡이가 나무막대기라……."

통역을 맡은 이들조차 잘 알아들을 수 없는 혼잣말로 여러 번 그렇게 중얼거리던 그는 얼굴 표정을 바꾸고 과장되게 웃어젖혔다.

"대사, 내가 도무지 대사를 피해갈 수가 없을 듯합니다. 어디 다시 한 번 말씀을 해보시지요. 나는 이미, 일본을 대표하는 쇼군으로서 다시 조선을 침략하는 일을 행하지 않겠다는 약조를 했습니다. 또한 이 약조가 이때만이 아니라 다음 대에도 또 그 다음 대에도 유효한 약조임을 믿게 해주겠다는 뜻도 밝혔어요. 한데도 대사께서는 이 약조 이전에 두 가지를 실행하라고 하시는데, 대체 그 두 가지가 무엇입니까?"

"좋습니다. 말씀드리지요."

유정은 한손에 든 염주를 알알이 세어 넘기며 가만히 염불을 했다. 그러고는 다시 고개를 들어 도쿠가와 이에야스를 응시했다.

"제가 일본에 온 것은 일본이 조선에 화의를 청한 것에 대해 제대로 답을 구하기 위함입니다. 제가 와서 보니 쇼군께서는 과연 조선 침략전쟁에 참전하지 않고 멀리 떨어진 동쪽에 계셨을뿐더러, 그 누가 다시 조선을 침략하려 해도 역시 따르지 않을 분임을 분명히 알았습니다. 하지만 그런 것만으로 일본이 조선을 재침할 뜻이 없음을 믿을 수는 없습니다."

"조선과 화의하는 것을 쇼군께서 진정으로 바란다고 하지 않았소? 대사께서는 어째서 그것을 믿을 수 없다고 자꾸 이러는 게요?"

마쓰나가 세키고가 참지 못하고 또 나섰다.

"쇼군께서는 다른 어떤 나라가 아닌 일본의 쇼군이시지요. 일본의 지난 역사를 일본의 오늘과 내일까지 이어갈 분이라는 뜻입니다. 그런 분이 만일 불과 10년도 지나기 전에 일본이 저지른 일에 대해 모른 척한다면, 그러고도 진정한 쇼군이라 할 수 있을는지요?"

"지난 역사를 알고 계시기에 조선에 화의를 청하시는 것이 아니오?"

호리 교안이 맞섰다.

"지난 역사를 알고 계시는 쇼군이시기에 그 역사에 대해 책임을 질 줄도 알아야 하지 않을까요? 조선을 침략한 것은 일본입니다. 일본이 조선을 침략한 것은 지난 13년 전 일이고, 그 일은 6년 전까지 계속되었습니다. 전쟁을 치르는 동안 조선은 도탄에 빠졌고, 지금도 그 수렁에서 벗어나지 못하고 있습니다. 한데 조선을 그리 만든 일본은 스스로의 잘못에 대해 책임을 지지도 않은 채, 다만 화의만을 청해 왔습니다. 이것이 이치에 맞다고 보시는지요?"

잠시 주춤하는 기색이던 무교들 틈에서 하야시 라잔이 나섰다.

"그 점은 이치에 맞다고 볼 수는 없지만, 이치에 맞지 않는다고 말할 수도 없는 일입니다. 왜냐하면 조선 침략을 지휘한 간파쿠가 이미 불귀의 객이 된 몸이기 때문입니다."

"죽은 자의 이름으로 산 자를 구원하는 격이로군요!"

그때껏 자리를 지키고 듣고 있던 해구가 불쑥 한 마디 하고는 입을 다물었다. 잠시 어색한 시간이 흘렀다. 하야시 라잔이 다시 분위기를 바꾸려 나섰다.

"이는 책임을 회피하는 말씀이 아닙니다. 그때 조선에 간 장수들 역시 대부분 죽었습니다. 살아 있는 사람이 없지 않지만, 그들에게 또한 죄를 물을 수 없는 것은 그들이 간파쿠의 명에 따라 운명이 좌우되는 다이묘로서, 간파쿠의 명으로 조선을 침략한 것이기 때문입니다. 즉, 지금 일본에는 책임을 지려야 질 사람이 없습니다. 일본의 간파쿠가 일으킨 전쟁으로 조선에 엄청난 피해를 준 것은 사실이지만, 그와 동시에 일본 또한 전란에 휩싸여 풍비박산의 위기를 맞았고 다행히 우리 쇼군께서 현명하게 이 위기에 대처해 오늘에 이르렀습니다."

"전 간파쿠가 스스로의 죄를 안고 세상을 떠났다고 하지만, 쇼군께서는 지금 전 간파쿠가 조선에서 뺏어온 것으로써 큰 재산을 삼고 있지 않습니까? 바로 이것이 제가 일본의 화의 청원을 믿을 수 없는 연유입니다."

유정의 말을 모처럼 도쿠가와 이에야스가 직접 받고 나섰다.

"전 간파쿠의 조선 침략에서 얻은 것 중에 내가 어떤 것을 가지고 있다는 말이오?"

"일본이 조선을 침략해서 무수한 포로를 데리고 왔다는 사실을 알고 계실 테지요? 그 포로들의 다수는 일본 장수의 집에서 노예로 지내고 있지요. 뛰어난 도공은 그릇을 만들어주고, 학자들은 유학을 전해주고, 악공은 악기 연주를 해주고, 기술자는 축성을 돕고 있습니다. 이들을 모두 돌려보내주셔야 합니다. 만일 쇼군께서 이들을 돌려주지 않으려 하시면서 화의를 청하는 거라면, 그것은 백 번 천 번 청해도 거짓일 뿐이지요."

"아, 피로 송환 얘기라면 이미 대사께서 일본에 오시자마자 말씀하신 일이라 제가 나서서 규슈 일대의 여러 영주께도 부탁을 드렸고 또 쇼군께 글을 올려 청원을 드린 일입니다. 쇼군께서는 이를 아시고 귀국하고 싶어하는 피로들을 조사하라 명을 내리셨습니다. 시일이 더뎌질 뿐, 피로 송환은 기정사실입니다."

피로 송환 문제라면 누구보다 민감한 소 요시토시의 그럴듯한 답변이었다.

"피로 송환이 더뎌지는 사이, 쇼군께서 반드시 처결해주실 것은 조선에 출병한 자 중에 능침을 훼손한 자를 찾아 죄를 묻는 일입니다."

조선과 화의하려면 먼저, 다음의 요구사항들이 받아들여져야 했다. 왜란 때 데려간 조선인 피로들을 송환시켜야 한다는 것, 조선 선대왕의 능침인 선릉을 훼손한 일본 군사를 처단하라는 것, 그런 뒤에 대를 이어 조선과 화평하게 지내겠다는 약속을 하라는 것. 유정의 뜻이 이제야 그들에게 명료하게 전해진 셈이었다.

다완의 뜻

유정이 도쿠가와 이에야스와 회담을 하고 돌아온 혼포지는 아연 들뜬 분위기였다. 밥을 짓고 국을 끓이고 고기를 내고 술을 돌렸다. 이튿날부터 저자로 나가 고향에 가져갈 선물을 구했고, 아직 아무런 명이 없었는데도 짐을 싸고 길 떠날 복색이 된 자가 수십 명이었다. 실제로 그 중 일부는 피로 송환을 준비하기 위해 소 요시토시 일행을 따라 먼저 대마도로 돌아갔다.

몇몇은 일본 사람들과 마찰을 빚어 문제를 일으키기도 했다. 그 중 한 사람은 일본인들 중에서 조선을 침략한 일을 반성하는 사람이 거의 없다는 사실에 유난히 분노해온 준하였다. 준하는 대마도에서부터 줄곧 유정을 수행하면서도 소 요시토시 같은 실제의 침략자들에게 수시로 적대감을 드러냈다. 교토에 온 뒤 한참 뒤에는 세이쇼 죠타이가 조선 침략전에 참전했을 뿐 아니라 도요토미 히데요시가 교토에 코무덤을 만들 때 도사 역을 맡은 승려였다는 얘기를 뒤늦게 전해 듣고 크게 흥분하기도 했다.

"저 사악한 일본 중놈이 우리 조선군 코무덤을 만들 때 대불 앞에서 아귀한테 시식을 시키는 도사를 자임했다고 하는데, 저런 놈한테 우리가 화친을 논하고 있으니 말이 되는가!"

또 하야시 라잔에게는 선비의 본분을 알고 유학을 논하라는 식으로 따지기도 했다. 어느 날 준하는 오동수를 따라 교토의 저자로 나섰다가 일본의 젊은 유학자와 논쟁이 벌어져 주먹을 휘두르고 말았다. 이를 보고 있던 사무라이 하나가 칼을 빼들고 준하를 베려고 했고, 승군으로 전투 경험이 많은 영식과 승나가 맨 주먹으로 맞서다가 자칫 잘못했으면 살인까지 날 뻔했다. 유정은 일본 관원에 붙들려 간 준하 일행을 일부러 수일 간 방치함으로써 분쟁의 불씨를 사그라뜨렸다.

교토에 와서 가장 바빴던 사람은 오동수였다. 오동수는 비밀리에 일본인들에게 인기가 높은 인삼을 활용해 조선에서 구하기 어려운 물품을 사들였다. 그 중에서 일본의 은은 조선에서 참으로 귀하게 여기는 물건이었다. 은은 조선에도 많이 매장되어 있었지만, 채취하는 과정이 어려운 데다 중국에서 무리하게 은을 요구해 와서 거의 생산을 하지 못하고 있었다. 오동수는 조선 인삼의 인기가 상상 이상이라는 것을 알고 쇼군이나 번주 등에게 선물로 줄 인삼에서 일부를 빼두고 있다가 교토에 오자마자 은을 수배했다. 귀국을 앞둔 오동수가 닥치는 대로 은을 거두어들이다가 수하인 공치와 운길이 밀무역을 단속하는 일본 관원에 포박당하는 일도 벌어졌다.

오동수의 이런 사무역은 조선과 일본 양국이 모두 금하고 있는 밀무역으로 엄연한 범죄에 해당했다. 뒷날 조선통신사 일행 중에 이런 밀무역을 하다가 적발되어 처벌을 받게 되자 스스로 목숨을 끊은 수행원도 나오게 된다. 그러나 아직은 어수선한 양국 관계였다. 오동수는 포박된 둘을 역시 인삼을 바쳐서 풀어냈다. 대신 유정에게 호되게 추궁을 당했다.

정작 유정은 처소에서 두문불출이었다.

"큰스님의 기지와 용기로 뜻을 다 이루고 이제 고향으로 돌아가게 되었다고 다들 기뻐하고 있습니다."

홍주가 드나들며 바깥 분위기를 전하면서 유정의 동태를 살폈지만, 유정은 때아니게 면벽 수행이라도 하듯이 자주 가부좌를 틀고 앉아 있었다.

"무슨 분부가 있어야 저희도 채비를 할 것이 아닙니까?"

통사 박대근이 볼멘소리를 하며 처소 문을 두드렸지만, 홍주를 통해 전해오는 말은 이랬다.

"경거망동하지 말고 제자리를 지키면서 사위를 경계하라!"

유정을 오래 모셔온 해구마저도 그 속을 알지 못하고, 장삼을 걸친 채 유정의 처소를 맴돌았다.

"도무지 알 수 없는 어른이셔. 일본의 쇼군이 우리 조선과 화의하겠다고 약조를 했고, 게다가 우리가 바라는 대로 조선인 피로를 돌려보내겠다는 약조까지 하지 않았나. 왕실의 능침을 해친 자도 찾는 대로 결박해서 보내주겠다고 했는데, 더 무엇을 얻으려는 것인지 알 수가 없어. 이만하면 우리 국왕이 오셔도 못해낼 일을 큰스님 혼자 다 이루신 것 아닌가? 무엇 때문에 저러고 계신지 도통 알 수가 없네, 알 수가 없어."

쇼코쿠지의 주지 세이쇼 죠타이가 혼포지를 다시 찾은 것은 그로부터 며칠 뒤였다.

"쇼군께서 특별히 차를 전하라 하셨습니다."

세이쇼 죠타이는 준비해온 다완에 직접 차를 우려내 유정에게 들이밀었다. 녹향이 진하게 풍겨났다.

"향이 아주 좋습니다."

유정은 찻잔을 들어 코끝에 대었다 다시 놓았다.

"교토는 원래 품질이 뛰어난 차로 유명한 곳입니다. 이 차는 우지[宇治]라는 번에서 자라는 잎을 딴 것이라 해서 우지차라 합니다. 그동안 대사께서 교토에 와서 드신 차가 모두 질이 좋은 것인데, 이 차는 특별히 쇼군이 아끼시는 차라 맛이 아주

색다를 것입니다."

세이쇼 죠타이는 그러나 유정의 눈길이 차보다 다완에 머문 것을 알아챘다.

"예, 보시다시피 이 다완은 일본에 온 조선 도공의 솜씨입니다. 조선 도공들이 일본에 와서 처음에는 일본의 흙으로 조선 그릇을 제대로 만들어내지 못해 모두 안타까워했는데, 이태 전부터 조선 그릇과 거의 같은 것을 빚어내고 있습니다."

유정은 속으로 가만히 주문을 외고 나서 말했다.

"쇼군께서 저를 보시고 여러 선물을 주셨더니 오늘은 또 이렇게 차를 보내주셨군요. 그저 고마울 따름입니다. 하지만 이 차를 일본에 끌려온 조선 도공들이 빚은 다완에 부어주시게 한 뜻이 따로 있을 듯하군요."

"하하, 대사께서도 은근히 성미가 급하십니다. 쇼군을 가까이에서 만나는 저 같은 승려도 마시기 힘든 우지차를 맛도 한번 안 보시고 쇼군의 뜻을 짐작하시다니요!"

"쇼군께서 저한테 하시고 싶어하는 말씀이 따로 있을 테지요. 공연히 제 기분이 상할까 염려해서, 전하실 말씀을 굳이 늦추지는 말아주셨으면 합니다. 자, 저희와 함께 차 맛을 보시면서 편하게 말씀하시지요."

유정은 세이쇼 죠타이로부터 다완을 넘겨받아 여러 잔을 채웠다. 그러더니 밖으로 소리쳐서 수하들을 불러들였다. 유정을 수행해온 통사와 군관, 승려와 압물관(押物官) 들이 하나 둘 안으로 들어와 유정이 권하는 우지차를 한 잔씩 맛보고는 맛 품평을 하느라 웅성거렸다.

"자, 이 차는 일본의 새로운 쇼군께서 주신 것이라네. 나는 아직 맛을 보지 않았네만, 향이 진하면서도 은은한 걸로 치면 품질이 최상일 것이야."

차를 맛본 사람들이 가볍게 고개를 끄덕였다.

"한데……."

유정은 말 대신 찻잔을 손바닥에 받쳐 올려 보였다.

"그건…… 조선의 다완……."

맨 먼저 알아본 사람은 준하였다. 다른 사람들도 그제야 무릎을 쳤다.

"자, 그렇다네. 이 다완은 조선의 다완이야. 조선의 것인데 지금은 일본의 것이야."

"조선의 것이 지금은 일본의 것이 되었다면 조선에서 노략질해온 다완을 자기네 것처럼 여기며 쓰고 있다는 말씀인가요?"

영식이 성급하게 물었다.

"조선에서 빼앗아온 다완이라는 뜻이 아니라, 조선의 다완을 일본에서 똑같이 만들어낼 수 있게 되었다는 것이야. 이것이 바로, 왜란 때 끌려온 우리 도공들이 이 일본 땅에서 만든 조선 다완이라네."

조선의 도공들이 흙도 물도 나무도 다른 일본에 와서 수년 간의 노력 끝에 조선의 사대부가에서나 쓰는 다완을 빚어내는 현실 앞에서 조선에서 온 사신 일행들은 다시 용솟음치는 자긍심과 치밀어오르는 분노가 뒤섞여 종잡을 수 없는 기분에 휩싸였다. 그러나 유정의 말은 거기에서 그치지 않았다.

"일본의 쇼군께서 일본에서 가장 품질이 좋은 차를 왜란 때 끌고온 조선 도공들이 빚은 다기에 담아 우리에게 맛보게 했는데, 도대체 그 까닭이 무엇일까?"

유정의 말에 모두들 느닷없는 화두에 접한 표정이 되었다.

유정은 한참 만에 세이쇼 죠타이에게 말을 걸었다.

"자, 이만하면 쇼군의 분부를 말씀하시기 편해지지 않았습니까? 어서 말씀해주시지요."

"저, 말씀드리기 송구하온데……. 쇼군께서 저더러 대사께 차만 대접해드려도 대사께서 능히 그 뜻을 헤아리실 거라 하셨습니다."

"그래요?"

유정은 여전히 표정을 풀지 않은 채 고개를 끄덕였다. 끄덕이는 고갯짓이 스무 차례는 되었을 때쯤 유정은 눈을 크게 뜨고 좌중을 훑어보았다.

"우리가 고향을 떠나온 지 반년이 훌쩍 넘었다. 그러고도 이곳을 떠나는 일은 아직 요원하게 되었어. 떠나올 때 우리 운명을 하늘에 맡겼듯이, 이제 돌아갈 때의 일도 가는 날짜부터 하늘에 맡기는 것이 현명한 처사일 게야. 모두들 돌아갈 생각으로 마음 들뜨지 말고 가만히 제자리를 지키면서 때를 기다리도록 해주게."

강화 회담이 성사되고도 수 일이 흘렀건만 유정의 입에서 귀국 준비 명령이 떨어지지 않아서 조바심이 나고 있는데, 쇼군이 내린 다완의 차를 받아 마신 유정은 아직 때가 아니라며 귀국을 늦췄다.

해구가 조심스럽게 나서서 유정의 말을 받았다.

"큰스님, 쇼군이 이 차를 조선 다완에 담아 보낸 뜻이 진정 무엇인지요? 말씀을 해주셔야 저희같이 몽매한 자들이 바다 건너 일본에 와서 그래도 뭔가 남다르게 깨닫고 돌아가지 않겠습니까?"

"그렇습니다, 대사님. 저 또한 깨침을 바라니 대사께서 쇼군의 속내를 읽은 것을 알려주시지요."

세이쇼 죠타이가 덩달아 청했다.

"쇼군께서 저희에게 좀 더 머물다 가라고 하신 게 틀림이 없을 테지요?"

더 말을 이을 듯하던 유정이 입을 다물자 홍주가 나비날개처럼 살짝 입을 달싹거렸다.

"그냥 그렇게 말씀하시면 아무도 알아듣는 이가 없습니다.

세세하게 일러주셔야지요."

유정은 천천히 몸을 일으켰다.

"세이쇼 스님, 저를 스님이 계시는 쇼코쿠지로 데려다주십시오."

"저는 아직 영문을 모르겠습니다만……."

세이쇼 죠타이가 머뭇거렸다.

세이쇼 죠타이는 며칠 뒤 사명대사 일행을 쇼코쿠지로 안내했다. 그곳에서 한 식경 되는 거리에 덴노가 머무는 교토고쇼가 있었다.

"쇼군은 저에게 약조하기를, 대를 이어 조선과 화의하며 지낼 것을 믿게 해주겠다 했지요. 그건 아무도 얕볼 수 없는 강력한 권력이 지금 쇼군에서 다음 쇼군으로 넘어가는 것을 우리 조선 사절에게 보여주면 절로 지켜지게 됩니다. 이제 곧 이 고쇼 앞에서 새로운 쇼군이 그 어느 때보다 화려한 행렬 속에서 탄생할 것입니다. 조선에서 온 우리들은 이 쇼코쿠지에서 그 행렬을 지켜봐야 합니다."

과연 그랬다. 1605년 3월 도쿠가와 이에야스는 쇼군의 지위를 자신의 셋째아들 도쿠가와 히데타다에게 넘겨준다. 평생 전란을 헤쳐와 쇼군에 오른 지 불과 2년 만이었다. 사람들은 처음에 도쿠가와 이에야스의 본심을 헤아리지 못했다.

도요토미 히데요시도 말년 한때 4년간 간파쿠의 자리를 노요토미 히데쓰구에게 물리고 다이쿠[太合]로서 이원정치를 펼친 바 있었다. 그러다가 히데요시는 히데쓰구를 모반 혐의로 몰아 자살하게 하고 그 일족 30여 명을 몰살시켰다. 물론 히데쓰구가 모반을 모의했을 리 없었다. 하필이면 이원정치를 하던 중에 히데요시의 친아들 히데요리가 탄생한 것이 화근이었다. 히데요시는 자신의 아들 히데요리에게 쇼군의 지위를 넘기기 위해 결국 그런 비극을 연출한 것이었다. 도쿠가와 이에야스가 쇼군에 오른 지 2년 만에 히데타다에게 대를 물린 데에도 알 수 없는 계책이 도사리고 있을지 모른다고 생각하는 사람들이 적지 않았다.

그러나 이에야스는 뭐가 달라도 달랐고, 대를 이어 쇼군에 오른 히데타다 역시 그 점을 잘 알았다. 히데타다는 자신의 모든 권력이 여전히 아버지 이에야스에게서 나오고 있다는 것을 알아차렸다. 이에야스는 자신이 쇼군이 될 때와는 비교도 안 될 정도로 화려하고 장엄하게 아들의 쇼군 취임 행사를 베풀어주었고, 히데타다도 묵묵히 그 뜻에 따랐다.

고쇼에서 후시미 성까지, 새 쇼군 히데타다의 가마를 앞세우고 각 영지의 다이묘들, 다이묘들이 데려온 수백의 사무라이들, 잘 조련된 조총수들, 궁수들, 악공들, 무희들의 행렬이 끝없이 이어졌다. 동원된 인원만 8만 명이 넘었다. 연변의 백성들한테는 과자와 떡과 술이 제공되었다. 취임식이 열린 후시미 성 안에서는 더욱 다양한 볼거리가 펼쳐졌다. 음악과 춤은 기본이었고, 각 영지의 예인들이 나와 다채로운 기예를 펼쳐 보였다.

쇼코쿠지에 머물던 사명대사 유정이 이끄는 조선의 사절단도 새 쇼군의 취임 장면을 지켜보고 있었다. 사절단이 이웃 국가인 조선을 대표한다는 점에서 새로운 쇼군의 취임 행사는 도쿠가와 이에야스에서 시작된 바쿠후가 국제적으로 승인받는 역사적인 사건의 현장이었다. 도쿠가와 바쿠후의 명명백백하고 당당한 집권 사실을 만천하에 알리고 싶은 도쿠가와 이에야스의 의지는 조선 사절의 쇼군 취임식 참여로 더욱 그 빛을 발하는 셈이었다. 사명대사 유정 역시 이 점을 놓치지 않고 당당하게 붙잡았다. 새 쇼군 앞으로 나아가 간단히 목례를 하고 난 유정은 치하의 말부터 풀어놓았다.

"저희가 이곳에 있을 때 젊으신 쇼군을 뵙게 되어 참으로 기쁩니다. 미리부터 준비한 것은 아니지만, 저희도 보고만 있을 수 없어서 두 가지 기예를 준비했습니다."

후시미 성의 천수각 대전에서 일본 사람들로서는 본 적이 없는 승무가 펼쳐졌다. 승무의 주인공은 홍주였다. 그녀는 언제부터 준비하고 있었는지, 홍탁이 쳐추는 북장단에 몸을 맡기고 숨겨왔던 솜씨를 발휘했다.

일본 사람들을 더욱 놀라게 한 장면은 곧이어 눈밖에서 벌쳐졌다.

"이제 보여드리는 것은 마상재라 하여 달리는 말 위에서 재주를 넘는 일인데, 넓은 초원이 아닌 데다, 마침 우리 재인이 병이 나서 큰 재주는 보여드리지 못할 것입니다. 잠시나마 위로가 되었으면 합니다."

일본으로 건너오는 배를 타면서 맨 먼저 멀미에 시달려 오래 고생해온 철배가 모처럼의 재주를 부리기 위해 나섰다. 마포 강변에서 말을 달리며 하던 마상재는 불가능했지만 그래도 걷는 말 위에 서거나 말 양옆에 매달려 타는 정도는 해보일 수 있었다. 구경꾼들이 탄성을 울리자 신이 오른 철배는 우초마, 좌초마를 연이어 선보였다. 말 위에서 물구나무서기를 했다가 어느 순간 몸을 뒤집어 활을 쏘아 천수각 한 기둥에 화살을 꽂는 것으로 마상재가 마무리되었다.

"아, 이제야 알 것 같습니다, 저희 아버님께서 어째서 조선의 사절단을 보내드리지 않고 오래 머무시게 하신 것인지를!"

히데타다 쇼군이 박수를 치고나서 환하게 웃었다. 철배와 홍주를 비롯해 조선 사절단 전원에게 술과 고기가 풍성하게 내려졌다.

사명대사 유정과 도쿠가와 히데타다 쇼군의 공식 회담은 며칠 뒤에 이루어졌다. 쇼군은 또 한 번 조선 사절단의 재주를 칭찬했다.

"저도 이날까지 전쟁터만 돌아다녔다 해도 과언이 아니라 말 타는 것을 누구보다도 좋아하고 또 말 타는 재주에 뛰어난 사람도 여럿 봤지만 조선 사절단원의 마상재는 참으로 기이했습니다. 또한 일본에도 절이 많고 승려도 많아 승무라는 것이 없지는 않지만, 움직임이 느리면서 손끝 발끝까지 뻗는 기운으로 느릿느릿 한 동작씩 이어가는 조선의 승무는 눈앞에서 신이 그림을 그리는 모양과도 같았습니다."

"제가 일본에 와서 일본을 다스리는 쇼군을 두 분이나 연이어 뵐 수 있으리라고는 꿈에도 생각하지 못했는데, 이 늙은 것이 복이 많아 새 쇼군을 맞는 진경(珍景)까지 구경할 수 있었습니다. 국왕의 명을 받고 이곳에 온 몸으로 특별히 경하드릴 만한 것을 궁리하다가 간단히 보여드릴 수 있는 것만 보여드렸습니다."

"예로부터 조선에서 오시는 분들이 모두 박식하고 중국의 예와 학문에 능통하시기 때문에 일본 사람들은 조선 사신이 올 때마다 몰려들어 글과 그림을 청하게 되는데, 이번에는 그뿐 아니라 특별한 기예까지 보여주셨습니다. 앞으로 거듭해서 조선의 기예를 볼 수 있었으면 합니다."

"쇼군께서 약조만 해주시면 일본에 경하드릴 만한 일이 있을 때마다 조선 사절이 건너오게 될 것입니다."

유정은 도쿠가와 이에야스가 차를 보내면서 받쳐온 조선

도공들의 다완을 다시금 떠올렸다.

"대사께서는 일본이 조선과 화의하려는 뜻을 보이려면 우선 일본에 와 있는 조선인 피로들을 송환해야 한다고 하셨다고 들었습니다만……."

"그뿐 아니라 조선을 침략한 일을 사죄하는 뜻을 더 보이라는 청을 했지요."

"예, 알고 있습니다. 조선을 침략해서 조선 선대왕의 능침을 파헤친 자들을 벌하라 하셨지요?"

"모든 것이 일본이 조선을 무단으로 침략한 데서 생겨난 일입니다. 이제 화의하시려면 침략한 일이 잘못된 것임을 밝히셔야 하고, 그러자면 최소한의 예가 있어야 할 테지요. 조선인 피로에 대한 일이나 능침을 훼손한 자에 대한 일은 지극히 사소한 예의를 지키는 것에 불과한 것임을 알아주셔야 합니다."

새 쇼군은 별 거리낌 없이 고개를 끄덕이고 있었다.

"모든 것을 전 간파쿠가 꾸미고 명한 일이라 이제 와서 무엇을 어찌해야 할지 모르지만, 어떻든 일본이 군사를 일으켜 조선으로 간 일은 일본과 조선의 평화를 해치는 나쁜 선례를 남겼습니다. 다시는 이같은 일이 있어서는 안 될 것입니다. 대사께서 청하신 일에 대해서는 극력 지키겠다고 약조하겠습니다. 조선에서도 저희에게 훌륭한 학식과 기예를 가진 분들을 수시로 보내 가르침을 주시기 바랍니다."

"학식 높은 대신과 기예에 능한 재인들이 자주 일본에 올 수 있도록 저희 국왕께 주청을 드리겠습니다."

유정과 새 쇼군이 나눈 이 얘기는 뒷날 조선 말기까지 조선통신사의 일본 방문이라는 공식적인 외교 관행으로 실현되면서 양국간의 본격적인 선린우호 시대가 펼쳐지게 된다.

조선통신사는 조선에서 일본 바쿠후의 쇼군에게 파견한 공식적인 외교 사절을 일컫는 말이다. 물론 조선시대 이전에도 보빙사(報聘使)·회례사(回禮使)·회례관(回禮官)·통신관(通信官)·경차관(敬差官) 등으로 불리는 외교 사절이 일본을 찾았지만, 두 나라가 서로 신의로 교류한다는 의미에서의 '통신(通信)'이라는 이름이 붙은 것은 조선시대에 들어와서였다. 왜구 금지 요청을 사유로 1429년(세종 11) 교토에 파견된 정사 박서생(朴瑞生)이 통신사의 시초로 보고 있다.

그러나 오늘날 자주 재현되고 있는 조선통신사는 주로 임진왜란 이후의 행적을 주목하고 있다. 1604년 사명대사가 일본에 가서 수천의 피로를 쇄환하는 등 성과를 올리며 단절된 국교를 회복한 것을 시작으로 1607년 여우길(呂祐吉)을 정사로 하는 통신사가 일본을 방문했고, 그 뒤 19세기까지 주로 일본에서 새 쇼군이 정해질 때를 기준으로 해서 총 12회에 걸쳐 조선통신사가 일본을 방문하게 된다.

처음에 바쿠후의 명을 받은 대마도주가 통신사청래차왜(通

信使請來差倭)를 조선에 파견하게 되면, 조선 조정에서는 중앙 관리 3인 이하로 정사·부사·서장관을 임명해 총 300~500명의 사절단을 편성한다. 서울에서 출발한 조선통신사가 부산을 출항, 대마도를 거쳐 시모노세키에 닿았다가 일본 내해를 지나며 각 번의 향응을 받고 오사카의 요도우라[淀浦]에 상륙해서 교토에 머무는 일정은 사명대사 때와 크게 다르지 않았다. 2대 쇼군 이후는 그 종착지가 에도가 되었다.

한시와 유학에 뛰어난 조선통신사 일행은 가는 곳마다 서화·시문 등을 쓰고 그려주었고, 화려한 행렬도를 포함한 병풍·회권·판화 등을 남겨 오늘에 전하고 있다. 또한 통신사 경험을 기록한 여러 편의 여행기가 남아 있어 귀중한 한일문화교류 전적이 되고 있다. 왜란 이후 이러한 교류의 첫 물꼬를 튼 인물이 바로 사명대사 유정이었던 것이다.

호신불

사명대사가 일본에 건너간 사실을 알고 있는 사람 중에는 사명대사의 이적(異跡)에 대해 말하는 사람이 많다. 예를 들어 '왜왕'이 일본을 방문한 사명대사의 무공을 시험하고자 사명대사가 자는 방에 불을 활활 때었지만, 아침에 보니 오히려 사명대사의 수염에 고드름이 주렁주렁 매달려 있더라는 식의 얘기다. 한때 상영된 영화 「사명대사」도 이런 장면을 담고 있고, 어린이들이 즐겨 보는 만화나 위인전기에도 이런 스토리가 어김없이 들어가 있다.

이 스토리는 모두, 임진왜란이 있고나서 민간에 읽힌 『임진록』에 근원을 두고 있다. 『임진록』은 왜란 때의 전쟁 영웅 이야기를 담은 작자미상의 소설이다. 이순신을 비롯해서 김더

령, 김응서, 강홍립 장수들의 무용담이며, 논개와 계월향 등 충성스런 기생들이 몸을 던진 희생도 멋지게 묘사되어 있는 이 책의 한쪽에 사명대사 이야기가 들어 있다. 『임진록』은 새로운 판본이 생길 때마다 더 자극적인 '이적'이 보태졌다.

이에 따르면 사명대사 유정은 교토를 들어갈 때 길목에 세운 장문의 글을 다 외우게 했다거나, 무쇠로 된 방에 가두고 불을 지폈다거나, 구리방석을 연못에 띄우게 했다거나, 불에 달군 철마에 태워 불구덩이 속으로 들어가게 한 실험을 모두 거침없이 통과했다. 또 끝없는 장마로 물에 잠길 위기에 빠진 일본을 '왜왕'의 간곡한 청으로 구해줬다거나 인피를 조공으로 바치기로 한 '왜왕'이 공물을 인피 대신 철근으로 바꿔달라고 사정해서 그렇게 하라고 허락했다는 내용도 있다.

나라를 위해 공을 세운 사람의 행적을 전하는 이야기에는 조금의 과장이 섞이게 마련이지만, 사명대사의 공적은 유독 '이적' 쪽에 치우쳐 있다. 나라를 쑥대밭으로 만든 일본에 대한 복수심을, 노년의 몸으로 모두가 두려워하는 일본에 가서 수천의 포로를 데려온 사명대사의 공적에 대한 무한한 존경심으로 표함으로써 카타르시스를 느끼는 민중의 심리가 반영된 것이라 할 수 있겠다.

사명대사 유정이 일본을 방문한 목적은 말할 것도 없이 일본의 조선 재침 가능성을 탐색하는 데 있었다. 이 점 유정이 도쿠가와 쇼군 부자를 차례로 만나 충분히 뜻을 파악해 조선 국왕에게 전할 수 있게 되었다. 유정은 도쿠가와 히데타다로부터 '일본은 조선을 침략하지 않을 것이며 조선과 새로이 교류할 것을 바란다'는 내용의 친서를 받아냈다. 또한 향후의 원활한 교류를 위해 조선인 피로 송환 약속을 받아내고, 또 조선의 중종 임금 부부의 능인 정릉과 희릉을 훼손한 범인을 잡아 보내겠다는 약조까지 받아냈다. 이는 그 누구도 생각하지 못하고 행하지 못한 성과였다.

교토로 입성해서 석 달 동안 머물면서 두 쇼군 부자를 만난 사명대사 유정이 대마도로 가는 배에 오른 것은 1605년(선조 38) 3월 말이었다. 대마도에서 교토로 들어갈 때 한 달이나 소요된 것에 비하면, 다시 대마도로 나가는 여정은 날도 많이 풀린 데다 각 지방관의 협조가 원활해서 한결 수월한 항해가 되었다.

"정말 대단한 수확이 아니겠습니까? 대사님이 아니고서야 이런 일을 누가 해내겠습니까?"

"조선이 배불하지 않고 대사님 같은 분을 잘 모셨더라면, 일본이 그리 쉽게 조선을 얕잡아보지 않았을 거예요."

아카마가세키(시모노세키)와 아이노시마와 이키슈를 거쳐 대마도로 돌아가는 배 안에서 겐소와 야나가와 시게노부가 번갈아 감탄하는 말로 유정을 위로했다. 유정을 수행해온 누관 손문욱이나 김효순, 박대근 같은 통사와 수하 승려를 이끌고 온 해구도 모처럼 마음 편하게 숨을 골랐다.

유정도 환하게 웃어 보이며 말했다.

"이 늙은 것이 처음에 올 때만 해도 배를 타고 낯선 타국으로 건너와 교토로 가서 쇼군과 회담을 할 때까지 목숨이라도 붙어 있을까 속으로 염려가 대단했답니다. 죽는 것이야 겁날 게 없지만, 조선의 국운을 생각하는 왕명을 못 받들게 될까 그것이 걱정이었지요. 이제 마침내 뜻을 이루고 고향 산천에 돌아갈 수 있게 되었군요. 한데……."

유정의 활짝 편 표정을 본 일행이 모두 한마음으로 소리내어 웃다가, 이어지는 유정의 말에 귀를 세웠다.

"한데 이쯤에서 우리가 짚어봐야 할 것이 한두 가지가 아닙니다. 피로 송환 일만 해도 그렇고……."

"그 점은 먼저 쓰시마로 돌아간 번주께서 가능한 만큼 모아두기로 했습니다만……."

야나가와 시게노부가 유정의 근심을 막아보려 했다.

"예, 바로 그 점입니다. 우리가 일본 혼슈에 다녀오면서 느낀 것이지만, 도쿠가와 쇼군을 비롯해서 거기서 만난 부교들이며 승려, 유학자, 다이묘, 사무라이 모두가 일본이 침략한 나라 우리 조선에 대해 깊이 생각하지 않고 있었어요."

뜻밖의 말에 좌중에는 아연 긴장감이 감돌았다.

"저희는 그렇지 않습니다, 대사!"

겐소가 억울하다는 듯이 유정을 부르자, 유정은 곧바로 답했다.

"당연하지요. 대마도에 사는 사람들은 적어도 겉으로는 조선과 교통하는 일을 간절히 바라고 있어요. 한데 대마도에 살지 않는 사람들은 그렇지 않다는 겁니다."

"그게 사실이라는 건 대사께서도 잘 아시지 않습니까?"

야나가와 시게노부가 맞섰다.

"알지요, 잘 압니다. 지금 쇼군을 비롯해서 어떤 다이묘나 영주도 조선 침략 운운하는 이는 없는 듯합니다. 사실, 중요한 건 그것이 아닙니다. 우리가 명심해야 할 것은, 도쿠가와 바쿠후를 비롯해서 모든 일본 사람들이 지난날 일본이 조선을 침략했건 안했건 그 사실을 중요하게 여기고 있지 않다는 것입니다. 일본은 조선 침략에 대해 죄스러워하지도 부끄럽게 여기지도 않고 있어요. 지금에 이르러 조선과 교통이 필요한 것일 뿐 지난 일은 조금도 문제될 게 없다고 생각하고 있어요."

배가 한동안 심하게 요동을 치는데도 선실 안은 침묵에 빠져 있었다. 가볍게 시작된 유정의 말에 조금씩 빨려들어간 것인데, 이제 보니 그 말은 얼음처럼 차디차고 가시처럼 예리한 말이었다.

"쇼군 부자는 분명 조선과 교통하려 할 것이고 피로 송환에도 그런 대로 성의를 보일 것이 틀림없습니다. 조선 선왕 능을 훼손한 진범은 이제 와서 찾을 방도가 없을 터인즉, 다른 사형수를 잡아 보낼 터이고…… 그렇습니다. 쇼군은 나한테 말한 것을 대체로 지킬 것입니다. 한데 과연 이것으로 우리는 만족해야 할까요?"

국왕에게 명을 받은 사신으로서 유정은 이미 이만큼의 감동적인 성과를 얻고 돌아간다. 그러나 유정은 그 다음의 말, 진정으로 일본과의 관계에서 풀어낼 말을 묻고 있었다. 겐소가 무슨 말인가 하려다가 입을 다물었고, 야나가와 시게노부는 억울한 심정을 표현할 길이 없다는 듯이 가만히 가슴을 쓸어내렸다. 해구의 입도 달싹달싹거리다 끝내 아무 말도 담아내지 못했다.

"유정대사의 마음이 그리 편하지 않습니다."

배가 대마도에 닿자마자 겐소가 유정의 심경을 먼저 가 있던 소 요시토시에게 알렸고, 소 요시토시는 피로 송환 일에 박차를 가하는 것으로 성의를 표했다. 유정의 선단이 대마도를 떠날 때가 되자 대마도의 부중 이즈하라 항은 조선인 피로들로 넘쳐났다. 이 중에는 시코쿠와 규슈에 흩어져 살던 피로도 수백 명이나 건너와 있었다. 새로운 쇼군과 각 번의 번주, 그리고 대마도에서 처음 추산한 송환 피로 숫자는 3천이었지만, 우선 동행하는 피로의 숫자만 무려 1300명이었다. 조선을 떠날 때 여덟 척이던 배는 대마도에서 부산으로 건너갈 때 모두 48척이 되었다. 이후 귀국한 유정은 세이쇼 죠타이를 비롯 겐소, 하야시 라잔 등에게 서찰을 보내 피로 송환을 촉구해서 수년에 걸쳐 총 3천에 이르는 피로 송환을 성사시킨다.

세이산지에서 조선인 피로들이 몰려 있는 이즈하라 항을 내려다보고 있던 유정은 가만히 홍주를 불러들였다. 유정의 하명을 듣고 간 홍주가 유정의 숙소에 다시 나타난 것은 그날 밤이었다.

"큰스님, 뵙지 않고 그냥 가시게 하려고 숨어 있었습니다만, 이 고운 스님이 용케 저를 찾아내 다시 이렇게 큰스님께 심려를 끼쳐 드리게 되었습니다."

홍주에 앞서 방으로 들어온 사람은 대마도에 사는 조선 옹주였다.

"옹주마마, 돌아가실 뜻이 없다는 것을 압니다만, 마지막으로 한 번 더 여쭙습니다. 참으로 돌아가기 싫으십니까?"

"고향 떠난 지 10년인데 어찌 고향의 부모 형제가 그립지 않겠습니까? 하나 제가 돌아가는 것으로 부모 형제는 더욱 욕을 보게 되고 저 역시 더욱 처참한 꼴이 되고 말 것입니다. 이제 더는 그러지 못하겠습니다. 저는 이만큼만 욕된 몸으로 이곳에서 살다가 그냥 이곳에서 죽겠습니다."

유정이 할 말을 잃고 눈을 감은 채 염불을 하는 동안 삼시

기다린 홍주가 대신 옹주를 향해 말했다.

"큰스님께서 교토에 가서 쇼군을 만나고 오시면서 꼭 물으시고 싶은 것이 있다 하셨습니다. 저희가 배를 타고 혼슈로 떠날 때 옹주마마께서 이르시기를 왜인을 대할 때는 반드시 그 끝까지 보아야 한다 하셨는데, 큰스님께서 과연 그 말씀이 옳다 여기시며 옹주마마께 말씀을 더 청해 듣고 싶어하셨습니다."

옹주는 대답 대신 천천히 몸을 일으켜 유정을 향해 절을 올렸다. 유정이 놀라 일어나 맞절을 했다.

"큰스님, 역시 바로 깨치셨습니다. 여기도 사람 사는 곳이라, 슬프고 아픈 사연에 울고 기쁘고 아름다운 일에 웃고, 옳고 옳지 않은 일을 분별할 줄도 알고 남을 위해 사는 사람을 받들 줄도 압니다. 그러나 일본을 대할 때는 언제 어디서라도 말하고 행동하는 모든 것을 처음부터 끝까지 하나부터 백까지 터럭 끝 하나라도 놓치지 않고 바로 보아야 합니다. 귀국하시고 나면 이제 후세 사람들이 일본에 오고 일본과 교류할 때 바로 이 점을 명심하도록 하셔야 합니다. 일본인들이 법도 없고 예도 모르는 미개한 족속이라 업신여긴다거나, 또 조그만 것으로 신기한 것을 잘 만들어내는 재주에 할 말을 잃고 외면하거나 하면 번번이 당할 수밖에 없을 것입니다. 한편으로는 마음을 열되, 한편으로는 스스로 빈틈이 없어야 합니다. 저는 이제 왜녀가 되었으니 더 할 말이 없습니다."

옹주는 속으로 울음을 삼켜내느라 말을 끊었다.

"큰스님께서는 이미 조선에서 아무도 하지 못한 일을 하신 분으로 조선이 버린 조선인들 수천이나 구한 홍제존자이십니다. 저는 일본에 와서 고국에서 온 홍제존자를 뵌 것만으로도 이미 더러운 몸을 다 씻은 듯싶습니다. 부산에 닿을 때까지 무사하시기만을 기원하겠습니다. 부디 안녕히 돌아가십시오."

옹주의 눈에서 마침내 눈물이 뿜어져나왔다. 곁에 앉은 홍주도 자신의 일인 듯 마구 울음이 터져나왔다. 이 옹주는 이로부터 7년 뒤, 결국 고국으로 돌아가지 않은 채 생을 마감한다. 지금 이 옹주의 흔적은 대마도 중서부 해안 마을인 우나쓰라[女連]의 한 조그만 숲 아래 자리한 아담한 묘탑의 희미한 기록으로 남아 있다. 묘탑의 가장 아랫돌의 정면에는 '李昖王姬', 오른편에는 '慶長 十八 甲寅年'이라 써 있으니, 조선 임금의 딸의 것으로 1612년에 세운 것이라는 뜻이다. 최근 들어 뜻 있는 사람들이 이 오래된 묘탑 아래 기단(基壇)을 새로 만들어 받쳤고, 묘탑 옆에 비석을 세워 옹주의 사연을 이렇게 새겨놓았다.

풍신수길이 일으킨 임진, 정유왜란(1592~1598) 때 어느 무장이 조선국 왕녀를 끌고 왔다. 그후 왕녀는 모국이 보이게 묻어달라고 부탁하고 별세했다. 묘석 정면에 '李昖王姬', 우측에

'慶長 十八 甲寅年'이라 써 있어 조선 14대 선조의 옹주묘로 1612년에 건립하였음을 알 수 있다. 수백 년 지켜온 현지 여러 분에게 감사하며 한일 양국 유지의 뜻을 모아 묘탑을 재건하고 주위를 정비하여 '비운의 왕녀'를 위령코자 한다.

2006년 10월 30일

4월 말 유정의 사절단을 먼저 태운 선단이 와니우라를 거쳐 부산으로 출발했다. 그 뒤를 이어 왜란 때 일본으로 끌려간 조선인 피로 중 제1차 무리를 이룬 1300명이 선박 40척에 나눠 타고 뱃길을 열어가기 시작했다.

그러나 유정의 험난한 여정은 그것으로 끝이 아니었다. 쾌청한 날을 기다려 출항을 한 것인데, 한 시도 지나지 않아 일행은 심한 풍랑을 만나고 말았다. 배는 뒤집힐 듯했고, 대낮인데도 사위는 어둠침침했다. 그래도 노련한 격군들이 방향을 잘 잡겠거니 했지만, 도리어 갈수록 짙은 어둠 속에 잠기게 되었다. 앞서간 배도, 뒤를 따르던 배도, 그리고 갖은 노력 끝에 귀국길에 오르게 된 송환선들도 보이지 않았다. 간간이 단발마의 비명 소리가 끊어졌다 이어지곤 했다. 시간도 거리도 잴 수 없는 억겁에 빠진 듯싶었다. 선실 안에 있던 사람들이 마치 지옥에 든 듯 몸을 뒤틀고 있었다. 유정은 그 사이를 헤치고 일어나 상갑판 쪽으로 향했다. 한 치 앞을 짐작할 수 없는 어둠 속에서 쏟아지는 빗줄기가 온몸을 마구 때렸다. 유정은 두 발로 버티고 선 채 허공을 응시하면서 거듭해서 아미타불을 불렀다.

선실에서 몸을 웅크리고 있던 홍주가 유정을 찾아 상갑판으로 나온 것은 그때였다. 파도와 빗줄기가 받아내는 불빛이 상갑판에 선 유정의 형상을 비쳤다.

"큰스님, 선실로 들어가시지요. 이러다가 무슨 일이 생기겠어요."

홍주가 유정의 몸을 붙드는 사이 뱃머리를 넘어선 파도가 내리덮었다. 홍주의 몸이 유정을 에워싸듯 덮었지만, 두 사람의 몸은 바닥으로 나뒹굴어졌다.

"큰스님, 큰스님……."

홍주가 먼저 정신을 차리고 어둠 속을 엉금엉금 기어 다시 유정을 찾아냈다. 유정은 바닥에 머리를 부딪힌 채 이리저리 나뒹굴고 있었다. 홍주는 피로 칠갑을 한 유정의 얼굴을 감싸 안고 소매로 마구 닦아냈다.

"큰스님, 눈을 떠보세요. 큰스님……."

유정의 입에서 신음소리가 새어나오는 듯했다. 홍주가 유정의 얼굴에 자신의 얼굴을 마주 대고 비벼댔다. 그 위를 파도가 또 한 번 쓸어갔다.

"큰스님, 정신을 차려야 합니다. 큰스님, 큰스님……."

홍주가 품에 안은 유정의 입에서 아미타불을 찾는 소리가 점점 잦아들고 있었다. 홍주의 정신도 가물가물했다. 홍주는 자신의 몸에 지니고 있던 불상을 꺼내 유정의 손에 쥐어주었다.

"큰스님, 큰스님……."

유정은 홍주가 이끄는 손길로 불상을 잡았다. 손에 익은 굴곡이 느껴졌다.

"이걸 손에 들고 염불을 하세요. 도원 행수가 큰스님께 돌려드리라 한 걸 제가 큰스님을 따라 일본 가면서 줄곧 품에 안고 다녔습니다. 이제 큰스님께서 이 불상으로 공력을 얻으실 때인 듯싶습니다."

"나무 관세음……."

유정은 어둠 속에서 중얼거렸다. 그 중얼거림 속에서 유정은 자신의 몸이 다시 꼿꼿이 서는 것을 느꼈다.

깜깜한 밤, 온 우주가 암흑인 그 공중에 유정은 가부좌를 틀고 앉아 있었다. 부처에 몸을 맡길 무렵 죽음과 삶의 경계를 헤매다가 갈 길을 물으며 몇 번 혼절하던 때가 떠올랐다. 처음 무문관(無門關) 수행에 들어 백일기도를 하던 도량도 떠올랐다. 왜란에서 수복해 들어와 수백의 시신을 시구문 밖으로 싣고 나가 화장 예불을 올리던 때의 시신 썩는 내와 그보다 더 진한 향내가 코를 찔렀다. 교토에서 금각사 본당에 앉아 주지와 오래 환담하고 나오다 향내에 취해 어질어질해지는 기운을 못 견디고 그 자리에 주저앉을 때가 떠올랐다.

어디선가 또, 향불이 피워오르는가 싶더니 허공에서 한 점 불빛이 보였다. 사방 천지가 깜깜한 우주였다. 오직 단 하나의 빛, 그 불빛, 그 별 아래로 유정은 마침내 성큼성큼 걸어 들어갔다. 그러고는 정신을 잃었다.

"큰스님, 예 계시는군요!"

얼마가 지났을까. 상갑판 한가운데 가부좌를 틀고 앉은 유정을 향해 해구가 달려갔다. 사위는 환해져 있었고, 배는 부산포 해안으로 들어서고 있었다. 유정은 손에 불상을 든 채 젖은 몸을 일으켰다.

유정이, 대마도에서 부산으로 오는 사이 홍주가 흔적 없이 사라졌다는 것을 알게 된 것은 배가 부산 다대포항에 닿은 직후였다. 1605년 5월에 부산에 도착한 유정은 6월에 임금에게 나아가 귀국 보고를 바친다. 그 해 10월 묘향산 원적암으로 가 일본 탐정 때문에 미뤄진 서산대사 휴정의 문상을 한다. 1607년 벼슬을 내놓은 뒤에도 자주 부름을 받았다. 특히 선조 승하 이후 광해군 시절 북방 외교 분쟁을 해결해달라는 명을 받기도 했으나 병을 얻어 가야산 해인사에서 머물다 1610년 (광해군 2) 8월 26일 입적한다.

유정이 귀국하는 배 위에서 마지막으로 손에 들었던 금동불상은 유정이 입적할 당시 강원도 건봉사 낙산암에 보관되어 있었다. 그후 일제가 우리나라를 다시 넘보던 근대에 들어 자취를 감추고 흔적을 찾을 수 없게 된다. 100년 가까이 볼 수 없었던 불상은 2007년 포항 대성사에서 발견된다.

작 가 의 말

조선 중종 39년(1544) 밀양에서 태어난 사명대사 유정(四溟大師 惟政)은 10대 중반에 김천 직지사로 출가해 광해군 3년(1610) 열반할 때까지 승려로 산 분이다. 스승 서산대사(西山大師)로 이어온 조선 불가의 법통(法統)을 뒤이을 지위이던 그는 임진년(1592)에 왜란을 당해 패망의 위기를 맞은 나라를 구하는 의승장으로 활약했다.

정유년에 일어난 재란까지 총 7년 동안 치러진 침략전쟁의 크고작은 전투에서 승전을 거듭해 구국을 선도하고, 난중에 적진에 들어가 적장 가토 기요마사와 치열한 외교전을 벌여 나라의 자존을 지켜낸 그의 공은 이미 알려진 게 많지만, 실은 흔히 알고 있는 것 이상으로 내단하다.

유정의 활약은 여기에 그치지 않는다. 조선은 왜란 이후에도 일본이 재침략하지 않을까 노심초사했다. 그런 상황에서 일본 측에서 대마도를 통해 전에 없이 교린을 청하는데도 적절한 대응책을 내지 못했다. 조선 조정은 일본의 정세를 살피고 교린의 가능성을 모색해 국가의 안정을 도모해야 했지만, 그 일을 수행하러 갈 대신이 없었다. 이때 일본 탐정사(探情使, 탐적사 探敵使)로 천거된 사람이 유정이다.

왜란 끝나고 5년 뒤인 1604년(선조 38), 61세의 나이로 일본으로 건너간 사명대사는 대마도에서 석 달을 머물다 그 해 말 교토까지 들어가, 도요토미 히데요시가 죽은 뒤 피비린내 나는 권력쟁탈전에서 승리해 쇼군에 오른 도쿠가와 이에야스와 만나 강화를 논하게 된다.

이로부터 양국의 평화로운 외교가 시작되는데, 그 화평조약의 가장 실제적인 면모가 왜란 때 일본으로 끌려간 피로 3천 명의 송환이었다. 우리 역사에서 한일외교의 가장 뜻깊은 업적이라 평가되는 조선통신사의 기반은 사명대사의 이 방일 때 다져진 것이다.

이 소설이 1604~1605년 사명대사의 일본 탐정을 중심으로 한 행적을 집중 조명하고 있는 것은 일차적으로, 사명대사의 전 생애에 걸친 다양하고 위대한 업적을, 특히 왜란 직후 한일 평화외교의 문을 연 과정을 통해 집약할 수 있다는 뜻에서다.

사명대사의 일본 탐정은 일본이 조선 피로 3천을 송환시키고 조선 침략 때 선왕의 능을 훼손한 일본 병사를 잡아 보내는 수확을 낳았으며, 이로부터 300년 가까운 세월 동안 한일 평화외교 시대가 역사상 보기 드물게 열리게 된다. 한데 그 300년이 지나 일본은 한국에 무슨 일을 저질렀나.

1592년 발발해 7년을 이은 왜란은 사실 그때 그 사건으로 마감되기는 했지만, 그 무렵부터 일본의 의식에 소위 조선을 정복해야 한다는 정한론(征韓論)이 역사적 가능성으로 자리잡았다고 할 수 있다. 알다시피 왜란이 끝나고 300년 뒤에 일본은 한국을 강점한다. 이것이 왜란 때 구체화 가능성을 맛본 정한론의 명확한 실현이다. 이 정한론이 대륙으로 확장된 논리가 대동아공영론(大東亞共榮論)이다.

20세기 초 한국을 강점하면서는 말할 것도 없고 중국을 비롯 동아시아 전역에 진주해 세계 전쟁을 벌이고 패전하던 때까지 각국에서 저지른 만행에 대해 스스로 인정하지 않는 일본의 당당함은 왜란 때 굳어진 정한론에 그 단단한 씨앗이 박혀 있다.

명명백백한 역사적 사실마저도 인정하지 않는 일본의 관습을 21세기를 사는 국제인들이 이해하지 못할 정도라면, 갑스로 그 근원을 파헤쳐볼 필요가 있지 않을까. 이건 역사학자뿐 아니라 작가를 자극하는 주제가 아닐 수 없다.

400년 전 왜란의 피해국 사절로 침략국에 가서 탐정을 하던 사명대사 유정의 행적을 세심하게 유추한 이유가 또한 여기에 있다. 전쟁을 일으켜 남의 나라에 쳐들어가서 국토와 인민을 도륙하고도 사죄할 뜻이 없고 끌고 간 피로나 포로, 약탈해간 무수한 재물을 내놓을 생각도 없는 침략국의 지휘자들을 설득해서 피로 3천의 송환을 약속받아온 유정이라면 희미하게나마 정한론의 기원을 알아차렸지 않았을까.

한국에 남아 있는 수십 점의 사명대사 영정은 모두 사명대사가 수염을 기른 모습을 담고 있다. 승려가 수염을 기르는 일은 드문데, 이는 사명대사 스스로 밝히듯이 승려이되 유가(儒家)의 정신을 받아들인다는 뜻을 스스로의 신체로 드러낸 예다. 사명대사 유정은 이처럼 하나의 가치나 특징으로 설명할 수 없는 범위의 삶을 살다간 분이다. 숨은 사찰을 찾아다니며 수행하는 승려로, 많은 선비와 교유한 학승으로, 의승을 지휘하는 의승장으로, 왕명을 받은 신하로 한반도 전역의 산야를 누비고 다녔고, 일본까지 다녀왔다. 오늘날 그의 흔적이 남은 곳은 역사적 자부심을 가질 만하고, 그의 인생은 문화소비 욕구에 부합하는 풍성한 스토리로 부각될 수 있다. 영웅 스토리라는 점으로 한정해도 사명대사는 한국적 특징인 불교, 유교를 아우를 뿐만 아니라, 전쟁과 외교에 혁혁한 공을 세운 공신으로 시대를 넘는 '드라마틱한 주인공'으로 자리할 수 있다. 따라서 소설은 물론이고 만화, 드라마, 뮤지컬 등 문화콘텐츠 스토리텔링의 핵심 캐릭터가 되기에 충분하다.

그러나 사명대사의 행적은 일목요연하게 정리되어 있지 않아서 5년 집필 과정에 어려움을 많이 겪었다. 한편으로는 한 역사적 인물의 활약상에 비해 그것을 공인하는 사료들이 크게 분산되어 있다는 사실이 상상력을 자극하기도 했다.

사람과 사람이 부딪치는 이야기, 또한 그로부터 빚어지는 다양한 감정들이 소설의 재미이기도 할 뿐더러 나아가 소설 그 자체이기도 한 것이니, 사료와 사료 사이에 이어지지 않는 행간을 그 시대를 힘겹게 살아낸 유무명의 실존인물과, 또한 함께 살아냈을 법한 여러 가공의 인물들로 채워넣었다. 연애담도 몇 겹 넣었고, 추리기법도 슬쩍 동원했다. 영웅적 인간을 다룬 이 소설에 기생, 상인, 반승반속의 기인, 소외당한 문인, 항왜(降倭)의 제자들, 일본에 끌려간 조선 피로, 또 조선 피로의 왜인 남편 등등 우리 역사의 전면에 잘 등장하지 않는 인물의 활약도 포함했다.

어려운 여건에서 사명대사의 일기와 시문 등 다양한 기록을 한데 모은 『분충서난록(奮忠紓難錄)』 등을 표충사에 계시던 무이(無二) 스님이 『사명대사 난중어록』이라는 제목으로 번역하신 덕분에 상당한 도움을 받았다. 또 이 소설을 일차 탈고했을 때 마침 오랜 세월을 사명대사 연구에 바친 조영록 선생의 『사명당 평전』(한길사, 2009)이 발간돼 출간을 늦추고 다시 세세히 원고를 다듬는 시간을 가진 것도 행운이었다. 사명대사와 허균 형제의 각별한 인연을 조사하다가 허경진 교수의 『허균 평전』(돌베개, 2002)에 깊이 빠져 다른 소설을 시도하기도 했다. 본문 중에 출처를 제대로 밝히지 않고 이뤄진 한문 번역은 대개 이 세 책에서 행한 번역을 나름대로 윤문한 것임을 밝혀둔다.

집필 인생에서 보기 드물게 긴 시간을 할애한 작업이었지만 주요 내용을 지면에 실어 세상에 미리 알려주며 격려해준 매체들이 있어서 참 다행이었다. 도움을 준 모든 분들에게 감사드린다.

2010년 4월

박덕규

사명대사 임응규 연보

1544년 10월 17일 (중종 39년, 1세) 경남 밀양군 무안면 괴나루(고라리)에서 출생했다. 풍천 임씨(豊川 任氏)인 아버지 임수성(任守成)과 어머니 달성 서씨(達城 徐氏) 사이에서 태어났다. 이름은 응규(應奎). 증조부 효곤(孝昆)이 대구 부사를 지낸 인연으로 밀양에서 살게 된 것으로 알려진다.

1550년 (명종 5년, 7세) 조부 임종원(任宗元)에게 가르침을 받아 역사책을 읽으며 공부했다.

1556년 (명종 11년, 13세) 황악산 아래에서 유촌 황여헌(黃汝獻)에게 맹자 등을 배우고, 이웃의 직지사(直指寺)에서 신묵화상으로부터 불교의 가르침을 익혔다.

1558년 (명종 13년, 15세) 모친 사망.

1559년 (명종 14년, 16세) 부친 사망.

1560년 (명종 15년, 17세) 직지사 신묵화상의 인도로 출가했다. 법명은 유정(惟政), 자는 이환(離幻)이다.

1561년 (명종 16년, 18세) 봉은사에서 선과에 급제했다.

1564년 (명종 19년, 21세) 선과 합격 이후, 금강산, 개성 등지를 순례하고 한편으로는 박순, 이산해, 고경명, 최경창 등 문인들과 교류했다. 소재 노수신(蘇齋 盧守愼)에게 많은 책을 빌려 읽으며 시를 쓰고 공부했다.

1569년 (선조 2년, 26세) 하곡 허봉(荷谷 許篈)과 교류하기 시작했다. 허봉이 타계하는 날까지 친밀한 관계로 시문을 나누며 교류했다.

1573년 (선조 7년, 30세) 직지사 주지를 지냈다.

1575년 (선조 8년, 32세) 봉은사 주지로 천거됐지만, 묘향산 보현사로 가 서산대사 휴정(西山大師 休靜)의 제자가 됐다. 선의 경지에서 많은 깨달음을 얻는다.

1576년 (선조 9년, 33세) 대동강 부벽루, 가야산 해인사 등을 순례했다.

1578년 (선조 11년, 35세) 서산대사 문하를 나와 금강산 보덕사에서 지내면서 세 차례의 하안거를 지냈다.

1581년 (선조 14년, 38세) 팔공산, 청량산, 태백산 등을 순례했다.

1583년 (선조 16년, 40세) 유배 중인 허봉을 위로하는 시를 썼다.

1586년 (선조 19년, 43세) 봄에 옥천산 상동암에서 강론했다. 이 무렵, 하룻밤 소나기로 뜰에 떨어진 꽃을 보고 "부처가 내 안에 있는데 밖에서 구할 것인가!" 하고는 열흘 동안 가부좌를 하고 앉아 지낸 것으로 전하는데, 이때 또 한 번 대오(大悟)한 것으로 평가된다. 여름에 봉은사에 있을 때 허봉과 함께 온 허균(許筠)을 처음 만났다.

1589년 (선조 22년, 46세) 정여립(鄭汝立)의 역모사건에 연루된 것으로 오인돼 강릉부에 투옥되었다가 강릉 선비들의 상소로 풀려났다. 오대산 월정사에 지내면서 강릉 일대 문인들과 교류했다.

1592년 (선조 25년, 49세) 4월에 임진왜란 발발, 4월 말 선조가 도성을 떠났다. 6월에 금강산 표훈사(表訓寺)에서 처음 왜병을 만난 유정은 왜장에게 살상을 금하게 설득해 강원 일대는 인명 살상이 적었다. 조정과 서산대사가 근왕을 위한 격문을 보내오자 의승군을 거느리고 8월에 평양으로 출병해 평양성 탈환의 교두보를 구축했다.

1593년 (선조 26년, 50세) 1월 초 조·명 연합군의 평양성 탈환 때 승병 5천으로 가담해 많은 전과를 올렸다. 3월에 수락산 전투에서 공을 세우고 4월에 도성으로 입성했다. 이후 영남으로 남하해 함안 등지에서 전공을 올렸다. 이해 4월부터 승려로는 보기 드물게 당상관직을 제수받았다.

1594년 (선조 27년, 51세) 가토 기요마사의 진영으로 들어가 여러 차례 회담을 벌이고, 그 내용을 상소하면서 일본과 강화를 맺거나 일본을 토벌하는 일의 장단점을 설명하고 백성을 편안하게 하기 위한 혁신적인 방책을 냈다. 정3품 절충장군첨지중추부사 직이 제수됐다.

1595년 (선조 28년, 52세) 승군을 이끌고 악견산성, 용기산성, 팔공산성 등을 수축하며 전투에 대비했다.

1596년 (선조 29년, 53세) 일본의 재침을 대비해 팔공산, 금오산 등에서 축성을 이어갔다. 류성룡의 집에서 허균을 다시 만났다.

1597년 (선조 30년, 54세) 왜군의 재침이 시작됐다(정유재란). 직산 대첩

등 여러 전투에서 악조건을 딛고 승전을 거듭했다.

1598년 (선조 31년, 55세) 예교전투에서 대승했다. 8월 18일 도요토미 히데요시가 사망하고 왜란이 종결됐다.

1600년 (선조 33년, 57세) 많은 승려들이 승군으로 전쟁에 참가해 불교계가 침체된 상황에서 유정을 산사로 부르는 고승들의 청이 있었으나, 유정은 선조의 명으로 도성에 남았다.

1601년 (선조 34년, 58세) 부산성 수축을 지휘했다.

1602년 (선조 35년, 59세) 이덕형과 깊이 교유했다. 고향 밀양에 드나들었다.

1603년 (선조 36년, 60세) 서산대사를 마지막으로 만났다.

1604년 (선조 37년, 61세) 오대산에서 동안거를 지내고 나와 서산대사 부음을 듣고 묘향산으로 가던 중 2월 21일 선조의 명을 받고 상경했다. 일본 탐정(探情)을 위해 7월 1일 사절단을 이끌고 도성을 출발, 단양, 죽령, 밀양, 김해를 거쳐 8월 20일 부산 다대포에서 출항했다. 대마도에 석달 반을 머물면서 왜란 때 일본으로 끌려간 피로들의 실상을 절절하게 파악한 것으로 여겨진다. 11월 하순에 대마도를 출발해 후쿠오카, 시모노세키, 오사카 등을 거쳐 12월 말에 교토에 도착했다.

1605년 (선조 38년, 62세) 에도에 머물고 있던 도쿠가와 이에야스가 2월 교토로 입성했다. 3월 초 도쿠가와 이에야스와 성공적으로 강화 회담을 하고 도쿠가와 이에야스에 이어 쇼군에 오른 도쿠가와 히데타다와도 회담했다. 승려 세이쇼 죠타이, 젊은 유학자 하야시 라잔 등 많은 식자층과도 교류했다. 3월 말 교토를 출발, 4월 15일 대마도에 닿았다가 1500 가까운 피로를 데리고 5월 초 부산에 닿았다. 이후 피로 송환을 위해 애써 1607년 회답겸쇄환사로 일본에 간 여우길이 귀국할 때 추가로 피로

1500여 명을 대동할 수 있게 했다. 6월 초 상경해서 귀국 보고를 마쳤다.

1606년 (선조 39년, 63세) 정월 초 서산대사의 대상을 치렀다.

1607년 (선조 40년, 64세) 오대산 사고(史庫)를 설치하기 위해 드나들던 월정사 경내의 영감난야(靈鑑蘭若)에 자주 머물렀다. 치악산에서 쉬었다.

1608년 (선조 41년, 65세) 선조 승하로 상경해서 배곡했다. 이어 등극한 광해군이 승병을 거느리고 북방을 방어할 것을 명했으나 병을 얻어 부응하지 못했다.

1609년 (광해군 1년, 66세) 병이 깊어졌다. 광해군이 여러 차례 약을 보냈다.

1610년 (광해군 2년, 67세) 8월, 해인사 홍제암에서 입적했다. 세수는 67세, 법랍은 54세였다. 홍제암 뒷산에 부도를 세웠다.

1612년 (광해군 4년) 문집이 간행되고 석장비가 세워졌다. 허균이 문집 서문을 쓰고 석장비문을 썼다.

1721년 (경종 1년) 밀양에 표충사(表忠祠)가 건립됐다.

1742년 (영조 18년) 『분충서난록』이 간행되고 표충비가 건립됐다.

1839년 (헌종 5년) 표충사를 재약산 영정사로 옮겨, 표충서원으로 확대하고 절 이름도 표충사로 바꿨다.

2006년 4월 생가지가 복원되고 사명대사 유적지가 조성됐다.

사명대사 일본탐정기

1판 1쇄 인쇄 2010년 4월 23일
1판 1쇄 발행 2010년 4월 30일

지은이 박덕규

발행인 양원석
편집장 백지선
책임편집 박미랑
전산편집 김미선
교정·교열 정진숙
영업마케팅 정도준, 김성룡, 백창민, 윤석진, 김승헌

펴낸 곳 랜덤하우스코리아(주)
주소 서울시 강남구 삼성동 159 오크우드호텔 별관 B2
편집문의 02-3466-8923 구입문의 02-3466-8955
홈페이지 www.randombooks.co.kr
등록 2004년 1월 15일 제2-3726호

ISBN 978-89-255-3822-8 (03810)

※ 이 책은 랜덤하우스코리아㈜가 저작권자와의 계약에 따라 발행한 것이므로
본사의 서면 허락 없이는 어떠한 형태나 수단으로도 이 책의 내용을 이용하지 못합니다.

※ 잘못된 책은 구입하신 서점에서 바꾸어 드립니다.

※ 책값은 뒤표지에 있습니다.